재즈

JAZZ
by Toni Morrison

Copyright ⓒ Toni Morrison, 1992, 2004
Korean Translation Copyright ⓒ MUNHAKDONGNE Publishing Corp., 2015
All rights reserved.

This Korean edition is published by arrangement with
International Creative Management, Inc., New York, N. Y.
through EYA(Eric Yang Agency), Seoul.

이 책의 한국어판 저작권은 EYA(Eric Yang Agency)를 통해
International Creative Management, Inc. 사와 독점 계약한 (주)문학동네에 있습니다.
저작권법에 의해 한국 내에서 보호를 받는 저작물이므로
무단 전재 및 무단 복제를 금합니다.

Jazz

토니 모리슨 장편소설

최인자 옮김

문학동네

일러두기

1. 주석은 모두 옮긴이주이다.
2. 본문 중 고딕체는 원서에서 이탤릭체나 대문자로 강조한 부분이다.

RW와 조지를 위하여

나는 소리의 이름이며
이름의 소리다.
나는 글자의 기호이며
분열의 표지다.

「천둥, 완벽한 정신」, 『나그함마디』

차례

재즈 ··· 011

작가의 말 ··· 353

옮긴이의 말
『재즈』, 재즈가 그려낸 풍경 ··· 363

춧, 나는 그 여자를 안다. 한때 레녹스 애비뉴에서 새들과 함께 살던 여자다. 그 여자의 남편도 안다. 열여덟 살 소녀와, 사람을 죽도록 슬프게도 하고 행복하게도 만드는 그런 깊고 무시무시한 사랑에 빠졌던 그는 단지 그 감정을 영원히 간직하고 싶어서 소녀를 총으로 쏘았다. 그 여자의 이름은 바이올렛인데, 그 소녀를 보려고, 죽은 그애의 얼굴에 칼질을 하려고 장례식에 갔다가 바닥에 내동댕이쳐지고 교회 밖으로 쫓겨났다. 그러자 그녀는 그 엄청난 눈 속을 뚫고 달려서 자신의 아파트로 돌아와 새장에서 새를 모두 꺼내 창문 밖으로 내보내버렸다. 얼어죽든 다른 곳으로 날아가버리든 하라고. "사랑해"라고 말하는 앵무새까지도.

그녀가 내달렸던 눈길에는 바람이 너무 심하게 불어 발자국조차 남지 않았다. 그래서 한동안 그녀가 정확히 레녹스 애비뉴 어디쯤에 사는지 아무도 몰랐다. 그러나 나와 마찬가지로 사람들은 그녀가 누구이며, 왜 그래야만 했는지 잘 알았다. 소녀를 쏘아 죽인 남자가 바로 그녀의 남편인 조 트레이스라는 걸 알았기 때문이다. 그러나 그를 고발한 사람은 아무도 없었다. 조 트레이스가 총을 쏘는 것을 실제로 본 사람은 없었기 때문이다. 죽은 소녀의 이모도 쓸모없는 변호사나 빈정거리기만 하는 경찰에게 돈을 낭비하고 싶어하지 않았다. 돈을 쓴다고 해서 나아지는 일이 없다는 걸 잘 알았으니까. 게다가 조카딸을 죽인 남자가 하루종일 울기만 한다는 것도, 남자에게나 바이올렛에게나 그것은 감옥과 다름없는 삶이리라는 것도 알았다.

바이올렛이 일으킨 가슴 아픈 사건에도 불구하고, 세일럼 부녀회 1월달 회의에서 그녀의 이름이 구호자 명단에 올랐다. 그러나 그 안은 투표로 부결되었다. 지금은 돈이 아니라 오직 기도만이 그녀를 도울 수 있다는 이유에서였다. 또한 그녀에게는 어쨌든 능력 있는 남편(그 사람도 슬픔을 가라앉힐 필요가 있었지만)이 있었고, 134번가에 사는 한 남자와 그의 가족은 화재로 모든 것을 잃었기 때문이다. 부녀회는 화재로 피해를 입은 가족을 먼저 돕기로 결정하고, 바이올렛은 무엇이 문제였고 어떻게 해결할 것인가를 스스로 생각해보도록 내버려두기로 했다.

바이올렛. 그 여자는 굉장히 말랐다. 쉰 살이었지만, 장례식에 난입했을 당시 여전히 예쁜 편이었다. 사람들은 그렇게 교회 밖으로 쫓겨난 것으로 모든 게 끝났다고, 수치스러운 일과 다른 모든 것이 끝났다고 생각할지 모른다. 그러나 그렇지 않았다. 바이올렛은 엉덩이나 젊음 없이도 애인을 만들어 집까지 끌어들여서 조를 혼내줄 생각을 할 만큼 천박하고 외모도 꽤 쓸 만했다. 그런 행동이 남편의 눈물을 멈추고, 자신에게도 어느 정도 만족감을 가져다줄 거라고 생각했다. 이 일은 어쩌면 성공했을 수도 있었다. 그러나 자살한 사람의 아이들은 성미가 까다롭고, 누구도 자신을 사랑하지 않는다고 재빨리 믿어버리는 법이다. 그들은 정말로 여기 있는 게 아니기 때문이다.

어쨌든 조는 바이올렛에게나 그녀의 애인에게나 전혀 관심을 보이지 않았다. 바이올렛이 애인을 차버렸는지 아니면 남자가 그녀를 떠나버렸는지는 확실하지 않다. 남자는 바이올렛이 주는 선물이 옆방에 있는 상심한 사내에 대한 자신의 연민에 비해 보잘것없다고 느꼈는지도 모른다. 하지만 나는 이런 난장판이 이주 이상 가지 않았다는 것을 분명히 알고 있다. 남편과의 사랑을 되찾으려는 바이올렛의 다음 계획은 제대로 실행되기도 전에 그녀를 좌절시켰다. 바이올렛이 할 수 있는 일이라고는 고작해야 남편의 손수건을 빨거나 식탁에 음식을 차리는 것뿐이었으니까.

독약 같은 침묵이 커다란 그물처럼 온 집안에 걸려 있었고 바이올렛 혼자만 고래고래 비난을 퍼부으며 침묵의 그물을 찢었다. 낮이면 축 늘어져 있는 조의 모습과 두 사람의 근심이 떠나지 않는 밤들이, 분명 그녀를 지치게 했을 것이다. 마침내 그녀는 작고 크림처럼 부드러운 얼굴을 지닌 열여덟 살 소녀를 사랑하기로, 아니 알아보기로 결심했다. 칼로 얼굴을 그어 열어버리려고 했던 그 소녀를. 설사 지푸라기밖에 나오지 않더라도.

바이올렛이 소녀에 대해 아는 것은 이름과 나이, 정식 인가를 받은 미용실에서 평판이 좋았다는 정도가 전부였다. 그래서 나머지 정보를 모으기 시작했다. 그렇게 하다보면 사랑의 수수께끼를 풀 수 있으리라 생각했던 모양이다. 그녀에게 행운을 빈다. 수수께끼를 푼다면 나에게도 알려주기를.

그녀는 우선 위층에 사는 이웃 말본을 시작으로 모든 사람에게 캐묻고 다녔다. 말본은 그녀에게 조의 외도에 대해 처음 말해준 장본인이었다. 조와 소녀는 말본의 아파트를 사랑의 둥지로 이용했다. 말본은 바이올렛에게 소녀가 어디에 살았고 부모가 누구인지 알려주었다. 정식 인가를 받은 미용실 미용사들은 소녀가 사용하던 립스틱과 머리를 할 때 썼던 컬링 아이언*(사

---

* 뜨겁게 달궈서 머리카락을 말거나 펴는 미용도구.

실 나는 소녀가 머리를 곧게 펼 필요가 있었는지 의문스럽지만)
의 종류를 알려주었다. 소녀가 가장 좋아했던 밴드(슬림 베이츠
가 이끄는 에보니 키즈였는데, 보컬리스트만 빼면 꽤 괜찮은 밴
드였다. 아마 보컬리스트는 슬림 베이츠의 애인이었을 것이다.
그렇지 않고서야 왜 그 여자가 그렇게 밴드를 망치게 내버려두
었겠는가)도. 마침내 바이올렛은 죽은 소녀가 즐겨 하던 댄스 스
텝까지 보고 배워서 따라 했다. 전부 다. 그녀─정확히는 그녀의
무릎─가 스텝을 완전히 익히고 나자 옛 애인을 포함한 모든 사
람들이 그녀를 혐오스럽게 바라보았다. 나도 그 이유를 안다. 거
리의 늙은 비둘기가 고양이들이 남기고 간 정어리 샌드위치 부
스러기를 주워먹는 광경을 보는 것 같았기 때문이다. 그러나 바
이올렛은 태연했다. 신랄한 말이나 경멸하는 표정도 그녀를 막
을 수 없었다. 그녀는 소녀를 알고 있는 선생들과 이야기를 나누
기 위해 89번 공립초등학교에 자주 드나들었다. 139번 중학교에
도 찾아갔다. 그 지역에는 흑인 소녀가 다닐 수 있는 고등학교가
없어서 웨들리로 전학 가기 전까지 소녀가 다녔던 학교였다. 오
랫동안 바이올렛은 소녀의 이모도 성가시게 했다. 바느질 솜씨
가 뛰어난 소녀의 이모는 의상실이 모여 있는 거리에서 이따금
벌이가 괜찮은 일을 맡아 하는 품위 있는 부인이었다. 끈질기게
찾아오는 바이올렛을 쫓아보내는 데 지쳐버린 그녀는, 마침내

요즘 젊은 것들의 비행에 대해 수다를 떨고 싶어 바이올렛의 방문을 고대하게 되었다. 이모는 죽은 소녀의 물건을 모두 바이올렛에게 보여주었다. 그것을 본 바이올렛은(내가 보기에도 그랬지만) 그녀의 조카딸이 고집쟁이에다 교활한 아이였던 게 분명하다고 생각했다.

이모가 바이올렛에게 보여주고 몇 주 동안 빌려주기까지 한 특별한 물건은 소녀의 사진이었다. 미소를 짓고 있지는 않았지만, 최소한 생기 있고 당돌해 보이는 얼굴이었다. 뻔뻔스럽게도 바이올렛은 거실의 맨틀피스* 위에 사진을 올려놓고 조와 함께 아연한 표정으로 들여다보곤 했다.

텅 비어버린 새장과 하루종일 뺨에서 눈물만 닦아내는 두 사람의 모습은 완전히 황폐해져버린 가정을 예견하는 듯했다. 그러나 도시에 봄이 다시 찾아온 어느 날, 바이올렛은 오케** 레코드판을 옆구리에 끼고 정육점 종이로 둘둘 싼 고기를 손에 든 채 건물 안으로 들어오는 또다른 소녀를 보았다. 양쪽 머리칼을 각각 네 갈래로 구불구불하게 지진 소녀였다. 바이올렛은 함께 레코드판을 들어보자며 그녀를 초대했다. 레녹스 애비뉴에서 추문

---

* 벽난로 윗면에 설치한 장식용 선반.
** 1900년대 초 오토 하이네만이 설립한 레코드회사. 1920년대부터 40년대까지 수많은 재즈, 블루스 뮤지션들이 거쳐간 것으로 유명하다.

거리가 된 삼각관계는 이렇게 시작되었다. 달라진 것은 단지 누가 누구를 쏘았는가 하는 것뿐이었다.

나는 이 도시를 미치도록 사랑한다.

한낮의 햇빛이 날카로운 면도날처럼 건물들을 비스듬히 반으로 잘라낸다. 반으로 잘린 건물의 위쪽에서는 거리를 내려다보는 얼굴들이 보이는데, 어느 것이 사람이고 어느 것이 석상인지 구별하기 쉽지 않다. 아래쪽 그늘진 곳에서는 몹시 넌더리나는 일들이 벌어지고 있다. 클라리넷 연주, 연애, 주먹질, 슬픔에 찬 여인들의 목소리. 이런 도시는 허황한 것을 꿈꾸게 만들고, 모든 일에 감정적이 되게 한다. 헵*. 저 아래, 그늘 위쪽에서 흔들리는 빛나는 강철이 그렇게 만드는 것이다. 강을 따라 띠처럼 이어진 푸른 잔디밭과 교회의 뾰족탑, 아파트 건물의 크림색과 청동색 복도를 내려다볼 때면 나는 강하다. 그래, 물론 혼자이긴 해도 가장 높이 있고 결코 파괴될 수 없는 존재다. 마치 모든 전쟁이 끝나고 다시는 또다른 전쟁이 일어나지 않을 것 같았던 1926년의 그 도시처럼. 저 아래 그늘에 있는 사람들은 그 사실에 행복하

---

* Hep. 재즈 연주자가 연주할 때 틈틈이 지르는 소리.

다. 마침내, 마침내 모든 것이 진보하고 있다. 현명한 자들이 그렇게 말하고, 사람들은 그들의 말을 듣거나 그들이 쓴 글을 읽고 동의한다. 그래! 이제 새로운 시대가 온 거야. 보라고! 슬픈 일들이 떠나고 있다. 나쁜 일들도, 어느 누구도 도와줄 수 없는 힘든 일들도 떠나간다. 그때 그곳에서는 누구나 다 그렇게 살았다. 하지만 그것도 잊어버려라. 여러분, 역사는 끝났다. 마침내 모든 것이 앞서 있다. 강당과 사무실에서 사람들은 둥그렇게 모여 앉아 사업 계획이나 다리 건설 혹은 고속 지하철 같은 미래에 대한 설계를 한다. A&P*는 흑인 점원을 고용한다. 새끼고양이의 분홍 혓바닥을 가진 다리가 굵은 여자들은 노후를 위해 녹색 병에 돈을 돌돌 말아 감춘다. 그러고는 웃으며 서로를 껴안는다. 보통의 사람들은 도둑을 골목 구석으로 몰아세우고 당장 응징을 하지만, 어리석은 사람은 괜히 잘못 건드려 오히려 도둑에게 몰린다. 건달들은 선심을 쓰며 관심을 끌려고 최선을 다한다. 사람들이 짜릿한 흥밋거리로 그들을 주시하기 때문에 옷차림에도 신경을 많이 쓰고 욕설도 멋지게 내뱉으려 애쓴다. 할렘 병원 응급실에 들어가기를 원하는 사람은 없겠지만, 그래도 흑인 외과의사가 와서 진찰하면 자랑스럽고 뿌듯한 마음에 아픔도 줄어든다.

---

* 슈퍼마켓 체인점.

비록 최초의 흑인 간호사 반 학생들의 머리카락이 벨뷰*의 공식 간호사 모자에는 전혀 어울리지 않는다는 주장도 있었지만, 이제는 흑인 간호사가 서른다섯 명이나 된다. 모두 헌신적이고 우수한 간호사다.

아무도 이곳이 멋지다고 말하지 않는다. 살기 편하다고 말하는 사람도 없다. 이곳은 명확할 뿐이다. 모든 게 드러나 있는 도시 계획에 주의를 기울인다면, 이 도시에서 당신이 다칠 일은 없다.

나는 근육질이 아니기 때문에 내 몸뚱이 하나 지키지 못할 것처럼 보인다. 그러나 나는 미리 조심하는 법을 안다. 대체로 아무도 나에 관해 모든 걸 알지 못하도록 행동하는 것이다. 다음으로는 모든 일과 사람들을 잘 지켜보고, 그들이 행동하기 한참 전에 그들의 계획과 생각을 추측해보는 것이다. 당신은 대도시에서 살아남는다는 것이 어떤 것인지 알아야 한다. 나는 온갖 무지와 범죄에 완전히 노출되어 있다. 그래도 이게 나를 위한 유일한 삶이다. 나는 이 도시의 방식이 마음에 든다. 도시는 사람들을 부추겨 하고 싶은 짓을 마음껏 하고 달아나버리면 그만이라는 생각을 하게 만든다. 나는 그런 사람들을 도처에서 본다. 부유한 백인뿐 아니라 그저 평범한 백인도 그들보다 더 부자인 흑

---

* 1873년 뉴욕에 세워진 미국 최초의 간호학교.

인 여자가 꾸미고 새로 장식해준 저택으로 몰려들어간다. 양쪽 다 서로의 처지를 보며 은근히 만족스러워한다. 흑인 혼혈 유대 인의 눈을 본 적이 있다. 서늘한 바람이 UNIA* 소속 사내들의 모 자에 꽂힌 하얀 깃털을 가볍게 흔드는 동안, 그들 자신이 아니라 모든 타인에 대한 동정심이 넘쳐나는 그 눈은 간이식당에 진열 된 음식과 헤픈 여자의 발목을 집어삼킬 듯 바라보았다. 한 흑인 남자가 색소폰을 불며 하늘을 둥둥 떠다닌다. 그 아래 두 건물 사 이에서는 흑인 소녀가 밀짚모자를 쓴 남자에게 열심히 이야기를 한다. 사내가 소녀의 입술에 붙은 뭔가를 떼어주려고 입술을 건 드린다. 소녀는 갑자기 조용해진다. 그가 그녀의 턱을 들어올린 다. 그들은 그곳에 서 있다. 지갑을 꼭 쥐고 있던 소녀의 손이 탁 풀리고, 목이 우아하게 휘어진다. 남자가 손을 들어 여자의 머리 위 돌담을 짚는다. 남자의 턱 움직임이나 고개를 돌리는 모습으 로 볼 때, 그가 황금 혀를 지녔다는 것을 알 수 있다. 태양이 골목 안의 두 사람 뒤로 슬그머니 들어와 멋진 광경을 연출한다.

이 도시에서는 마음 내키는 대로 행동해도 좋다. 당신이 무슨 짓을 하든 뒤를 받쳐주고 얼개를 짜주는 곳이 바로 이곳이다. 강 한 자들이 생각해낼 법하고, 약한 자들이 경탄해 마지않을 일들

---

* Universal Negro Improvement Association. 만국흑인진보연합.

이 도시의 구역과 공터와 골목길에서 벌어진다. 해야 할 일은 계획에 주의를 기울이는 것뿐이다. 당신이 어디로 가기를 원하고, 내일은 무엇이 필요할지 염두에 두고 신중하게 당신을 위해 짜 놓은 계획 말이다.

나는 너무 오랫동안, 어쩌면 지나칠 정도로 오랫동안 나만의 생각 속에서 살았다. 사람들은 내가 좀더 자주 밖으로 나가야 한다고 말한다. 사람들과 어울려야 한다고. 나도 내가 여러모로 마음을 닫고 살았다는 것을 인정한다. 그러나 만약 나의 경우처럼, 당신의 파트너가 다른 사람과의 약속 때문에 오랜 시간을 지체하며 당신을 기다리도록 내버려두거나 저녁식사 후에 특별히 둘만의 시간을 보내자고 약속하고는 막상 이야기를 시작하자마자 졸기 시작한다면…… 글쎄, 이런 상황을 겪는다면 당신도 웬만큼 노력하지 않는 한 퉁명스러운 성격이 되고 말 것이다. 나는 절대 그렇게 되고 싶지는 않다.

환대는 이 도시의 황금률이다. 환영하는 동시에 자신을 방어하는 법을 알아내려면 머리를 잘 굴려야 한다. 사랑할 때와 그만둘 때를 재빨리 알아채야 하는 것이다. 만약 그 방법을 모르면, 지난겨울 그 비참한 사건의 경우처럼 이성을 잃거나 혹은 외부의 어떤 힘에 휘둘려 끝장나버릴 수 있다. 좋은 시절과 쉽게 벌어들인 돈 배후에는 언제나 거리를 돌아다니는 악마가 있다는 말이 있다. 아무도 안전하지 않다. 심지어 죽은 사람들까지도. 장례식의 주인공에게 바이올렛이 공공연하게 덤벼든 일이 그 단적인 증거이다. 1926년이 되고 사흘도 채 지나지 않았을 때였다. 사려 깊은 사람들은 그 징조(날씨, 숫자, 그들이 꾼 꿈)를 보고 그것이 온갖 파멸의 전조라고 믿었다. 그 추악한 사건이 선량한 이들에게 던져진 경고이자, 믿음 없는 자들을 혼내겠다는 메시지라고 믿었던 것이다. 나는 바이올렛과 그 액운 예언자들 중에 누가 더 야심만만한지 모른다. 그러나 미신이 미래에 대한 커다란 기대를 당해낼 재간은 없다.

바이올렛이 소녀의 장례식을 망쳐놓은 그 겨울은 정전이 이루어진 지 만 칠 년이 지난 때였다. 그렇지만 7번가의 퇴역 군인들은 여전히 두꺼운 군용 외투를 입고 다녔다. 그들의 형편으로는 그만큼 튼튼하고, 1919년에는 그토록 자랑스러워했던 몸을 잘 가릴 만한 옷을 살 수 없었기 때문이다. 그로부터 팔 년 후 바이올렛이 사고를 일으키기 하루 전날 눈이 내려 렉싱턴과 파크 애비뉴에 소복이 쌓인다. 눈은 말이 끄는 짐마차에 단단히 다져질 때까지 얌전히 기다린다. 짐마차는 지하실에서 차갑게 식어가는 난방로를 채울 석탄을 배달하러 가는 길이다. 커다란 오층짜리 아파트 건물과 그 사이의 협소한 목조주택에 사는 사람들은 서로의 방문을 두드리며 필요한 것이 있는지 혹은 좀 얻어갈 것이 있는지 묻는다. 비누 한 장 있나요? 등유를 조금 얻을 수 있을까요? 수프를 한번 더 끓일 때 넣을 약간의 닭고기나 돼지고기 기름은? 혹시 남편 중에 문을 연 상점이 있는지 알아보러 나갈 사람이 있나요? 아내들이 남편에게 건네준 장거리 목록에 테레빈유를 추가할 시간이 있을까요?

몹시 추운 날씨에는 숨쉬기도 고통스럽다. 그러나 그 도시에서 겨울을 보내는 일이 아무리 고통스러울지라도 사람들은 잘 견디어나간다. 왜냐하면 흰둥이들과 그들이 꾸미는 계략을 피해 레녹스 애비뉴에서 안전하게 사는 것은 그만한 가치가 있기 때문이다. 눈으로 덮였든 말든 이곳의 인도는 그들이 태어난 마을의 중심 대로보다 넓다. 게다가 그저 평범한 사람도 정류장에 기다리고 서 있다 전차를 타고 운전사에게 동전 한 닢만 내면 가고 싶은 곳은 어디든 갈 수 있다. 원하는 것은 모두 이곳에 있으니 별로 가고 싶은 곳도 없겠지만. 교회, 가게, 파티, 여자와 남자, 우체통(하지만 고등학교는 없다), 가구점, 신문가판대, 밀주를 파는 술집(하지만 은행은 없다), 미용실과 이발소, 주크박스가 있는 술집, 얼음 배달 마차, 넝마주이, 당구장, 식품 시장, 숫자 맞히기 도박을 하는 선술집 그리고 상상할 수 있는 각종 클럽과 조직, 모임, 교단, 조합, 협회, 수도회, 수녀회, 연맹까지. 물론 짐을 부리고 내리는 뒷골목은 허름하고 지저분했다. 그리고 한 그룹에 속해 있어도 좀더 흥미 있고 스릴 넘치는 일이 있을 것 같은 다른 그룹의 영역으로 들어갈 수 있는 매끄러운 샛길도 있었다. 뭔가 신나고 멋지고 가슴 오싹한 일이 있는 곳. 거기서는 코르크 마개를 따서 차가운 유리잔을 곧장 입술에 갖다댈 수도 있다. 어떤 위험을 당할 수도 있고 스스로 위험이 될 수도 있다. 지쳐 쓰러질 때까지 싸울 수도 있고 운이 좋아 칼이 빗나가거나 혹은 빗나가지 않더라도 칼을 보고 미소 지을 수 있다. 단지 바라보기만 해도 당신은 황홀해질 것이다. 그와 마찬가지로, 건물 바로 뒤편에는 열린 가게를 찾아 헤매는 남편에게 아내들이 적어준 장거리 목록들이 있고, 눈 내리는 바깥에 내걸 수 없는 시트가 마치 아비시니아 주일학교의 연극 무대 커튼처럼 부엌에 걸려 있다는 사실을 아는 것도 굉장히 근사한 일이다.

젊은 사람도 여기서는 그렇게 젊은 것이 아니다. 중년 같은 것도 없다. 예순 살이든 마흔 살이든 누구나 지겹게 느끼기는 마찬가지다. 그 정도 나이가 되거나 아예 그보다 더 늙어버리면, 눈앞에서 벌어지는 세상일을 그저 토요일에 상영하는 오 센트짜리 세 편 동시 상영 영화처럼 바라보며 앉아 있게 된다. 그렇지 않으면, 이름도 기억나지 않고 자기와 아무 상관도 없는 사람들

일에 오지랖 넓게 참견하는 자신을 발견하게 된다. 순전히 자기가 떠드는 이야기에 도취해 고통스럽게 그 말을 듣고 있는 상대방의 얼굴을 바라보는 재미로 말이다. 물론 예외인 사람도 몇 안 다. 얻어맞을 짓을 한 아이를 봐도 때리지 않고, 그 힘을 아꼈다 좀더 중요한 일에 쓸 줄 아는 노인들이다. 가령 다정한 미소와 소소한 선물로 가득한 마지막 구애라든가 혹은 그들 없이는 끝까지 살아가지 못할 늙은 친구를 헌신적으로 돌보는 일에. 때때로 그들은 기나긴 인생을 함께 살아온 이에게 유쾌한 친구가 되어주고, 밤에 필요한 것들을 확실하게 챙겨주는 일에 온 마음을 쏟는다.

그러나 거기 레녹스 애비뉴에 있는 바이올렛과 조 트레이스의 아파트 방은 천으로 덮어둔 텅 빈 새장 같다. 그리고 죽은 소녀의 얼굴은 그들이 밤을 지내는 데 없어서는 안 될 것이 되었다. 그들은 번갈아가며 이불을 박차고 푹 꺼진 침대에서 나와 차가운 리놀륨 바닥을 발끝으로 살금살금 걸어 거실로 간다. 그 집에서 유일하게 살아 있는 존재처럼 보이는 그것을 보기 위해. 맨틀피스 위에서 미소도 짓지 않고 당돌하게 쳐다보는 소녀의 사진. 만약 살금살금 걸어나온 사람이 아내의 옆자리에서 외로움을 이기지 못한 조라면, 그 얼굴은 아무런 희망도 회한도 없이 그를 쳐다본다. 그녀와 함께 있고 싶은 갈망에 잠에서 깨어난 그를 아무런 원망도 없이 맞는다. 손가락질도 없다. 비난으로 입술을 실룩거리지도 않는다. 그녀의 얼굴은 평온하고 관대하고 부드럽다. 그러나 살금살금 걸어나온 사람이 바이올렛이라면 사진 속 얼굴은 전혀 달라진다. 탐욕스럽고 거만하고 한없이 나태해 보인다. 우유 거품 같은 매끄러운 얼굴은 무슨 일이 있어도 절대 일하지 않을 사람의 얼굴이다. 다른 사람의 화장대 위에 놓인 물건을 훔치다 들켜도 전혀 부끄러워하지 않을 사람의 얼굴이다. 슬그머니 부엌으로 들어와 그녀의 접시 옆에 놓아둔 포크를 아무렇지도 않게 개수대에서 씻을 좀도둑의 얼굴이다. 자기중심적인 얼굴—무엇을 보든지 그것은 결국 자기 자신의 모습이다. 그 얼굴은 말한다. 네가 거기 있는 건 내가 너를 보고 있기 때문이야.

밤새도록 두 번 혹은 세 번쯤 교대로 사진을 들여다보며 그들 중 한 사람은 그녀의 이름을 부를 것이다. 도카스? 도카스. 어두운 방이 점점 더 어두워진다. 거실에서 소녀의 얼굴을 보려면 성냥을 켜야 한다. 그 너머로 식사실과 두 개의 침실과 부엌이 있는데, 모두 건물 한가운데에 있어서 아파트 창문으로는 달빛도, 가로등 불빛도 들어오지 않는다. 그나마 욕실이 볕이 가장 잘 든다. 부엌을 지나 바깥쪽으로 툭 튀어나와 있어서 오후의 햇살이 들어오기 때문이다. 바이올렛과 조가 배치해놓은 가구를 보고 〈모던 홈메이커〉 같은 잡지에 나오는 근사한 방을 연상할 사람은 물론 아무도 없을 것이다. 그렇지만 이 집의 가구는 몸에 밴 습관에 딱 맞게 배치되어 있어서 이 방에서 저 방으로 건너갈 때 뭔가에 부딪히지도 않고, 앉으면 하고 싶은 것을 바로 할 수 있었다. 당신도 알지 않는가? 어떤 사람들은 앉기는커녕 세상 어느 누구도 접근조차 하지 않을 구석에 그저 보기 좋으라고 의자나 탁자를 갖다놓는다는 것을. 바이올렛은 자기 공간에 그런 짓은 하지 않았다. 모든 것을 누군가 그것을 찾을 만한 곳이나 쓰고 싶거나 필요하다고 느낄 만한 곳에 놓았다. 그래서 이 집 식사실에는 장례식장에나 어울릴 만한 거창한 의자가 딸린 만찬 테이블 따위는 없다. 대신 창가에 크고 푹신푹신한 의자와 옥돌, 드라세나와 닥터 플랜트 화분으로 뒤덮인 카드테이블이 놓여 있다. 그들은 카드놀이나 통크 같은 게임을 하고 싶을 때면 그것들을 치운다. 부엌은 네 사람이 식사하기에도 충분하고, 바이올렛이 머리를 매만져주는 동안 손님이 다리를 쭉 뻗을 수도 있을 만큼 넓다. 앞방, 즉 거실도 거기에 어울리는 결혼식 피로연이 열리기를 기다리느라 쓸데없이 방치해두지 않았다. 그곳에는 새장과 함께 새들이 자기 모습을 볼 수 있도록 거울도 놓여 있다. 물론 이제 새는 한 마리도 없다. 바이올렛이 칼을 들고 도카스의 장례식을 찾아갔던 날, 새를 모두 날려 보냈으니까. 지금은 텅 빈 새장과 그것을 비추는 쓸쓸한 거울만 있을 뿐이다. 그 밖에 소파와 목재 세공 의자 몇 개가 작은 테이블과 함께 놓여 있어, 커피나 아이스크림을 놓을 수도 있고 신문을 몇 겹으로 접지 않고 편하게 볼 수도 있다. 한때 맨틀피스 위에는 조개껍데기와 예쁜 색깔의 조약돌이 놓여 있었다. 그러나 지금은 모두 사라지고, 도카스 맨프리드의 사진만이 은제 액자 속에 들어앉아 밤새도록 그들의 잠을 깨운다.

밤에 잠을 설친 그들은 늦잠을 잔다. 바이올렛은 손님들 머리를 손질해주러 나가기 전에 분주하게 아침식사를 차려야 한다. 미용에 뛰어난 손재주를 가졌지만, 정식 교육을 받은 적이 없는 바이올렛은 미용사 자격증이 없다. 그래서 기껏해야 이십오 센트나 오십 센트 정도의 푼돈을 벌 수 있을 뿐이다. 그런데 도카스의 장례식에서 그 일이 있고 난 뒤 많은 단골손님들이 이제부터 머리를 직접 하기로 했다느니, 딸에게 컬링 아이언을 달구게 한다느니 하며 온갖 구실을 대기 시작했다. 사실 바이올렛과 조 트레이스가 머리를 손질해주고 벌어들이는 푼돈을 아쉬워한 적은 없었다. 그러나 조가 일을 거르는 때가 많아진 지금 바이올렛은 점점 더 자주 미용도구와 영업 수완을 지니고, 오후 느지막이 일어나 차에 진을 타서 마시고 그녀가 무슨 짓을 했든 신경도 쓰지 않는 여자들의 지나치게 난방이 잘된 아파트를 찾아간다. 이런 여자들은 항상 머리가 잘 손질되어 있어야 한다. 가끔 그녀들의 반짝이는 눈이 동정심으로 흐려지면 일 달러를 몽땅 팁으로 주기도 한다.

"당신은 좀더 많이 먹어야겠어. 적어도 컬링 아이언보다는 굵어야 하지 않겠어?" 한 여자가 바이올렛에게 말한다.

"입 좀 다물어요." 바이올렛이 대답한다.

"정말이야." 아직도 잠이 덜 깬 여자는 오른손으로 귀를 잡은 채 왼손으로 얼굴을 받치고 있다. "그대로 내버려두면 남자들이 당신을 뼈만 남도록 말려버릴 거라고."

"여자들이에요." 바이올렛이 대답한다. "나를 말려 죽이는 건 여자들이라고요. 이렇게까지 나를 힘들게 한 남자는 없었어요. 나를 괴롭히는 건 다 큰 여자처럼 구는 굶주린 계집애들이에요. 자기 또래 남자애한테 만족할 줄 모르고 아버지뻘 되는 나이든 남자를 원하는 계집애들 말이에요. 수시로 립스틱 색깔을 바꾸고 속이 훤히 비치는 스타킹에다 거시기가 다 보일 정도로 짧은 치마를 입는……"

"그건 내 귀야! 그것까지 지질 작정이야?"

"미안해요. 정말, 정말 미안해요." 바이올렛은 잠시 손을 멈추고 코를 푼 다음 손등으로 눈물을 훔친다.

"에잇, 빌어먹을!" 한숨을 깊게 내쉰 여자는 그 틈을 타서 담배에 불을 붙인다. "이제 당신도 그 지긋지긋하고 뻔한 얘기를 털어놓겠군. 어떤 계집애가 당신 신세를 망쳐놓았다고, 당신 남편은 아무 죄가 없다고. 그는 그저 자기 일에만 신경쓰며 길을 걸어가는데 쬐끄만 창녀가 등에 찰싹 달라붙어 침대로 질질 끌고 갔다고. 자, 한숨 좀 그만 쉬어. 아껴뒀다 나중에 숨넘어갈 때나 쓰라고."

"하지만 지금 한숨이 나오는걸요." 바이올렛은 뜨겁게 달아오른 빗을 시험해본다. 빗이 신문지 위에 길게 갈색 자국을 남긴다.

"남자가 도망쳤나? 그 계집애와 같이 살아?"

"아니에요. 우리는 여전히 같이 살아요. 그애는 죽었고."

"죽었다고? 그럼 뭐가 문제야?"

"그이는 자나깨나 그 계집애 생각만 해요. 그 사람 마음속에는 그애밖에 없어요. 일도 안 하고 잠도 못 자고 밤이나 낮이나 울기만 한다고요."

"맙소사." 담뱃불을 톡톡 떨어낸 여자는 끝을 비빈 다음 꽁초를 재떨이에 조심스럽게 놓았다. 그리고 의자에 등을 기대고 두 손가락으로 귀를 문질렀다. "정말 큰일이군." 하품을 하며 그녀가 말했다. "진짜 속깨나 끓이겠어. 죽은 사람과는 연적이 될 수 없는 법이니까. 언제나 살아 있는 사람이 지게 마련이지."

바이올렛은 틀림없이 그럴 거라고 동의한다. 죽은 소녀에게 조를 빼앗긴 것도 부족해, 이제는 자신마저 그 아이와 사랑에 빠

30

진 것은 아닐까 의심이 들기 때문이다. 조에게 모욕감을 느끼도록 하려고 애쓰지 않을 때면, 그녀는 죽은 소녀의 머리칼에 감탄하고 만다. 듣도 보도 못한 온갖 욕설로 조를 저주하지 않을 때면, 머릿속으로 죽은 소녀와 이야기를 나눈다. 조가 식욕이 없고 잠을 못 자는 것을 걱정하지 않을 때면, 어느새 도카스의 눈은 무슨 색이었을까 궁금해한다. 소녀의 이모는 갈색이라고 했지만, 미용사들은 검은색이라고 알려주었다. 그러나 밝은 피부에 석탄처럼 새까만 눈을 가진 사람을 바이올렛은 본 적이 없었다. 어쨌든 한 가지 확실한 사실은 머리끝을 조금 다듬었어야 했다는 것이다. 사진에서나 바이올렛이 관 속에 누워 있던 소녀를 보고 기억하는 바로는, 그 아이는 머리끝을 조금 잘랐어야 했다. 그렇게 긴 머리는 쉽게 지저분해진다. 딱 4분의 1인치만 잘라냈어도 정말 아름다웠을 것이다. 도카스. 도카스.

바이올렛은 졸음에 겨워하는 여자의 집을 나선다. 진창이었던 길은 다시 얼어붙었다. 꽁꽁 얼어붙은 거리를 일곱 블록이나 걸어가야 하지만, 다행스럽게도 그녀의 부엌으로 오겠다고 약속한 손님은 세시나 되어야 올 것이다. 그전까지 집안일을 조금 해치울 수 있다. 할 일이 아무것도 없다거나 쉴새없이 이어지는 잔일이 없다거나 할 일의 목록이 없다는 것은 말도 안 되기 때문에 해야 하는 일들. 하던 일을 끝내고 돌아서자마자 또다른 허드렛

일을 손에 쥘 수 없다면, 그녀는 괜히 허공에 손을 휘젓거나 부들부들 떨지도 모른다. 그녀는 부엌을 따뜻하게 하려고 오븐에 불을 지핀다. 하얀 셔츠의 옷깃에 물을 뿌리는 동안, 그녀의 마음은 망가진 침대 밑으로 향한다. 벌써 오래전에 부러진 침대 다리는 못으로 다시 박을 수도 없을 만큼 깨끗하게 침대 프레임에서 떨어져나갔다. 손님이 찾아오자 바이올렛은 숱이 적은 회색 머리카락에 거품을 내면서 나이든 부인이 줄줄 쏟아내는 비밀 이야기에 "이런, 어쩌나" 하고 중얼거리며 적절히 장단을 맞춰준다. 바이올렛은 난로 문짝을 경첩에 고정한 끈을 다시 손본다. 그리고 집세 수금원에게 사흘만 더 사정을 봐달라고 애원할 말을 입속으로 연습한다. 그녀는 자신이 간절히 휴식을 원한다고 생각한다. 느닷없이 극장에 가기로 결정하거나 혹은 한가롭게 새장 옆에 앉아 눈 위에서 뛰노는 아이들의 소리를 들을 수도 있는, 아무 근심 걱정 없는 그런 오후를 원한다고.

휴식에 대한 이런 생각 자체는 그녀에게 대단히 매력적이다. 그러나 나는 그녀가 정말 휴식을 원한다고는 생각하지 않는다. 다 그렇다, 이런 여자들은. 호젓이 자기만의 생각에 잠길 수 있는 여유와 공간을 고대하면서 동시에 원하지 않는다. 여자는 항상 바쁘면서도, 앞으로 더 바빠질 구실을 궁리한다. 해야 할 일이 있다는 긴장감이 사라진 텅 빈 공간이 그들을 쓰러뜨려버릴 것이기 때문이다. 그 텅 빈 자리에 앵초가 가득한 들판이 펼쳐지거나, 날파리도 없고 덥지도 않은 수줍은 햇살이 비추는 아침이 찾아오는 일은 절대 일어나지 않는다. 아니, 천만의 말씀이다. 여자들이 손과 마음을 비누 거품과 잡다한 수리와 위태위태한 시비로 채우려 하는 까닭은 갑자기 찾아오는 한가한 순간에 그들을 기다리는 것이라곤 오직 스멀스멀 새어나오는 분노뿐이기 때문이다. 진하게 녹아내려 천천히 흐르는 분노, 흘러가면서 무엇을 묻어버릴지 신중하고 꼼꼼하게 선택하는 분노. 그렇지 않으면 시간의 맥박 속으로, 가슴 아래로 비스듬히, 어디서 왔는지도 모를 슬픔이 슬며시 파고든다. 이웃이 빌려갔던 실타래를 돌려주러 온다. 실타래뿐 아니라 긴 바늘도 가져온다. 두 여자는 잠시 문틀에 기대선다. 물건을 빌려간 여자가 빌려준 여자에게 아래층 여자와 나눈 웃긴 대화를 다시 들려준다. 정말 웃기다. 두 여자는 웃음을 터뜨린다. 한 여자는 이마를 잡고 큰 소리로 웃어대고, 다른 여자는 배가 아플 지경으로 깔깔댄다. 빌려준 여자는 문을 닫고 난 다음에도 여전히 웃음을 멈추지 못하고, 웃음의 흔적을 닦아내기 위해 스웨터 자락으로 눈가를 훔친다. 그러다 난데없이 소파 팔걸이에 눈물이 후두둑 떨어지는 바람에 두 손으로 눈물을 받아야 한다.

그래서 바이올렛은 옷깃과 소맷단에 물을 뿌린다. 그다음에는 온 정성을 다해 한 움큼밖에 남지 않은 회색 머리카락에 비누칠을 한다. 갓난아이의 머리카락처럼 보드랍고 흥미로운 머리카락이다.

그녀의 할머니가 씻기고 만지작거리고 사십 년 동안이나 기억했던 그런 아기의 머리카락은 아니다. 머리 색을 따서 이름까지 지었던 어린 소년의 머리카락 말이다. 어쩌면 바이올렛이 미용사가 된 것도 그 때문인지 모른다—그녀의 구원자인 할머니 트루 벨로부터 볼티모어 이야기를 들은 그 오랜 세월들 때문인지도. 베라 루이즈 양과 함께 에디슨 스트리트의 멋진 석조 저택에서 살던 시절, 리넨에는 푸른 실로 수가 놓여 있었고, 금발 머리 소년을 돌보고 보듬는 일 외에는 아무 할 일이 없었다. 어느 날 소년은 집을 나갔고, 그토록 세심하게 사랑받던 금발 머리를 모든 사람에게서 빼앗아가버렸다.

사람들은 바이올렛이 장례식을 망쳤을 때 몹시 분노했다. 그렇지만 놀라지는 않았을 거라고 생각한다. 전에도, 조가 소녀에게 눈길을 주기 전에도 바이올렛은 길 한복판에 주저앉은 적이 있었다. 어디에 걸려 넘어진 것도, 누가 밀친 것도 아니었다. 그냥 자리에 털썩 주저앉았다. 잠시 후 두 남자와 한 여자가 그녀에게 다가왔다. 하지만 그녀는 그들이 왜 자신에게 뭐라고 말하는지 알아들을 수 없었다. 누군가 마실 물을 주려 했지만, 그녀는 물그릇을 쳐서 떨어뜨렸다. 경찰관이 그녀 앞에 무릎을 꿇고 앉자 바이올렛은 아예 눈을 가리고 옆으로 누워버렸다. 경찰관이 그녀를 끌고 가려 하자 주변에 모여든 사람들이 웅성거렸다. "너무 피곤해서 그러는 거요. 그냥 쉬게 내버려둬요." 사람들은 그녀를 가장 가까운 계단으로 데리고 갔다. 서서히 제정신이 돌아온 그녀는 옷에 묻은 먼지를 떨어냈다. 그리고 한 시간 늦게 약속 장소에 도착했지만, 사랑 이외에는 서두르는 법이 없는 굼뜬 창녀들은 오히려 좋아했다.

내가 알기론, 바이올렛이 길거리에 주저앉는 일은 두 번 다시 일어나지 않았다. 그러나 조용히 넘어가긴 했지만, 그녀가 아기를 훔치려 했던 적이 있었다. 비록 증명할 방법은 없지만. 알려진 바는 이렇다. 바이올렛이 도착했을 때 덤프리 집안의 여자들—엄마와 딸—은 집에 없었다. 날짜를 헷갈렸거나 혹은 정식 인가를 받은 미용실에 가기로 결정한 모양이었다. 아마 머리 감는 일 때문이었을 것이다. 욕실 세면대에서는 머리를 속까지 깨끗하게 감을 수 없었으니까. 그런 문제에 있어서는 미용사들이 한 수 위였다. 정식 미용실에서는 앞으로 몸을 수그리는 대신 뒤로 누울 수 있고 비눗물이 흘러내리지 않게 눈에 수건을 댈 필요도 없다. 비눗물이 머리 뒤에서 바로 세면대로 흘러내려가기 때문이다. 그래서 정식 미용사가 바이올렛보다 솜씨가 좋지 않더라도, 이따금 오직 편안하게 머리 감는 즐거움에 슬쩍 미용실로 가는 단골손님이 있다.

한곳에서 두 사람의 머리를 손질하는 것은 아주 운이 좋은 경우라, 바이올렛은 열한시의 약속을 내심 기대했다. 초인종을 울려도 아무 응답이 없자 바이올렛은 시장에 갔다 늦나보다 생각하고 기다렸다. 잠시 후에 다시 초인종을 울려보고는, 콘크리트 난간 너머로 몸을 구부려 막 건물을 나서는 옆집 여자에게 덤프리 집안 여자들이 어디 갔는지 아느냐고 물어보았다. 여자는 고개를 가로저으면서도, 바이올렛이 창문을 보고 짐작할 수 있도록 알려주려고 가까이 다가왔다.

"이 사람들은 집에 있을 때에는 항상 커튼을 걷는다우." 그녀가 말했다. "없을 때에는 내리고. 어쩌면 그 반대일 수도 있지만."

"아마 집에 있을 때면 창밖을 내다보고 싶어하겠죠." 바이올렛이 말했다.

"보긴 뭘 내다본단 말이우?" 여자가 발끈 화를 내며 물었다.

"햇빛이오." 바이올렛이 대답했다. "집안에서 햇빛을 쬐는 거죠."

"햇빛이 그렇게 쬐고 싶으면 다시 멤피스로 이사 가버리면 되지."

"멤피스요? 이 집 사람들 여기 출신 아닌가요?"

"거야 그치들이 그렇게 믿게 만든 거지. 실은 그렇지 않다우. 심지어 멤피스도 아니야. 코타운. 듣도 보도 못한 촌구석이지."

"그렇군요." 바이올렛은 매우 놀랐다. 왜냐하면 덤프리 집안 여자들은 우아한 도회지 숙녀였기 때문이다. 아버지는 136번가에서 가게를 하고, 여자들도 종이를 다루는 근사한 직업이 있었다. 한 사람은 라피엣 극장에서 표를 팔았고, 다른 사람은 회계 사무소에서 일했다.

"그게 알려지길 원하지 않는다우." 여자가 계속 말했다.

"왜요?" 바이올렛이 물었다.

"건방을 떠는 거지. 그게 이유야. 하루종일 돈을 만지니까. 당신도 알잖수? 직업상 돈을 다루는 사람들이 얼마나 건방진지? 그게 마치 자기 돈이라도 되는 것처럼 말이우." 그녀는 커튼이 드리워진 창문을 향해 혀를 찼다. "햇빛 좋아하시네."

"어쨌든 저는 이 주에 한 번, 화요일에 이 집 여자들 머리를 해주거든요. 오늘이 화요일 맞죠?"

"그렇지."

"그럼 어디 있을까요?"

여자가 스커트 아래로 손을 넣어 스타킹 윗부분을 다시 조였다. "또 어디 가서 코타운 출신이 아닌 척하느라 용쓰겠지 뭐."

"어디 출신이세요?" 바이올렛은 여자가 한 손으로 스타킹을 단단히 조이는 것을 보고 감탄했다.

"코타운이라우. 옛날부터 그 여자 둘 다 알았지. 그런데 여기로 오고 나서 온 가족이 전에 나를 한 번도 본 적이 없는 것처럼 굴지 뭐유. 빗자루 대신 돈을 만지니까 그리된 거지. 난 돈도 못 버는 이 일마저 잃기 전에 빗자루나 다시 잡아야겠수. 맙소사." 그녀는 깊은 한숨을 쉬었다. "쪽지라도 남기지 그러우? 당신이 왔었다고 내가 그 사람들에게 전해줄 거라고는 기대하지 마슈. 꼭 해야 하는 말이 아니면 우리는 절대 서로 말을 안 하니까." 옆집 여자가 외투의 단추를 채우며 말했다. 바이올렛이 좀더 기다리겠다고 하자, 좋을 대로 하라는 듯 손을 내저었다.

바이올렛은 넓은 계단에 앉아 종아리 뒤에 컬링 아이언과 오일, 샴푸가 들어 있는 가방을 내려놓았다.

그 아기를 팔에 안았을 때, 바이올렛은 너무나 차가운 바람의 위협으로부터 꿀처럼 달콤한 버터빛 얼굴을 보호하기 위해 뺨까지 담요를 끌어올렸다. 커다란 두 눈으로 무심하게 바라보는 아기의 시선에 그녀는 미소를 지었다. 뱃속이 따뜻해지면서 깡충깡충 뛰노는 빛줄기가 그녀의 혈관을 타고 숨가쁘게 흘렀다.

조는 이 아기를 사랑할 거야, 그녀는 생각했다. 사랑할 거야. 그리고 곧바로 그들의 침실을 떠올렸다. 아기 요람을 구할 때까지 대신 사용할 만한 게 있던가. 견본으로 받은 순한 비누가 있으니 부엌에서 당장 이 녀석을 씻길 수 있겠어. 이 녀석이라고? 이 아기가 사내애였던가? 바이올렛은 하늘을 향해 고개를 쳐들고 집으로 돌아갔을 때 느끼게 될 흥분감에 웃음을 터트렸다. 그 웃음, 요란하고 정신 나간 웃음이 어떤 사람에게는 아기를 훔치려 했다는 확실한 증거처럼, 또 어떤 사람에게는 그녀의 무죄를 입증해주는 증거처럼 들렸다. 몰래 아기를 훔친 도둑년이 아이를 꺼낸 유모차에서 100야드도 떨어지지 않은 모퉁이에 서서 그처럼 주의를 끄는 행동을 할까? 마음씨 착한 순진한 여자라면, 아기 누나가 집에 갔다오는 동안 잠시 봐달라고 부탁한 아기를 데리고 돌아다니며 그렇게 웃을 수 있을까?

아기의 누나는 집 앞에서 비명을 지르고 길을 위아래로 훑으며 외쳤다. "필리, 필리가 없어졌어요! 그 여자가 필리를 데려갔어요!" 그러자 이웃 사람과 지나가던 행인 들이 모여들었다. 아기 누나는 어느 쪽이든 눈길이 닿는 곳으로 달려가지 않고, 마치 유모차를 두고 가면 그것마저 사라져버릴 것처럼 손잡이를 꼭 부여잡고 있었다. 유모차는 그녀가 방금 떨어뜨린 레코드판만 들어 있을 뿐 텅 비어 있었다. 레코드판 때문에 다시 집으로 달려들어갔던 것인데, 지금은 동생이 있던 자리의 베개 위에 놓여 있었다.

"그 여자가 누구야?" 누군가가 물었다. "누가 아기를 데려간 거야?"

"어떤 여자예요. 딱 일 분 자리를 비웠는데! 아니, 일 분도 안돼요! 그 여자에게…… 잠시만 부탁했는데…… 그 여자가 좋다고 해서……"

"고작 레코드 한 장 가지러 가려고 생판 모르는 여자에게 멀쩡한 아기를 맡겼단 말야?" 힐난 어린 남자의 목소리에 소녀의 눈에 눈물이 고였다. "네 엄마한테 단단히 혼꾸멍나야겠구나."

여러 의견과 판단이 성냥에 불꽃이 튀듯 사람들 사이에서 터져나왔다.

"이런 철딱서니 없는 것 같으니."

"대체 누가 널 이렇게 키웠니?"

"경찰을 부르지."

"뭐하러?"

"적어도 찾아보기는 할 거 아니야."

"저애가 뭐 땜에 아기를 두고 갔는지 좀 봐요."

"그래, 뭐 때문인데?"

"〈트럼본 블루스〉 레코드판 때문이래요."

"세상에!"

"저애 엄마가 집에 오면, 트럼본은 몰라도 블루스가 뭔지는 확실히 알게 되겠구먼."

몰려든 사람들은 어리석고 무책임한 소녀에게, 경찰에게 그리고 아기가 있어야 할 자리에 떡하니 놓여 있는 레코드판에 점점 더 화가 났다. 그래서 연석에 서 있던 어떤 사람이 "저 여자 아니야?"라고 소리칠 때까지 정작 유괴범에 대해서는 까맣게 잊어버렸다. 그 사람은 모퉁이에 서 있는 바이올렛을 가리켰다. 모여선 사람들이 일제히 그가 가리키는 방향을 돌아다보았을 때, 바이올렛은 곧 누릴 발견의 즐거움에 온몸이 근질거려 머리를 한껏 젖히고 큰 소리로 웃어대고 있었다.

바이올렛이 손님을 기다리던 계단 위에 그대로 놓여 있는 미용도구 가방이 그녀의 무죄를 입증하는 증거가 되었다.

"내가 너희 아기를 훔칠 작정이었다면, 설마 내 밥벌이 수단인 이 가방을 그냥 두고 갔겠니? 내가 미쳤어?" 바이올렛의 눈은 분노로 활활 타올랐고, 아기의 누나를 똑바로 노려보았다. "사실 내가 그럴 생각이었다면, 몽땅 다 가져갈 수도 있었어. 이 유모차까지."

대부분의 사람들에게 그 말은 꽤 그럴듯하게 들렸다. 특히 아기의 누나를 나쁘게 생각하던 사람들에게는 더욱. 저 여자는 자기 가방을 두고 단지 아기와 산책을 했을 뿐이다. 너무 멍청해서 아기도 돌볼 줄 모르는 누나가 친구한테 들려줄 레코드판을 가지러 집으로 달려갔을 동안. 잠든 아기도 제대로 돌보지 못하는 멍청한 계집애의 머릿속에 무슨 생각이 들었는지 누가 알겠는가?

그러나 몇몇 사람들에게는 그 말이 이상하고 수상쩍게 들렸다. 그저 아기를 달래고 어를 생각이었다면, 왜 그렇게 멀리까지 걸어갔을까? 왜 대개 그렇듯 집 앞에 있지 않았을까? 그리고 그 웃음은 도대체 무엇인가? 무슨 웃음소리가 그럴까? 그런 식으로 웃을 수 있는 여자라면 가방이 아니라 온 세상이라도 잊어버릴 수 있을 것이다.

질책을 받은 아기의 누나는 아기와 유모차와 〈트럼본 블루스〉판을 가지고 다시 계단을 올라갔다.

의기양양해진 바이올렛은 화가 치밀어 가방을 홱 집어들며 말했다. "내가 다시는 이 망할 놈의 거리에서 누구를 도와주나봐라. 그 잘난 당신들 아기는 당신들이 돌보라고!" 바이올렛은 이후에도 그 사건을 그런 식으로 생각했고, 부아를 돋우는 재수없는 일로 기억했다. 임시로 쓰려 했던 아기 요람이나 비누는 잊어버렸다. 그러나 그녀의 혈관을 타고 흐르던 짜릿한 빛은 가끔 떠올랐다. 구름이 낀 흐린 날, 램프를 켜도 방안 구석은 여전히 어둡고 냄비에 든 팥은 아무리 삶아도 영영 물러지지 않을 것 같을 때면, 그녀는 품에 안고 데려올 수도 있었던 그 밝은 빛을 상상했다. 필요하다면 우물 바닥처럼 어두컴컴한 곳도 밝혀줄 수 있는 빛을.

조는 바이올렛이 길거리에서 벌인 소동을 전혀 몰랐다. 스턱
이나 지스턴, 또다른 남자 친구들은 서로 그 사건에 대해 수군거
리면서도, 정작 그의 앞에서는 "바이올렛은 어때? 잘 지내나?"
하고 물을 뿐이었다. 그러나 바이올렛의 마음에 갈라진 틈새를
그도 잘 알았다.

난 그런 것을 틈새라고 부른다. 달리 표현할 말이 없기 때문이
다. 구멍이 뚫리거나 깨진 것이 아니라, 한낮의 둥근 빛 속에 드
러난 시커멓게 갈라진 틈새다. 아침에 깨어나면 그녀는 밝은 조
명 아래 펼쳐지는 일련의 소소한 장면들을 똑똑히 본다. 각각의
장면에서 구체적인 일들이 행해진다. 음식을 만들고 일을 하고.
우연히 손님과 지인을 만나고, 어딘가에 방문하고. 그러나 정작
그런 일을 하는 자신의 모습은 볼 수 없다. 오직 행해지는 일만
보인다. 둥근 빛이 각각의 장면을 감싸고 있다. 그 빛이 끝나는
곡선 부분에 단단한 기반이 있을 거라고 가정할 수 있다. 그러나
사실 기반 같은 것은 없다. 항상 한 발짝 건너에는 좁은 샛길, 갈
라진 틈새뿐이다. 그 둥근 빛 또한 불완전하다. 가까이 다가가
살펴보면, 어떤 것이든 그 너머에는 이음매와 어설프게 붙여놓
은 자국과 취약한 부분이 보인다. 그게 무엇이든. 때때로 주의를
소홀히 하면 바이올렛은 이 갈라진 틈새에 걸려 넘어지고 만다.
왼쪽 발을 앞으로 뻗는 대신 뒤로 내딛고는, 무릎이 꺾여 거리에

주저앉아버렸던 때처럼.

　예전에는 그러지 않았다. 그녀는 재바르고 의지가 굳은 소녀였고, 미용사답게 소문을 재빠르게 퍼뜨리는 부지런한 젊은 여자였다. 그녀는 자기 고집대로 하기를 좋아했고, 그래야 직성이 풀렸다. 조를 선택한 것도 바로 그녀 자신이었다. 어스름한 새벽빛에 드러난 조의 모습을 한번 보고는 집으로 돌아가지 않겠다고 고집했다. 그녀는 텐더로인 지역을 벗어나 도심의 넓은 아파트로 이주하는 모험을 감행했고, 집주인의 문 앞에서 끝까지 버텨 다른 가족이 빌리기로 한 아파트를 얻어내기도 했다. 그녀는 사람들을 직접 찾아다니며 어떤 서비스를 해줄 수 있는지 설명해 손님을 모았다("저는 더 멋지고, 더 값싸게 당신이 원하는 시간에 당신이 원하는 장소에서 머리를 해드릴 수 있어요"). 또한 정육점 주인이나 노점상과 지독하게 실랑이를 벌인 끝에 제일 좋은 부위를 차지하거나 덤을 얻어냈다("그 끄트머리 하나만 더 얹어줘요. 줄기 무게까지 달았잖아요. 나는 잎사귀만 살 건데"). 그러나 조가 사탕 사는 소녀를 넋을 잃고 바라보며 가게에 서 있기 훨씬 전에도, 바이올렛은 그 갈라진 틈새에 한두 번 발이 빠진 적이 있었다. 그녀는 입안에서 무언가가 맴돌기 시작하는 것을 느꼈다. 오직 자기들끼리만 연결된 단어들이 다른 때라면 대수롭지 않게 넘어갈 평범한 말들을 푹푹 찌르며 관통했다.

"이번 달엔 8이 한 번도 안 나오다니, 정말 믿을 수가 없어요."
바이올렛이 매일 하는 숫자 조합 게임을 생각하며 말한다. "단
한 번도 없어요. 그러니 틀림없이 곧 나올 거예요. 몽땅 8에 걸어
야겠어요."

"그건 그렇게 하는 게 아니야." 조가 말한다. "숫자 조합을 만
들어서 계속 그걸 걸어야지."

"아니에요. 8이 나올 거예요. 난 알아요. 8월, 아니 여름 내내
그랬다고요. 이제 숨어 있던 8이 나올 때가 됐어요."

"당신 마음대로 해봐." 조는 클레오파트라 화장품의 선적량을
확인한다.

"여기 어떤 숫자 하나랑 다른 숫자 두세 개를 넣어 두 배로 만
들 생각이에요. 그런데 당신 옆에 서 있던 예쁜 소녀는 누구예
요?" 그녀가 대답을 기대하며 조를 올려다본다.

"뭐라고?" 조는 얼굴을 찌푸린다. "뭐라고 그랬어?"

"아." 바이올렛이 눈을 깜짝거린다. "아무것도 아니에요, 나는
그저…… 아무것도."

"예쁜 소녀라고?"

"아니에요. 조. 아무것도 아니에요."

아무것도 아니라는 그녀의 말은 그 일에 대해 아무것도 할 수
없다는 뜻이다. 그러나 그것은 아무것도 아닌 일이 아니다. 사소

하지만 성가신 일이다. 헤이우드 부인이 몇시에 자기 손녀의 머리를 해줄 수 있느냐고 물었을 때에도 마찬가지였다. 바이올렛은 "두시에요. 영구차가 길을 막고 있지 않는다면요"라고 대답했다.

이렇게 스스로를 무너뜨리지 않는 것이 그렇게 어려운 일은 아니다. 누구도 그녀를 억압하지 않으니까. 그들도 똑같은 행동을 할까? 아마 그럴 것이다. 아마 모두가 제멋대로 움직이며 주인을 거역하는 혀를 가지고 있을 것이다. 바이올렛은 입을 닫아버린다. 말수가 점점 줄어들더니 결국 "아" 혹은 "이런"이란 말밖에 하지 않는다. 이런 고집쟁이 혀보다는 차라리 몇 주 동안 못 찾던 칼을 결국 앵무새의 새장에서 발견하게 만드는 자기주장 강한 손이 그나마 봐줄 만하다. 바이올렛은 말이 없을 뿐 아니라 죽은 듯이 조용하다. 시간이 갈수록 그녀의 침묵은 남편을 괴롭히는 정도를 넘어 그를 당혹스럽게 만들더니 마침내 그를 우울하게 한다. 그는 주로 새하고만 이야기하는 여자와 결혼한 것이다. 새들 중에 한 마리는 대답도 한다. "당신을 사랑해요."

아니, 이것마저 과거가 되어버렸다. 바이올렛이 새들을 밖으로 날려보냈을 때 그녀의 친구가 되어주었던 카나리아 무리와 앵무새의 사랑 고백도 함께 사라졌다. 그뿐 아니라 밤을 맞이하기 위해 꼭 해야 할 일 가운데 하나였던, 날마다 새장을 덮어주는 밤의 의식도 사라졌다. 어떤 식으로든 잠들게 도와주는 것들이 있기 마련이다. 고된 노동이나 한 잔의 술이 도움을 줄 수 있다. 물론 당신 옆에 누운 누군가의 몸—설령 낯설다 해도 다정하기만 하다면—도. 그와의 접촉이 모멸감이나 불쾌감이 아니라 신뢰감을 느끼게 해준다면. 그의 거친 숨소리가 짜증나거나 역겹지 않고 사랑스러운 애완동물의 숨소리처럼 당신을 기분 좋게 해준다면. 문 잠그기, 집안 정돈하기, 양치질, 머리 빗기 등 잠들기 전에 으레 행하는 밤의 의식도 숙면에 도움이 된다. 그러나 그런 것은 진정으로 필요한 일을 위한 예비 과정에 불과하다. 대부분의 사람들은 곧장 깊은 잠에 빠지기를 원한다. 소란스러운 침묵의 밤, 더는 덮어줄 필요 없는 텅 빈 새장, 맨틀피스 위에서 빤히 쳐다보는 무표정한 얼굴의 당돌한 소녀를 피해 피로의 주먹에 맞아 곯아떨어지기를 원한다.

오직 소녀의 사진 한 장과 자신이 샅샅이 조사한 바에 근거해 멋대로 꾸며낸 성격 외에는 소녀에 대해 전혀 알지 못하는 바이올렛에게 소녀에 관한 기억은 마치 집안 어디에나 있지만 어디에서도 찾을 수 없는 질병과도 같다. 바이올렛에게는 마구 때리거나 실컷 두들겨 팰 수 있는 것이 하나도 없다. 뭐든 때려부숴야 하는 때에 그녀에게 남은 것은 기껏해야 지푸라기나 흑백사진 같은 하찮은 것뿐이다.

그러나 조에게는 다르다. 소녀는 지난 세 달 동안 밤을 지내는 데 없어서는 안 될 존재였다. 그는 소녀와의 추억을 회상한다. 바이올렛 옆에 누워 소녀를 생각하는 것이 그가 잠을 청하는 방법이다. 그는 소녀의 죽음이 너무나 가슴 아프고 안타깝지만, 언젠가는 그의 기억이 소녀의 사랑스러움을 떠올리지 못할까봐 그것이 더욱 안타깝다. 그는 그 기억이 점점 더 희미해져가리라는 걸 안다. 그가 도카스의 뒤를 쫓던 그날 오후부터 이미 희미해지기 시작했으니까. 그녀가 코니아일랜드*와 집세 마련 파티에 가고 싶다고, 멕시코**에 또 가고 싶다고 말한 뒤였다. 그때 이미 그는 사탕 때문에 망가진 소녀의 살결과 베개 위에 숲처럼 무성하게 펼쳐진 머리카락, 물어뜯은 손톱, 발끝을 안쪽으로 모으고 선 가슴 아릿한 자태에 애타게 집착했다. 그때 이미 그는 그 지긋지긋한 이야기를 떠들어대는 그녀의 독특한 목소리와 그들이 사랑을 나눌 때 보이는 눈꺼풀의 떨림을 순간순간 놓치고 있다고 느꼈다.

이제 그는 침대에 누워 소녀를 처음 만난 그 10월의 오후를 처음부터 끝까지 거듭해서, 세세한 부분 하나하나까지 되새긴다. 단지 그 기억이 감미로워서가 아니라 소녀를 그의 마음속에 완전히 낙인 찍으려고, 마모시켜버릴 앞날에 맞서 소녀를 선명히 아로새기려고 그렇게 한다. 소녀나 소녀에 대한 생생한 사랑이 바이올렛과의 경우처럼 딱딱한 딱지만 남고 사라지지 않도록. 조는 자신과 바이올렛이 젊었을 때가, 그들이 결혼하고 베스퍼 카운티를 떠나 그 북쪽 도시로 이사하기로 결정했을 때가, 아무리 기억하려 해도 도통 생각이 나지 않는다. 물론 날짜나 사건,

---

* 뉴욕 시 남쪽 해안에 있는 행락지.
** 나이트클럽 이름.

구입한 물건, 행동이나 심지어 구체적인 장면은 다 기억난다. 그러나 당시에 느꼈던 감정을 다시 떠올리기는 무척이나 힘들다.

그는 오랫동안 그런 상실감과 싸워왔고, 결국에는 체념해야 한다고, 나이가 들면 무엇엔가 느꼈던 감정을 기억하지 못하는 법이라고 믿게 되었다. "무서워서 죽는 줄 알았어"라고 말할 수는 있어도, 그 공포를 다시 떠올릴 수는 없는 것이다. 머릿속으로 황홀한 순간이나 살인 장면, 애정 넘치는 장면을 재생할 수는 있지만, 그 장면에서 주고받은 대사 외에 다른 것은 몽땅 빠져나가버리고 마는 것이다. 조는 자신이 이런 현실을 받아들였다고 생각했지만, 착각이었다. 주문받은 클레오파트라 화장품을 배달하러 실라의 집에 갔을 때, 그는 깔깔거리며 서로 지분거리는 여자들이 가득한 방에 들어섰다. 거기에 그녀가 있었다. 그에게 문을 열어주기 위해 문손잡이를 붙잡은 채 문가에 서 있었다. 가게에서 그를 매혹시켰던 바로 그 소녀. 사탕을 사 먹으며 고운 피부를 망치는 소녀의 모습에 그의 마음은 동요하고 두 눈은 불타오르는 듯했다. 그런데 바로 그곳에, 앨리스 맨프리드의 문가에 느닷없이 모습을 드러낸 것이다. 머리를 땋아내리고 발끝을 안쪽으로 모으고 서서 비록 웃는 얼굴은 아니지만 그를 환영하는 게 분명한 표정으로. 분명히 그런 표정으로. 그렇지 않았더라면 감히 그 집을 떠나며 문간에 서 있는 그녀에게 속삭일 배짱도, 용기도 내지 못했으리라.

그는 자신의 호색적인 대담함을 즐겼다. 지금까지는 그런 것을 필요로 한 적도, 경험해본 적도 없었기 때문이다. 서서히 닫히는 문틈으로 오가던 속삭임과 함께 표면으로 떠오른 욕망의 격동을 그는 조심스럽게 키워나가기 시작했다. 처음에는 욕망을 호주머니에 넣고 다니며, 단지 그것이 거기 있다는 사실에 즐거움을 느꼈다. 그러다 차츰 호주머니 밖으로 꺼내놓고 틈날 때마다 찬탄했다. 그는 소녀를 애타게 갈망하거나 그리워하기보다는 오히려 소녀에 대해 생각하고 결정을 내려버렸다. 마치 그의 이름을 정하듯이 혹은 빅토리와 함께 잠을 잘 호두나무를 정하거나 저지대의 땅 한 평을 고르거나 언제 도시로 향할지 정하듯이, 도카스로 결정해버린 것이다. 바이올렛과의 결혼으로 말하자면, 그의 결정은 아니었다. 사실 그가 결정할 필요가 없다는 게 오히려 고마웠다. 바이올렛이 그를 대신해 결정해주고, 시골의 그 모든 개똥지빠귀떼와 거기에 뒤따르는 곪아터진 침묵으로부터 벗어나게 도와주었으니까.

그들은 버지니아 주 베스퍼 카운티의 호두나무 아래에서 만났다. 바이올렛은 다른 모든 사람처럼 들에서 일했고, 자기 가족과는 20마일 정도 떨어져서 다른 가족과 지내며 수확철이 지나도록 머무르고 있었다. 그들은 서로 아는 사람들이 비슷했고 심지어 겹치는 친척도 한 명쯤 있었을 것이다. 다들 함께 모여 지냈기에 그들은 자연스럽게 서로에게 이끌렸다. 그들이 스스로 정한 일이라곤 밤에 언제 어디서 만날까 정도가 전부였다.

바이올렛과 조는 1906년에 티렐 역에서 베스퍼 카운티를 지나는 서던스카이 열차의 흑인 전용칸에 올라탔다. 열차가 그 도시를 둘러싼 강에 다다르면서 부르르 몸을 떨었을 때, 그들은 그게 꼭 자신들의 심정 같다고 생각했다. 마침내 그곳에 도착했다는 사실에 긴장하면서도 저 반대편은 과연 어떨지 두려워하는 마음 말이다. 그들은 약간은 겁에 질리고 약간은 흥분한 상태로, 흔들요람보다 부드럽게 움직이는 열차를 타고 가는 열네 시간 동안 잠시도 눈을 붙이지 못했다. 터널을 쏜살같이 지나갈 때면, 열차 안을 엄습한 순간적인 어둠 속에서 혹시 앞에 벽이 있어 부딪히지 않을까, 매달릴 데도 없는 낭떠러지가 있지는 않을까 걱정했다. 열차도 그런 생각에 그들과 함께 몸을 떨었지만, 계속 앞으로 나아갔다. 물론 거기에는 단단한 땅이 쭉 뻗어 있었다. 그리고 열차의 진동은 그들의 발밑에서 장단을 맞추는 춤으로 바뀌었다. 조는 손으로 머리 위의 선반을 꽉 잡고 서 있었다. 그리고 그렇게 하면 열차의 춤을 더 잘 느낄 수 있다며 바이올렛에게도 해보라고 권했다.

시골에서 올라온 이 젊은 커플은 깔깔 웃으며, 열차 바닥에 가볍게 발장단을 맞추며 매달려 있었다. 그때 승무원이 상냥하지만 미소는 짓지 않은 얼굴로 다가왔다. 흑인이 가득찬 이 칸에서는 미소를 지을 필요가 없었다.

"식당칸에 아침식사가 준비되었습니다. 식당칸에서 아침식사를 하십시오. 안녕하십니까. 식당칸에 아침 정식이 준비되어 있습니다." 그는 한쪽 팔에 걸친 열차용 담요 밑에서 1파인트짜리 우유병을 꺼내 무릎 위에 잠든 아기를 누인 젊은 여자의 손에 건넸다. "아침식사입니다."

승무원은 객차에 탄 모든 사람이 가능하면 지금 당장 식당칸으로 몰려가기를 원했지만, 뜻대로 되지 않았다. 이제 막 델라웨어를 빠져나왔고 메릴랜드까지는 한참 남았기 때문에 당분간 흑인과 다른 식사 손님을 갈라놓는 독약 같은 녹색 빛깔의 커튼은 없을 것이었다. 요리사들도 그 커튼 쪽으로 나가는 접시에는 뭔가를 더 담아야 할 것 같은 의무감에서 해방되었다. 예컨대 아이스티에 레몬을 세 조각 띄운다든가, 코코넛케이크 두 조각을 한 조각처럼 보이게 담는다든가 하는 것들 말이다. 모두가 커튼의 독기를 빼기 위한 것, 이렇게 음식을 약간이라도 더 얹어 마음 편한 분위기를 조성하려는 것이었다. 이제 도시 외곽을 달리고 있으니 녹색 커튼 따위는 필요하지 않았다. 식당칸 전체를 흑인이 가득 채울 수도 있고, 누구나 먼저 오면 먼저 음식을 받을 수 있었다. 단지 그들이 원하기만 한다면. 단지 그 작은 상자들과 바구니들을 모두 좌석 밑에 밀어넣고 종이 봉지들을 닫고, 이번 만은 베이컨 비스킷을 애초에 싸가지고 온 보자기에 다시 싸놓고 다섯 칸을 지나 식당칸으로 줄지어 들어가기만 한다면. 거기에는 최소한 그들이 향나무 덤불에 널어 말리는 침대보만큼이나 깨끗한 식탁보가 깔려 있고, 일요일 만찬을 위해 다림질해둔 냅킨만큼이나 빳빳한 냅킨이 곱게 주름 잡힌 채 접혀 있다. 그레이비소스도 집에서 만든 것만큼 부드럽고 비스킷도 그들이 보자기에 싸온 베이컨 비스킷에 뒤지지 않는다. 가끔 이런 일이 일어나기도 한다. 멋진 구두를 신고 두 딸과 함께 있는 어떤 여자, 시곗줄을 늘어뜨리고 중절모를 쓴 설교자 타입의 한 남자가 그들의 옷매무새를 가다듬고 일어나 묵직한 은제 나이프와 포크가 하얗게 빛나는 테이블을 향해 열차 안을 누비고 지나가는 일. 그러고는 떡하니 자리를 잡고 앉아 위엄을 자랑하기 위해 미소를 지을 필요가 없는 흑인에게 시중을 받는 일.

조와 바이올렛은 그런 일은 꿈도 꾸지 않았다. 원치도 않는 식사에 돈을 지불하다니. 거기서는 꼼짝없이 얌전하게 자리에 앉아 있어야 하고, 더구나 테이블을 사이에 두고 떨어져 있어야 한다. 지금은 그럴 수 없었다. 오는 내내 춤을 추며 도시의 입술로 들어가는 지금은. 그녀의 엉덩이 뼈가 그의 허벅지를 문질렀고,

두 사람은 열차 복도에 서서 웃음을 멈출 수가 없었다. 아직 도시에 도착하지도 않았는데, 도시는 벌써 그들에게 말을 건넸다. 그들은 춤을 추었다. 다른 수백만의 사람처럼 쿵쿵거리는 가슴을 안고 덜컹거리는 열차에 발을 맡긴 채, 난생처음 창밖의 도시를 바라보았다. 그 도시는 그들을 따라 춤을 추며 벌써부터 그들을 얼마나 사랑하는지 증명해보였다. 다른 수백만의 사람처럼 그들은 한시라도 빨리 도시에 도착하고 싶어서, 얼른 그 사랑을 되돌려주고 싶어서 몸이 달았다.

어떤 사람들은 그런 것에 둔감했다. 그래서 조지아에서 일리노이로, 다시 그 도시로 왔다 조지아로 돌아가고, 샌디에이고로 달아났다 마침내 고개를 설레설레 저으며 그 도시에 자신을 맡겨버렸다. 반면 어떤 사람들은 이 도시가 그들을 위한 곳임을 단번에 알아차렸다. 다른 어느 곳도 아닌 바로 이 도시임을. 그들 중에는 '거기에 도시가 있는데 못 갈 게 뭐 있어?'라는 일시적인 생각으로 도시에 온 이들도 있었고, 오랫동안 계획을 세우고 수차례 편지를 주고받으며 방법과 비용, 장소를 자세히 알아본 다음 온 이들도 있었다. 혹은 잠깐 방문하러 왔다가 그만 훌쩍 자란 혹은 덜 자란 목화 곁으로 돌아가야 한다는 사실을 까맣게 잊어버린 이들도 있었다. 명예제대를 했든 못했든, 퇴직수당을 받고 쫓겨났든 못 받고 쫓겨났든, 통고를 받고 재산을 빼앗겼든 못

받고 빼앗겼든, 그들은 한동안 도시를 배회했고, 그러다보면 어디 다른 곳에 있는 자신은 상상할 수 없게 되었다. 또한 친척이나 마을 친구들의 "이봐, 죽기 전에 꼭 한 번 구경하는 것이 좋을 거야"라는 말이나 "지금 방이 비었으니 짐을 꾸려서 와. 하이톱 슈즈는 가져오지 말고" 하는 말에 온 사람들도 있었다.

어떻게 왔든, 언제, 왜 왔든, 신발 밑창의 가죽이 도시의 보도를 밟는 순간 그들은 더는 돌아갈 길이 없었다. 비록 그들이 빌린 방이 어린 암소의 외양간보다 좁고 아침의 옥외변소보다 어두워도 그들은 도시에 머물렀다. 자신의 동족을 볼 수 있고, 청중 속에서 자신의 목소리를 들을 수 있어서. 억양에 상관없이 놀이를 위해 고안한 복잡하고 쉽게 변하는 장난감처럼 언어를 다루어 말하고, 그들만의 방식으로 움직이는 다른 수백 명의 군중 속에서 길을 걷는 자신을 느낄 수 있어서. 그들이 이 도시를 사랑하는 또다른 이유는 뒤에 남겨두고 떠나온 과거의 망령에서 찾을 수 있었다. 지휘관을 위해 미친놈처럼 싸웠지만 끝내 배신당하고 만 제27전투대대의 척추가 휜 퇴역 군인. 아머* 씨와 스위프트** 씨, 몽고메리 워드*** 씨가 파업을 분쇄하려고 고용해놓

---

* 1867년, 시카고에서 정육포장회사인 아머&Co.를 설립한 인물.
** 1855년에 창립된 정육포장회사. 구스타프 프랭클린 스위프트가 열여섯 살의 나이에 설립했다.

고는 시키는 대로 했다고 해고해버린, 환멸에 얼이 빠진 수천 개의 눈동자. 절대로 백인 노동자처럼 시간당 오십 센트를 지불할 수 없다고 맬러리**** 씨에게 거절당한 갤버스턴 부두 노동자 이천 명의 너덜너덜한 신발*****. 분노한 백인들이 모든 골목과 집 마당에서 입에 거품을 물고 날뛴 후에 오하이오 주 스프링필드, 인디애나 주 그린스버그와 스프링필드, 델라웨어 주 윌밍턴, 루이지애나 주 뉴올리언스에서 탈출한 사람들의 기도하는 두 손, 가쁜 숨소리, 말없는 아이들.

이렇듯 궁핍과 폭력으로부터 도망쳐 나온 흑인의 물결은 1870년대와 1880년대, 1890년대에 최고조에 달했는데, 조와 바이올렛이 합류한 1906년에도 여전히 꾸준한 흐름을 이루었다. 다른 이들처럼 그들 역시 시골 태생이었지만, 그런 사실은 놀랄 만큼 금방 잊혔다. 일단 도시와 사랑에 빠지면, 그 사랑은 영원하고 또

*** 1872년에 설립한 미국 최초의 통신판매회사. 당대 거대 기업 중 하나였다. 몽고메리 워드는 그 설립자.

**** 맬러리 증기선회사의 설립자.

***** 1920년, 텍사스 주의 갤버스턴 부두 노동자 파업 사건. 노동조합에 속한 백인 노동자들과 떠돌이 노동자였던 흑인들과의 첨예한 갈등을 보여준 대표적인 사건이다. 당시 백인 자본가들은 노조를 억압하는 수단으로 흑인 노동자들을 이용했다. 그 때문에 분노한 백인 노동자들이 흑인 거주 지역에 불을 지르고 폭력을 행사했다.

한 영원할 것처럼 보인다. 마치 도시를 사랑하지 않은 시절 따위는 아예 없었던 것처럼. 기차역에 도착하자마자 혹은 여객선에서 내려 드넓은 거리와 그곳을 환히 밝혀주는 호사스러운 가로등을 슬쩍 보자마자 그들은 이 도시를 위해 태어났음을 깨닫는다. 그곳, 그 도시에 더 강해지고 더 담대해진 그들 자신의 존재만큼 새로운 것은 없다. 처음 이곳에 도착했을 때부터, 그리고 도시와 함께 성장한 이십 년 후에도 그들은 자신들의 그런 새로운 면모를 너무나 사랑한 나머지 다른 사람을 사랑하는 법을 잊어버릴 정도였다―혹시 이전에 알았다면 말이지만. 그렇다고 다른 사람들을 미워했다는 건 아니다. 단지 그들이 사랑하기 시작한 것이 그 도시에서 사람들이 살아가는 방식이었다는 뜻이다. 빨간불에도 결코 걸음을 멈추지 않고 그저 거리를 한번 둘러보고는 태연하게 도로로 내려서는 여학생의 행동, 사람들이 높은 빌딩과 좁은 입구에 적응하는 방법, 군중 속을 걸어가는 여자의 자태나 이스트 강을 배경으로 서 있는 그녀의 충격적인 옆모습 같은 것들을. 혹은 램프 기름이나 생필품을 구하러 7마일이나 떨어진 곳까지 가지 않고 그저 길모퉁이만 돌면 된다는 사실에 부엌일이 한결 수월해진 것이나, 창문을 활짝 열어놓고 저 아래 거리를 지나가는 사람들을 몇 시간이고 취해서 바라보며 느끼는 경이감을.

사실 이런 것들은 사랑에 도움이 되지 않는다. 그저 욕망을 자극할 뿐이다. 시골길 울타리에 기대서 있는 것만으로 한 남자의 피를 온통 끓게 했던 아가씨도 이 도시에서는 눈길 한 번 끌기 힘들다. 그러나 만약 하이힐을 신고 손가방을 흔들며 대도시의 거리를 또각또각 빠르게 걷거나 차가운 맥주를 손에 들고 발끝으로 구두를 달랑거리며 돌계단에 앉아 있다면, 남자는 그 자세에, 돌에 닿은 그 매끄러운 피부에, 그 날렵하고 달랑거리는 구두를 도드라져 보이게 만드는 건물의 무게에 반응해 그만 넋을 빼앗길 것이다. 그리고 자신이 원하는 것은 둥글게 다듬은 돌과 햇빛 속을 들락날락하며 달랑거리는 하이힐의 조합이 아니라 바로 그 여자라고 생각할 것이다. 그는 즉시 속임수를 깨달을 것이다. 자태와 움직임과 빛이 이루어낸 요술을. 그러나 그 속임수 또한 이 도시의 일부임을 알기에 전혀 문제가 되지 않는다. 어쨌든 그는 자신의 폐가 들썩거리는 것을 느낄 수 있다. 그 도시에 공기는 없다. 단지 숨결만 있을 뿐이다. 그리고 매일 아침 숨결은 마치 웃음 가스처럼 그의 눈빛을, 대화를, 기대감을 빛나게 하며 그의 몸안을 관통해 질주한다. 순식간에 그는 자갈이 깔린 작은 개울과 너무 오래되어 가지를 바닥까지 축 늘어뜨린, 그래서 열매를 따려면 몸을 구부려야 했던 사과나무를 잊어버린다. 싱싱한 시골 달걀의 노른자위처럼 살짝 미끄러지던, 하늘의 밑

자락에 걸린 짙고 붉은 오렌지색 태양을 잊어버린다. 그리고 더는 그리워하지 않는다. 전율을 느끼게 하는 호사스러운 가로등 불빛에 무색해진 별이나 태양이 어떻게 되었는지 보기 위해 하늘을 올려다보지도 않는다.

그런 영원하고 제어할 수 없는 종류의 환상이 어린아이와 젊은 처녀, 모든 남자, 어머니, 신부, 술 취한 여자 들을 사로잡는다. 자신의 방식을 간직한 채 도시에 온 사람들은 진정한 자신에게 조금 더 가까워진 기분을 느낀다. 항상 자신의 참모습이라고 믿어왔던 것에 더 가까워진 기분을. 그 무엇도 그들을 이 도시에서 쫓아낼 수 없다. 도시는 그들이 바라는 바로 그 자체다. 흥청망청하고 따뜻하고 겁먹고 사랑스러운 타인이 가득한 도시. 자갈이 깔린 개울을 잊는 것도 무리가 아니다. 다만 하늘을 완전히 잊지 않는 까닭은 지금이 밤인지 낮인지 알려주는 약간의 구실을 하기 때문이다.

하지만 나는 도시가 믿을 수 없을 만큼 멋진 하늘을 만들어내는 광경을 보았다. 도시를 떠날 생각이라고는 손톱만큼도 없는 기차역 짐꾼과 식당칸 승무원 들은 가끔 열차 창밖으로 바라본 시골 하늘에 대해 장황하게 떠들어대곤 한다. 그러나 도시가 만들어내는 밤하늘에 견줄 만한 것은 없다. 도시의 하늘은 표면 자체를 텅 비울 수 있다. 그래서 진짜 바다보다 더 바다 같다. 별빛

하나 없이 깊고 깊다. 또 당신이 쓴 모자보다 가까이, 더 가까이 다가와 건물 꼭대기에 닿는다. 그런 도시의 하늘은 다가섰다 물러서고 다가섰다 다시 물러서며, 들키기 전에 연인이 벌이는 자유롭지만 금지된 연애를 떠올리게 한다. 번쩍거리는 도시 위로 높이 펼쳐진 밤하늘을 보면, 내가 알고 있는 바닷속 풍경, 그리고 바다가 부양하는 만과 지류 들에 대해 꿈꾸지 않을 수 있다. 진흙 바닥에 코를 박은 이인승 비행기, 눈을 부릅뜨고 지나가는 푸른 물고기 떼를 응시하는 비행사와 승객들. 짠물에 절은 채 천 가방 안에 있거나, 영원히 빠져나올 수 없는 금속 띠에 묶여 끄트머리가 부드럽게 흔들리는 돈들. 그런 것이 저 바다 밑에 있다. 물방개를 잡아먹는 노란 꽃들과 몸부림치는 지느러미에 떠밀려 흘러가는 알들과 함께, 부모를 잘못 선택한 아이들과 함께, 구식 건물에서 떨어져나온 카라라산 대리석* 석판과 함께. 거기에는 도시의 하늘이 감추고 있어서 볼 수 없는, 내 머리 위의 별만큼이나 아름다운 유리병도 있다. 그러나 그것은 원하기만 하면, 코러스 걸이 입는 금실을 섞어 짠 옷에서 잘라낸 별을 보여줄 수 있다. 혹은 손으로 만져질 것 같은 깊은 하늘 아래에서 행복하고 은밀한 사랑을 속삭이는 연인의 두 눈에 반사된 별을 보

---

* 이탈리아 토스카나 지방에서 생산되는 고급 대리석.

여줄 수 있다.

　도시의 하늘이 할 수 있는 일은 이뿐만이 아니다. 자줏빛으로 변해서도 여전히 오렌지색 심장을 갖고 있는 도시의 하늘은, 거리를 지나는 사람들의 옷을 무도회 의상처럼 빛나게 할 수 있다. 나는 여자들이 셔츠에 풀을 먹이거나 스타킹을 촘촘히 깁고, 소녀가 난롯가에서 여자 형제의 머리를 펴주는 동안 이로쿼이족만큼이나 아름다운 하늘이 아무도 눈치채지 못하게 그들의 창문을 지나가는 광경을 본 적이 있다. 자유롭고 금지된 사랑을 하는 연인이 서로 이야기를 나누는 창문도.

　조와 바이올렛이 흔들리는 열차에 맞춰 춤을 추며 도시로 들어온 지도 이십 년이 지났다. 그들은 여전히 부부였지만, 함께 웃거나 맨땅이 댄스홀 바닥이라도 되는 듯 함께 춤추는 것은 고사하고 서로 말도 거의 하지 않았다. 조는 자기 혼자만 지나간 나날을 기억하고 다시 그때로 돌아가기를 원한다고 확신했다. 이제 옛날에 느꼈던 감정은 사라지고 단순한 사실만 남았다는 걸 깨달은 조는 다른 곳에서 짝을 찾았다. 그리고 자기 행동의 값을 정확히 아는 이웃에게서 방을 빌렸다. 일주일에 여섯 시간. 도시의 하늘이 얇은 얼음 같은 푸른빛에서 황금 심장을 지닌 자줏빛으로 변하는 시간대였다. 그 정도면 태양이 지고 나서 그가 아내에게는 결코 말해본 적 없는 이야기를 새 연인에게 들려주기에 충분한 시간이었다.

어스름한 황혼녘에 강둑에서 히비스커스가 어떤 향기를 풍기는지, 바지에 난 구멍으로 튀어나온 자신의 무릎조차 잘 보이지 않는 그 어둑한 빛 속에서 아무리 그 여자가 덤불 속으로 손을 밀어넣었다 해도 어떻게 그 손을 단박에 알아보고 진짜 자신의 엄마라고 확신할 수 있다고 생각했는지 같은, 중요한 이야기들 말이다. 그녀가 엄마라는 확신이 그를 부끄럽게 만들었을지는 몰라도, 어쨌거나 그는 버지니아에서 가장 행복한 소년이 되었으리라. 그 여자가 그에게 손을 보여주기로, 그리고 단 한 번이라도 그가 하는 말에 귀를 기울여주기로 결심하고 그 결심대로 해주었다면. 거기까진 아니더라도, 최소한 긍정을 의미하는 어떤 말이라도 해줘서 그가 알게끔 해주었다면 말이다. 모멸감과 감사하는 마음을 동시에 안겨줄 그 기회를 그가 얼마나 붙잡고 싶어했는지 모른다. 그 여자가 자신의 엄마라는 확신은 그 둘 모두를 의미했으니까. 그녀의 손이, 꽃봉오리 사이로 나온 손가락이 그의 손을 건드렸다. 아니, 아마도 그가 그녀의 손을 건드리도록 가만있었을 것이다. 하지만 그는 그녀의 손을 움켜쥐고 낚아채서 덤불 밖으로 그녀를 끌어낼 생각은 없었다. 그 여자는 그런 일이 일어날까 두려워했는지도 모르지만. 그는 그러길 원하지 않았다. 그래서 말했다. 그냥 표시로, 조용히 당신 손을 보여주세요. 그러면 난 알 수 있을 거예요. 내가 알아야 한다고 생각하지 않나요? 그 여자는 아무 말도 할 필요가 없었다. 여태껏 그녀가 말하는 소리를 들어본 사람도 없었지만. 그 순간에 필요한 것은 말이 아니었다. 그 역시 말이 필요하지 않았고, 원하지도 않았다. 말이 얼마나 거짓일 수 있는지, 순식간에 피를 뜨겁게 했다 덧없이 사라져버릴 수 있는지 알았으니까. 그녀는 "엄마"라는 말조차 할 필요가 없었다. 그와 비슷한 어떤 말도. 그녀는 그저 그에게 표시를 보여주기만 하면 되었다. 그 나뭇잎, 그 하얀 꽃 사이로 손을 내미는 것만으로 그녀가 그를 알고 있다고, 십사 년 전에 버리고 달아난 아들임을 알고 있다고, 하지만 그렇게 멀리 가지는 못했다고 말해주기에 충분했다. 그녀는 아예 떠난 게 아니라 사람들이 충분히 성가셔할 거리만큼만 달아났고, 가끔 모두를 기절초풍하게 할 거리만큼 가까이 다가왔다. 그러곤 사탕수수밭에 기어들어와 숨어 있다 사람들을 툭 건드리거나 혹은 아기처럼 낮고 부드러운 웃음을 터뜨리곤 했다.

어쩌면 그 여자는 그렇게 했는지도 모른다. 덤불 속에서 움직였던 것이 나뭇가지가 아니라 그녀의 손가락이었는지도 모른다. 그러나 빛이 너무 희미해 바지에 난 구멍으로 튀어나온 자기 무릎조차 볼 수 없는 지경이었으니, 그가 그 표시를 놓쳤을 수도 있었다. 그 표시를 보았다면 그의 마음은 기쁨과 수치심으로 뒤

섞였겠지만, 최소한 그 이후부터 누군가에게 그 이야기를 털어
놓은 1925년 가을까지 그가 마음속에 줄곧 간직하고 살아온 텅
빈 공허는 느끼지 않았을 것이다. 그 누군가가 바로 광대뼈에 말
발굽 같은 자국이 있고, 조와 동년배인 사람들보다 마음속의 공
허가 어떤 것인지 더 잘 아는 도카스였다. 그녀는 그의 텅 빈 곳
을 채워주었고 그도 그녀의 공허를 채워주었다. 그녀 또한 마음
속으로 그런 공허를 느꼈으니까.

　물론 도카스는 자기 엄마가 누구인지 알았고, 지금은 기억조
차 나지 않는 사소한 잘못으로 엄마에게 뺨을 맞은 적도 있었다.
그러나 그 때문에 그녀가 느끼는 공허는 더 심했는지도 모른다.
도카스는 맞은 이유는 잊었어도 뺨을 내려치던 손과 철썩하는
소리, 날카로운 통증, 그리고 뺨이 얼마나 화끈거렸는지는 분명
히 기억했고, 그래서 조에게 말해줬다. 얼마나 화끈거렸는지 몰
라요, 그녀는 말했다. 그중에서도 마지막으로 얻어맞았을 때를
가장 선명히 기억했다. 그때 그녀는 제일 친한 친구 집에서 창밖
으로 몸을 내밀었다. 고함소리가 들렸는데, 꿈이 아니었기 때문
이다. 그 소리는 길 건너편, 그녀의 머릿속이 아니라 밖에서 들
려왔다. 뛰어가는 소리 같았다. 너나 할 것 없이 사람들이 이리
저리 뛰어다녔다. 물? 양동이? 도시의 다른 구역에 세워져 있는
반짝반짝 빛나는 소방차? 그녀의 빨래집게 인형이 한 줄로 나란

히 놓여 있는 집안으로 들어가기란 불가능했다. 담배 상자 안에 인형이 있었다. 그러나 도카스는 어떻게든 인형을 꺼내려고 했다. 잠옷을 입은 채 맨발로 인형을 구하러 달려가 엄마에게 소리쳤다. 인형 상자, 내 인형 상자가 저기 옷장 위에 있는데 어떻게 꺼내오지? 응, 엄마?

이 대목에서 도카스는 다시 울음을 터뜨린다. 조가 꼭 껴안아준다. 이로쿼이족 같은 하늘이 창문을 지나간다. 만약 두 사람이 하늘을 보았다면, 하늘은 그들의 사랑을 크레용으로 칠해주었을 것이다. 부드러운 침묵이 지나간 뒤, 조는 의자에서 클레오파트라 화장품 견본 상자를 가져온다. 그리고 상자 뚜껑을 꼭 쥐고 병과 향수병 속에 뭘 감춰놓았는지, 그녀를 위해 준비한 선물이 무엇인지 바로 볼 수 없게 시간을 끌며 그녀의 애를 태운다. 그것은 그들의 하루를 마무리짓는 작은 인사다. 한편 같은 시각 도시의 하늘은 마치 선물처럼 별을 하나하나 내어놓기 전에 조금이라도 더 오래 별을 감추어놓으려고 오렌지빛 심장을 검은색으로 바꾼다.

그때쯤 그녀는 그의 손톱을 자르고 깨끗이 다듬은 다음 반짝이는 광택제를 칠해준다. 이스트세인트루이스에 대해 이야기하며 조금 훌쩍거리는데, 그의 손톱을 만지작거리며 기분을 전환하는 것이다. 그녀는 이불 밑에서 자신을 들어올렸다 뒤집었다한 손을 자신이 매만져주었다는 사실을 확인하길 좋아한다. 그의 견본 상자 속 어떤 병에 담긴 크림을 자기가 직접 발라준 손이라는 사실을. 그녀는 몸을 일으켜 두 손으로 조의 얼굴을 감싸고 두 가지 색깔의 눈을 덮은 눈꺼풀에 각각 입을 맞춘다. 하나는 나를 위해서예요. 그녀는 말한다. 또하나는 당신을 위해서. 이건 내 거. 이건 당신 거. 그리고 이건 나 줘요. 이건 당신 드릴게요. 이건 내 거예요. 이건 나 줘요.

그들은 소리를 지르지 않으려 노력하지만, 그럴 수 없다. 때때로 그는 복도를 지나가는 사람이 그녀가 지르는 소리를 듣지 못하도록 손바닥으로 입을 막는다. 그리고 할 수만 있다면, 제때에 그런 생각이 들면, 자신의 비명을 막기 위해 베개를 깨문다. 할 수만 있다면. 가끔은 비명소리를 제대로 막았다고 생각한다. 베개의 한쪽 귀퉁이를 꽉 깨물고 있었으니까. 그러나 다음 순간, 쾌락에 지친 그의 목구멍에서나 흘러나올 법한 헐떡거리는 숨소리가 그의 귀에 들린다.

그럴 때마다 그녀는 깔깔거린다. 웃고 또 웃다 그의 등에 올라타고 주먹으로 마구 두들긴다. 그러다 마침내 지쳐버리면, 반쯤 잠든 그의 귀에 입술을 대고 계획을 세운다. 멕시코. 그녀가 속삭인다. 멕시코에 데려가줘요. 너무 시끄러워. 그가 중얼거린다. 아니에요. 아니에요. 거기가 딱 좋아요. 네가 어떻게 알아? 그가 묻는다. 사람들이 하는 말을 들었어요. 사람들이 그러는데 그곳에서는 둥근 테이블에 하얀 천을 깔고 갓을 씌운 작은 램프를 올려놓는대요. 거긴 네가 잠잘 시간이 지나기 전에는 문도 열지 않아. 그는 미소를 지으며 말한다. 지금이 내가 잠잘 시간이에요. 멕시코인은 낮에 잠을 잔대요. 나를 그곳에 데려가줘요. 사람들은 일요일 아침 예배시간까지 거기서 즐긴대요. 백인은 들어갈 수도 없고요. 가끔 공연하는 남자들도 일어나 함께 춤을 춘대요. 아하, 그래? 그가 말한다. 아하, 그래가 뭐예요. 난 그저 당신과 춤을 춘 다음 램프를 밝힌 둥근 테이블에 앉고 싶을 뿐이라고요. 사람들이 우리를 쳐다볼 거야. 네가 이야기하는 그 조그마한 램프가 누가 거기 앉아 있는지 다 보여줄 만큼은 클 거라고. 맨날 그 소리. 그녀가 킬킬거린다. 지난번에도 그랬잖아요. 다들 각자 즐기느라 바쁜데, 누가 우리를 쳐다보겠어요? 그래서 멕시코가 더 좋아요. 아무도 테이블 밑은 들여다보지 않으니까. 어떻게 보겠어요? 안 그래요? 춤추고 싶지 않다면, 그냥 불을 밝힌 자리에 앉아 음악을 듣고 지나가는 사람들이나 구경해요. 아무도 테이블 밑은 볼 수 없으니까. 조, 나를 데려가줘요. 어서 데려가겠다고 말해요. 어떻게 집에서 빠져나오려고? 조가 묻는다. 알아서 할게요. 그녀가 중얼거린다. 항상 그렇듯이. 그냥 좋다고만 말해요. 글쎄…… 사과가 어떤 맛인지 알고 싶지 않다면 사과를 딸

필요도 없는 법이지. 그게 어떤 맛인데요, 조? 그녀가 묻는다. 그는 눈을 뜬다.

문은 잠겨 있고, 말본은 한밤중이 지날 때까지 40번가의 사무실에서 돌아오지 않을 것이다. 그 생각만으로도 그들은 흥분한다. 만약 가능하다면, 그들은 온밤을 함께 지낼 것이다. 그러니까 앨리스 맨프리드나 바이올렛이 여행을 갔다면, 그가 그녀에게 선물을 주는 시간을 말본이 옥시돌이나 왁스 냄새를 풍기며 돌아오는 한밤중까지 연기할 수 있으리라. 그렇지만 도카스는 멕시코로 가자는 계획을 세운 다음, 발끝으로 살살 걸어 문을 나선 뒤 계단을 내려간다. 저녁 미용 일을 끝낸 바이올렛이 일곱시쯤 집으로 돌아와 조가 새장의 물을 갈아주고 천으로 덮어주었는지 확인해보기 전에. 그런 시간을 보낸 밤에는 말없는 아내 곁에 뜬눈으로 누워 있어도 아무렇지 않다. 조의 머릿속은 이 젊고 사랑스러운, 맙소사, 이 어린 소녀 생각으로 가득하니까. 그의 삶을 축복해줄 뿐 아니라 차라리 자신이 태어나지 말았더라면 하고 바라게 만드는 소녀 생각으로.

말본은 신문과 다른 사람들의 이야기가 인쇄된 작은 책을 읽으며 혼자 살았다. 사무실 건물을 번쩍번쩍 광이 나게 청소할 때가 아니면, 그녀는 책 속의 이야기와 자신이 날카롭게 관찰한 주위 사람들의 삶을 뒤섞어놓고는 했다. 퇴근 인파로 붐비는 오후 여섯시에 전차를 타고, 출세한 백인의 쓰레기통을 뒤지고, 책상에 놓인 여자들과 아이들의 사진을 유심히 살피는 이 여인의 눈을 벗어날 수 있는 것은 거의 없었다. 그녀는 복도에서 나누는 대화와 암모니아 병에서 풍겨나오는 냄새처럼 화장실에서 청소 도구함을 통과해 들려오는 웃음소리에도 귀를 기울였다. 그녀는 유리병을 조사하고 쿠션 밑이나 2단으로 인쇄된 두꺼운 책 뒤에 쑤셔넣은 휴대용 술병을 다른 데로 옮겨놓았다. 누가 여자 속옷뿐 아니라 정의에 대해서도 뜨거운 열정을 보이는지 알았고, 누가 아내를 사랑하고 누가 그 아내의 애인인지 알았다. 또한 누가 아들과 싸우고 아버지와는 말도 하지 않는지도 알았다. 그들은 복도를 천천히 걸어내려와 사무실로 들어오는 그녀에게 잠시 자리를 피해달라고 하고 통화를 하면서 수화기를 가리지 않았기 때문이다. 또한 밤늦은 시각에 그들이 "진짜" 사업이라고 부르는 일을 할 때에도 목소리를 은밀하게 낮추지 않았다.

사실 말본은 그들에게 관심이 없었다. 그냥 저절로 눈치챘을 뿐이었다. 그녀의 진짜 관심사는 이웃 사람들이었다.

말본의 조카 스위트니스는 윌리엄 영거에서 리틀 시저로 이름을 바꾸기 전에 130번가의 우체통을 털고 다녔다. 그 아이가 대체 뭘 찾았던 건지, 우편환인지 현금인지 말본은 상상할 수도 없었다. 그애를 일곱 살 때부터 길렀는데, 그때는 더 바랄 나위 없이 얌전한 조카였다. 적어도 낮에는. 그러나 말본이 근무하는 저녁 여섯시부터 새벽 두시 반까지 무슨 짓을 하고 다니는지는 전혀 몰랐다. 조카가 시카고인지 샌디에이고인지, 아무튼 알파벳 'O'자로 끝나는 어느 도시로 떠났을 때에야 비로소 또다른 사실들을 알게 되었다.

그녀가 뒤늦게 안 몇몇 사실 가운데 하나는 장바구니의 행방이었다. 깨끗이 빨아서 차곡차곡 접어 손가방에 넣고 시장에 가서 20파운드 소금을 담아 들고 오던 장바구니였는데, 스위트니스의 방에 있는 난방기 뒤에서 발견되었을 때 그 안에는 소인이 찍히지 않은 편지가 가득했다. 편지들을 살펴보고 말본이 제일 먼저 느낀 충동은 재빨리 편지를 다시 접고 봉인해 우체통에 도로 집어넣어야겠다는 것이었다. 그러나 결국 스위트니스가 귀찮아서 뜯어보지도 않은 편지까지 하나하나 다 읽어버렸다. 사실 누구의 편지인지 서명을 알아보는 재미 외에는, 남의 편지를 읽는 일은 썩 흥미롭지 않았다.

사랑하는 헬렌 무어에게. 헬렌의 안부를 물음. 자신의 안부를 알려줌. 날씨. 이러저런 거짓말, 약속. 사랑한다는 말. 그리고 서명. 마치 헬렌이란 사람이 수많은 친구와 친척에게서 날아오는 편지 더미에 파묻혀 그들을 일일이 다 기억할 수 없다는 듯 다들 마지막에는 반드시 '너의 친애하는 언니, 누구누구 부인'이라든가 '뉴욕에서 사랑하는 아빠, L. 헨더슨 우드워드'라고 비스듬한 글씨체로 커다랗게 자신의 서명을 덧붙였다.

그중에는 말본이 즉각적인 조치를 취해줘야 하는 것도 몇 통 있었다. 직업학교 학생이 방송통신대학 법학과에 지금은 사라지고 없는 응시료 일 달러를 동봉해 입학지원서를 보낸 것이다. 말본은 라일라 스펜서의 응시료를 내줄 만한 여윳돈이 없었다. 그렇지만 이 소녀가 변호사가 되지 못하고 평생 앞치마나 두르고 허드렛일을 하게 될까봐 안달이 났다. 그래서 직접 몇 마디를 적은 쪽지를 덧붙였다. "저는 지금 당장은 일 달러가 없습니다. 그렇지만 이 신청서를 받으시고, 제 입학을 허락한다는 연락을 주시면 즉시 준비하겠습니다. 그때 가서도 정말 그 돈이 없어 꼭 필요하다고 하신다면 말입니다."

윈섬 클라크가 파나마에 보낸 편지를 읽었을 때에는 가슴이 무척 아팠다. 운하 공사 현장에서 일하는 남편에게, 그가 보내주는 돈이 너무 적어 생활비가 턱없이 부족하다고 불평하는 내용이었다. 그녀는 차라리 일을 그만두고 아이들을 데리고 바베이도스로 돌아가겠다고 했다. 말본은 여인의 손바닥을 압박하는 삶의 단단한 벽을 느낄 수 있었다. 그 벽을 탕탕 두드리다 상처 입은 여인의 손을, 올망졸망한 어린아이들이 바싹 매달려 있는 여인의 엉덩이를 느낄 수 있었다. "뭘 어떻게 해야 할지 모르겠어요." 그녀는 이렇게 썼다. "달리 방도가 없어요. 아주머니는 사사건건 야단법석이고, 나는 미쳐버릴 지경이에요. 나뿐 아니라 아이들도 불쌍해요. 당신이 보낸 돈으로는 우리 모두가 먹고 살 수 없어요. 여기서 빠져 죽느니, 당신 어머니와 우리 어머니와 커다란 나무가 있는 고향에서 빠져 죽는 게 더 낫겠어요."

아하, 말본은 생각했다. 그녀는 바베이도스의 커다란 나무를 꿈꾸는 모양이군? 공원에 있는 것보다 더 클까? 틀림없이 정글 같을 거야.

윈섬은 계속 말했다. "당신 친구가 큰 화재로 죽었다니 정말 안됐어요. 그 친구와 당신을 위해 기도할게요. 백인이 대단한 일을 벌이는 그곳에서 왜 그렇게 많은 흑인이 죽어가나요? 아마 당신은 다 큰 어른이 쓸데없는 질문을 한다고 하겠죠. 돈이 좀 생기는 대로 나와 아이들이 있는 윈덤 가로 보내줘요. 지금부터 나올 월급을 두 번만. 소니는 구두닦이를 해서 자기 차비라도 벌어보겠다네요. 그러니 당신은 목숨 부지하는 데만 신경쓰고 다른 걱정은 마요. 당신의 사랑하는 아내 윈섬 클라크로부터."

말본은 윈섬뿐 아니라 에지컴 애비뉴 300번지에 사는 사람은 아무도 몰랐다. 그저 통 구별할 수 없는 이상한 양념 냄새가 창문에서 풍겨나오는 건물, 한몫 단단히 챙긴 부유한 서부 인디언들이 득실거리는 건물이 하나 있다는 사실만 알 뿐이었다. 지금 문제는, 이미 두 번의 월급이 에지컴으로 갔겠지만, 돈이 더 가기 전에 윈섬이 그곳을 떠났다는 사실을 파나마에 알리는 것이었다. 에지컴에서 그 친척 아주머니가 돈을 받고 있을 게 틀림없었다. 누가 알겠는가. 만약 그 여자가 윈섬이 말한 것처럼 그렇게 악질이라면(악의로 아이의 우유에 물을 타고, 뜨겁고 무거운 다리미를 잘 다루지 못한다고 다섯 살짜리 아이를 마구 때리고) 그 돈을 자기 주머니에 넣어버릴지. 말본은 편지를 조심스럽게 다시 봉했다. 그리고 파나마에 조금이라도 빨리 도착할 수만 있다면 기꺼이 일 페니짜리 우표를 한 장 더 붙이겠다고 생각했다.

말본을 진땀나게 만든 편지가 딱 한 통 있었다. 여자가 했다는 짓이나 그보다 더한 것도 해주겠다는 약속은 차치하고, 대체 그런 말을 편지에 쓸 수 있는 여자는 어떤 사람일까 궁금하게 만드는 편지였다. 게다가 편지를 쓴 여자는 애인과 한 건물에 살았다. 정부政府에서 공식적으로 그녀의 열정을 배달해준다는 즐거움 말고 달리 무슨 이유로 삼 센트짜리 우표를 낭비하는 건지 말본은 도통 이해할 수 없었다. 진땀을 흘리고 한숨을 내쉬면서 억지로 그 편지를 몇 번이나 다시 읽어보았다. 문제는 '당신의 변함없는 뜨거운 열정 양'의 편지를 M. 세이지 씨에게(봉투에 그렇게 쓰여 있었다. 편지에서는 '아빠'라고 불렀고) 보내주느냐 마느냐였다. 편지를 쓴 지 이미 한 달이 지났으니, 열정 양은 너무 지나쳤나 걱정하고 있을지 모른다. 아니면 그동안에도 아빠 세이지와 열정 양은 그 천박하고 끈적끈적한 짓을 몇 번이나 더 하지 않았을까? 마침내 말본은 쪽지를 한 장 써서 편지와 함께 보내기로 결정했다. 그 아빠라는 사람에게 신중하기를 권하고, 〈오퍼튜니티 매거진〉에서 오려낸 기사를 잘 읽어보라고 조언하는 쪽지였다.

그녀가 한창 익명의 조언을 준비할 때, 조가 문을 두드렸다.

"어떻게 지내요, 말본?"

"뭐 그럭저럭 지낸다우. 잘 지냈우?"

"들어가도 돼요? 할말이 좀 있어요." 그는 예의 그 편안하고 소박한 웃음을 지었다.

"난 돈이라고는 한 푼도 없는데, 조."

"아니에요." 그는 손을 번쩍 들어올리며 그녀 옆을 지나 거실로 들어왔다. "뭘 팔려고 찾아온 게 아니에요. 보세요, 지금 가방도 없잖아요."

"그렇다면 좋수." 말본은 그를 따라 소파 쪽으로 걸어갔다. "앉으시구려."

"그런데 혹시 내가 뭘 팔려고 온 거라면, 사고 싶은 거 있어요? 그러니까 혹시 돈이 있다면." 그가 넌지시 말했다.

"자주색 비누가 꽤 괜찮긴 하더구먼."

"잘됐군요!"

"금세 닳아 없어져버리긴 하지만."

"고급 비누는 말 그대로 고급이죠. 오래 쓸 수 있는 건 아니에요."

"뭐 그렇겠지."

"비누 두 개가 남아 있어요. 당장 가져다줄게요."

"뭐 땜에? 공짜로 주지는 않을 거 아니오? 뭔 속셈이지?" 말본은 맨틀피스에 놓인 시계를 보며, 일하러 나가기 전에 편지를 부치려면 조와 얼마 동안 이야기할 수 있을지 계산했다.

"일종의 호의라고 말할 수 있지요."

"내 생각은 다른데?"

"그럴 거예요. 당신이 나에게 호의를 베푸는 일이거든요. 당신에게 약간의 부수입이 생기는 일이기도 하고."

말본은 웃었다. "그만둬요, 조. 바이올렛이 모르는 일이지?"

"음. 그녀는…… 이건…… 바이올렛은…… 이런 일로 그녀를 괴롭히지는 않을 거예요, 알겠죠?"

"아니, 모르겠는데. 하지만 어디 한번 말해보슈."

"방을 빌리고 싶어요."

"뭐?"

"가끔, 오후에 한두 번만. 당신이 일하는 동안에요. 그래도 방세는 한 달 치를 다 낼게요."

"무슨 소리요, 조? 내가 밤에 일하러 가는 거 알잖수." 어쩌면 그 이름과 주소는 가짜였는지도 몰라. 조가 그 '아빠'라는 작자고, 어디 다른 곳에서 편지를 받으면서 열정 양에게 자기 이름을 세이지라고 말했을 수도 있지. 말본은 생각했다.

"나도 당신 근무시간이 밤인 줄 알아요, 그렇지만 네시면 집을 나서잖아요?"

"걸어가도 괜찮을 만큼 날씨가 좋을 때만 그렇지. 대부분은 다섯시 삼십분 차를 탄다우."

"매일 빌리지는 않을 거예요, 말본."

"단 하루도 안 돼. 당신 제안이 마음에 안 드는구려."

"매달 이 달러예요."

"내가 당신의 그깟 돈이나 싸구려 비누 따위가 필요하다고 생각하는 거요?"

"아니에요, 아니죠, 말본. 내 말 좀 들어봐요. 당신처럼 남자들이 아내와 겪는 문제를 이해해주는 여자는 많지 않아요."

"대체 무슨 문제요?"

"그러니까 바이올렛 말이에요. 당신도 그녀가 변한 뒤로 얼마나 이상하게 구는지 알잖아요."

"바이올렛은 그전에도 이상했우. 내가 기억하기론 1920년에
도 이상했지."

"아, 그래요. 그렇지만 지금은……"

"조, 당신은 내가 나가고 없는 동안 여기에 다른 여자를 데려올
속셈으로 스위트니스의 방을 빌리고 싶은 게지. 바이올렛이 당
신을 원하지 않는다는 이유로. 당신 나를 뭘로 보는 거야? 그래,
바이올렛과 나 사이에 무슨 애정 따위는 없우. 그렇지만 난 그
여자 편이라고! 니들 사내놈 편이 아니고, 이 늙은 개자식아!"

"내 말 좀 들어봐요. 말본……"

"그 계집은 누구야?"

"아무도 아니에요. 그러니까 내 말은 아직 모른다는 거예요.
그저 생각만 있을 뿐……"

"하! 어떤 얼간이라도 낚으려면 장소가 필요하다 이건가? 그
게 당신 속셈이군?"

"뭐, 그런 거죠. 어쩌면 전혀 사용하지 않을지도 몰라요. 그렇
지만 만약을 대비해 이렇게 해두고 싶어요. 이 방을 쓰든 안 쓰
든 돈은 지불할게요."

"어떤 집에 가면 단돈 오십 센트에 여자와 마루와 벽과 침대까
지 몽땅 다 빌릴 수 있우. 원한다면 가게에서 빌린 스쿠터를 탄

여자를 이 달러에 얻을 수도 있고."

"아, 그게 아니에요, 말본. 아니라고요. 나를 잘못 알았어요. 난 거리의 여자를 원하는 게 아니에요. 세상에!"

"아니라구? 길거리 여자가 아니면 누가 당신 같은 인간이랑 놀아준대?"

"말본, 난 단지 여자인 친구를 원하는 거예요. 같이 얘기를 나눌 수 있는 누군가를."

"바이올렛 머리 꼭대기에서 그 짓을 하겠다고? 어째서 여자인 나한테 놀아날 침대를 부탁하는 거요? 당신처럼 뻔뻔스러운 남자한테나 부탁하지."

"그 생각도 했어요. 그런데 혼자 사는 남자를 몰라요. 게다가 이건 뻔뻔스러운 짓도 아니에요. 제발요. 당신은 지금 나를 거리로 내모는 거라고요. 그보다는 차라리 내가 부탁하는 일이 더 낫지 않아요? 안 그래요? 그냥 이따금 존경할 만한 숙녀와 방문할 뿐인데."

"존경할 만한 숙녀?"

"그래요. 존경할 만한 숙녀. 어쩌면 외롭고, 아이가 있을지도 모르고 또……"

"또 몽둥이를 들고 쫓아오는 남편도 있고."

"그런 사람은 없어요."

"만약 바이올렛이 알면, 난 뭐라고 하지?"

"바이올렛은 절대로 모를 거예요."

"내가 말해버리면?"

"당신은 안 그럴 거예요. 왜 그러겠어요? 난 여전히 바이올렛을 책임질 거예요. 아무도 다치지 않아요. 당신은 집을 봐줄 사람뿐 아니라 오십 센트를 얻게 되는 거라고요. 혹시 당신이 없는 동안 스위트니스가 돌아오거나 누가 그를 찾아오더라도 당신이 여자라고 그자들이 아무거나 부숴버릴 염려도 없어요."

"바이올렛이 알면 날 죽이려 할 거요."

"당신은 이 일과 아무 관계도 없어요. 내가 언제 왔는지도 모르고 아무것도 보지 못한 거예요. 모든 게 당신이 집을 나설 때 모습 그대로일 거예요. 물론 집안에 망가진 물건이 있어 내가 손봐주기를 원하는 경우는 빼놓고요. 당신은 아무것도 보지 못할 거예요. 단지 내가 테이블 위에 두고 가는 약간의 잔돈 말고는. 당신은 왜 그 돈이 거기 있는지도 모르는 거예요, 알겠어요?"

"어휴, 정말."

"날 한번 믿어봐요, 말본. 일주일만. 아니 딱 이 주만. 언제고 당신 마음이 바뀌면, 내 돈을 테이블에 다시 올려놓기만 해요. 그럼 당신이 내가 그만두기를 원한다고 생각하고 확실하게 집 열쇠를 여기다 놓고 갈게요."

"어휴, 이거 참 야단났네."

"여기는 당신 집이에요. 그러니 뭘 원하는지, 뭘 고치고 싶은지 말해요. 뭐가 싫은지도. 그렇지만 날 믿어요. 당신은 언제 내가 왔는지, 왔다 가긴 했는지도 모를 거예요. 더이상 수도꼭지에서 물이 새지 않는다는 것만 알 뿐이죠."

"음……"

"당신이 아는 유일한 사실은 지금부터 매주 토요일마다 설탕통에 들어갈 오십 센트가 더 생긴다는 것뿐이에요."

"이거 참, 값비싼 대화로구먼."

"나랑 친하게 지내고, 또 술도, 담배도, 도박도 하지 않고, 십일조도 내지 않으면 돈을 엄청 절약할 수 있어요. 정말 놀랄 정도일 걸요?"

"아마 그렇겠지."

"난 지저분한 일은 절대 할 생각이 없어요. 클럽 같은 곳에 얼씬거리고 싶지도 않고요. 그저 괜찮은 여자 친구를 원할 뿐이에요."

"그런 상대를 틀림없이 찾아낼 수 있을 것처럼 말하는군."

조는 미소를 지었다. "만약 찾지 못해도 손해볼 건 없잖아요."

"전갈 따위는 안 돼."

"뭐라고요?"

"쪽지 같은 것은 안 된다고. 편지도 안 돼. 나는 어떤 말도 전해주지 않을 거요."

"물론이죠. 펜팔을 원하는 게 아니니까. 우리는 여기서 이야기
나 나누든지, 아니면 전혀 말을 하지 않을 거예요."

"무슨 일이 생겨서 당신이나 여자가 약속을 취소하고 싶으면?"

"그런 일은 걱정하지 마세요."

"여자가 아파서 못 온다고 당신한테 연락하고 싶을 수도 있잖
수?"

"그럼 기다리다 그냥 가는 거죠, 뭐."

"애가 아픈데, 에미라는 여자가 당신이랑 여기 처박혀 있어서
아무도 찾지 못하면?"

"누가 애 있는 여자랬어요?"

"너무 어린 애가 딸린 여자는 데리고 오지 마슈, 조."

"그럴게요."

"이건 나한테 너무 무리한 요구야."

"당신은 이 문제에 대해 아무 생각도 할 필요가 없어요. 당신
과 상관없는 일이에요. 내가 누구랑 말썽 일으키는 거 봤어요?
나는 이 건물에서 당신보다 더 오래 살았어요. 그런데 어떤 여자
든 나에 대해 나쁘게 말하는 거 들어봤어요? 온 도시에 화장품을
팔러 다니는데, 내가 어떤 여자를 쫓아다닌다는 소리 들어봤어
요? 아니, 절대 듣지 못했을걸요. 한 번도 그런 일이 없었으니까.

지금 나는 내 인생을 근사한 숙녀와 함께 조금 더 밝게 살아보려
는 거예요. 점잖은 남자가 그러듯이. 그게 전부예요. 대체 뭐가
잘못됐는지 말해봐요."

"바이올렛에게 못할 짓이야."

"바이올렛은 나보다 앵무새에게 더 관심이 많아요. 나머지 시
간은 내가 먹지도 않는 돼지고기를 요리하거나 머리를 펴는 데
써버리죠. 나는 그 냄새를 도저히 견딜 수가 없어요. 물론 우리
처럼 결혼한 지 오래된 사람들은 다 그렇게 살아가겠죠. 그렇지
만 그 침묵, 바이올렛의 침묵만큼은 도저히 받아들일 수가 없어
요. 바이올렛은 더는 아무 말도 하지 않고, 내가 가까이 다가가
지도 못하게 해요. 다른 남자들은 매일 밤마다 집밖으로 뛰쳐나
가 거리를 배회하지만, 난 그런 남자가 아니에요. 아니라고요."

물론 그는 그런 남자가 아니었다. 그러나 결국 그렇게 되었다.
거리를 배회하고, 몰래 계획을 세우고, 소녀가 요구하는 밤마다
외출을 했다. 그들은 클럽 멕시코와 술집 수크와 매주 이름이 바
뀌는 클럽들에 갔다. 조는 혼자가 아니었다. 그는 목요일의 남자
가 되었다. 목요일의 남자들은 만족스럽다. 나는 그들의 표정만
으로 불륜의 사랑이 이루어지려는 참인지 혹은 벌써 이루어졌
는지 알 수 있다. 주말이나 주중의 다른 날은 그저 가능성뿐이지
만, 목요일은 그게 실현되는 날이다. 나는 그게 목요일은 파출부

들이 쉬는 날이어서 아침나절을 침대에서 보낼 수 있기 때문이
라고 생각했다. 일하는 집에서 자야 하거나 혹은 아침식사도 못
하고 노닥거리지도 못하고 아침 일찍 일어나 출근해야 하는 주
말과 달리 말이다. 그러나 애인이 하녀나 파출부가 아니고, 일요
일과 월요일에 쉬는 식당 요리사나 종업원인 남자도 마찬가지라
는 것을 발견했다. 또는 토요일만 손꼽아 기다리는 학교 교사나
카페의 가수나 사무실 타이피스트나 상점 종업원인 경우에도 그
랬다. 도시는 주말만 생각하고 모든 걸 그날에 맞춘다. 주급 받
기 전날, 주급 받은 다음날, 안식일 활동 전날, 문을 닫은 가게와
조용한 학교 건물, 빗장이 걸린 은행 금고와 어둠 속에 잠긴 사
무실.

그렇다면 왜 남자들은 목요일만 되면 그렇게 만족스러워 보일
까? 아마도 일주일이라는 게 인위적인 리듬에 불과하기 때문일
것이다. 일주일이라는 주기가 완전히 사기 같아서 정작 우리 몸
은 거기에 관심도 없고, 사흘이든 이틀이든 혹은 나흘이든 일주
일 주기만 아니면 뭐든 좋은 건지도 모른다. 그래서 일주일 주기
는 인간적인 부분들로 깨져야만 하고, 그 깨지는 날이 목요일인
것이다. 저항할 수 없다. 목요일에는 주말과 같은 터무니없는 기
대나 고집 센 요구가 아예 없다. 사람들은 모임과 재충전과 일탈
을 위해 주말을 고대하지만, 금요일이나 토요일엔 지나치게 흥

분하기 때문에, 많은 경우 이런 활동들은 멍이나 심지어 피를 동반하기도 한다.

깊고 순수한 만족을 위한, 쾌락과 안락의 균형을 이루기 위한 날로 목요일을 따라갈 수는 없다. 남자들의 자신만만한 표정과 의기양양하게 성큼성큼 거리를 걷는 태도를 보면 분명히 알 수 있다. 목요일에 그들은 마치 자신을 당당하게 느끼게 해주는 어떤 일을 이룬 사람처럼 보인다. 비천했던 그들의 발걸음이 우아하게 느껴질 정도로. 그들은 인도 한가운데를 장악하거나 불 꺼진 집안에서 부드럽게 휘파람을 분다.

물론 그것은 오래가지 않는다. 스물네 시간이 지나면, 그들은 다시 겁에 질리고 손에 닿는 모든 무력감으로 자신을 채우고 만다. 그래서 절망으로 향할 수밖에 없는 주말은 귀에 거슬리는 소리와 언짢은 기분, 여기저기 멍든 자국과 핏방울로 점철된다. 후회되는 일, 거칠고 야비한 언사, 마음속에서 끓어오르는 말. 어느 것 하나도 목요일에는 일어나지 않는다. 목요일의 남자라고 불리는 사람은 아마 그 이름을 싫어할 것이다. 그러나 사실 그날은 도시에서의 사랑을 위한 날인 동시에 만족스러운 남자들의 애인을 위한 날이다. 그런 남자들은 여자를 미소 짓게 만든다. 그들이 완벽한 치아 사이로 부는 휘파람의 곡조는 오래도록 애인의 머릿속에 남아서, 나중에 부엌 스토브 앞에서 다시 흘러나오곤

한다. 그녀들 중 누군가는 문 옆에 걸린 거울 앞에서 머리를 이리저리 흔들며 자신의 허리선과 엉덩이 곡선에 탄복할 것이다.

저 위, 도시의 한 구역, 사람들이 이 도시에 온 이유인 그곳에서는, 문가에서 휘파람으로 부는 딱 어울리는 곡조만으로 혹은 레코드판의 둥근 홈을 타고 들려오는 흥겨운 노래만으로 도시의 기후를 바꾸어놓을 수 있다. 얼어죽을 것 같은 추위를 뜨거운 열기로, 다시 마음을 가라앉히는 서늘함으로.

거의 구 년을 거슬러올라간 7월의 그날도 그러했다. 아름다운 남자들의 얼굴은 차가웠다. 끈끈하고 태양이 내리쬐는 전형적인 여름 날씨 속에서 앨리스 맨프리드는 차갑고 검은 얼굴들에 경탄해, 우아한 여자들과 행진하는 남자들이 말하지 못하는 것을 대신 말해주는 북소리에 귀기울이며 피프스 애비뉴에 세 시간이나 서 있었다. 말로 할 수 있는 주장은 이미 깃발에 인쇄되어, 독립선언문에 나온 몇 가지 약속들을 되풀이하며, 기수의 머리 위로 휘날렸다. 그러나 진정한 의미는 북소리를 타고 전해졌다. 1917년 7월*이었다. 그들의 아름다운 얼굴은 냉정하고 무표정했

---

* 1917년 7월 28일 뉴욕에서 벌어진 '침묵의 행진'을 뜻한다. 천여 명의 흑인들

으며, 북소리가 그들을 위해 만들어주는 공간으로 천천히 움직였다.

그들이 행진하는 동안, 앨리스는 마치 낮과 밤이 다 지나가는 것만 같았다. 그녀는 여전히 한 손으로 어린 소녀를 붙잡은 채 지나가는 차가운 얼굴들을 하나하나 응시하며 오랫동안 서 있었다. 북소리와 얼어붙은 얼굴은 그녀에게 상처를 주었다. 그러나 그런 상처도 앨리스가 오랫동안 겪어온 공포보다는 나았다. 그녀는 일리노이에서 처음으로 공포에 질렸고, 다음에는 매사추세츠 주 스프링필드에서, 그다음은 일레븐스 애비뉴, 서드 애비뉴, 파크 애비뉴에서였다. 최근에는 110번가 남쪽 어디에서도 마음을 놓을 수 없었다. 특히 피프스 애비뉴가 가장 두려웠다. 거기서는 백인이 차 밖으로 몸을 내밀고 손에 쥔 접은 지폐를 흔들어 보이곤 했다. 또 점원들은 마치 그녀가 그들이 그녀에게 너그러이 팔기로 한 물건의 일부라도 되는 양 그녀를 함부로 만졌다. 그곳 상점에서는 관대한 주인이 블라우스(모자는 안 되고)를 입어보게 해주더라도 꼭 화장지를 대고 입어야 했다. 그곳에서는 재정적으로 자립한 오십대 부인인 그녀조차 성으로 불리지 못했

이 이스트세인트루이스에서 자행된 백인들의 폭력행위에 항의해 맨해튼까지 행진했다.

다. 영어를 할 줄 아는 여자들은 "이봐요, 거기에 앉지 마요. 저들이 뭘 갖고 있는지 어떻게 알아요"라고 말했다. 영어 한마디 할 줄 모르고 실크스타킹 한 짝 가져본 적이 없는 여자들도 전차 안에서 그녀가 옆자리에 앉기라도 하면 저만치 피했다.

이제 피프스 애비뉴를 따라 골목골목을 돌아 차갑고 검은 얼굴의 물결이 다가왔다. 말도 없었고 눈도 깜빡이지 않았다. 말하고 싶어도 스스로를 믿을 수 없어 하지 못했던 그 말을 북소리가 대신 해주었기에. 그들 자신의 눈과 다른 사람들의 눈을 통해 목격한 광경들을 북소리가 대신 그려주었기에. 그 고통이 그녀에게 상처를 주었지만, 마침내 공포는 사라졌다. 이제 피프스 애비뉴가 또렷이 눈에 들어왔고, 최근에 고아가 되어 떠맡게 된 소녀에 대한 책임도 분명해졌다.

그때부터 줄곧 그녀는 소녀의 머리를 땋아 밑으로 말아넣어 감추었다. 아이의 어깨 위로 물결치는 머리카락을 보고 백인이 지폐를 돌돌 감은 손가락을 뻗지 않게 하기 위해서였다. 그녀는 소녀에게 장님에 벙어리가 되라고, 영어를 할 수 있든 없든 백인 여자들과 그 아이들 앞에서는 그렇게 하는 게 얼마나 중요하고 필수적인지 모른다고 가르쳤다. 또한 건물 벽에 착 붙어 걸어다니는 방법과 눈에 띄지 않게 출입문을 드나드는 방법, 교통이 꽉 막혔을 때 모퉁이로 질러가는 방법을 가르쳤고, 열한 살이 넘은 백인 사내를 만나면 어떻게든 무조건 어디로든 피하라고 했다. 이런 일의 대부분은 옷차림만으로도 가능했다. 그러나 소녀가 나이를 먹어감에 따라 보다 세세한 항목이 필요하게 되었다. 발등에 우아한 끈이 달린 하이힐, 얼굴을 돋보이게 하는 멋진 챙이 달린 머리에 꼭 맞는 모자, 모든 기법의 화장 등이 앨리스 맨프리드의 집에서는 일체 금지되었다. 특히 등이 푹 파이고 목욕가운이나 몸에 두르는 수건처럼 단추 없이 앞을 묶도록 되어 있는 외투는 절대 입을 수 없었다. 욕실에서 방금 나왔거나 침대로 갈 준비가 된 여자처럼 보인다는 이유에서였다.

사실 앨리스도 그런 외투와 그런 외투를 입은 여자들을 내심 동경했다. 그런 외투에 안감을 댈 때면 일할 맛이 났다. 또 게이노스이스터나 시티벨즈 같은 상표의 옷들이 세븐스 애비뉴를 활보할 때면, 너무 근사해 어깨 너머로 두 번이나 돌아보지 않고는 못 배겼다. 그러나 앨리스는 이런 질투심 섞인 쾌락을 옷장 속에 깊이 묻어두었고, 자신이 잠옷 바람으로 거리를 돌아다니다시피 하는 여자들을 얼마나 동경하는지 소녀가 절대로 알아채지 못하게 했다. 일 나가는 엄마들을 위해 낮 동안 어린아이들을 돌봐주는 밀러 자매에게는 자신의 심경을 털어놓았다. 그들은 십이 년 동안이나 최후의 심판일을 기다려왔고, 지금 당장이라도 심판 이후의 달콤한 안식을 고대하는 사람들이라 달리 설득할 필요도 없었다. 두 자매는 밀주단속반에 그런 고발이 성가실 정도로 차고 넘친다는 사실을 알기 전까지, 술을 파는 모든 식당과 클럽 명단을 꿰고 그 주인과 손님을 죄다 경찰에 주저 없이 신고했다.

앨리스 맨프리드가 훌륭한 바느질 솜씨 덕에 불려가 일하느라 밀러 자매에게 어린 소녀를 맡겼다 데리러 오는 저녁이면, 세 여자는 부엌에 앉아 포스텀 차*를 마시며 임박한 종말의 증거에 대해 한숨을 쉬며 탄식했다. 발목뿐 아니라 무릎까지 다 드러내고 지옥 불처럼 새빨간 립스틱을 바르지 않나, 눈썹에는 까맣게 탄 성냥을 문지르고 손톱은 핏빛으로 물들이고 말이야. 누가 애 엄마고 누가 창녀인지 구별이 안 된다니까요. 게다가, 당신도 알겠지만 남자들이 지나가는 여자에게 큰 소리로 던지는 말은 애들 앞에선 도저히 입에 담을 수도 없어요. 그들은 확실히는 몰랐지만 춤 역시 음란한 수준을 넘어섰다고 의심했다. 왜냐하면 주님이 재림하려고 기다리는 시기가 지날 때마다 점점 더 해괴망측한 음악이 나왔기 때문이다. 머리에서 시작해 마음을 채웠던 노래들이 점점 밑으로 내려가더니 이제는 허리띠와 버클 달린 벨트 아래로 떨어졌다. 음악이 내려가다 내려가다 끝내는 너무 천박해져 와이셔츠 바람의 사내들이 창틀에 기대서, 혹은 옥상이

---

* 커피 대용품으로 마시는 차.

나 골목이나 현관 앞에 모여서, 혹은 친척의 아파트에 가서 종말이 임박했음을 알리는 그 천박한 노래를 불러댈 때면, 한여름에도 창문을 꼭 닫아걸고 흘러내리는 땀을 그대로 견뎌야 할 지경이었다. 그런가 하면 아기를 어깨에 얹고 프라이팬을 든 여자는 이런 노래를 흥얼거렸다. "내 애인이 눕곤 하던 내 베개로 와요…… 이 얼마나, 얼마나 오랜만인지, 오랜만인지……" 이런 노래가 어디에서나 들려왔다. 심지어 앨리스 맨프리드와 밀러 자매가 사는 클리프턴 플레이스처럼 100피트마다 잎이 무성한 60피트 높이의 나무가 있고 모퉁이에 자동차가 채 다섯 대도 주차되어 있지 않은 조용한 거리에서도 여전히 그런 노래를 들을 수 있었다. 이런 노래는 밀러 자매가 돌보는 아이들에게도 여지없이 영향을 미쳤다. 아이들은 머리를 치켜들고 아직 다 자라지도 않은 엉덩이를 우스꽝스럽게 흔들어대곤 했다.

앨리스는 그 천박한 음악이(일리노이는 여기보다 더 나빴다) 이스트세인트루이스에서 죽은 이백 명의 흑인*을 추모하며 분노를 드러내기 위해 피프스 애비뉴를 조용하게 행진하던 흑인 남

---

* 이스트세인트루이스 폭동의 원인은 인종문제뿐 아니라 노동문제와 결부되어 있었다. 1차 세계대전 동안 미국 북부는 극심한 인력난에 시달려 대체 노동력으로 흑인들이 대거 유입되었는데, 기존의 백인 노동자들은 흑인들이 자신들의 일자리와 세력을 위협한다고 여기고 적대감을 가졌다.

녀들과 어떤 관계가 있을 거라고 생각했다. 그 소요에서 죽은 사람 중에는 그녀의 여동생과 제부도 있었다. 백인들이 너무나 많은 사람을 죽였기 때문에, 신문엔 그 정확한 숫자조차 실리지 않았다.

어떤 사람들은 그 폭도들이 유색인 부대에서 싸웠던 불만에 찬 퇴역 군인이라고 했다. 여기저기서 YMCA의 지원을 받지 못하고 거절당한 뒤 고향으로 돌아와 입대 전보다 더 악랄해진 백인의 폭력을 경험한 사람들이라고. 그들이 유럽에서 싸웠던 전투와 달리, 이 내전은 피도 눈물도 없고 명예 따윈 더더욱 없었다. 또다른 사람들은 그들이 살 집과 일자리를 찾아 도시로 흘러들어온 남부 흑인의 물결을 보고 겁에 질린 백인들이라고 했다. 몇몇은 이 문제를 생각해보고는 얼마나 노동자를 심하게 통제했으면 그들 중 아무도 (막대기나 뚜껑은 물론이고 감시할 사람조차 필요 없는, 통 속에 갇힌 게같이) 통을 빠져나올 엄두를 내지 못했겠느냐고 이야기했다.

그러나 앨리스는 자신이 어느 누구보다 진실을 잘 안다고 믿었다. 제부는 퇴역 군인이 아니었다. 그는 전쟁 전부터 이스트세인트루이스에 살았다. 백인의 일자리는 원하지도 않았다. 자기 소유의 당구장이 있었으니까. 사실상 그는 폭동에 끼지도 않았다. 무기도 없었고, 거리에서 누구와 맞서지도 않았다. 그냥 전차에서 끌려나와 짓밟혀 죽었다. 앨리스의 여동생은 그 소식을 듣고 집으로 돌아와 몸밖으로 튀어나온 남편의 내장이 무슨 색이었는지 잊으려 애썼다. 그때 그녀의 집이 불길에 휩싸였고, 그녀는 불길 속에서 바삭하게 타버렸다. 그녀의 외동딸, 도카스라는 어린 소녀는 길 건너편에 있는 가장 친한 친구네 집에서 자고 있었다. 도카스는 소방차가 왱왱거리며 거리를 달려오는 소리를 듣지 못했다. 사실 소방차는 신고를 받고도 오지 않았으니까. 그러나 타오르는 불길은 틀림없이 보았을 것이다. 온 거리가 비명 소리로 가득찼으니까. 그렇지만 아이는 결코 말이 없었다. 그 일에 관해서는 끝내 아무 말도 하지 않았다. 아이는 불과 닷새 사이에 두 번의 장례식에 참석해야 했다. 그러나 단 한마디도 하지 않았다.

앨리스는 생각했다. 아니야, 그건 전쟁이나 불만에 찬 퇴역 군인 때문이 아니었어. 일자리를 찾아 떼거지로 몰려들어 거리를 가득 메운 흑인들 때문도 아니었어. 음악 때문이었어. 여자들이 노래하고 남자들이 연주하던, 남녀가 부끄러운 줄도 모르고 서로 꼭 달라붙어 춤을 추거나 멀리 떨어져서 거칠게 춤을 추던 그 추잡하고 천박한 음악 때문이야. 앨리스는 확신했다. 밀러 자매도 마찬가지였다. 그들은 부엌에서 포스텀 차를 호호 불며 말했다. 그 음악은 사람들을 경솔하게 만들고 엉뚱한 일에 빠지게 해요. 듣기만 해도 죄를 짓는 거나 마찬가지라니까요.

피프스 애비뉴의 행진에는 그런 음악이 없었다. 단지 북소리와 밀짚모자를 쓴 백인들에게 유인물을 나눠주는 흑인 보이스카우트뿐이었다. 얼어붙은 얼굴들이 이미 알고 있는 사실을 백인들도 알아야 했다. 앨리스는 길거리에 널린 유인물을 집어들어 읽고는 연석을 밟고 선 발의 무게중심을 바꿨다. 유인물을 읽은 그녀는 도카스를 한번 쳐다보았다. 도카스를 쳐다보고는 다시 유인물을 읽었다. 방금 읽은 글은 정신 나간 헛소리에 초점을 벗어난 것 같았다. 어떤 거대한 틈이 유인물과 소녀 사이에 놓여있었다. 그녀는 둘 사이의 연관성을 찾기 위해 애쓰며 다시 한번 번갈아 쳐다보았다. 조용히 응시하는 아이와 무슨 소리인지도 모를 정신 나간 글 사이의 거리를 좁혀줄 무언가를 찾으려고. 바로 그때 갑자기 구조용 끈이 던져지듯 멀리서 북소리가 울리며 그 간극을 좁히고 그 모든 것을 한곳으로 모아 연결시켜주었다. 앨리스와 도카스, 여동생과 제부, 보이스카우트와 얼어붙은 검은 얼굴들, 보도 위에서 그리고 창문 너머에서 바라다보는 구경꾼들 모두를.

피프스 애비뉴에서의 그날 이후로 앨리스는 모든 사람을 그러모았던 그 끈을 항상 마음에 간직했다. 대개 그 끈은 든든하고 튼튼하게 느껴졌다. 남자들이 창가에 앉아 호른을 연주하고 여자들이 "얼마나 오랜만인지"를 흥얼거릴 때만 빼놓고. 그런 순간이면 끈은 끊어져버리고 그녀의 평화도 깨졌다. 그리고 그 피냄새를 맡을 수 있을 만큼 지독하게 자유분방하고 육체적인 뭔가가 떠올랐다. 그 음악은 그녀에게 새빨간 입술과 허리띠 아래의 삶을 일깨워주곤 했다. 그녀는 설교나 글을 통해 그런 음악은 진짜 음악이 아니라 흑인이 만들어낸 시시한 것에 불과하다는 사실을 알았다. 확실히 위험하고 물론 당혹스러운 것이었지만, 진짜도 아니고 진지하게 여길 것도 아니었다.

그러나 앨리스 맨프리드는 그 속에서 복잡하게 뒤엉킨 분노의 소리를 들었다고 맹세할 수 있었다. 화려한 치장과 들끓는 유혹으로 위장한 사나운 적개심을. 그러나 무엇보다 싫었던 것은 그 음악의 욕망이었다. 때려서 움푹 들어간 곳과 갈라진 틈에 대한 갈망, 싸움 혹은 붉은 루비 넥타이핀에 대한 무절제한 굶주림도 싫었다. 행복을 가장하고 환대로 위장했다 해도, 싸구려 술집이나 대폿집, 주점에서 흘러나오는 이런 음악을 듣고 너그러운 마음을 가질 수는 없었다. 오히려 그 음악을 들으면, 주먹으로 유리창을 깨부수고 세상을 낚아채 그 목숨이 다할 때까지 쥐어짜고 싶은 충동을 참기 위해 앞치마 주머니에 찔러넣은 손을 꼭 움켜쥐어야 했다. 세상이 그녀에게 그리고 그녀와 친하거나 그냥 아는 다른 사람들에게 저지르고, 저지르고, 또 저지른 짓거리에 대한 대가로 세상을 공격하고 싶은 거였다. 그러므로 어디서 어떻게 멈춰야 할지 모를 고함을 지르거나 창문을 부숴버리는 위험을 무릅쓰기보다 차라리 조용한 클리프턴 플레이스의 아파트에서 무더운 여름 날씨에도 불구하고 창문과 덧문을 꼭꼭 걸어 잠그고 땀을 흘리는 편이 나았다.

나는 카페나 커튼을 치지 않은 창문을 지나다 그녀를 본 적이 있었다. "날 때려요. 떠나지만 마요"인가 뭔가 하는 노래 가사가 흘러나올 때였다. 나는 그녀가 한 손으로는 팔 년 전 피프스 애비뉴에서 그녀에게 구원처럼 던져졌던, 모두를 묶어준 끈을 잡으려 하고, 다른 한 손으로는 외투 주머니 속에서 주먹을 불끈 쥐는 모습을 지켜보았다. 그녀가 어떻게 그렇게 했는지는 모른다. 양손으로 서로 다른 동작을 취하며 균형을 유지하는 것 말이다. 그러나 그런 노력을 한 사람이 그녀만은 아니었고, 끝내 실패한 것도 그녀만은 아니었다. 피프스 애비뉴의 북소리를 모든 피아노와 빅트롤라 축음기에서 울려나오는 벨트 버클 같은 음악에서 떼어놓는다는 것은 애초부터 가능하지 않았다. 불가능했다. 어떤 밤은 조용하다. 자동차 한 대 지나가는 소리조차 들리지 않고, 술 취한 사람도, 엄마를 찾으며 우는 아기도 없다. 그런 밤이면 마음껏 모든 창문을 활짝 열어도 그 어떤 소리도 들리지 않는다.

그녀는 이렇게 쥐 죽은 듯 고요한 밤을 신기해하며 잠자리에 든다. 그러나 베개를 더 서늘하고 부드러운 면으로 돌리자마자, 어디서 들었는지 기억조차 나지 않는 곡조가 청하지도 않았는데 그녀의 머릿속에서 저절로 크게 들려온다. "내가 한창이던 젊은 시절에는 아무 때나 바비큐를 먹을 수 있었지." 탐욕스럽고 무모한 가사다. 방탕하고 신경을 건드리는 곡조다. 그러나 쉽게 떨쳐지지 않는다. 종려나무 가지처럼 방탕함을 높이 치켜든 그 곡조 아래에 피프스 애비뉴에서 시선을 집중시킨 북소리가 깔려 있기 때문이다.

물론 앨리스의 조카는 그런 문제가 없었다. 앨리스는 1917년 여름부터 그애를 새로 키우고 가르쳤다. 이스트세인트루이스를 떠나온 후 도카스의 첫 기억이 이모가 데리고 간 그 행진이었고, 그것은 어떻게 보면 그녀의 부모를 위한 추도 행사였지만, 그녀의 기억은 달랐다. 이모가 어떻게 하면 심장이 엉덩이를 모르게 하고 머리가 심장과 엉덩이 모두를 지배하게 할까 고민하는 동안, 도카스는 근처 어디를 가나 누군가는 반드시 클라리넷을 핥고 피아노의 하얀 건반을 간질이고 자기의 몸을 탁탁 치고 호른을 불어댄다는 사실을 알고 자수가 놓인 침대보에 누워 몸이 근질근질하도록 행복해했다. 그 곁에서는 세상을 잘 아는 여자가 노래를 불렀다. 누구도 나를 막을 수 없어요. 당신은 제대로 된 열쇠를 가졌지만 구멍을 잘못 찾았어요. 어서 와서 바로 여기에 넣어요.

이모의 보호와 억압에 반항하며, 도카스는 허리띠 아래의 삶이 인생의 전부인 양 생각했다. 행진에서 들었던 북소리는 단지 어떤 명령의 첫마디, 첫 단어일 뿐이었다. 그녀에게 북소리는 모두를 묶어주는 우정과 규율과 초월의 끈이 아니었다. 그녀는 그 소리를 시작, 완성시켜야 할 무언가의 출발로 기억했다.

이스트세인트루이스를 회상하면, 작은 현관이 무너져내리면서 불붙은 나무 조각들이 연기를 내며 공중에서 폭발하던 광경이 떠오른다. 그 조각 중에 하나가 그녀의 할말 잃은 입으로 들어가 목구멍을 타고 내려간 게 틀림없었다. 아직도 그것이 뱃속에서 연기를 내며 불타고 있었으니까. 도카스는 불타는 조각을 내뱉지도, 불을 끄지도 않았다. 처음에는 그것에 대해 말하면, 그것이 그녀를 떠나거나 벌린 입 사이로 새어나가버릴 거라고 생각하기도 했다. 그러나 이모가 열차를 타고 그녀를 도시로 데려와 행진을 지켜보며 그녀의 손을 으스러져라 잡고 있는 동안, 불타는 나무 조각은 점점 더 깊이 가라앉아 마침내 그녀의 배꼽 아래 어디엔가 단단히 자리를 잡았다. 그녀는 눈 한번 깜짝하지 않는 검은 얼굴들을 보았고, 북소리는 그 불꽃이 영원히 그녀를 떠나지 않을 거라고 확신시켜주었다. 불타는 나무 조각은 그녀를 기다리며 그녀가 불을 쬐고 싶어할 때면 언제든 곁에 있을 것이다. 그리고 다시 불길이 활활 타오르기를 원할 때엔 무슨 일이든 재빨리 일어날 것이다. 그 인형들의 경우처럼.

인형들은 금방 타버렸을 거야. 어쨌든 나무 인형인데다 나무로 만든 담배 상자에 들어 있었으니까. 로셸에게 입혀준 붉은 티슈페이퍼로 만든 치마도 순식간에 사라졌겠지. 성냥처럼 쉬익하고 말이야. 버나딘의 파란 실크 옷이랑 페이의 하얀 면 망토도. 불길은 뜨거운 숨결로 먼저 인형들을 까맣게 그슬린 다음 다리를 먹어치웠을 거야. 인형들은 그녀가 정성스레 그려넣은 작은 속눈썹과 눈썹 아래 동그란 눈으로 점차 사라지는 자신들을 지켜보았겠지. 장례식조차 치러주지 못한 로셸과 버나딘, 페이를 떠올리면서 도카스는 바로 앞, 왼쪽으로 몇 피트 옆에 놓인 커다란 관과 그녀 옆에 앉아 있는 앨리스 이모의 소독약 냄새에 대한 생각에서 달아났다. 그런 상황이 그녀를 대담하게 만들었다. 아홉 살짜리 초등학생에 불과했지만, 도카스는 아주 대담했다. 땋은 머리를 아무리 단단하게 처매도, 다른 소녀들은 옥스퍼드화를 신고 다 드러내놓는 발목을 하이탑 슈즈로 아무리 덮어도, 스타킹이 아무리 검고 두꺼워도, 철갑처럼 두른 치마 아래에서 흔들리는 그녀의 대담함을 감출 수는 없었다. 안경도, 딱딱한 갈색 비누와 편식으로 생긴 여드름도 그것을 가릴 수는 없었다.

도카스가 어렸을 때 앨리스 맨프리드가 한두 달 삯바느질을 한 적이 있는데, 그동안 밀러 자매가 방과후에 도카스를 돌봐주었다. 보통은 다른 아이가 네 명 정도 더 있었고, 어쩌다 한 명만 더 있을 때도 있었다. 아이들은 식사실이라는 한정된 좁은 공간에서 조용히 놀았다. 두 팔이 성한 프랜시스 밀러가 아이들에게 사과잼을 바른 샌드위치를 만들어주고, 한 팔밖에 못 쓰는 네올라는 시편을 읽어주었다. 가끔 프랜시스가 식탁에서 졸 때면 엄격한 규율이 풀어지기도 했다. 그러면 원래 목소리와 다르게 딱딱한 목소리로 성서 구절을 읽어주느라 피곤해진 네올라는 아이 한 명을 골라 담배에 불을 붙이게 했다. 담배는 불과 세 모금도 피우지 않았지만 그녀의 행동에는 왠지 도카스의 마음을 설레게 하는 뭔가가 있었다. 그러고 나서 그녀는 아이들에게 교훈이 되는 이야기를 들려주곤 했다. 그러나 선행의 좋은 점을 가르치려 한 그녀의 이야기는 되레 그 이야기가 개탄해 마지않는 죄악의 짜릿함 앞에서 무너져버리고 말았다.

그녀가 가르치고자 한 교훈이 실패한 것은 사실이다. 예비 신랑이 네올라의 손에 약혼반지를 끼워주고 일주일 후에 그 주州를 떠나버렸기 때문이다. 버림받은 고통은 눈에 보이는 흔적을 남겼다. 그가 반지를 끼워주었던 손이 심장 위로 조개처럼 오그라들어 달라붙어버린 것이다. 마치 굽은 채 얼어붙은 팔로 자신의 산산조각 난 심장을 붙들고 있는 듯했다. 다른 신체 부위에는 마비가 오지 않았다. 그녀의 오른손, 구약성서의 얇은 종잇장을 넘기거나 올드 골드 담배를 입술로 가져가는 그 손은 곧고 건장했다. 그러나 가슴 위에 놓인 굽은 팔은 그녀가 아이들에게 들려주는 도덕적 타락이나 착한 사람을 속이는 악한의 이야기가 더욱 섬뜩하게 느껴지게 했다. 네올라는 자신이 친구에게 스스로를 존중하라고, 아무 보탬이 되지 않는 남자와는 헤어지라고 얼마나 열심히 충고했는지 아이들에게 말해주었다. 마침내 친구는 네올라의 말을 들었지만 불과 이틀뿐이었다. 이틀 만에 다시 그 남자에게 돌아간 것이다. 신의 가호를! 네올라는 다시는 그 친구와 말을 하지 않았다. 또 아이들에게 열네 살도 안 된 어린 소녀가 군에 입대한 남자를 쫓아 가족과 친구들을 떠나 400마일을 걸어갔지만 결국 혼자 남겨져 주둔지에서 타락한 생활을 하게 된 이야기도 들려주었다. 연약한 마음을 따라다니는 죄의 힘을 알겠니? 아이들은 무릎을 긁으며 고개를 끄덕였다. 그러나 적어도 도카스는 쉽게 무너지고 녹아내리는 육체의 낙원에 매료당했다. 그건 한 여자를 이틀 만에, 단 이틀 만에 다시 돌아서게 할 수 있고, 한 소녀를 400마일이나 걸어 주둔지까지 가도록 만들 수도 있었다. 또 네올라의 팔을 구부려 손이 부서진 심장을 잡기 쉽도록 해놓지 않았는가. 그것은 낙원이다. 모든 게 낙원 때문이다.

열일곱 살이 되었을 무렵 도카스의 모든 삶은 견딜 수 없을 지경이 되었다. 생각해보면, 나는 그녀의 기분을 충분히 알 수 있다. 달리 할 일도, 할 만한 가치가 있는 일도 전혀 없으니 얼마나 지긋지긋하겠는가. 그저 침대에 드러누워 언제쯤이면 내가 옷을 벗어도 여자들이 비웃지 않을까 혹은 그이가 내 가슴을 움켜쥐고 좀더 풍만했으면 하고 바라지나 않을까 걱정하는 게 전부이니. 두렵지만 위험을 무릅쓸 만한 가치는 있다. 열일곱 살이나 됐건만 마땅히 할 일이 하나도 없으니까. 오직 공부해라, 숙제해라, 외워라 하는 소리뿐이다. 음식을 씹든 친구들의 평판을 씹든, 바로 서 있는 걸 보고 웃든 엎어지는 걸 보고 웃든, 그건 중요하지 않다. 어차피 어딘가 어둑한 방에 누워 누군가의 두 팔에 폭 안기는 일, 그래서 세상의 핵심에 든든히 몸을 기대는 일 말고는 할 만한 일이 아무것도 없으니까.

그게 어떨지 한번 생각해보라. 만약 어떻게든 할 수 있다면 한번 해보라. 그러면 자연이 당신을 위해 변덕을 부려 은신처로 변하고 샛길을 터줄 것이다. 두 사람을 위한 베개가 되어주고 라일락 가지를 밑으로 쭉 뻗어 숨겨줄 것이다. 한편 도시는 보도를 매끄럽게 닦고 연석을 바로잡고 골목 어귀에 멜론이나 푸른 사과를 마련해놓는 식으로 당신을 도와준다. 모자걸이에 걸린 노란 머리 스카프, 이집트산 구슬목걸이, 캔자스 프라이드치킨 그리고 건포도가 든 음식이 시선을 끄는 활짝 열린 창 너머에는 왠지 향기가 숨어 있을 것만 같다. 그것으로 충분하지 않다면, 무허가 술집으로 들어가는 문이 빠끔히 열려 있다. 서늘하고 어두운 그곳에서 클라리넷이 기침을 하고 목청을 가다듬으며 여자가 음정을 잡을 때까지 기다린다. 여자는 마음을 정하고 당신이 지나갈 때 등뒤에서 속삭인다. 나는 아빠의 꼬마 천사예요. 도시는 냄새를 풍기고 음탕하게 보이는 일, 공공 표지처럼 가장해서 몰래 전갈을 보내는 일에 눈치가 빠르다. 이쪽으로, 여기를 여시오, 위험 셋방 있음 흑인 전용 독신남 팝니다 여자 구함 독방 있음 멈추시오 개 있음 외상 절대 사절 신선한 닭 무료 신속 배달. 또한 도시는 잠긴 문을 열거나 계단을 어두침침하게 만드는 데에도 능숙하다. 사람들의 신음 소리를 자신의 소음으로 덮어버리는 데에도.

열여섯 살이 되던 해 어느 밤, 이제 성숙한 도카스는 두 형제에게 댄스 파트너가 되어주겠다고 제안했다. 둘 다 그녀보다 키는 작았지만, 똑같이 매력적이었다. 좀더 정확히 말하자면, 이 형제들은 치열한 경쟁이 필요할 때면 자기들끼리 춤을 출 수밖에 없을 정도로 춤 실력이 모두를 완전히 압도했다. 단짝 친구 펠리스와 몰래 파티에 참석하는 일은 엄두도 내지 못할 일이었지만, 앨리스 맨프리드가 스프링필드에서 밤새 일했기 때문에 그보다 쉬운 일은 없었다. 유일한 문제라면 파티에 입고 갈 멋진 옷을 어떻게 구하나 정도였다.

두 소녀는 아파트 호수를 찾기보다 문틈으로 쏟아져나오는 피아노 선율에 이끌려 곧장 파티 장소로 향하는 계단을 올라간다. 문을 두드리기 전에 잠깐 멈추어 서서 눈길을 주고받는다. 침침한 복도에서도 친구의 새까만 피부가 또다른 친구의 크림색 피부를 더 돋보이게 한다. 펠리스의 기름진 머리가 도카스의 부드럽게 물결치는 머리를 돋보이게 한다. 문이 열리고, 그들이 들어선다.

불이 꺼지기 전에, 그리고 샌드위치와 소다수가 다 없어지기 전에, 축음기를 담당한 사람이 밝게 빛나는 방에 어울리는 빠른 음악을 고른다. 방해가 되는 가구는 벽에 붙여놓거나 아예 복도로 내놓았고, 침대 위에는 벗어놓은 외투가 쌓여 있다. 천장 불빛 아래 각 커플이 마치 동시에 태어난 쌍둥이처럼 호흡을 척척 맞추고 서로가 제2의 경정맥인 양 맥박을 공유하며 움직인다. 그들은 음악이 나오기 전부터 손은 어떻게 움직이고 발은 어떻게 움직일지 알고 있다고 믿지만, 그것은 음악이 은밀하게 불러일으킨 환상이다. 음악은 그들을 조정하고 속여 기대감이 곧 현실인 양 믿도록 한다. 레코드판을 바꾸는 동안 소녀들은 블라우스

의 목 부분에 손부채질을 하면서 축축한 쇄골을 식히거나, 걱정
스러운 손길로 땀에 젖어 엉망이 된 머리를 매만진다. 한편 소년
들은 손수건으로 이마를 닦는다. 웃음이 환영과 약속의 음흉한
시선을 덮어주고, 배반과 버림을 암시하는 몸짓의 칼날을 무디
게 만든다.

도카스와 펠리스는 파티에서 이방인이 아니다. 이방인은 아무
도 없다. 전에 한 번도 본 적 없는 사람들이 마치 한 건물에서 자
란 것처럼 쉽게 즐거움을 나눈다. 그러나 두 소녀는 탈선을 위한
의상을 고르기까지 어려움이 컸던 만큼 기대치도 무척 높다. 도
카스는 열여섯 살이지만 아직까지 실크스타킹을 신어본 적 없
고, 구두도 다 자기보다 훨씬 어리거나 훨씬 나이가 많은 사람의
것이었다. 펠리스는 두 가닥으로 땋아 귀 뒤로 단정하게 넘긴 그
녀의 머리카락을 풀어헤치는 걸 도와주었다. 그녀의 손톱 밑에
는 입술에 바른 붉은색 립스틱이 얼룩져 있다. 칼라를 속으로 접
어 넣은 덕분에 그녀의 드레스는 약간 어른스러워 보인다. 하지
만 옷단, 허리선에 딱 맞춘 허리띠, 짧고 부푼 소매 등 감시하는
어른의 손길이 어디에서나 느껴진다. 그녀와 펠리스는 허리띠를
완전히 풀었다가 다시 배꼽 높이에 걸쳐보려고 했다. 그러나 둘
다 마음에 들지 않았다. 맵시 있게 옷을 입지 못하느니 아예 안
입는 게 낫다는 사실을 그들은 잘 안다. 그래서 펠리스는 세븐스

애비뉴를 걸어오는 내내 칭찬을 늘어놓으며 도카스가 옷은 잊어버리고 파티만 생각하도록 애써야 했다.

두 사람이 들어서는 순간 음악이 천장으로, 환기를 위해 활짝 열어둔 창문으로 솟구친다. 즉시 두 소녀는 남자의 손에 이끌려 빙글빙글 돌며 방 한가운데에서 춤을 추기 시작한다. 도카스는 자신의 파트너가 마틴이라는 걸 알아본다. 그가 곧 죽어도 'ask'를 'ax'로 발음한다는 걸 선생이 알아차리기 전까지, 마틴은 아주 잠깐 그녀가 속한 웅변반에 있었다. 도카스는 춤을 잘 춘다. 다른 사람처럼 빨리 추지는 않지만, 부끄러운 신발을 신고도 아주 우아하고 도도하다.

두 번의 춤이 끝난 뒤에야 그녀는 식사실에 모인 사람들의 시선을 한몸에 받고 있는 그 형제를 알아챘다. 하우스 파티에서뿐 아니라 거리나 현관에서도 마치 팽팽한 실크처럼 혹은 녹아드는 금속처럼 움직이는 그들은 멋진 구경거리이다. 도카스가 그 형제들을 바라볼 때 뱃속이 철렁하는 느낌은 진정한 관심과 실현 가능한 사랑의 출현과 확산에 대한 징표라고 도카스와 펠리스는 서로 맞장구를 친다. 샌드위치와 감자샐러드가 치워지고, 모든 사람이 불을 끄고 음악에 맞춰 춤을 출 시간이 다가왔음을 느낀다. 믿을 수 없을 만큼 날렵하고 손발이 척척 맞는 형제는 빠른 춤을 추는 시간이 절정에 달했음을 알리며 마지막을 장식한다.

도카스는 거실과 식사실 사이의 복도로 자리를 옮긴다. 거기서 어둠 속에 몸을 숨긴 채, 아치형 통로를 통해 춤의 절정을 향해 달려가는 형제를 마음껏 바라본다. 그들은 큰 소리로 웃으며 사람들의 찬사를 당연하게 받아들인다. 소녀들은 찬탄하는 시선을 보내고, 소년들은 축하를 건네며 주먹이나 손바닥으로 그들을 툭툭 친다. 형제는 정말 근사하게 생겼다. 그들의 미소는 흠 없는 치아 이상으로 마음을 설레게 하고 즐겁게 한다. 누군가 빅트롤라 축음기와 고군분투를 벌인다. 바늘을 올려놓고 판이 긁히자 다시 해보고는 다른 판으로 바꾼다. 그 잠깐의 정적 동안 형제는 도카스에게 힐끗 눈길을 준다. 다른 아이들보다 키가 큰 그녀는 피부가 검은 친구의 머리 위로 그들을 응시한다. 순간 형제의 눈이 커지면서 그녀를 부르는 듯하다. 그녀는 구석진 곳에서 앞으로 나와 무리 속으로 들어간다. 형제는 미소의 전압을 더욱 높인다. 이제 턴테이블에 제대로 된 판이 걸렸다. 그녀는 음악이 나오기 전에 바늘이 첫번째 홈을 따라 미끄러지며 내는 소리를 듣는다. 형제는 더욱 눈부시게 웃는다. 형제 중 한 명이 다른 형제에게 약간 몸을 숙이고 뭐라고 속삭이면서도 계속 도카스와 눈을 맞춘다. 다른 형제는 그들에게 다가오는 도카스를 위아래로 훑어본다. 그러고는 음악이 천천히 연기처럼 공기를 가득 채우는 순간, 그 어느 때보다 환한 미소를 짓더니 코를 한 번

찡긋하고 갑작스럽게 돌아서버린다.

도카스는 턴테이블의 바늘이 첫 홈을 찾는 그 짧은 순간 동안 그들의 눈에 띄어 평가를 받은 뒤 퇴짜를 맞은 것이다. 사랑의 가능성으로 쿵쾅거렸던 가슴은, 이제 그녀의 혈관을 막아버린 냉랭한 얼음 덩어리에 비하면 아무것도 아니다. 그녀가 깃들어 있는 이 육체는 아무런 가치도 없다. 비록 젊고 그녀가 지닌 전부이긴 하지만, 꽃봉오리인 채 가지에 매달려 시들어버린 것 같다. 네올라의 팔이 굽어 손이 부서진 심장 조각을 쥐고 있는 것도 놀랄 일이 아니다.

조 트레이스가 닫히는 문틈으로 그녀에게 무언가를 속삭였던 그즈음 그녀의 삶은 그렇게 거의 견딜 수 없는 지경에 처해 있었다. 거의. 형제에게 심한 모욕을 당한 육체는 솟구치는 사랑의 욕망을 은밀히 감추고 있었다. 나는 잔뜩 부푼 물고기가 눈이 먼 채 평온하게 하늘을 떠다니는 것을 본 적이 있다. 눈은 없지만 어떻게든 방향을 잡아가며, 이 비행선들은 거품 같은 구름 아래를 헤엄치고, 아무도 그 광경에서 눈을 떼지 못한다. 마치 자신의 내밀한 꿈을 바라보는 것 같기 때문이다. 그녀의 갈망도 그와 같았다. 최면에 걸려 무언가에 이끌리며, 옅은 구름으로 겨우 가려진 공공연한 비밀처럼 부유했다. 앨리스 맨프리드는 조카딸을 자기 식으로 키우려고 온갖 애를 썼다. 그러나 매일 매 순간 매달리고 도전해오는 도시에 떠다니는 음악을 당해낼 수 없었다. "이리 와요." 음악이 속삭인다. "이리 와서 나쁜 일 좀 해봐요." 음악이 달콤한 쓸쓸함을 찬미할 때면, 계단을 쓸던 할머니조차 눈을 감고 고개를 뒤로 젖혔다. "아무도 내게 당신처럼 하지 않았어요." 도카스가 춤꾼 형제에게 버림받고 앨리스 맨프리드가 클럽 모임을 갖기까지 흘러간 한 해 동안 앨리스가 도카스의 목에 씌워놓은 멍에는 점차 닳고 닳아 마침내 부서져버렸다.

클럽 여자들을 빼놓고 조가 도카스를 어디서 만났는지 아는 사람은 거의 없었다. 그가 그녀를 처음 보고 그녀가 산 박하사탕이 뺨을 제외한 모든 부분이 연한 크림색인 그녀의 피부를 망쳐놓았나 생각했던 두기네 가게의 계산대에서는 아니었다. 조는 바로 앨리스의 집에서, 바로 앨리스의 눈앞과 코밑에서 도카스를 만났다.

그는 말본 에드워드의 사촌 실라가 주문한 물건을 배달하러 그곳에 갔다. 실라는 정오 전에 클리프턴 플레이스 237번지로 오게 되면, 짙은 밤색 2호와 주근깨를 없애는 크림을 거기로 가져다달라고 했다. 그러면 다음 토요일까지 기다리거나 밤에 레녹스 애비뉴까지 가지러 갈 필요가 없으니까. 물론 그가 그녀의 직장으로 온다면 모르지만.

조는 당장 일 달러 삼십오 센트를 벌지 못한다고 쪼들릴 형편은 아니었기에, 다음 토요일까지 미루기로 했다. 그런데 랜섬 부인의 집을 나선 뒤 한 삼십 분쯤 버드와 C. T.가 체스를 두다가 서로 욕을 하고 논쟁을 벌이는 것을 지켜보고 서 있자니 빨리 실라에게 수금을 하고 하루 일을 마치는 게 낫겠다는 생각이 들었다. 그는 위가 쓰라렸고 벌써 다리가 아팠다. 그리고 비가 따뜻한 10월 아침을 내내 위협하고 있었기에, 배달하거나 주문서를 쓰다가 비를 맞는 일은 피하고 싶었다. 일찍 집에 가봐야 말 한마디 하지 않는 바이올렛과 있거나, 막힌 수챗구멍이나 망가진 빨랫줄 도르래와 끙끙댈 일밖에 없긴 했지만. 좀 이르긴 하겠지만 토요일 저녁식사는 만족스러울 것이다. 철 지난 여름 야채에 지난 일요일에 남은 햄을 넣은 요리. 조는 먹다 남은 음식으로 차린 소박한 주말 식사를 기대했다. 하지만 일요일의 성찬은 끔찍이 싫었다. 구운 햄에 달고 두꺼운 파이. 한때 키웠다던 당나귀처럼 날로 완고해지는 바이올렛의 고집에 그는 죽을 지경이었다.

예전에는 조도 그녀의 요리 솜씨를 칭찬했고, 집으로 돌아오자마자 음식을 싹싹 비우곤 했다. 그러나 이제 쉰 살이나 되었고, 알다시피 사람의 입맛이란 변하기 마련이다. 그래도 사탕은 여전히 좋아했다. 크림과자나 캐러멜 같은 게 아니라 진짜 딱딱한 사탕. 그중에도 약간 시큼한 맛이 나는 눈깔사탕을 제일 좋아했다. 만일 바이올렛이 약간의 빵을 곁들인 삶은 야채와 수프에만 전념했다면 그는 완전히 만족했을 것이다.

그는 이런 생각을 하며 237번지를 찾아 계단을 올라갔다. S. S. 에티오피아*의 운명을 두고 C. T.와 버드가 벌인 논쟁은 아주 재미있고 그럴싸했다. 그 논쟁을 생각보다 오래 들었는지, 거기 도착했을 때에는 벌써 정오가 지나 있었다. 여자들이 시끄럽게 떠드는 소리가 문밖까지 들렸다. 어쨌든 조는 초인종을 울렸다.

피부가 좋지 않은 박하사탕 소녀가 문을 열어주었다. 조가 그녀에게 자신이 누구고 왜 왔는지 이야기하는데, 실라가 현관 쪽으로 고개를 쑥 내밀며 소리를 질렀다. "흑인들의 시간개념이란! 한 번이라도 날 좀 놀라게 해봐요, 조 트레이스." 그는 미소를 지으며 문으로 한 발 다가섰다. 그리고 안주인 앨리스 맨프리드가 와서 거실로 들어오라고 할 때까지 웃음을 띤 채 견본 상자를 들고 가만히 서 있었다.

여자들은 모임을 방해한 그에게 오히려 흥분했다. 전국 흑인 사업가 연합을 후원하기 위한 추수감사절 기금 마련 행사를 계획하는 '시민의 딸들'의 점심 모임이었다. 각자 무엇을 할지도 결정되었고, 해야 할 일의 일정표도 다 짜두었다. 이제 앨리스가 가장 심혈을 기울인 치킨아라킹**으로 점심을 하려던 참이었다.

---

* 글라스고에서 뉴욕 사이를 운행하던 여객선.

함께 어울려 일을 계획하는 게 너무나 즐겁고 심지어 행복하기까지 해서, 그들은 무엇을 잊었는지도 알지 못했다. 그러다 초인종이 울리자 앨리스가 도카스를 내보냈고, 남자의 목소리를 듣고서야 실라는 조에게 했던 말을 기억하고 벌떡 일어섰던 것이다.

여자들에게 둘러싸이자 그는 각반脚絆을 차고 노래하는 남자가 된 기분이었다. 가슴에 꽂은 손수건과 같은 색의 넥타이를 매고 골목에 무리 지어 서 있는 젊은이들, 그들을 목 빠지게 기다리는 젊은 암탉은 거들떠보지도 않고 거만하게 서 있는 젊은 수탉이 된 기분이었다. 시시덕거리는 여자들의 수작과 위아래로 훑어보는 눈길을 받으며, 조는 마치 구두 위를 덮은 모래색 각반처럼 자신을 덮고 있는 미소가 주는 쾌감을 느꼈다.

여자들은 웃음을 터트리고 손가락 끝으로 테이블보를 톡톡 치면서 한꺼번에 그를 희롱하고 질책하고 칭찬했다. 조처럼 키가 큰 남자가 여자에게 어떤 느낌을 주는지 이야기하고, 그가 무례하게도 늦게 왔다고 불평하고, 실라가 그렇게 흥분하는 게 뭔지에는 관심이 없고 어쨌거나 가져온 상자에 다른 물건은 없는지 물었다. 또 왜 자기네 집 초인종은 생전 누르는 법이 없는지, 왜

** 닭이나 칠면조를 네모나게 썰어 버섯, 피망 등과 함께 화이트 루에 넣어 끓인 요리.

이중으로 된 계단으로 사층까지 걸어올라와 물건을 배달해주지 않는지 궁금해했다. 그들은 노래하듯 불평과 칭찬을 늘어놓았다. 오직 앨리스만 엷은 미소를 머금은 채, 마음을 닫아건 표정으로 이런 수다에 끼지 않았다.

물론 그는 점심식사 때까지 머물렀다. 당연히. 비록 지금 집에서 그를 위해 끓고 있을 철 지난 여름 야채를 생각해 너무 많이 먹지 않으려고 애썼지만. 그러나 여자들이 그의 머리를 매만지고 두 눈을 똑바로 마주보면서 두 가지 색깔인 눈동자를 유심히 뜯어보고 이래라저래라 명령을 했다. "자, 이쪽으로 와서 앉아요. 한 접시 더 줘요? 내가 가져다줄게요." 그는 거절했지만, 여자들은 고집을 부렸다. 그가 상자를 열자 여자들이 다 사겠다고 나섰다. "먹어요. 어서 좀 먹어요." "폐렴에 걸릴 것 같은 이런 날씨에 빈속으로 다니면 안 돼요. 여기 이렇게 먹을 게 많은데 말도 안 되지. 도카스, 여기 아저씨한테 음식 좀 덜어드리게 빈 접시를 가져오렴. 내 말 들었니? 조용히 좀 해봐요, 실라."

그들은 대부분 조와 비슷한 또래로, 남편이 있고 자식에 손자까지 있었다. 그들은 자신을 위해, 또 자신을 필요로 하는 모든 사람을 위해 열심히 일했다. 그리고 남자란 모두 좀 우스꽝스럽고 부드러우면서도 끔찍하고, 기회가 있을 때마다 여자들에게 자기가 누군지 알려주려고 한다고 생각했다. 이렇게 모여 있을

때면 그들은 평소 혼자 있을 땐 어떤 남자에게도 조심스러워서
하지 못한 짓거리를 뻔뻔스럽게 할 수 있었다. 낯선 남자든 친한
남자든, 손에 화장품 견본 상자를 들고 초인종을 울리는 남자든,
키가 아무리 크고 미소가 아무리 소박하고 두 눈에 아무리 슬픈
빛이 어렸어도, 단둘이 있으면 감히 그렇게 하지 못했다. 게다가
여자들은 조의 목소리가 마음에 들었다. 힘들게 일군 밭과 자기
마당에서 한 발짝도 떠날 수 없다며 도시로 오는 것을 거부한 고
집 센 시골 늙은이에게서나 들을 수 있는 목소리였다. 그런 목소
리를 들으면 모자를 눌러쓴 채 쟁기질을 하고 저녁을 먹는 남자
가 떠올랐다. 커피잔을 후후 불며 나이프를 꽉 움켜쥔 채 식사하
는 남자. 그래서 여자들은 그를 똑바로 마주보며 그가 얼마나 우
스꽝스럽고, 부드럽고, 끔찍한지 이야기했다. 마치 그가 전혀 모
르는 사실이라는 듯.

조 트레이스는 아양을 떨며 깔깔대는 여자들이 그의 물건을
사줄 거라 기대는 했지만, 그들 중에 누구와 무슨 일을 벌일 정
도로 어리석지는 않았다. 손님의 남편이 겨누는 총구 앞에 등을
드러내고 당구대에 기대서 있기를 바라지는 않았으니까. 그러나
그날 앨리스 맨프리드의 집에서 여자들과 농담을 주고받다보니,
말장난 가운데 뭔가가 마음에 와 닿았다.

나는 가끔 궁금했다. 그때, 그리고 그 이후에 그가 무슨 생각

을 했는지, 무슨 말을 그녀에게 했는지. 조는 도카스가 문밖으로 그를 배웅할 때 그녀에게 뭔가 속삭였다. 그리고 어느 누구보다도 놀라고 기뻐했다.

내 기억이 정확하다면, 그날 앨리스 맨프리드의 집에서 열린 10월 점심 모임에는 분명히 뭔가가 빠져 있었다. 그날따라 앨리스는 좀 멍했는데, 그녀와 삼십 분만 같이 있어보면 그녀가 평소와 다르다는 걸 알 수 있었다. 그녀는 표정만으로도 떠들어대기 좋은 소문거리를 잠재울 수 있는 사람이었다. 아무리 화려한 옷이라도 그녀 옆에 있으면 천하고 꼴사납게 보였다. 아마도 그녀의 수석 재봉사로서의 능력 때문일 것이다. 그러나 어쨌든 그녀는 식탁은 제대로 차렸다. 음식의 양이 다소 부족했을지는 모르겠다. 그리고 케이크에 버터를 아주 조금만 넣는 것을 보면 버터에 어떤 선입견이 있는 게 분명했다. 하지만 비스킷은 바삭거렸고 반짝거리는 접시와 식기는 제대로 배열되었다. 냅킨은 활짝 펼쳐도 얼룩을 찾아볼 수 없었다. 물론 점식식사중에 그녀는 너무 거만하지 않게 예의바르게 행동했다. 그러나 모든 일에 주의를 기울이지는 않았다. 마음이 산란한 것처럼 보였는데, 아마 도카스 때문이었을 것이다.

나는 항상 그애가 거짓말쟁이라고 믿었다. 걸음걸이만 봐도, 겉옷은 아니지만 속옷은 훨씬 어른스러운 것을 입었다고 단언할 수 있었다. 아마 그 10월에는 앨리스도 그렇게 생각하기 시작했을 것이다. 1월이 다가올 때쯤에는 누구도 의심하지 않았고 모두가 다 알았다. 앨리스는 조 트레이스가 문을 두드릴 거라는 어떤 예감이 들었을까? 혹은 침대 밑에 차곡차곡 쌓아놓는 신문에서 뭔가를 읽었는지도 모른다.

누구나 신문을 모아둔다. 감자 껍질을 벗길 때나 화장실에 갈 때나 쓰레기를 쌀 때 필요하니까. 하지만 앨리스 맨프리드처럼 그렇게 모으지는 않는다. 그녀는 분명 신문을 읽고 또 읽었을 것이다. 그렇지 않고서야 뭐하러 신문을 보관하겠는가? 그러나 신문을 두 번 읽는다고 더 많은 진실을 알게 되는 건 아니다. 간직하고 싶은 비밀이 있거나 다른 사람의 비밀이 궁금할 때 신문을 읽으면 오히려 정신이 산만해질 수 있다. 세상이 어떻게 돌아가는지 알려면, 거리에서 사람들이 하는 짓을 지켜보는 게 제일 좋다. 길을 가는 사람들을 막아서는 설교자들은 어떤 사람인가? 그들은 길거리에서 깡통을 차는 소년들을 곧장 지나쳐버리는가, 아니면 그만두라고 소리를 지르는가? 자동차 범퍼에 걸터앉은 이들을 무시하고 지나가는가, 아니면 말을 걸려고 멈춰 서는가? 남자와 여자가 싸움을 벌이면 거리 한가운데를 가로질러 가서 구경하는가, 아니면 일이 귀찮아질까봐 골목으로 들어가버리는가?

한 가지 확실한 사실은 거리가 당신을 혼란스럽게 하거나, 가르치거나, 머리를 부숴놓으리라는 것이다. 그러나 앨리스 맨프리드는 괜히 거리를 싸돌아다니는 그런 사람이 아니었다. 집으로 돌아가는 동안에도 재빨리 거리를 지나쳤다. 만약 그녀가 좀더 자주 밖에 나가거나 현관 계단에 앉아 있거나 미용실 앞에서 수다를 떨었다면, 신문에서 떠드는 내용보다 세상에 대해 더 많이 배웠을 것이다. 바로 자기 코밑에서 무슨 일이 일어나는지도 알았을지 모른다. 그러나 10월의 그날과 모든 게 끝장나버린 끔찍한 1월의 그날 사이에 무슨 일이 벌어졌는지 알았을 때, 앨리스는 조 트레이스나 그와 관련된 누구와도 대면하지 않으려 했다. 그런데 그 일이 일어났다. 거리를 피해 다니던 여자가 거리 한복판에 주저앉았던 여자를 제 집 거실에 들인 것이다.

3월의 끝을 향하던 어느 날, 앨리스 맨프리드는 바느질감을 옆으로 밀어놓고, 단지 할 수 있다는 이유만으로 조카딸을 살해한 남자의 소위 무사 방면에 대해 다시금 생각했다. 그건 그에게 어려운 일도 아니었다. 심지어 그는 스스로 자초할 위험에 대해 두 번 생각해보지도 않았다. 그냥 행동으로 옮겼을 뿐이다. 한 남자. 무방비의 소녀. 죽음. 외판원. 누구나 알고 지내는 친절한 이웃집 남자. 선뜻 집안에 들여놓을 수 있는 그런 부류의 남자였

118

다. 위험하지 않았으니까, 아이들과 함께 있는 모습을 보았으니까, 그의 물건을 샀으니까, 나쁜 짓을 했다는 소문을 한 번도 들어본 적이 없으니까. 함께 있으면 안전하다고 느낄 뿐만 아니라 친근감까지 드는 남자. 여자들이 누가 자기를 따라온다든가 지켜본다고 생각될 때 혹은 문이 잠길 경우를 대비해 비상 열쇠를 맡겨둘 사람이 필요할 때 제일 먼저 달려가게 되는 그런 남자였으니까. 전차를 놓쳐 밤길을 걸어야 할 때 여자들을 문 앞까지 데려다준 것도 그였고, 어린 소녀들에게 술집이나 거기에서 얼쩡거리는 남자들을 피하라고 충고해준 사람도 바로 그였다. 여자들은 그를 신뢰했기에 농담을 건네곤 했다. 아마 그는 엄숙한 얼굴로 냉정하고 조용하게 북소리가 열어놓은 빈 공간으로 피프스 애비뉴를 따라 행진하던 사람들 중에도 끼어 있었을 것이다. 나쁜 짓은 하지 말아야 한다는 것을 알면서도, 그는 그런 일을 저질렀다.

앨리스 맨프리드는 이런 일 저런 일 다 보고 겪었고, 온 나라 어디서나, 어느 거리에서나 두려움에 떨었다. 그러나 이제야 진짜 불안감을 느꼈다. 짐승 같은 남자들과 사나운 여자들이 저 밖이 아니라 바로 한 동네에, 자기집에 있었던 것이다. 한 남자가 자기 거실로 들어와 조카딸을 파멸시켰다. 그의 마누라는 장례식장까지 들어와 조카딸에게 모욕을 주고 행패를 부렸다. 만약 앨리스가 흑인들의 삶에 대해 알고 있는 모든 것들이 그런 생각을 하는 것조차 가로막지 않았던들, 아마 두 사건 이후에 앨리스는 경찰을 불러들였을 것이다. 실제로 자진해서 경찰을 부르면, 흑인이든 백인이든 경찰이 그녀의 집에 들어와 엉덩이를 의자에 붙이고 그들을 남자답게 만드는 유일한 물건인 총을 만지작거리는 꼴을 보아야 했다.

슬픔과 수치심에 지치고 기운이 빠진 앨리스는 하릴없이 레이스를 뜨거나 신문을 읽다 바닥에 내던지고 다시 집어들고 하면서 하루하루를 보냈다. 이제는 신문이 다르게 읽혔다. 도카스가 죽은 이후 1월과 2월 내내 매주 한 신문이 어떤 부서져버린 여자의 진상을 낱낱이 폭로했다. 남편이 부인을 죽이다. 강간으로 고소당한 여덟 명 풀려나다. 여자와 소녀 희생자. 여자가 자살하다. 백인 폭행범들이 고소당하다. 여자 다섯 명이 붙잡히다. 여자는 남자가 때렸다고 한다. 질투심에 눈먼 남자가.

오리 새끼처럼 무방비한 여자들, 그녀는 생각했다. 아니, 정말 그런가? 뉴스를 잘 읽어보면, 여자들 대부분이 굴복당하고 망가졌지만, 무방비 상태는 아니었음을 알 수 있다. 도카스처럼 손쉬운 먹잇감은 아니었다. 이 나라 모든 곳에서 흑인 여자는 무장을 했다. 앨리스는 생각했다. 바로 그거야. 여자들이 최소한 배운 게 그거지. 신이 만든 세상의 모든 것이 자기방어 수단을 가지고 있지 않나? 발이 빠르거나 잎사귀에 독이 있거나 혹은 혀나 꼬리로 방어를 하거나? 위장하거나 날거나 수백만 마리 가까이 번식을 하거나? 여기엔 가시, 저기엔 뾰족한 이.

타고난 먹잇감이라고? 쉽게 걸려든다고? "난 그렇게 생각하지 않아!" 그녀는 크게 소리쳤다. "그렇게 생각하지 않는다고!"

리넨의 닳아 해진 부분을 60온스 실로 기우고 세탁한 뒤 차곡차곡 개어서 그녀의 어머니가 쓰던 바구니에 넣었다. 앨리스는 다리미판을 들고 옷단이 더럽혀지지 않도록 그 밑에 신문지를 깔았다. 지금 그녀는 다리미가 달아오르기를 기다릴 뿐 아니라, 칼을 지니고 다닌다는 숯검정처럼 시꺼멓고 사나운 흑인 여자도 기다렸다. 이전보다 훨씬 거리끼는 마음이 덜했다. 특히 지난 1월에 어떤 여자로부터 바이올렛 트레이스가 그녀를 만나 뭔가 이야기를 하고 싶어한다는 말을 들었을 때 느꼈던 강렬한 분노의 감정은 완전히 사라졌다. 너무 이른 아침에 문을 두드리기에 앨리스는 경찰인가보다 생각했다.

"난 당신하고 할말이 없어요. 단 한마디도." 앨리스는 안전걸쇠를 풀지 않은 채 열린 문틈으로 크게 말하고는 문을 꽝 닫아버렸다. 상대방의 이름을 굳이 들을 필요도 없었다. 그 여자가 누군지 알았고 겁이 났다. 자기 조카딸의 장례식에서 주인공이 되어버린 여자. 장례식을 망쳐놓고 그 의미와 전체 목적까지 바꾸어버린 여자. 사실 사람들은 도카스의 죽음을 이야기하면서 그 여자를 언급했고, 그 와중에 여자의 이름까지 바뀌었다. 이제 사람들은 그녀를 바이올런트*라고 불렀다. 놀랄 일도 아니었다. 앨리스는 제일 앞줄 첫번째 자리에 앉아 꼼짝도 않고 교회 안에서 벌어지는 소동을 지켜보았다. 나중에서야 조금씩, 마치 바다 쓰레기가 해안으로 밀려오듯, 낯설지만 겨우 알아볼 수는 있는 황폐하고 안개에 싸인 듯한 감정이 되돌아왔다.

그중에서 가장 뚜렷했던 감정은 두려움과—처음 느끼는 것이었는데—분노였다. 그런 짓을 한 조 트레이스에 대한 분노. 자기 집, 자기 코밑에서 조카딸을 유혹하다니. 게다가 그는 좋은 사람이었다. 부업으로 여자들에게 화장품을 팔고, 동네 모든 건물 사람들과 알고 지냈다. 가게 주인들과 건물주들도 그를 좋아했는데, 아이들이 보도에 흩어놓고 가버린 장난감을 가지런히 정리해놓곤 했기 때문이다. 아이들도 별로 잔소리를 하지 않는 그를 좋아했다. 게임에서 속이거나 쓸데없는 싸움을 부추기거나 말을 옮기지 않았고 남의 부인을 건드리지도 않았기에 남자들 사이에서도 인기가 좋았다. 여자들은 자신들을 소녀처럼 대해줘서 그를 좋아했고, 소녀들은 숙녀처럼 대해줘서 그를 좋아했다. 그런

---

* violent. '폭력적인' '난폭한'이라는 의미.

사람이 바로 도카스가 찾던 인물인지도 모르지. 앨리스는 생각했다. 살인자!

그러나 이제 앨리스는 그나 그의 부인이 두렵지 않았다. 자신의 책임하에 있던 소녀를 풀숲의 뱀처럼 다가와 훔쳐간 조에게 치가 떨리는 분노를 느낄 뿐이었다. 부끄럽게도 그가 숨어들어온 풀숲은 바로 자기집이었다. 감시받고 보호받는 그런 환경에서, 결혼도 하지 않고 결혼할 가능성도 없는 임신은 행복한 삶의 마지막이자 종말이었다. 그후에는 모든 게 끝이었다. 그렇게 태어난 아기가 또다시 감시받고 보호받는 환경의 타당한 근거가 되어줄 만큼 자랄 때까지 그저 기다릴 뿐.

전보다는 덜 주저하는 마음으로 바이올렛을 기다리며 앨리스는 왜 이렇게 되었을까 생각해봤다. 쉰여덟 살에 자식 하나 없고 그나마 어쩌다 맡아 책임졌던 아이까지 잃게 되자, 그녀는 결혼할 가능성이 없는 임신에 대한 히스테리와 폭력과 저주가 이상하게 여겨졌다. 앨리스가 기억하는 한 그녀의 부모 역시 언제나 이런 생각에 완전히 사로잡혀 살았다. 부모는 그녀의 신체에 대해 조심스럽고도 단호하게 말했다. 뻔뻔스럽게 앉은 자세(다리를 벌림), 여자답게 앉은 자세(다리를 꼼), 입으로 숨쉬는 것, 엉덩이에 손을 올린 자세, 테이블 앞에 구부정하게 앉은 자세, 걸을 때 엉덩이를 흔드는 자세 등등. 그녀의 가슴이 나오기 시작하자 그들은 펄펄 뛰며 분노했고, 그 분노는 그녀가 임신할 수도 있다는 가능성에 대한 증오로 발전했다. 그리고 그 증오는 그녀가 루이스 맨프리드와 결혼할 때까지 한시도 멈추지 않았다. 그러더니 갑자기 태도가 돌변했다. 결혼식 전날이 되자 그녀의 부모는 장차 안아볼 손주에 대해 이야기하기 시작했던 것이다. 하지만 한편으로는 여동생들의 속옷 안에서 점점 커지며 모습을 드러내는 젖꼭지를 타박했다. 부모는 핏자국과 커지기 시작한 엉덩이와 머리 모양 그리고 새 옷이 필요하다는 사실을 끔찍스러워했다. "아이고, 이 몹쓸 년아!" 치맛단을 더는 내릴 수 없고 허리도 더 늘려 입을 수 없을 때면, 오만상을 찌푸렸다. 이런 지나친 간섭을 받고 자라면서 자신은 절대 그러지 않겠다고 맹세했건만, 결국 앨리스도 마찬가지였다. 여동생의 하나뿐인 자식에게 그걸 똑같이 하고 말았다. 이제 그녀는 만일 남편이 지금까지 살아 있었다면 혹은 친자식이 있었다면, 그래도 그랬을까 생각해본다. 결정을 내릴 때마다 남편이 곁에서 도와주었다면, 아마 여기 앉아 바이올런트라고 불리는 여자를 기다리며 전쟁 생각이나 하고 있지는 않았을 것이다. 물론 그래도 전쟁이 힘들기는 마찬가지였겠지만. 그게 바로 앨리스가 항복을 선택하고 도카스를 자신의 전쟁 포로로 삼은 이유였다.

그러나 다른 여자들은 항복하지 않았다. 전국에 걸쳐 여자들은 무장을 했다. 앨리스는 한때 스웨덴 재단사와 일한 적이 있는데, 재단사는 귓불에서 입까지 길게 흉터가 있었다. "검둥이 여자가…… 그 여자가 이빨 있는 데까지 베어버렸어." 그는 멋쩍게 웃으며 고개를 설레설레 저었다. "이빨 있는 데까지." 스프링필드의 얼음 장수는 목 옆에 가늘고 둥글고 날카로운 흉기에 찔려 생긴 네 개의 똑같은 구멍 자국이 있었다. 남자들은 살점이 덜렁거리는 얼굴 부위를 한 손으로 누르고 다른 손으로는 피에 흠뻑 젖은 그 손을 잡고선 스프링필드와 이스트세인트루이스와 그 도시의 거리를 뛰어갔다. 가끔은 살아서 병원에 도착하기도 했는데, 그건 순전히 면도날을 꽂힌 그대로 가만히 둔 덕분이었다.

흑인 여자들은 무장을 했다. 그들은 위험했고, 벌어들이는 돈이 적으면 적을수록 더욱 치명적인 무기를 선택했다.

무장하지 않은 여자들은 누구인가? 교회나 심판하시는 진노의 하느님에게서 보호를 구하는 여자들이었다. 그들 편에 선 신의 진노는 생각조차 할 수 없을 정도로 끔찍했다. 하느님은 여자들이 당한 나쁜 일을 바로잡기 위해 오고, 또 오고 계시는 중이 아니었다. 하느님은 여기 와 계셨다. 이미. 알겠는가? 알겠는가? 세상이 여자들에게 했던 일을 이제 세상 자신에게 하고 있지 않은가. 세상이 여자들을 망쳐놓았는가? 그래, 그러나 어디서 그런 혼란이 시작되었는지 보라. 세상이 여자들을 꾸짖고 저주를 퍼부었는가? 그래, 그러나 세상이 얼마나 스스로를 꾸짖고 저주하는지 보라. 여자들이 부엌이나 가게 뒷방에서 희롱당했는가? 경찰이 주먹으로 여자의 얼굴을 때려 턱과 함께 남편의 기까지 꺾어버렸는가? 남자들(전차에 탄 낯선 이들만큼이나 이 여자들을 알지 못했던)이 매일매일 여자들의 이름을 큰 소리로 불렀는가? 오! 그래, 그러나 신과 여자가 보기에 그 모든 더러운 말과 짓거리는 짐승이 자기 똥을 갈구하는 것과 다르지 않다. 짐승은 당한 대로 되갚는 게 아니라 당하고 싶은 짓을 한다. 강간당하고 싶어서 강간한다. 살육당한 아이가 되고 싶어서 아이들을 살육한다. 스스로 머무를 감옥을 지어 은밀한 부패의 소굴로 삼는다. 신의 진노는 그렇게 아름답고 단순하다. 여자들의 적은 그들이 원하는 바를 얻었고, 다른 사람들에게 했던 짓을 고스란히 돌려받았다.

무장하지 않은 여자들은 누구일까? 접는 면도칼이나 양잿물이나 손에 붙이고 다닐 유리 조각 따위는 필요 없다고 생각하는 여자들이었다. 대신 보호 수단으로 집을 사고 돈을 모으고 재산을 불리는 여자들. 그런 여자들은 무장한 남자에게 달라붙기도 한다. 스스로가 권총이기에 권총을 지니지 않는다. 접는 칼도 지니지 않는다. 스스로가 무리를 뚫고 나아가고 동상을 찔러 무너뜨리고 피와 폭행당한 육신을 가리키는 칼날이기에. 그들은 무장하지 않은 약한 힘을 한데 모아 키워서 모임을 개최하거나 저지하고, 이동하거나 머무르고, 길을 닦고, 탄원하고, 위로하며 안심시키기 위해 만들어진 연맹이나 클럽, 단체, 자매회 중 하나가 된다. 가석방을 시키고, 수의를 입히고, 집세를 내고, 셋방을 찾아보고, 학교를 시작하고, 사무실을 급습하고, 수집품을 모으고, 동네를 돌아다니며 모든 아이들을 빠짐없이 돌보기도 한다. 1926년, 이런 이들 외에 무장하지 않은 흑인 여자들은 입을 다물었거나 미쳤거나 죽은 이들뿐이었다.

이번에, 이 3월에 앨리스는 칼을 든 여자를 기다렸다. 관 속에 누운 사람을 죽이려고 했기 때문에 이제 사람들이 바이올런트라고 부르는 여자를. 그녀는 1월─장례식이 끝나고 그다음주─부터 매일 앨리스의 문 아래 쪽지를 남겨두었다. 앨리스 맨프리드는 그 흑인 부부가 어떤 부류의 사람인지 잘 알았다. 도카스에게 바로 그런 사람을 피하라고 가르쳤으니까. 거북한 사람들. 불쾌한 것 이상으로 그들은 위험했다. 남편은 총을 쐈고 아내는 칼로 찔렀다. 아무 짓도 하지 않았는데. 그녀의 조카딸은 아무 짓도 하지 않았다. 아니, 무슨 짓을 했다 한들 그녀에게 가해진 폭력에 비하면 아무것도 아니었다. 폭력이 있는 곳에 또다른 죄악이 없을 리 있겠는가? 도박. 욕지거리. 지긋지긋하고 뻔뻔스러운 접촉. 빨간 드레스. 노란 구두. 그리고 당연히 그들을 충동질하는 깜둥이 음악.

그러나 이제 앨리스는 1월이나 그 여자를 처음 집안에 들인 2월처럼 그렇게 두렵지는 않았다. 결국 모두 그렇듯 그 여자도 언젠가는 감옥에 수감될 거라고 생각했다. 그렇지만 타고난 먹잇감이라고? 쉽게 걸려든다고? "그렇지 않아. 그렇게 생각하지 않는다고."

장례식에서 밤을 새울 때 말본은 그녀에게 어쨌든 가능한 한 자세한 이야기를 해주려고 했다. 앨리스는 그 말들이 자기에게 다가오지 못하게 하려는 듯 말본에게서 최대한 떨어져 숨을 꾹 참았다.

"걱정해줘서 고마워요." 앨리스가 말했다. "음식 좀 드세요." 그녀는 음식과 그 주위를 맴도는 조문객으로 붐비는 테이블 쪽을 가리키며 말했다. "음식은 많으니까."

"너무나 유감스럽네요." 말본이 말했다. "마치 내 일인 듯싶다우."

"고마워요."

"다른 사람의 아이를 길렀다 해도, 내 자식의 경우랑 똑같이 마음이 아픈 법이지. 혹시 우리 조카 스위트니스를 아시우?"

"뭐라고 하셨죠?"

"그 아이를 위해 나는 모든 걸 다 했다우. 어머니로서 할 수 있는 일은 모두 다."

"자, 이제 좀 드세요. 차려놓은 음식은 넉넉해요. 어서요."

"그 괘씸한 작자들이 바로 우리 건물에 살고 있우. 당신도 알 겠지만……"

"아이고, 펠리스. 와줘서 고맙구나."

그때 그녀는 더는 듣고 싶지도, 알고 싶지도 않았다. 그리고 사람들이 바이올런트라고 부르기 시작한 여자를 만나고 싶지도 않았다. 그 여자가 앨리스의 문 밑으로 밀어넣은 쪽지는 그녀를 화나게 하고 겁에 질리게 했다. 하지만 그후로 그 남자가 얼마나 엉망이 되었는지 소문을 듣고, 또 〈에이지〉나 〈뉴스〉나 〈메신저〉 에 실린 머리기사를 읽고는, 앨리스는 2월이 되자 마음을 단단히 먹고 여자를 들어오게 했다.

"도대체 나한테 원하는 게 뭐예요?"

"아, 일단 지금은 의자에 좀 앉았으면 해요." 바이올렛이 말 했다.

"미안하군요. 그런데 그런다고 뭐가 나아질지 모르겠어요."

"머리가 좀 아파서요." 바이올렛이 모자 테두리를 만지며 말 했다.

"의사에게 가보지 그래요?"

바이올렛은 앨리스 옆을 지나 마치 자석에 이끌리듯 사이드테 이블로 걸어갔다. "이 여자애인가요?"

앨리스는 그녀가 뭘 쳐다보는지 돌아다볼 필요도 없었다.

"그래요."

바이올렛이 액자 속의 얼굴을 자세히 들여다보는 동안 침묵이 계속되자 앨리스는 초조해졌다. 앨리스가 용기를 내 이제 그만 가라고 말하려는 차에 그 여자가 사진에서 눈을 떼고 말했다.

"난 당신이 무서워할 만한 사람이 아니에요."

"아니라고? 그럼 당신이 누군데요?"

"나도 몰라요. 그래서 머리가 아픈 거예요."

"당신은 미안하다는 말을 하러 온 게 아니군요. 어쩌면 당신이 사과하러 온 걸지도 모른다고 생각했는데. 그저 여기에 당신의 죄를 떠넘기기 위해 찾아온 거로군요."

"나에게 죄 같은 건 없어요."

"이제 가는 게 좋겠어요."

"몇 분만 여기에서 쉬게 해주세요. 그냥 앉아 있을 만한 곳도 찾지 못하겠어요. 저기 있는 게 그 여자애인가요?"

"벌써 그렇다고 말했잖아요."

"속을 많이 썩였나요?"

"아니요, 전혀. 뭐, 조금은 그랬지만."

"내가 저 나이였을 때는 아주 착한 소녀였어요. 말썽도 전혀 피우지 않고, 시키는 대로 다 했죠. 이곳에 올 때까지는. 도시는 사람을 바싹 긴장시켜요."

정말 이상한 여자야, 앨리스는 생각했다. 하지만 악한 여자는 아닌 듯해. 그러다 입을 다물어야겠다는 생각을 미처 하기도 전에 질문이 튀어나왔다. "그 남자는 왜 그런 짓을 한 거죠?"

"그애는 왜 그랬는데요?"

"당신은 왜 그랬어요?"

"나도 몰라요."

그녀가 두번째로 찾아왔을 때, 앨리스는 여전히 양잿물이나 면도칼, 독약을 지니고 다니는 과격한 여자들에 대해 곰곰이 생각하고 있었다. 방문객의 눈으로 곧장 쏟아지는 햇살을 가리기 위해 커튼을 치며 그녀가 말했다. "당신 남편 말인데, 당신에게 해를 입힌 적이 있나요?"

"해를 입혀요?" 바이올렛은 어리둥절했다.

"내 말은, 그 사람이 너무 조용하고 착해 보여서. 그가 당신을 때린 적이 있어요?"

"조가요? 아니요. 그 사람은 아무도 해치지 못해요."

"도카스만 빼고."

"그리고 다람쥐도."

"뭐라고요?"

"토끼도요. 사슴. 주머니쥐. 꿩. 고향에서는 꽤 잘 먹었는데."

"그런데 왜 떠났어요?"

"땅 주인이 토끼를 원하지 않았어요. 돈을 원했죠."

"여기서도 그건 마찬가지예요."

"하지만 여기서는 돈을 벌 수 있잖아요. 처음 여기 왔을 때는
날품 파는 일을 했어요. 하루에 세 집 일을 하면 돈이 꽤 됐죠. 조
는 밤에 생선 씻는 일을 했고요. 호텔 일을 잡기 전까지 얼마 동
안만. 그러다 난 미용 일을 시작했고 조는……"

"그런 얘기 시시콜콜 듣고 싶지 않아요."

바이올렛은 입을 다물고 사진을 응시했다. 앨리스는 가지고
나가라며 그녀에게 사진을 줘버렸다.

다음날 그녀가 다시 왔을 때, 행색이 너무 형편없어서 앨리스
는 그녀를 때려주고 싶을 지경이었다. 하지만 대신 이렇게 말했
다. "그 옷 벗어요. 내가 소매를 꿰매줄 테니." 바이올렛은 매번
똑같은 옷을 입고 왔는데, 소매끝에 실밥이 너절하게 풀어져 대
롱거리고, 외투도 안감에 찢어진 부분이 적어도 세 군데는 보여
그냥 두고 볼 수가 없었다.

앨리스가 고운 바느질 솜씨로 소매를 수선하는 동안, 바이올
렛은 속옷 위에 바로 외투를 걸치고 앉아 있었다. 이윽고 그녀는
모자를 벗었다.

"처음에는 당신이 나를 해치려고 여기에 온 줄 알았어요. 다음

에는 나에게 조의를 표하고 싶어 저러나보다 했고. 그다음에 찾아왔을 때는 내가 고소하지 않은 게 고마워서인 줄 알았어. 그런데 그게 아니었지요? 그렇지요?"

"난 그저 어딘가 앉을 데가 필요했어요. 여기면 앉을 수 있을 것 같았죠. 당신이 날 들여보내주길 바랐는데, 정말 그렇게 해주었어요. 순전히 나 때문에 조가 거리를 방황했다고 생각하지는 않아요. 그래도 그가 나이길 바랐던 소녀가 어떤 아이였는지 알고 싶었어요."

"어리석긴. 그는 댁이 열여덟 살이면 하고 바랐던 거야. 그게 전부라고."

"아니에요. 뭔가가 더 있어요."

"자기 남편에 대해 이렇게 아무것도 모르다니, 내가 당신을 도울 수 있다고 기대하지는 마."

"나만큼이나 당신도 두 사람이 만나는 걸 까맣게 몰랐어요. 내가 조를 매일 보았듯 당신도 그애를 매일 봤잖아요. 난 내가 어디에다 정신을 팔았는지 알아요. 당신은 어디에 정신을 팔았던 거죠?"

"나한테 따지지 마. 가만두지 않을 테니."

앨리스가 이불보를 끝내고 막 블라우스를 손에 들려는데, 바이올렛이 문을 두드렸다. 아주 오래전에는 그녀도 한 남자의 하얀 셔츠 솔기를 다리미 끝으로 조심스레 다리곤 했다. 물을 뿌려 부드러워지고 풀을 먹여 빳빳해진 천을. 그 셔츠는 이제 넝마 조각이 되어 걸레나 생리대로 쓰이거나 수도가 얼지 않게 파이프를 두르는 데 쓰였다. 또 주전자를 집거나 다리미의 온도를 시험하거나 다리미 손잡이를 감는 데 쓰이기도 했고, 심지어 이 닦는 소금 주머니나 오일 램프의 심지로도 쓰였다. 이제는 앨리스 자신의 블라우스만이 그녀의 세심하고 꼼꼼한 손질을 받았다.

다림질을 해서 아직도 따스한 베갯잇 두 장이 테이블 위에 쌓여 있었고, 이불보 두 장도 막 끝냈다. 다음주에는 커튼을 해야 할 것이다.

그제야 그녀는 문 두드리는 소리를 알아챘다. 그 소리를 들었을 때, 그녀는 자신이 화가 난 건지 아니면 은근히 기대했던 건지 도통 알 수가 없었다. 어쨌거나 상관없었다.

바이올렛이 찾아오면(앨리스는 그때가 언제인지 알 수 없었는데) 뭔가 거리낌이 없어졌다.

짙은 색 모자가 바이올렛의 얼굴을 더 까맣게 보이게 했다. 그녀의 눈은 은화처럼 둥글었지만 갑자기 가늘어지기도 했다.

문제는 앨리스가 이 손님과 함께 있을 때 느끼는 기분과 말투였다. 다른 사람을 대할 때와는 전혀 달랐다. 바이올런트에게는 무례하게 굴었다. 갑작스럽고 직설적이었다. 두 사람 사이에 염치나 예절 따위는 전혀 불필요하게 보였다. 대신 다른 뭔가가 있었는데, 아마도 진솔함이었을 것이다. 마치 미친 사람이 미치지 않은 사람에게 요구하는 투명한 진실함 같은 것.

바이올렛은 이제 외투의 해진 곳도 고치고 소맷단도 제대로 꿰매서 스타킹과 모자만 신경쓰면 멀쩡한 사람처럼 보였다. 앨리스는 가볍게 한숨을 쉬었고, 자신이 기다리는 유일한 방문객에게 문을 열어주는 스스로에게 놀랐다.

"얼어죽을 듯이 보이는군."

"죽기 직전이에요."

"3월엔 누구나 쉽게 감기에 걸리지."

"그럼 좋겠어요." 바이올렛이 말했다. "만약 머리 대신 몸이 아프면, 모든 문제는 해결되는 셈이죠."

"그럼 그 멋쟁이 여자들 머리는 누가 해주고?"

바이올렛은 웃었다. "아무도 없죠. 아마 아무도 안 해줄 거예요. 뭐, 아무도 그 차이를 모르겠지만."

"단지 머리 모양만 달라지는 게 아닐 텐데."

"그 사람들도 그냥 여자예요. 우리랑 똑같아요."

"아니." 앨리스가 말했다. "그렇지 않아. 나와는 달라."

"난 그 여자들 직업을 말하는 게 아니에요. 그냥 여자라는 말이지."

"아이고!" 앨리스가 말했다. "이제 그 얘기는 그만해. 차나 내올게."

"그 여자들은 아무도 날 도와주지 않을 때 친절을 베풀었어요. 조와 나는 그 여자들 덕분에 먹고살아요."

"그런 얘기는 나에게 하지 마."

"돈을 빌려야 하거나 굉장히 쪼들릴 때면 언제고 하루종일 그 여자들 머리를 해주면 돼요."

"말하지 말라고 했지. 그런 일이나 그 여자들이 어디서 돈을 버는지 따위는 듣고 싶지도 않으니까. 차 마실 거야, 말 거야?"

"네, 마실게요. 그런데 왜 듣지 않으려고 하죠? 왜 그런 얘기는 듣지 않는 거예요?"

"어휴, 그 인간들. 뻔뻔스러운 인생 같으니. 그 작자들은 항상 싸우잖아? 당신이 머리를 하는 동안 그 여자들이 싸울까봐 겁나지 않나?"

"술에 취하지 않았을 때만 보니까요." 바이올렛이 미소를 지었다.

"다행이군."

"그 여자들은 남자를 공유하고, 남자 때문에 싸우기도 하고,

남자와 싸우기도 해요."

"어떤 여자도 그렇게 살아서는 안 되는 거야."

"그렇죠, 어떤 여자도 그렇게 살 수밖에 없어서는 안 되죠."

"사람을 죽이다니." 앨리스는 혀를 찼다. "구역질나는 일이
야!" 그녀는 차를 따른 뒤 잔과 받침을 들고 바이올렛을 바라보
며 잠시 멈칫했다.

"남편이 그애를 죽이기 전에 그 사실을 알았다면 당신이 먼저
죽였을까?"

"글쎄요."

앨리스는 그녀에게 잔을 건넸다. "난 당신 같은 여자를 이해할
수 없어. 칼을 들고 다니는 여자들 말이야." 앨리스는 긴팔 블라
우스를 하나 집어 다리미판에 올려놓고 살살 다렸다.

"나도 칼을 품고 태어난 건 아니에요."

"물론 아니지. 하지만 결국 칼을 집어들었지."

"당신은 그런 적이 없나요?" 바이올렛이 차를 후후 불자 잔물
결이 일었다.

"절대 없어. 남편이 달아났을 때도 그런 짓은 하지 않았지. 그
런데 당신, 당신은 심지어 적으로 삼을 만한 상대도 없었어. 굳
이 죽여야 할 사람이 없었다고. 그런데도 이미 죽은 소녀를 모욕
하려고 칼을 들었지."

"하지만 그게 더 낫지 않나요? 더는 상처 입을 것도 없잖아요."

"그 아이는 당신의 적이 아니었어."

"아, 아니에요. 그 아이는 나의 적이에요. 내가 그 사실을 몰랐던 그때나 지금이나 마찬가지로."

"왜? 그 아이가 어리고 예쁘고 당신 남편을 빼앗았기 때문에?"

바이올렛은 차만 홀짝거릴 뿐 대답이 없었다. 오랜 침묵 끝에 그들의 대화가 일상적인 일과 생활의 어려움 등으로 돌아갔을 때, 바이올렛이 앨리스 맨프리드에게 물었다. "그럼 당신은 자기 남자 때문에 싸우지 않을 건가요? 그래요?"

어린 시절 마음 깊이 심어져 매일매일 물을 먹고 자라난 공포는 평생 동안 그녀의 혈관을 뚫고 싹을 틔워왔다. 전쟁을 생각하며 얻어진 싹들은 또다른 공포의 꽃을 피웠다. 지금 이 여자를 바라보는 앨리스의 귀에 그 질문은 장난감총의 폭발음처럼 들렸다.

스프링필드 어딘가에 이빨만 남아 있을 것이다. 어쩌면 해골도 남았을지 모른다. 충분히 깊게 땅을 파고 뚜껑을 걷어낸다면, 거기에 분명히 이빨이 남아 있을 거라고 그녀는 확신했다. 그녀가 다른 여자와 공유했던 입술은 사라졌을 것이다. 다른 여자의 엉덩이를 더듬듯 그녀의 엉덩이를 더듬던 그의 손가락도. 이제 그 이빨만 남아, 그녀가 "선택해"라고 말하게끔 만든 그 미소는 찾아볼 수 없으리라. 그리고 그는 선택을 했다.

그녀가 바이올렛에게 한 말은 사실이었다. 그녀는 칼 따위는 절대 집어들지 않았다. 하지만 입 밖에 내지 않고 그냥 지나쳐버린 말—이제야 다시 머릿속에 떠오르는—또한 사실이었다. 일곱 달 동안 매일 낮이건 밤이건 그녀는, 앨리스 맨프리드는 피를 갈망했다. 하지만 그의 피는 아니었다. 오, 결코 아니었다. 그에게는 단지 자동차 연료통에 설탕을 넣고, 넥타이를 가위질해버리고, 옷을 태우고, 신발을 자르고, 양말을 찢는 짓을 했을 뿐이다. 유치하고 악의에 찬 폭력적인 행동으로 그를 불편하게 해서 주의를 끌어보려고. 그러나 그의 피는 아니었다. 그녀의 갈망은 다른 여자의 혈관 속을 질주하는 붉은 피를 향했다. 얼음송곳을 찔렀다 빼기만 해도 좋을 것 같았다. 빨랫줄로 여자의 목을 감고 온 힘을 다해 당기면 피를 토할까? 하지만 밤에 베개를 베고 누운 그녀가 가장 좋아한 꿈은 말에 올라탄 자신을 보는 꿈이었다. 그녀는 말을 타고 가다 홀로 길을 가는 그 여자를 발견하고 마구 달려가 네 개의 단단한 말굽으로 짓밟아버렸다. 그러고는 마침내 길에 화냥년이 짓밟힌 흔적이라곤 자욱한 먼지 외에는 아무것도 남지 않을 때까지 거듭해서 다시, 다시 돌아왔다.

그는 선택을 했다. 그녀도 그랬을지 모른다. 어쩌면 일곱 달 동안이나 밤마다, 사실 있지도 않고 어떻게 타는지도 모르는 말을 타고서, 겨울에도 하얀 구두를 신고 어린아이처럼 큰 소리로 웃어대고 결혼증서 같은 것은 본 적도 없는 여자의 경련을 일으키는 저속한 몸뚱이를 마구 짓밟은 후에, 그녀는 어떤 난폭한 짓을 저질렀을지도 모른다. 그러나 일곱 달 후에 그녀는 다른 것을 선택해야 했다. 그가 제일 좋아했던 셔츠와 넥타이와 양복을. 사람들은 그녀에게 아까우니 신발은 신기지 말라고 했다. 누구도 구두까지 보지는 않을 거라고. 그런데 양말은? 양말은 신겨야 하나요? 물론이죠, 장의사가 말했다. 양말을 신겨야 하고말고요. 그녀가 저주하고 미워하던 적이 조문객으로 와서 관 위에 하얀 장미를 놓았다. 그녀가 입어야 할 옷 색깔까지 빼앗아 입고. 하지만 그게 무슨 상관인가. 삼십 년이 지난 지금 그는 스프링필드의 땅속에서 이빨만 남았고, 그녀도 옷차림이 부적절했던 그 조문객도 이제 할 수 있는 게 아무것도 없는데.

앨리스는 다리미를 쾅 내려놓았다. "당신은 상실이 뭔지 몰라." 그러고는 아침부터 모자를 쓰고 다리미판 옆에 앉아 있는 여자가 그랬듯, 자기가 하는 이야기에 가만히 귀를 기울였다.

그 모자, 이마 위로 젖혀 쓴 모자 때문에 바이올렛은 약간 정신이 나간 사람처럼 보였다. 앨리스 맨프리드가 내준 차를 마시고 진정된 마음은 그리 오래가지 않았다. 잠시 후 그녀는 가게에 앉아 밀크셰이크를 빨아 마시면서 자신의 거죽을 쓰고 이 도시를 돌아다니는 또 한 명의 바이올렛은 대체 누구일까 생각했다. 그녀의 눈을 통해 밖을 엿보면서 전혀 다른 것들을 보는 그 여자는. 그녀가 강을 마주보고 있는 길고 좁은 공원에 버려진 고아처럼 놓여 있는 외로운 의자를 볼 때, 그 다른 바이올렛은 서리가 내려 무기처럼 반질반질 빛나는 난간의 새까만 기둥을 보았다. 또 그녀가 정류장에 늘어선 줄의 맨 끝에 서서, 물려 입어 너무 짧은 외투 밖으로 드러난 아이의 꽁꽁 얼어붙은 손목을 유심히 바라볼 때, 그 바이올렛은 사 분 늦게 도착한 전차에 올라타 백인 여자를 밀치고 자리에 털썩 주저앉았다. 그녀가 식당 창문 너머로 그녀를 보며 지나치는 얼굴들을 피해 고개를 돌릴 때면, 그 바이올렛은 음산한 3월의 바람 속에서 판유리가 덜컹거리는 소리를 들었다. 그녀는 집 열쇠를 어느 쪽으로 돌려야 하는지도 잊어버렸지만, 그 바이올렛은 부엌칼이 부엌 서랍이 아니라 앵무새 새장에 있다는 사실뿐 아니라, 몇 주 전에 앵무새의 발톱과 부리에서 단단하게 굳은 살을 긁어내주었던 일같이 그녀가 기억하지 못하는 것까지 기억했다. 그녀는 부엌칼을 한 달 내내 찾았지만, 도대체 자기가 그걸 어떻게 했는지 생각해내지 못했다. 그런데 그 바이올렛은 알았고 즉시 찾아냈다. 장례식이 어디에서 거행되는지도 알았다. 비록 장례식을 할 만한 곳이 두 곳밖에 없었지만, 둘 중에 어느 곳인지 정확히 알고 제시간에 도착했다. 막 관 뚜껑을 닫으려는 참이었다. 기절할 사람은 이미 다 기절했고, 하얀 옷을 입은 여자들이 손으로 부채질을 해주고 있었다. 그리고 죽은 소녀와 동갑내기로 같은 중학교를 나온, 관을 드는 소년들이 머리를 새로 이발하고 유령처럼 새하얀 장갑을 끼고 모여들었다. 처음에는 뒤쪽에 여섯 명이 다닥다닥 모여 있다가, 나중에는 세 명씩 두 줄로 나누어 서서 복도를 내려와 관을 빙 둘러쌌다. 그 바이올렛은 소년들을 팔꿈치로 밀치고 들어갔다. 그들

142

은 한쪽으로 순순히 비켜섰다. 이제 더는 볼 수 없는 죽은 소녀의 잠든 얼굴을 한 번만 더 보고 마음속에 기억하고 싶은, 절망에 찬 마지막 순간의 사랑이라고 생각한 것이다. 관을 드는 소년들이 그녀보다 먼저 그 칼을 보았다. 그녀가 무슨 상황인지 깨닫기도 전에 소년들의 억센 손—공깃돌과 쇠구슬로, 총알처럼 단단하게 뭉친 눈덩이로 단련된 손, 자동차 덮개 혹은 높은 담장이 둘러쳐진 공터와 활짝 열린 창문에 심지어 사층 높이의 닫힌 창문에까지 몇 년 동안 하드볼을 쳐서 날린 막대기로 단련된 손, 엘 다리의 강철 난간에 매달려 온몸의 무게를 지탱한 손—이 칼날을 막았다. 그녀는 최소 한 달은 보지 못했던 칼이 그 순간 오만하고 신비로운 표정을 띤 소녀의 얼굴을 겨냥하고 있는 것을 깨닫고 기절할 듯 놀랐다.

칼은 소녀의 귀밑에 거의 흉터라고도 할 수 없는 주름 같은 작은 상처를 남기고 튕겨나갔다. 그녀는 그쯤에서 그만둘 수 있었다. 귀밑에 주름 정도의 상처를 남긴 정도에서. 그러나 그 바이올렛은 만족하지 못하고 소년들의 억센 손아귀와 싸웠다. 거의 그들과 맞먹을 정도의 힘으로. 소년들은 그녀가 모피 칼라가 달린 외투를 입고 오른쪽 눈이 가려질 정도로 모자를 푹 눌러써서 목표물에 정확히 칼을 꽂는 것은 고사하고 교회 문이나 제대로 찾아 들어왔을까 의심스러운 쉰 살이나 먹은 여자라는 사실을 당장 잊어야 했다. 평생 배워온, 어른을 공경해야 한다는 가르침은 내팽개쳐야 했다. 뿌옇게 빛나는 눈으로 그들의 행동 하나하나를 지켜보며 충고하고 이렇게 해라 저렇게 해라 일러주던 노인들에게 배운 교훈을. 그들의 숙모나 할머니, 어머니 혹은 어머니의 가장 친한 친구일 수도 있는 바이올렛 또래의 중년 세대로부터 배운 가르침도. 그런 어른들은 젊은이에게 영향을 미칠 수도 있고, 시시콜콜 잔소리를 할 수도 있고, 두 블럭 반경 안에서라면 골목길이나 복도나 창문 어디에서든 "당장 그만둬!"라고 소리쳐 그들을 잠잠하게 할 수도 있었다. 그러면 그들은 하던 짓을 얼른 멈추거나 아래층의 기둥들 뒤로 가거나 혹은 인적이 드문 공원으로 나가곤 했다. 그보다 더 나은 곳이 엘 다리 밑의 어두운 그늘이었는데, 이곳은 이런 여자들이 허락하지 않을 짓을 비춰줄 불빛도 없고, 누구네 집 아이인지 신경쓸 필요도 없는 곳이었다. 아무튼 그 모든 가르침에도 불구하고 소년들은 그렇게 했다. 평생 배운 교훈을 까맣게 잊고 사납게 번쩍이는 칼날을 막아섰다. 누가 알겠는가? 그녀가 칼로 한 번 찌르는 것 이상의 의도를 가지고 있었을지. 아니면 관을 드는 소년들의 머릿속에 저녁식사 자리에서 이와 똑같은 여자들이나 아니면 제기랄! 심지어 아버지나 삼촌, 다 자란 사촌, 친구, 이웃에게 진땀을 흘리며 비굴한 모습으로 변명하는 자신의 모습이 떠올랐을지도 모른다.

왜 그때 가로등처럼 멍청히 서서 모피 칼라가 달린 외투를 입은 여자가 그 자리에 참석한 모든 사람을 바보로 만들고 하얀 장갑까지 끼고 맡은 신성한 임무를 망치게 내버려두었느냐는 질타에 대해 변명을 하는 모습 말이다. 소년들이 몸싸움을 해서 바닥에 쓰러뜨린 뒤에야 여자는 손에서 칼을 놓았다. 여자의 입에서 흘러나온 비명은 흡사 외투가 아니라 짐승의 가죽을 뒤집어쓴 어떤 것에서 나오는 소리였다.

이윽고 성난 어른들까지 관을 드는 소년들과 합세해 발버둥을 치고 으르렁거리는 그 바이올렛을 쳐들고 밖으로 나갔다. 그동안 그녀는 놀라서 빤히 바라보기만 했다. 이제 그녀는 장성한 남자처럼 건초를 나르고 노새를 몰던 버지니아 시절처럼 강하지 않았다. 도시에서 이십 년간 머리를 만지다보니 팔도 약해졌고, 한때 손바닥과 손가락을 온통 뒤덮었던 굳은살도 없어졌다. 신발이 그녀의 맨발바닥에서 거친 살가죽을 벗겨냈듯, 도시는 그녀가 자랑으로 삼던 등과 팔의 힘을 빼앗아가버렸다. 그런데 그 바이올렛은 여전히 힘이 남아 소년들과 다 큰 장정들을 한참이나 애먹였다.

그 바이올렛은 앵무새를 날려보내지 말았어야 했다. 어떻게 나는지도 잊어버린 앵무새는 창틀에 앉아 떨고만 있었다. 그러나 힘센 소년들과 사나운 남자들에게 말 그대로 문밖으로 내동댕이쳐진 뒤 장례식장에서 집까지 단숨에 달려왔을 때, 그녀도 그 바이올렛도 "당신을 사랑해요"라는 말을 도저히 참아줄 수 없었다. 그녀는 방을 지날 때마다 앵무새를 보지 않으려고 애썼다. 그러나 앵무새는 그녀를 보고 유리창 너머에서 "사랑해요"라고 약하게 울어댔다.

새해 첫날 사라진 조는 그날 밤도, 그다음날도 그녀가 만든 동부콩 요리를 먹으러 집에 오지 않았다. 안부를 물으러 온 지스턴과 스틱은 금요일 밤에 카드를 못 칠 것 같다고 말하더니, 바이올렛이 빤히 쳐다보자 현관 복도에서 안절부절못하고 서성였다. 그녀는 혹시 조가 거리를 내려오지 않을까 싶어 그녀의 아파트 문에서 건물 현관까지 계단을 수십 차례나 오르락내리락했다. 그래서 앵무새가 아직 거기 있다는 사실도 알게 되었다. 그녀는 새벽 두시에, 그리고 다시 네시에 현관으로 내려와 어두운 거리를 살펴보았다. 경찰관 한두 명과 눈 속에 소변을 보는 고양이 외에는 쓸쓸하기만 했다. 그때마다 이제는 초록색과 노란색 털이 섞인 머리조차 거의 가누지 못하는 앵무새가 추위에 바들바들 떨며 그녀를 보고 "사랑해요. 사랑해요"라고 말했다.

"썩 꺼져버려!" 그녀는 버럭 소리를 질렀다. "다른 곳으로 가버리란 말이야!"

다음날 아침 앵무새는 어디론가 사라졌다. 그녀가 본 거라곤 기둥 아래에 떨어져 있는 끝이 약간 녹색인 밝은 노란색 깃털뿐이었다. 그녀는 앵무새에게 이름을 붙여준 적이 없었다. 그저 항상 "나의 앵무새"라고 불렀다. "나의 앵무새." "사랑해요." "사랑해요." 항상 이런 식이었다. 개가 물어갔을까. 야경꾼이 앵무새를 잡아 자기집으로 데려갔을까. 모습을 비춰볼 거울도 없고, 생강과자도 주지 않는 곳으로? 그녀가 "나의 앵무새" 하면 앵무새는 "사랑해요"라고 대답했는데, 그녀는 한 번도 그 말에 다시 대답해주거나 앵무새에게 굳이 이름을 붙여주려고 하지 않았다. 앵무새는 그걸 어떤 메시지로 이해하고 육 년이나 날아본 적이 없는 날개로 어떻게든 멀리 날아가버린 것일까? 오랫동안 쓰지 않은 날개는 전망展望이라고 할 것도 전혀 없는 아파트의 전구 불빛에 굳어지고 무뎌졌을 텐데.

밀크셰이크도 다 마셨고 위장이 따끔거리는 증세도 사라졌지만, 그녀는 한 잔을 더 시켜 들고 중고 잡지 판매대 뒤에 늘어선 작은 테이블로 갔다. 가게 주인 두기는 식당에만 테이블을 놓을 수 있다고 규정한 법을 어기고 거기에 테이블을 놓았다. 그녀는 거기 앉아 거품이 점차 사그라지는 것을, 아이스크림의 가장자리가 녹아 물이 가득찬 개수대의 비누 조각처럼 부드럽고 반짝이는 공 모양으로 변하는 것을 지켜보았다.

그녀는 닥터 디 신경안정제와 플레시 빌더 영양제 한 봉지를 밀크셰이크에 섞어 먹으려고 가져왔다. 밀크셰이크만으로는 별효과가 없는 것 같았기 때문이다. 이곳으로 올 때까지만 해도 멋졌던 엉덩이가 등과 팔의 힘과 마찬가지로 사라져버렸다. 식칼이 어디 있는지 알고 그걸 사용할 만큼 힘이 센 그 바이올렛은 그녀가 잃어버린 엉덩이를 여전히 지녔을지도 모른다. 그러나 그 바이올렛이 힘이 세고 멋진 엉덩이를 가졌다면, 그녀는 왜 죽은 소녀를 다시 죽이려고 했던 일을 자랑스러워하는 것일까? 어쨌든 그녀는 자랑스러웠다. 그 바이올렛과 그 바이올렛의 눈으로 본 것들을 생각할 때마다 거기에는 어떤 모멸감도, 수치심도 없다는 사실을 그녀는 알았다. 그것은 그녀 혼자만의 세상이었다. 그래서 그녀는 잡지 판매대 뒤에 놓인 두기의 작은 불법 테이블에 숨어 빨대로 초콜릿셰이크를 가지고 장난질이나 하는 것이었다. 가게에서 시간을 때우거나 잡지 판매대에서 〈콜리어〉 잡지를 뒤적거리던 그 소녀처럼 그녀도 열여덟 살이 될 수 있었을 것이다. 도카스도 살아 있을 때 〈콜리어〉나 〈리버티 매거진〉을 좋아했을까? 층이 지게 커트한 금발 머리 여자들에게 매료되었을까? 브이넥 스웨터에 골프화를 신은 남자들에게도? 자기 아버지뻘인 늙은 남자에게 달라붙어 있으면서, 어떻게 이들을 흠모할 수 있단 말인가? 골프클럽 대신 클레오파트라 화장품 상자를 들고 다니고, 웃옷 주머니에서 꺼낸 하늘하늘한 면 손수건이 아니라 빨간 바탕에 하얀 물방울무늬가 있는 커다란 손수건을 가지고 다니는 남자가 아닌가. 추운 겨울밤, 그가 침대로 미끄러져들어가기 전에 그애의 몸으로 그가 누울 자리를 따뜻하게 해달라고 부탁했을까? 아니면 그가 그애를 위해 그렇게 해주었을까? 틀림없이 그는 그애가 그의 아이스크림 통에 수저를 넣고 녹은 부분을 떠먹어도 가만히 두었을 것이다. 어두운 링컨 극장에 앉아 그애가 그의 팝콘 봉지에 손을 넣고 한 움큼 집어가도 신경쓰지 않았을 것이다. 개자식. 〈요단 강 위의 날개〉가 흘러나올 때면 그애가 성가대를 따라 부르는 노래를 들으려고 라디오 볼륨을 낮추었을 것이다. 바이올렛이 〈내 몸을 누이며〉를 따라 부를 때에는 반대로 라디오 볼륨을 높였으면서. 또 턱을 전구 불빛 쪽으로 돌리고 그녀에게 엄지손톱으로 모공에 박힌 모근을 눌러 짜도록 했으면서. 똥개 같은 자식. 또 한 가지 속 뒤집히는 일이 있었다(밀크셰이크는 이제 차고 부드러운 수프가 되었다). 한 달 동안 모든 상품을 판매한 상으로 그는 이십오 달러 상당의 보너스 상품인 푸른 갓을 씌운 거실 램프나 난초색 실크 실내복을 받기로 했는데, 그것도 그 암소 같은 계집애에게 줬을까? 토요일 밤이면 그애를 인디고로 데려가 매끄러운 검은 상판에 눈부시게 하얀 테이블보를 씌운 둥근 테이블에 뒤돌아 앉았겠지. 한껏 음악을 들으면서 동시에 컴컴한 어둠 속에 있을 수 있도록. 그런 어린 계집애가 술 대신 시킬 수 있게 달콤하고 빨간 무언가를 넣어 소다수처럼 만든 독한 진을 마시면서. 여자애는 한 손으로 꽃대같이 가는 잔의 중간 부분을 쥐고 아래쪽보다 넓은 잔 입구의 가장자리에 입을 대고 홀짝거리면서, 다른 손, 꽃처럼 생긴 잔을 들지 않은 손으로는 테이블 밑에서 리듬에 맞춰 그의 허벅지를 두드렸겠지. 그의 허벅지, 그의 허벅지, 허벅지, 허벅지. 그리고, 넌 몰랐지만, 장미 꽃봉오리나 바이올렛 꽃, 바이올렛이 수놓인 속옷을 사주었겠지. 오후에만 난방이 들어오는 방은 몹시 추웠을 테지만, 그애는 그를 위해 그 얇은 속옷을 입었을 거야. 그동안 난 어디 있었을까? 머리를 해주기 위해 빙판길 위를 미끄러지면서 누군가의 부엌으로 분주히 가고 있었을까? 전차를 기다리며 바람을 피해 출입구에서 웅크리고 있었을까? 거기가 어디든 날씨는 추웠고 나도 추웠지만, 나에게는 내 잠자리를 따뜻하게 해주려고 침대에 먼저 들어가 있는 사람도 없었고, 내 어깨에 팔을 두르고 감기에 걸릴까봐 목이나 귀밑까지 이불을 끌어 덮어주는 사람도 없었다. 아마 그 때문에 부엌칼로 귓불 바로 옆의 목덜미를 찔렀던 모양이다. 그 때문에. 그 때문에 어린 계집애가, 내가 선택하고 선별해서 갖기로 결정하고 끝내 가졌던 내 남자를 훔쳐간 그 계집애가 누워 있는 관에서 날 떼어내고 쓰러뜨리고 쫓아내기가 그렇게 힘들었던 모양이다. 아니야! 그 바이올렛은 내

거죽을 쓰고 내 눈을 달고 거리를 왔다갔다하며 도시를 배회하는 누군가가 아니야. 제기랄, 그 바이올렛은 바로 나야! 버지니아에서 건초를 나르고 노새 네 마리를 한꺼번에 끌던 바로 나야. 나는 한밤중에 사탕수수밭 한가운데에 서 있었지. 사탕수수가 흔들리는 소리에 뱀이 기어가는 소리는 들리지도 않았어. 나는 그가 가까이 다가오는데도 못 볼까봐 꼼짝도 하지 않고 서서 기다렸어. 그 망할 놈의 뱀. 내 남자가 나를 향해 오는데, 누가 혹은 무엇이 그를 나에게서 떼어낼 수 있겠어? 여러 번, 아주 여러 번, 나는 다음날 아침 들에 늦게 나온 벌로 무식한 백인 놈에게 채찍을 맞아야 했어. 또 여러 번, 아주 여러 번, 장작으로 쓸 나무를 필요한 양의 두 배나 패놓아야 했지. 그래야 백인이 만족하고 내가 어떻게든 나의 조 트레이스를 만나러 가야 할 때 소리를 지르지 않을 테니까. 당신이 무엇을 하든 그는 나의 조였어. 나의 것이었어. 나는 다른 모든 남자 가운데서 그를 선택했어. 조 같은 남자는 아무도 없었지. 어떤 여자든 한밤중에 그를 만나러 사탕수수밭에 나와 서 있을 것이고, 대낮에 그와의 열렬한 정사를 꿈꾸다 옆길로 샌 노새를 제자리로 돌리느라 쩔쩔맬 거야. 나뿐 아니라 어떤 여자라도. 아마 그애도 그걸 보았을 거야. 화장품 상자를 든 쉰 살의 중늙은이가 아니라 나의 조 트레이스, 마음속에 환한 빛을 간직한 버지니아의 조 트레이스를. 어깨는 날카롭게 각이 지고 두 가지 색의 눈으로 나만을 응시하고 어느 누구도 쳐다보지 않았던 나의 조를! 그애가 그에게서 그런 모습을 볼 수 있었을까? 알아챌 수 있었을까? 인디고에서 테이블 밑으로 아기 피부처럼 약해진 허벅지를 두드리며, 한때는 당장이라도 갈라져 무쇠 같은 근육이 튀어나올 것처럼 팽팽했던 피부를 느낄 수 있었을까? 그걸 느끼고 그걸 알았을까? 내가 알았어야 하는데 몰랐던 다른 무엇이 있었을까? 내가 알 수 없도록 비밀에 부쳐진 일이나 내가 미처 눈치채지 못한 일이? 그는 그것 때문에 소녀가 자기 아이스크림 통의 가장자리에 녹은 부분을 떠먹게 하고 소금과 버터를 넣은 그의 팝콘 봉지에 손을 넣게 했을까? 그런 어린 소녀가, 이제 막 고등학교를 졸업하고 땋은 머리를 풀어헤친, 생전 처음 하이힐을 신고 붉은 립스틱을 칠한 애가 뭘 알았을까? 그는 또 뭘 보았을까? 새까만 피부 대신 옅은 노란빛이 감도는 살결을 지녔던 젊은 시절의 나를? 짧은 머리 대신 길게 굽이치는 머리를 했던 그 시절의 나를? 혹은 전혀 내가 아니었는지도 모른다. 버지니아에는 그 계집애, 도카스가 없었기 때문에 나를 사랑했는지도 모른다. 그랬던가? 그렇다면 그 사람은 누구였을까? 나를 만나기 위해 어두운 사탕수수밭을 달려올 때 그의 머릿속에 떠오른 사람은? 어떤 황금빛 사람이었을까? 비록 한 번도 만난 일은 없지만, 열렬한 마음속의 연인으로 나의 소녀 시절을 지배했던 황금빛 소년과 같은 어떤 존재가 그의 마음속에도 있었을까? 아, 하느님, 저를 도와주세요. 만약 그랬다면 저를 도와주세요. 나는 그 소년을 알았고, 트루 벨 할머니를 제외하면 다른 누구보다도 그를 열렬히 사랑했으니까요. 애당초 내가 그 소년에게 미치도록 만든 사람이 바로 할머니였죠. 그랬던 건가요? 사탕수수밭에 서서, 그가 마음속으론 그 모습까지 세세히 그릴 수 있지만 아직 만나지 못한 어떤 소녀를 붙잡으려 애썼다면, 나는 그를 껴안고 있으면서도 나 역시 한 번도 본 적 없는 그 황금빛 소년이 그였으면 하고 바랐던 거예요. 그렇다면 애초부터 나는 누군가의 대용물이었던 거죠. 그 역시 마찬가지고요.

입 밖으로 내서는 안 되는 말이 마구 튀어나오려고 해서 나는 그만 입을 다물었다. 하루 일과가 다 끝나면 이 손을 어찌해야 할지 몰라 그저 조용히 지냈다. 내 마음속에서 진행되는 일들은 내 일도 아니고 조의 일도 아니라고 생각했다. 어쨌든 할 수 있는 한 조를 꽉 붙잡아야 했는데, 내가 미쳐버린다면 조를 잃을 테니까.

가게의 가늘고 선명한 불빛 아래 앉아 기다란 컵에 숟가락을 넣고 장난을 치는 동안, 탁자 앞에 앉아 컵에 든 것을 열심히 마시는 척하던 다른 여인이 생각났다. 그녀의 어머니. 그녀는 그렇게 되고 싶지 않았다. 아니, 절대로 그렇게 되어서는 안 되었다.

어머니는 달빛이 비치는 탁자 앞에 홀로 앉아 하얀 도자기 찻잔에 끓인 커피를 따라 가능한 오랫동안 홀짝였다. 그러다 커피를 다 마신 뒤에도 여전히 마시는 척하며 남자들이 들이닥치는 아침을 기다렸다. 남자들은 자기네 외에는 아무도 없는 것처럼 낮은 목소리로 이야기를 나누며 우리 물건을 멋대로 집어들고 그들이 원하는 것을 들어냈다. 자기들 물건이라고 말하면서. 정작 이 안에서 요리하고 빨래하고 앉고 자고 먹고 한 것은 우린데. 물론 그들이 쟁기와 낫, 노새, 암퇘지, 교유기攪乳器, 버터 압착기까지 가져가버린 이후였다. 그런 다음 남자들은 집안으로 들어왔다. 우리 아이들은 모두 한쪽 발을 다른 쪽 발에 올리고 서서 지켜보았다. 그들이 탁자로 다가갔을 때 어머니는 빈 잔을 껴안듯이 들고 앉아 있었다. 그들이 어머니 밑에서 탁자를 빼가는 동안에도 어머니는 마치 혼자 있는 듯 손에 잔을 들고 조용히 앉아 있었다. 마침내 그들이 돌아와 어머니가 앉아 있는 의자를 들었지만, 어머니는 즉시 일어나지 않았다. 그들이 의자를 조금 흔들었는데도 멍하니 앞을 응시하며 조용히 버텼다. 그들은 마치 손을 대거나 집어올리기 싫은 고양이를 의자에서 내쫓듯 의자를 살짝 기울여 어머니를 떨어뜨렸다. 의자를 앞으로 기울이면 고양이는 바닥에 폴짝 내려선다. 네 발 달린 고양이라면 그렇게 해도 무방하다. 그러나 사람이, 여자가 앞으로 쓰러지면 형편안 그런 자세로 찻잔을 바라보고 있어야 한다. 그녀보다 더 단단해서 최소한 깨지지도 않고 그녀의 손이 닿을 듯 말 듯한 거리에서 뒹굴고 있는 찻잔을.

아이들은 모두 다섯이었고 바이올렛은 그중에 셋째였다. 그들은 방으로 들어와 어머니를 불렀다. 그녀가 마침내 끄응 소리를 내기까지 한 명씩 차례로 다가가 어머니를 불렀다. 그러나 그 후로는 그녀가 하는 다른 어떤 말도 들을 수 없었다. 그들이 어느 버려진 집에 들어가 1888년까지 남아 있던 몇몇 이웃의 도움에 전적으로 의지해 살아가던 내내. 아직 서부의 캔자스시티나 오클라호마, 북부의 시카고나 인디애나 주 블루밍턴으로 이주하지 않은 이웃들이었다. 로즈 디어가 곤경에 처했다는 소식이 트루 벨의 귀에 들어간 것은 가장 마지막에 필라델피아로 떠난 어느 가족을 통해서였다. 남은 사람들이 짚으로 만든 요, 주전자, 팬에 구운 빵, 우유 한 통 등을 가져왔다. 충고와 함께. "이런 일에 굴하지 말아요, 로즈. 우리는 당신 편이에요. 로즈 디어, 어린 것들을 생각해요. 하느님은 결코 견디지 못할 시련은 주시지 않아요, 로즈." 하느님이 그랬던가? 아마 이번 한 번은 견디지 못할 시련을 주셨는지 모른다. 그녀의 의지력을 잘못 판단하고 오해하셔서. 이번 한 번은. 바로 그 의지력에 대해서만큼은.

로즈의 어머니 트루 벨이 소식을 듣고 찾아왔다. 볼티모어에 있는 편안한 일자리를 버리고, 독수리가 새겨진 동전* 열 개를 소리 나지 않게 치마에 따로따로 꿰매 감추어 가지고 베스퍼 카운티의 롬이라는 작은 철도역으로 돌아와 책임을 떠맡은 것이다. 어린 소녀들은 즉시 할머니를 사랑하게 되었고, 살림도 하나씩 제자리를 찾았다. 트루 벨은 약 사 년 동안 천천히 그러나 꾸준하게 생활을 정돈해갔다. 그런데 그때 로즈 디어가 우물에 몸을 던져 모든 즐거움을 놓쳐버렸다. 그녀의 장례식이 있은 지 이주 후에 로즈의 남편이 아이들을 위한 금괴 모양 초콜릿과 여자들에게 줄 이 달러짜리 은화와 남자들에게 줄 뱀 기름 그리고 로즈 디어를 위한 수가 놓인 소파 등받이용 실크 쿠션을 선물로 싸들고 도착했다. 비록 어느 누구도 소파 따위는 가지고 있지 않았지만, 관에 누워 있는 그녀의 머리 밑에 놓았다면 정말 근사했을 것이다. 제때에 그가 돌아왔다면 말이다. 아이들은 금박 포장지를 벗기고 초콜릿을 먹은 뒤, 천상의 물건처럼 보이는 포장지를 친구들의 갈대피리나 낚싯줄과 교환했다. 여자들은 은화를 옷에 단단히 꿰매기 전에 이빨로 깨물어봤다. 그러나 트루 벨만은 예외였다. 그녀는 돈을 만지작거리다 동전과 사위 얼굴을 번갈아 바라보고는 머리를 흔들며 웃어댔다.

---

* 액면 금액이 20달러인 금화.

"제기랄!" 로즈가 자살한 일을 듣고 그가 말했다. "이런 망할."

스무하루 만에 그는 다시 가버렸다. 바이올렛은 조와 결혼하고 도시에서 살 때, 여동생에게서 아버지가 돌아왔다는 말을 들었다. 주머니와 모자에 보물을 잔뜩 넣어가지고 롬에 도착했다고. 아버지의 귀향은 대담하고 비밀스러웠다. 그가 재정조정당*에 가담하고 있었기 때문이다. 지주들은 말로 경고해도 아무 소용이 없자 폭력배를 동원했고, 그는 어디든 다른 곳으로 떠나야 했다. 어쩌면 그는 가족을 모두 데려갈 어떤 계획을 세웠는지도 모른다. 그동안 여러 해에 걸쳐 위험하고도 놀라운 귀향을 감행하곤 했으니까. 그러나 떠나 있는 기간은 점점 더 길어졌고, 그가 여전히 살아 있으리라는 가능성은 점점 더 희박해졌다. 하지만 희망은 사라지지 않았다. 언제 어느 때든 그는 다시 나타날 것이었다. 매섭게 추운 어느 월요일이나 더위에 지친 어느 일요일 밤에. 길에서 휘파람을 불며, 조롱하듯 대담하게 모자에 비쭉 튀어나오게 지폐를 꽂고 바짓단이나 신발 속까지 돈을 가득 채워넣은 채 돌아올지 모른다. 그의 외투 주머니에는 덩어리가 된 사탕과 프리다의 이집트산 머릿기름 통이 들어 있을 것이고, 호

---

* 1877년 버지니아 주에 세워진 연립정당으로, 부자들의 권력과 특권을 무너뜨리자는 기치를 내세워 흑인들의 큰 호응을 얻었다.

밀 위스키 병과 정화수와 그 밖에 각종 화장수 병이 그의 낡아빠진 가방 안에서 다정하게 달그락거릴 것이다.

이제 아버지도 칠십대다. 틀림없이 움직임도 느려졌을 것이고 아마 이도 다 빠져 누이동생들의 용서를 샀던 미소도 지을 수 없을 것이다. 그러나 바이올렛에게는(누이동생들이나 마을에 머물러 있는 사람들에게도) 그가 저기 어딘가에서 고향 사람들에게 나누어줄 좋은 선물을 모아 담고 있는 것처럼 느껴졌다. 누가 그를 막을 수 있겠는가. 매일매일이 생일 같은 이 대담한 남자는 고향 사람들에게 선물을 펑펑 나누어주고 사람들의 혼을 쏙 빼놓는 이야기를 늘어놓았다. 그러면 사람들은 잠시 동안 텅 빈 찬장이나 힘든 농사일을 까맣게 잊어버렸고, 아이의 구부러진 다리까지 저절로 펴질 것 같은 기분을 느꼈다. 사람들은 애초에 왜 그가 고향을 떠났고, 어째서 그렇게 몰래 숨어서 다시 돌아와야 했는지 잊어버렸다. 그와 함께 있으면 건망증이 봄날의 꽃가루처럼 퍼졌으니까. 그러나 그 꽃가루조차도 바이올렛이 로즈를 잊게 만들지는 못했다. 이 유령 같은 아버지의 기쁨에 찬 부활 한가운데서 진짜든 가짜든 그의 풍성한 선물을 기쁘게 받으면서도, 바이올렛은 결코 로즈 디어나 그녀가 몸을 던진 곳을 잊지 않았다. 그곳은 너무 좁고 어두워서 관 속에 누운 그녀의 모습이 차라리 다행스럽게 느껴질 정도였다.

"살아 있음에 주님께 감사합니다." 트루 벨은 말했다. "또 언젠가는 죽기에 삶에 감사합니다."

로즈. 사랑하는 로즈 디어.

도대체 끝끝내 그녀가 견딜 수 없었던, 두 번 다시 겪고 싶지 않았던 그 일은 무엇이었을까? 마지막으로 빨래한 블라우스의 허릿단이 수선할 수도 없을 만큼 심하게 찢어져 걸레 꼴이 되어 버렸기 때문일까? 어쩌면 록키 산에서 나흘 동안 교수형을 행한 이야기가 그녀의 귀에 들어갔는지도 모른다. 화요일에는 남자들을, 이틀 후에는 여자들을. 혹은 성가대의 젊은 테너가 사지를 절단당한 채 기둥에 묶였다는 소식을 들었던 걸까? 그 청년의 할머니가 오물이 잔뜩 묻은 그의 바지를 버리지 않고 세 번 정도 빨자 오물은 지워졌는데도 빨고 또 빨았다고 한다. 사람들이 형의 바지를 입혀 청년을 땅에 묻은 뒤에도 그 노파는 다시 깨끗한 물을 퍼올렸다. 아니면 한때는 희망이었지만 이제는 헛된 욕망이 되어버린 꿈이 손에서 빠져나간 밤을 보내고 맞이한 아침 때문이었을까? 갈망이 그녀의 진을 다 빼놓고, 돌아오겠다는 헛된 약속 앞에 그녀를 던졌다 인도산 고무공처럼 다시 튕겨버렸기 때문일까? 혹은 사람들이 그녀를 떨어뜨린 의자 때문이었을까? 그녀는 바닥에 쓰러진 그 순간 자신이 할 일을 이미 결심했는지도 모른다. 그리고 트루 벨이 돌아와 집안일을 맡아 해나간 사 년 동안 그 일을 미뤄두었지만, 굳게 닫혀 잠긴 문처럼 그 마룻바닥을 기억하고 있었던 걸까? 어쩌면 깨지지 않는 찻잔에서 쓸쓸한 진실을 보았을지도 모른다. 가냘프게 울어대는 상처와 뜨거운 분노를 간직한 채 시간을 붙들어두었다 마침내 그 순간이 돌아오자, 그 문과 찻잔을 뒤로하고 우물에서 손짓하는 영원을 향해 걸어갔을지도. 도대체 무엇 때문이었을까? 궁금하다.

트루 벨은 난롯가에서 바느질을 하고 낮에는 정원을 가꾸거나 농사를 지으며 즐겁고 든든하게 자리를 지켜주었다. 여자아이들의 멍들거나 베인 상처에 겨자차를 부어주고, 각자에게 할 일을 정해주고 시키면서 볼티모어에서 돌봤던 소년과 그 시절에 대한 환상적인 이야기를 들려주었다. 어쩌면 이것 때문인지 모르겠다. 로즈 디어는 자식들이 자신보다 더 훌륭한 보호의 손길 아래 있게 되었다는 사실을 알고, 마침내 사람들이 그녀를 부엌 의자에서 내동댕이쳤던 그 순간에 멈춘 채 더는 흐르지 않던 세월로부터 자유로워지기로 결심했는지도. 그리고 우물에 몸을 던져 모든 즐거움을 놓쳐버렸는지도.

바이올렛이 그 사건으로 깨달은 가장 중요한 사실은 결코 아이를 가져서는 안 된다는 것이었다. 무슨 일이 일어나도, 굶주린 입으로 엄마를 부르며 작고 새까만 두 발을 포개는 일은 없어야 한다.

점점 자라면서 바이올렛은 있던 곳에 계속 머무를 수도, 떠날 수도 없게 되었다. 우물은 그녀의 잠을 다 빼앗아갔다. 그러나 떠난다는 생각은 두렵기만 했다. 강제로 떠나보낸 사람은 바로 트루 벨이었다. 팰러스틴에 목화밭이 있는데, 20마일 근방에 사는 사람들을 고용할 예정이었다. 젊은 여자에게는 십 센트를, 남자에게는 십오 센트를 지불한다는 소문이었다. 세 번의 이중 수확철* 동안 나쁜 날씨가 계속된 탓에 모든 기대가 무너졌지만, 마침내 뽀얗고 통통한 목화송이가 터지는 날이 찾아왔다. 모든 사람들은 지주가 째려보며 침을 뱉는 동안 숨을 죽였다. 지주의 검둥이 일꾼 두 명이 밭이랑 사이를 걸어다니며 부드러운 꽃송이를 만져보고 흙을 쓸어보고 또 하늘을 쳐다보며 날씨를 가늠했다. 싱그러운 보슬비가 하루 내린 뒤 나흘 동안 맑고 건조하고 뜨거운 날씨가 계속되자, 팰러스틴 전역에 평생 보지 못한 새하얀 목화가 새털구름을 이루었다. 실크보다 더 부드러운 목화는 너무 빨리 떨어져, 몇 년 전에 밭을 떠난 벌레가 다시 돌아올 틈도 없을 정도였다.

딱 삼 주였다. 이 삼 주 내에 모든 일을 끝내야 했다. 20마일 근방에 사는 손가락이 있는 사람은 모두 고용되었다. 한 꾸러미

---

* 첫 수확물을 따고 다시 두번째 목화를 따는 전체 시기를 뜻함.

에 구 달러야. 누군가 말했다. 가격을 흥정하러 같이 갈 백인 친구가 있으면 십일 달러고. 목화 따는 일의 경우 여자는 하루에 십 센트, 남자는 십오 센트였다.

트루 벨은 바이올렛과 여동생 둘을 거기로 가는 네번째 짐마차에 태워 보냈다. 그들은 밤새 달렸고, 새벽녘에 모여 받은 음식을 먹었고, 겨우 다섯 시간 자려고 집까지 갔다 올 생각이 전혀 없는 마을 사람들과 풀밭과 별빛을 함께했다.

바이올렛은 목화 따는 일에 도통 소질이 없었다. 그녀는 열일곱 살이었지만 열두 살짜리들과 함께 목화를 따는 맨 뒷줄에 서거나, 벌써 다 따고 다시 줄을 서는 사람들과 마주치기 일쑤였다. 그래서 손놀림이 잽싼 사람들이 따고 남은 보잘것없는 목화 송이를 다시 거두거나 긁어모으는 작업을 했다. 결국 굴욕감과 서러움에 구걸을 해서라도 롬으로 돌아가겠다고 결심한 그때, 한 남자가 그녀의 머리 위 나뭇가지에서 그녀 옆으로 떨어졌다. 그날 밤 그녀는 화도 나고 부끄럽기도 해서 여동생들과 조금 떨어져 누워 있었다. 그러나 그렇게 멀리는 아니었다. 만약 나무가 밤에 한가로이 돌아다니는 정령으로 변해버리면 재빨리 여동생들에게 기어갈 수 있을 정도의 거리였다. 그녀가 이불을 펴고 골라잡은 장소는 수 에이커 넓이의 목화밭을 둘러싼 숲 가장자리에 서 있는 잘생긴 검은 호두나무 아래였다.

떨어진 것이 너구리일 리는 없었다. 어이쿠 하는 소리를 냈으니까. 바이올렛은 너무 겁에 질려 말도 할 수 없었다. 그저 달아나려고 손발로 땅을 짚으며 몸을 일으켜세웠다.

"이런 일은 한 번도 없었는데." 남자가 말했다. "매일 밤 여기에서 잠을 잤는데, 떨어지기는 이번이 처음이에요."

바이올렛은 땅에 주저앉아 팔을 문지르다 머리를, 다시 팔을 문지르는 남자의 윤곽을 볼 수 있었다.

"나무에서 자요?"

"쓸 만한 나무를 발견하면."

"아무도 나무에서는 자지 않아요."

"나는 나무에서 자요."

"바보 같은 소리. 뱀이 기어올라갈지도 모르는데."

"뱀은 밤에 여기 땅 위를 기어다녀요. 자, 누가 바보 같아요?"

"당신은 나를 죽일 뻔했어요."

"지금도 그럴 수 있어요. 내 팔이 안 부러졌다면."

"부러졌으면 좋겠네요. 그럼 내일 아침에 목화도 딸 수 없고 남의 나무에 올라가지도 못할 테니까."

"나는 목화를 따지 않아요. 조면공장에서 일하죠."

"그렇게 높고 위대하신 분이 여기서 뭘 하는 거예요? 박쥐처럼 나무에서 잠이나 자고."

"아픈 사람에게 좀 친절하게 얘기할 수는 없어요?"

"그러죠. 어디 다른 나무나 찾아봐요."

"꼭 이 나무가 자기 것인 양 말하는군요."

"당신도 그랬잖아요."

"그럼 우리 이 나무를 함께 쓰면 어때요?"

"난 싫어요."

그는 일어서서 다리를 흔들어보더니 다리에 체중을 싣고 절뚝거리며 나무 쪽으로 걸어갔다.

"내 머리 위로 다시 올라가면 안 돼요!"

"내 방수담요를 찾아야 해요. 끈이 끊어졌군. 그래서 떨어진 거야." 그는 그 캄캄한 밤에 가지를 샅샅이 살펴보았다. "보여요? 저기 있군. 저기에 달려 있어. 좋아." 그러고는 나무에 등을 기대고 앉았다. "날이 샐 때까지 기다려야겠어요." 어둠 속에서 그들의 첫 대화가 시작되었고(서로의 윤곽 외에는 아무것도 볼 수 없을 정도였다) 푸르고 하얀 새벽녘에 끝이 났기 때문에, 그날 이후로 밤이 결코 예전과 같지 않다고 그녀는 항상 믿었다. 다시는 좁은 우물에 빠지는 꿈과 싸우다 깨어나는 일도 없으리라. 어느 아침 너무나 얕은 물에 처박힌 로즈 디어를 발견한 이래 그녀의 마음에 남겨진 슬픔을 간직한 채 새벽의 첫 햇살을 보는 일도 없으리라.

그의 이름은 조지프였다. 미처 태양이 떠오르기도 전에, 태양이 여전히 숲속에 숨은 채 갈라진 상처 같은 루비 색깔의 지평선을 배경으로 땅의 초목과 눈부시게 새하얀 목화밭에 생기를 불어넣고 있을 때, 이미 바이올렛은 그를 원했다. 말 그대로 그는 그녀의 무릎 위로 떨어지지 않았는가? 그리고 머물지 않았는가? 그는 어둠 속에서 밤새도록 그녀의 건방진 말을 들어주고 투덜대고 놀리고 설명하면서 그녀와 이야기를 나누었다. 아침이 밝아오자 조금씩 그의 모습이 드러났다. 그의 미소와 그녀를 쳐다보는 크게 뜬 눈. 허리에서 묶은 풀어헤친 단추 없는 셔츠 사이로 드러난, 그녀가 자신만의 부드러운 베개로 삼아버린 가슴. 기다란 다리와 떡 벌어진 어깨, 턱선과 긴 손가락. 이 모든 것을 그녀는 원했다. 그녀는 자신이 그를 정신없이 바라보는 것도, 시선을 옮겨야 한다는 것도 알았지만, 서로 색깔이 다른 그의 두 눈이 매 순간 그녀의 시선을 다시 잡아끌었다. 그녀는 일꾼들이 몸을 꿈틀거리기 시작하고 아침식사를 알리는 소리를 고대하며 볼일을 보러 숲으로 들어가거나 아침 인사를 중얼거리는 소리를 듣고 안달이 났다. 그때 그가 말했다. "오늘밤 우리 둘의 나무로 돌아올게. 당신은 어디 있을 거야?"

"그 밑에 있을게." 이렇게 말하고 그녀는 중요한 볼일이 있는 사람처럼 몸을 일으켰다.

삼 주 후에는 이 달러 십 센트를 가지고 트루 벨에게 돌아가야 했지만, 그때 가서 어떻게 될지 그녀는 걱정하지 않았다. 결국 동생들 손에 돈을 들려 보내고, 자신은 가까운 농장에 남아 일거리를 찾았다. 바이올렛이 땀을 뻘뻘 흘리며 일해도 겨우 어린애들 같은 속도로 포대를 채우는 모습을 지켜보았던 감독 조수는 그녀를 믿지 못했다. 그러나 그녀는 갑자기 굳은 의지를 보였다.

그녀는 식구가 여섯인 어느 가족과 함께 티렐로 이사했다. 그리고 기회가 있을 때마다 조와 함께 있기 위해 할 수 있는 일은 뭐든지 닥치는 대로 했다. 그곳에서 그녀는 웬만한 남자만큼이나 능숙하게 노새를 다루고 건초 더미를 나르고 장작을 팰 수 있는 튼튼하고 억센 여인이 되었다. 그녀의 손바닥과 발바닥에는 어떤 장갑이나 신발도 비할 수 없을 만큼 튼튼한 방패가 생겼다. 그 모두가 조 트레이스를 위해서였다. 눈동자 색이 각기 다른 열아홉 살의 이 청년은 그를 양자로 맞아들인 가족과 함께 살며 조면공장, 목재공장, 사탕수수밭, 목화밭, 옥수수밭 등에서 일했고, 필요하다면 소도 잡고 밭도 갈고 낚시도 하고 짐승 가죽과 사냥감을 팔기도 하는 등 무슨 일이든 기꺼이 했다. 그는 숲을 사랑했다. 그 모든 것을 사랑했다. 그래서 그의 가족과 친구들은 조가 바이올렛과 결혼했을 때가 아니라, 정작 십삼 년 후에 볼티모어로 이사를 가자는 그녀의 말에 동의했을 때 충격을 받았다.

그녀의 말에 따르면 그곳에서는 모든 집에 방이 여러 개 있고 사람들이 물이 있는 곳으로 찾아가는 게 아니라 물이 집까지 찾아온다고 했다. 또 흑인 남자들이 하루에 이 달러 오십 센트를 받고 항구에서 교회보다 더 큰 배에 실린 짐을 끌어내리고, 어떤 사람들은 자동차를 몰고 바로 집 앞까지 와서 원하는 곳으로 데려다주기도 한다고 했다. 하지만 그녀는 이십오 년 전의 볼티모어와 그녀나 조는 방을 빌릴 수도 없는 동네를 묘사한 것이었다. 그러나 그녀는 그 사실을 몰랐고 결코 알 수도 없었다. 그들은 볼티모어 대신 이 도시로 왔으니까. 볼티모어에 대한 그들의 꿈은 더욱 강력한 꿈으로 바뀌었다. 조는 이 도시에 사는 사람들과 이 도시를 방문해본 적이 있는 사람들, 볼티모어쯤은 징징 울게 만들 이야깃거리를 가지고 고향으로 돌아온 사람들을 알았다. 그들은 아주 가벼운 노동(그저 현관 앞에 서 있거나 쟁반에 음식을 나르거나 다른 사람들의 구두를 닦는 일 등)만으로 수확철 내내 벌어들이는 돈보다 더 많은 돈을 하루에 벌 수 있다고 했다. 백인은 말 그대로 돈을 막 내던진다. 그저 친절함의 표시로 택시 문을 열어주거나 짐을 좀 들어주면. 그리고 자신이 가지고 있거나 만들거나 찾아낸 물건은 무엇이든 거리에서 팔 수 있다. 심지어 모든 가게가 흑인 소유인 거리도 있다. 그 지역에선 잘생긴 흑인 남녀가 모여 밤새도록 웃고 하루종일 돈을 번다. 자동차가

거리를 질주하고, 저축만 하면 당신도 이런 차를 사서 길이 있는 곳이라면 어디든 몰고 다닐 수 있다. 그들은 그렇게 말했다.

십사 년 동안 조는 이런 이야기를 들어왔고 웃어넘겼다. 그러나 그도 갑자기 마음을 바꾸기까지 유혹에 저항해왔을 뿐이었다. 아무도, 바이올렛조차 그가 들판과 숲과 쓸쓸하고 신비로운 계곡을 떠나기로 한 이유를 알지 못했다. 그는 낚싯대나 가죽 벗기는 칼 등 그의 모든 도구를 딱 하나만 남기고 모두 남에게 줘버리고 대신 여행가방을 빌렸다. 바이올렛은 무엇이 그의 마음에 불을 지르고 그토록 급작스럽게, 그러나 대부분의 사람보다는 뒤늦게 도시로 이사하기를 열망하게 만든 것인지 결코 알 수 없었다. 그저 모든 사람을 자극한 저녁식사 이야기가 조의 심경 변화에도 한몫했을 거라고 추측할 뿐이었다. 부커 T.*가 수도라고 불리는 도시, 트루 벨이 행복한 시절을 보낸 곳과 가까운 그 도시의 대통령 관저에 앉아 치킨 샌드위치를 먹고 있었다면, 그렇다면 모든 일이 틀림없이 잘될 것이었다. 잘될 거야. 그리하여 그는 눈이 휘둥그레질 만큼 짜릿한 열차에 신부를 태우고 도시를 향해 발장단을 맞추며 갔던 것이다.

---

* 1856년에 태어나 1890년부터 사망할 때까지 활동했던 흑인 사회의 대표적인 리더.

바이올렛은 실망스러운 곳일 거라고 생각했다. 볼티모어만큼 멋진 곳은 아닐 거라고. 반면 조는 완벽한 곳일 거라고 믿었다. 그들의 전 재산이 들어 있는 가방 하나를 들고 도시에 도착했을 때, 그들은 즉시 완벽하다는 말이 어울리지 않는다는 사실을 알았다. 그곳은 완벽함 그 이상이었다.

조도 아이를 원치 않았으므로 몇 번의—두 번은 들에서, 한 번은 침대에서—유산은 상실이라기보다 불편한 일 정도로 받아들여졌다. 게다가 아이가 없으면 도시에서 생활하기가 더욱 좋을 것 아닌가. 1906년 기차역에 도착했을 때, 그들은 둘 다 가방 주위에 어린아이들을 구슬처럼 주렁주렁 매달고 있는 여자를 보며 동정 어린 미소를 지었다. 그들은 아이를 좋아했고 사랑하기까지 했다. 특히 조는 아이들을 잘 다뤘다. 그저 문젯거리를 원하지 않았을 뿐이었다. 그러나 몇 년 후, 마흔 살이 되자 바이올렛은 아기들을 유심히 쳐다보고 크리스마스에는 가게에 전시해놓은 장난감 앞에서 머뭇거리기 시작했다. 누가 아이에게 심한 말을 하거나 아이를 불편하게 안고 소홀히 돌보는 것 같으면 당장 화를 냈다. 무릎에 아이를 앉힌 손님의 관자놀이에 심한 화상을 입힌 적이 있었는데, 손님이 남자 아기를 토닥거리고 무릎 위에서 흔들어주는 광경에 정신이 팔려 손에 컬링 아이언을 들고 있다는 사실을 까맣게 잊어버려 난 사고였다. 손님이 펄쩍 뛰어올랐고, 피부는 즉시 색이 변했다. 바이올렛이 연거푸 사과하자 괜찮다고 했던 손님은 곱슬거리는 머리카락이 완전히 타서 없어져버렸다는 사실을 알고는 펄펄 뛰었다. 상처는 아물겠지만 머리에 빈자리가 생겼으니…… 바이올렛은 그녀의 입을 다물게 하기 위해 돈 받는 걸 포기해야 했다.

아이에 대한 열망은 점차 섹스에 대한 욕망보다도 더 강해졌다. 통제할 수 없는 숨가쁜 열망. 그녀는 열망의 속박에 맥이 탁 풀리거나 아니면 그것을 극복하려고 바싹 긴장하거나 했다. 그녀가 스스로 선물을 사기 시작한 것이 그때부터였다. 물건을 침대 밑에 숨겨놓고 도저히 참을 수 없을 때 꺼내보곤 했다. 그녀는 마지막으로 유산한 아이가 지금쯤이면 몇 살일까 상상하기 시작했다. 아마 딸이었겠지. 틀림없이 딸이었을 거야. 그애는 누굴 좋아할까? 말할 때 목소리는 어떨까? 젖을 떼고 나면 바이올렛은 딸아이가 먹기 좋게 이유식을 식혀주려고 후후 입김을 불었을 것이다. 세월이 더 지나면 둘은 함께 노래를 불렀겠지. 바이올렛은 낮은 음을, 딸아이는 감미로운 높은 음을. "당신은 기억하지 못하나요. 옛날 옛적에 이름 모를 두 아이가 어느 눈부신 여름날 숲속에서 길을 잃었다는 걸. 태양은 지고 별이 빛났다고 사람들은 말하더군요. 불쌍한 아가들, 숲속에서 쓰러져 죽고 말았죠. 붉은 개똥지빠귀 한 마리, 딸기 이파리로 불쌍한 아기들의 머리를 덮어주었죠." 저런, 저런. 더 나중에는 바이올렛이 직접 요즘 여자애들이 하는 식으로 딸아이의 머리를 손질해주었겠지. 눈썹 위로 종잇장처럼 날렵한 앞머리를 낸 짧은 머리가 좋을까? 귀밑머리를 곱실거리게 할까? 면도날처럼 얇게 옆머리를 손질할까? 완벽한 웨이브를 넣어 부드럽게 흘러내리도록 해줄까?

바이올렛은 이런 깊은 꿈에 빠져들었다. 젊은 여자들이 가슴을 소년의 가슴처럼 매끈하게 보이게 하려고 둘러매던 압박붕대가 필요 없을 만큼 그녀의 가슴이 납작해졌을 때, 그녀의 젖꼭지가 형체마저 희미해진 바로 그때, 모성의 갈망이 망치처럼 그녀를 내리쳤다. 그녀는 완전히 나가떨어졌다. 그런데 깨어나보니, 남편은 자신이 머리 손질을 해주었을 그 딸아이만큼이나 어린 소녀를 총으로 쏴 죽였다. 그 관에 누워 잠든 아이는 누구인가? 저 사진 속에 깨어 있는 채로 자세를 취한 아이는 누구인가? 세상에 태어나 원하는 걸 모두 가지고 결과는 아랑곳하지 않았던 계집, 바이올렛의 감정 따위는 손톱만큼도 생각하지 않은 그 교활한 암캐인가? 아니면 통통한 딸아이인가? 저 여자애가 그녀의 남편을 빼앗은 계집일까, 아니면 그녀의 자궁에서 사라진 딸일까? 비누와 소금과 피마자유에 씻겨 내려간 딸. 아마 그토록 폭력적인 집이 무서웠겠지. 만약 그 방법들이 실패했다면, 그애가 엄마가 만든 약물이나 엄마의 주먹질을 용감하게 견뎠다면, 이 도시에

서 가장 멋진 머리 모양을 하고 다닐 수도 있었을 거라는 사실을
그애는 몰랐겠지. 대신 그애는 모르는 사람의 아기의 통통한 무
릎이나 가게 진열대 앞 혹은 햇볕 아래 잠깐 세워둔 유모차 곁을
맴돌았다. 못된 계집애건 귀여운 토실이건, 두 사람이 엄마와 딸
로 함께 브로드웨이를 걸으며 진열된 옷을 구경할 수도 있었다
는 사실을 깨닫지 못한 채. 바이올렛이 그 아이의 머리를 손질해
주며, 함께 다정하게 부엌에 앉아 있을 수도 있었을 텐데.

"다른 때라면." 그녀는 앨리스 맨프리드에게 말했다. "다른 때
라면 나도 그 여자애를 사랑했을 거예요. 당신이 그런 것처럼,
조가 그런 것처럼." 그녀는 안주인이 자신의 외투를 걸다 안감을
볼까 창피해서 외투 자락을 꽉 쥐었다.

"그럴지도 모르지." 앨리스가 말했다. "그런데 이제는 영영 알
수 없는 일 아닌가, 안 그래?"

"그애는 꽤 예쁠 거라고 생각했어요. 정말로 예쁠 거라고. 그
리 예쁘지는 않았지만."

"그만하면 충분히 예뻤어."

"머리와 피부색을 말하는 거겠죠."

"내 말뜻이 뭔지 나한테 이러쿵저러쿵하지 마."

"그럼 뭘까요? 뭐 때문에 그가 반했을까요?"

"창피한 줄 알아. 다 큰 여자가 그런 걸 묻다니."

"난 알아야 해요."

"그럼 아는 사람한테 물어봐. 당신은 날마다 그 작자를 보잖아."

"화내지 마요."

"내 맘이야."

"좋아요. 하지만 그 사람에겐 묻고 싶지 않아요. 그가 뭐라고 할지 듣고 싶지 않거든요. 내가 뭘 원하는지 알잖아요."

"당신이 원하는 게 용서라면 난 해줄 게 없어. 내겐 그럴 힘이 없으니까."

"아니에요. 용서를 원하는 게 아니에요."

"그럼 뭐야? 괜히 불쌍한 척하지 마. 동정을 사려는 꼴은 참을 수가 없다고, 알겠어?"

"우린 비슷한 시기에 태어났군요." 바이올렛이 말했다. "당신과 나, 우리 두 여자 말예요. 나에게 진실을 얘기해줘요. 이미 어른이니 혼자서 알아내야 한다고 말하지 말고요. 난 모르겠어요. 그래요, 쉰 살이나 먹었지만 아무것도 몰라요. 이게 뭐죠? 난 그이와 계속 같이 살아야 하나요? 그렇게 하고 싶긴 해요. 그러고 싶어요. 물론 늘 그랬던 건 아니지만…… 적어도 지금은…… 이 인생에 뭔가 좋은 일이 일어났으면 좋겠어요."

"정신 차려. 좋은 일이든 나쁜 일이든 둘 중 하나는 생길 테니. 그게 전부야."

"당신도 모르는군요. 그렇죠?"

"어떻게 처신해야 할지는 잘 알지."

"그래요? 그게 전부예요?"

"그게 전부냐니? 대체 무슨 말이야?"

"제기랄! 어른은 도대체 어디에 있죠? 우리가 어른인가요?"

"아이고, 엄마." 앨리스 맨프리드는 무심코 이렇게 내뱉고는 손으로 입을 가렸다.

바이올렛도 똑같은 생각을 했다. 엄마. 엄마라고? 이곳이 엄마가 지나왔고 두 번 다시 돌아갈 수 없었던 지점일까? 나무도 없이 그늘진 곳, 선택권을 가진 사람에게 사랑받지 못하고 앞으로도 사랑받을 수 없으리라는 걸 알아챈 곳? 모든 것이 지나가버리고 단지 말만 남은 곳?

그 순간 그들은 서로 시선을 피했다. 계속되던 침묵을 깨고 앨리스 맨프리드가 입을 열었다. "그 외투나 벗어줘. 그 안감 꼬라지를 단 일 분도 더는 못 봐주겠어."

바이올렛은 일어서서 해진 실크 자락에 걸린 팔을 조심스럽게 빼면서 외투를 벗었다. 그러곤 앉아서 그 재봉사의 바느질하는 모습을 지켜보았다.

"내가 생각할 수 있는 거라곤, 그 사람이 나에게 한 걸 그에게 똑같이 되갚아주는 것뿐이었어요."

"바보 같으니." 앨리스가 실을 끊으며 말했다.

"설령 내 목이 날아간다 해도 그 남자 이름은 말할 수 없어요."

"그자는 분명 당신 이름을 떠들고 다닐 거야."

"그러라고 해요."

"그래서 뭐가 해결될 거라고 생각했어?"

바이올렛은 대답하지 않았다.

"남편의 관심은 좀 끌었어?"

"아니요."

"내 조카딸이 살아나기라도 했나?"

"아니요."

"내 다시 한번 말해줄까?"

"바보라고요? 아니, 됐어요. 하지만 그러니까, 내 말은, 좀 들어봐요. 나랑 같이 자란 친구는 모두 고향에 있어요. 우린 아이도 없고요. 그는 내가 가진 전부예요. 내 전부라고요."

"그런 것 같지는 않은데." 앨리스가 말했다. 그녀의 바늘땀은 눈에 보이지 않을 정도로 촘촘했다.

3월 하순, 바이올렛은 두기네 가게에 앉아 숟가락으로 장난을 치며 그날 아침 앨리스를 찾아갔던 일을 회상했다. 그녀는 일찌감치 갔다. 집안일을 할 시간이었지만, 손도 대지 않은 채.

"내가 생각했던 것과 달라요. 다르다고요." 바이올렛이 말했다.

바이올렛은 완벽함 이상이었던 도시에서 산 이십 년을 말하는 것이었다. 그러나 앨리스는 무슨 말이냐고 묻지 않았다. 사방으로 길이 깔린 이 도시가 어리석음 외에 모든 것에 대한 질투심을 뒤늦게 불러일으키더냐고 묻지 않았다. 혹은 딸뻘인 어린 연적에게 그렇게 엇나간 애도를 표한 것도 다 도시 때문이냐고 묻지 않았다.

그들은 투쟁하는 여자들과 매춘부에 대해 이야기했다. 앨리스는 흥분했고 바이올렛은 무관심했다. 그러곤 바이올렛이 차를 마시며 쉭쉭거리는 다림질 소리를 듣는 동안 침묵이 흘렀다. 이즈음 두 여인은 굳이 말이 필요 없을 정도로 서로에게 익숙해졌다. 앨리스는 다림질을 하고 바이올렛은 지켜보았다. 이따금 한 사람이 중얼거렸다. 혼잣말을 하듯 혹은 상대방에게 말하듯.

"한때는 저걸 좋아했어요."

앨리스는 고개를 들지 않고서도 녹말풀을 말하는 줄 알고 미소를 지었다. "나도 그랬지." 그녀가 말했다. "우리 남편은 미치려고 했지만."

"아삭거려서 그런가? 맛은 안 날 텐데."

앨리스는 어깨를 으쓱했다. "낸들 알아? 내 몸이 알지."

다리미가 축축한 천 위에서 쉭쉭거렸다. 바이올렛은 손으로 턱을 괴었다. "우리 할머니처럼 다림질을 하네요. 어깨를 제일 마지막에 하는 거요."

"그게 다림질 솜씨가 최고 수준인지 아닌지 가늠하는 척도지."

"어떤 사람들은 어깨를 제일 먼저 다리던데."

"그럼 다시 해야 해. 능장 피우며 다림질하는 건 딱 질색이야."

"그렇게 바느질하는 법은 어디서 배웠어요?"

"어른들은 우리 같은 애들을 가만두지 않았어. 손을 놀리고 있는 꼴을 못 봤지."

"우린 목화를 따고 장작을 패고 이랑을 갈았어요. 손을 포개고 가만있는 건 생각도 못했죠. 이렇게 아무 일도 안 하고 노는 내 손을 보는 게 지금 여기서가 처음이네요."

녹말풀을 먹고, 언제 어깨 부분을 다릴지 정하고, 바느질하고, 목화 따고, 요리하고, 장작까지 패던 일들을 생각하며 바이올렛은 한숨을 쉬었다. "난 인생이 이보다는 더 대단할 거라고 생각했어요. 영원히 계속되지 않을 줄은 알았지만, 뭔가 더 대단한 게 있을 거라고 생각했죠."

앨리스는 다리미 손잡이에 천을 한번 더 감았다. "그 작자는 또 그런 짓을 할 거야. 하고 또 하고 또 할 거야."

"그렇다면 당장 내쫓아버리는 게 낫겠네요."

"그러고 나선?"

바이올렛은 고개를 저었다. "마룻바닥이나 쳐다보고 있겠지요, 뭐."

"뭔가 진짜 조언을 원하나?" 앨리스가 물었다. "진짜 조언을 해주지. 뭐든 사랑할 만한 게 남았으면 아무거라도 그냥 사랑해봐."

바이올렛이 고개를 쳐들었다. "그이가 다시 그 짓을 하면 그때는요? 사람들이 어떻게 생각하든 상관하지 말까요?"

"그냥 당신에게 뭐가 남았는지나 신경써."

"그냥 받아들이라고요? 싸우지도 않고?"

앨리스는 다리미를 쾅 내려놓았다. "누구하고 뭘 싸운단 말이야? 자기 부모가 불에 타 죽는 꼴을 지켜본 삐뚤어진 아이와 싸우겠다고? 당신이나 나보다, 아니 세상 누구보다 이 작고 보잘것없는 삶이 얼마나 하찮고 빠르게 지나가는지 잘 아는 그 아이랑? 아니면 당신은 가진 거라곤 애 셋과 신발 한 켤레밖에 없는 누군가를 짓밟고 싶은지도 모르지. 혹은 다 떨어진 옷을 입고 옷자락을 진흙탕에 질질 끌며 가는 여자라든가. 당신처럼 무기를 원하는 누군가를 짓밟으려고 하는지도 모르고. 당신은 달려가 그 여자를 붙잡고 싶겠지만, 그녀의 옷자락은 온통 흙투성이인데다 사람들이 그녀를 빙 둘러싸고 사람 눈이 어쩌면 저렇게 퀭할 수 있을까 의아해할 텐데, 어떻게 그럴 수 있겠어? 아무도 당신에게 그냥 받아들이라고 하지 않아. 나는 한번 해보라는 거야. 해보라고!"

바이올렛이 뭘 빤히 쳐다보고 있다는 걸 알아채는 데에는 조금 시간이 걸렸다. 그녀의 시선을 좇아가다 앨리스는 얼른 다리미를 들어올리고, 바이올렛이 보는 것을 같이 내려다보았다. 어깨 부분에 시커멓고 연기 나는 배 모양의 탄 자국이 선명했다.

"세상에!" 앨리스가 외쳤다. "아이고, 이럴 수가!"

바이올렛이 먼저 웃음을 터트렸다. 그리고 앨리스도. 곧 두 사람은 배를 움켜쥐고 온몸을 흔들며 웃었다. 바이올렛은 자신의 할머니 트루 벨이 생각났다. 그들의 오두막집에 도착한 할머니는 하나뿐인 방으로 들어서자마자 크게 웃어댔다. 그때 아이들은 난로가 아니라 깡통에 불을 지핀 채 배고프고 화가 나서 바닥에 쥐새끼처럼 옹기종기 둘러앉아 있었다. 트루 벨은 그 모습을 보고 아이들이 앉은 바닥에 쓰러질 정도로 쏟아지는 웃음을 참기 위해 벽에 몸을 기대야 했다. 그들은 할머니를 미워했어야 했다. 바닥에서 일어나 할머니를 증오해야 마땅했다. 그러나 아이들은 기분이 좋아졌다. 모욕을 느끼지도, 섭섭하지도 않았다. 더 편안했다. 그래서 그들도 큰 소리로 웃었다. 로즈 디어까지 머리를 흔들며 미소 지었고, 갑자기 세상이 밝아졌다. 바이올렛은 그때, 그 순간까지 잊고 있었던 한 가지 사실을 배웠다. 웃음은 진지한 것이라는 사실. 웃음은 눈물보다 더 미묘하고 더 심오했다.

허리를 구부리고 어깨를 흔들며 그녀는 장례식에서 자신이 어떤 모습이었는지, 하려던 일이 무엇이었는지 생각했다. 블루스 곡조 같고 재즈 비트 같은 일을 하려고 더듬더듬 칼을 찾는 자신의 모습…… 어쨌든 너무 늦은 일이었다. 그녀는 기침이 나올 때까지 웃고 또 웃었다. 결국 앨리스는 둘을 진정시켜줄 차를 끓여야 했다.

엉덩이를 찌우겠다고 결심은 했지만, 제아무리 바이올렛이라도 이미 물이 되어 미적지근하고 아무 맛도 없는 밀크셰이크는 도저히 먹을 수 없었다. 그녀는 외투의 단추를 잠그고 가게를 나서며 깨달았다. 동시에 그 바이올렛 역시 깨달았다. 봄이 왔다는 것을. 이 도시에.

도시에 봄이 찾아오자, 거리를 오가는 사람들은 서로를 알아보기 시작한다. 함께 사용하는 복도나 식탁, 속옷을 빠는 공동 세탁장에서 낯선 사람들을 알아본다. 그들은 같은 문으로 수도 없이 들락날락하며 같은 손잡이를 사용한다. 공원이나 전차에서 수백 명이 스쳐간 의자에 그들 역시 엉덩이를 붙이고 앉는다. 손바닥에 든 동전은 아기의 입에 들어갔었거나 접시가 이빨로 깨물어봤던 것일지 모른다. 그러나 여전히 돈은 돈이라고, 사람들은 좋다며 미소를 짓는다. 일 년 중 도시가 모순된 욕망을 가장 부추기는 시기가 바로 이때다. 식욕이 전혀 없는 사람도 길거리 음식을 사 먹고, 거리에서 스쳐지나간 누군가와 함께하고 싶은 열망과 동시에 혼자 방에서 조용히 지내고 싶은 마음도 생긴다. 사실 그것은 모순이 아니라 오히려 도시의 조건이다. 그만큼 교활한 도시는 온갖 상황을 다 만들어낼 수 있다. 햇볕에 뜨겁게 달구어진 벽돌을 무엇으로 당하겠는가? 차양이 다시 드리워진다. 말등에 놓였던 두터운 담요도 거두어들인다. 구두 밑에서 아스팔트가 말랑말랑하게 밟힌다. 다리 밑의 음침한 어둠은 이제 서늘한 그늘로 여겨진다. 가벼운 봄비가 내리고 나면 나뭇잎이 새로이 돋아나고, 나뭇가지는 물결치는 녹색 머리카락 사이를 헤집는 젖은 손가락 같다. 자동차는 안개 속에 희미한 헤드라이트를 밝힌 분사 엔진 달린 검은 상자가 된다. 번들거리는 공단貢緞으로 변한 보도 위에서는 거무스름한 형체의 사람들이 빗방울 산탄을 막기 위해 정수리를 비스듬히 기울인 채, 먼저 어깨를 움직인다. 유리창에 달라붙은 아이들의 얼굴에는 눈물이 흐르는 것처럼 보이지만, 유리창에 부딪혀 흘러내리는 빗물 때문에 그렇게 보이는 것뿐이다.

1926년 봄, 어느 비 오는 오후에 레녹스 애비뉴의 아파트 건물 옆 골목을 지나는 모든 사람들은 어린아이가 아니라 다 큰 남자가 유리창에 기대어 우는 광경을 보았을 것이다. 나이든 남자가 그렇게 드러내놓고 우는 모습을 보기란 쉽지 않다. 남자는 보통 그러지 않는다. 그 광경이 이상하긴 했지만 그가 한 달 두 달 계속해서 볼만한 풍경도 없는 창가나 현관에 쭈그리고 앉아 있자, 사람들도 점차 익숙해졌다. 처음에는 휘날리는 눈보라 속에서, 이제는 쨍쨍한 햇살 아래에서 그는 기술자들이 쓰는 빨간 손수건으로 얼굴을 닦거나 코를 풀며 여전히 울었다. 내가 장담하건대 바이올렛이 직접 그 손수건을 빨아주고 다림질해주었을 것이다. 그녀는 아무리 정신이 없고 정작 자신은 거지처럼 입고 다녀도 그런 더러운 빨래를 그냥 둘 사람이 아니기 때문이다. 그런 바이올렛이 죽은 소녀를 다시 죽이려 하고 남편에게 깨끗한 손수건을 챙겨주는 일 외에 또 무슨 짓을 저지르나 보려고 기다렸던 사람들은 그만 지쳐버렸다. 내 생각에는 그녀가 어느 날 손수건을 서랍에 차곡차곡 넣은 다음 남편의 머리에 성냥불을 붙여버릴 것 같았다. 그녀는 결코 그런 짓을 하지 않았지만, 어쩌면 그런 짓이 차라리 그녀가 실제로 한 일보다 더 나았을지 모른다. 고의든 아니든 그녀는 남편이 다시 한번 똑같은 일을 겪도록 했으니까. 어느 봄날, 도시의 삶은 곧 거리의 삶이라는 사실이 다른 어느 때보다도 명확하게 드러난 그 계절에.

장님들이 지팡이로 땅을 톡톡 두들기고 부드럽게 콧노래를 부르며 멈추지 않고 조금씩 거리를 걸어내려온다. 길 한복판을 차지하고 여섯 줄 기타를 연주하는 늙은 형님들 가까이에 서서 경쟁하고 싶지 않아서.

블루스 맨. 검둥이 블루스 맨. 검둥이기에 우울한 블루스 맨.

누구나 당신의 이름을 알죠.

그녀는 어디로, 왜 떠났을까 노래하는 남자.

깊은 고독으로 죽을 수도 있는 남자.

누구나 당신의 이름을 알죠.

보도 한가운데 과일상자를 놓고 앉은 이 가수를 못 보고 지나치기는 힘들다. 그는 의족을 한 다리를 편안하게 쭉 뻗고, 성한 다리로 기타를 떠받치고 박자를 맞춘다. 조는 이 노래가 자신에 관한 노래라고 생각했을 것이다. 그렇게 믿고 싶었을 테니까. 나는 그를 잘 안다. 그가 아무도 거들떠보지 않는 작은 동물들에게 먹이를 주는 모습을 종종 보았지만, 나는 결코 그런 모습에 속지 않았다. 나는 그가 아파트를 나서면서 어떻게 모자를 고쳐 쓰곤 했는지 기억한다. 모자를 앞으로 당겨 왼쪽으로 비스듬하게 기울였다. 말똥을 치우려고 몸을 굽힐 때나 화려한 호텔을 어슬렁거릴 때도 그의 모자는 항상 그런 식이었다. 반듯하지 않고 약간 비딱했다고나 할까. 양복 상의 안에 입은 스웨터 셔츠는 항상 목까지 단추를 채웠다. 그러나 그의 머릿속은 그렇지 않다는 것을 나는 안다. 그의 생각은 해이하게 풀어져 있다. 그는 구석에서 어슬렁거리는 기둥서방에게 눈짓을 한다. 그들은 그가 원하는 무언가를 가지고 있다. 그의 클레오파트라 화장품 가방에는 남자들이 살 만한 물건이 거의 없다. 면도 후에 뿌리는 파우더 외에는 대부분 여자를 위한 것이다. 그가 말을 걸고 쳐다보고 장난칠 수도 있는 여자들. 그의 마음속에 무슨 딴생각이 있는지 누가 알겠는가? 설사 여자가 단 한 번의 눈길로 행복한 하루를 안겨준다 하더라도, 기둥서방의 주시하는 눈초리가 그녀들보다 더 만족스러움을 주는데.

아니면 그는 아내에게 충실한 자신을 불쌍하게 여기는지도 모른다. 만약 그런 미덕이 전혀 인정받지 못하거나 아무도 그를 요란하게 칭찬해주지 않으면, 그의 자기 연민은 분노로 변해버린다. 그 분노를 이해하기란 어렸지만 길모퉁이에 서 있는 저 거칠고 훤칠한 젊은 녀석들에게 그 분노를 집중하는 것은 어렵지 않다. 조심해야 한다. 나이 오십이 되도록 아내에게만 충실했던 남자를 주의하라. 한 번도 다른 여자와 놀아나본 적이 없기 때문에, 저 어린 여자를 애인으로 골랐기 때문에 그는 자신이 자유롭다고 생각한다. 빵을 찢어 나누거나* 생선 한 마리로 온 세상을 먹여 살리는 자유가 아니라, 전사자를 일으켜세울 자유가 아니라, 뭔가 멋대로 일을 저지를 자유 말이다.

---

* 성찬식을 의미한다.

내 말을 믿어라, 그는 이미 갈 길이 뻔한 셈이다. 블루버드 레코드판 홈을 따라 움직이는 바늘처럼 그는 끌려간다. 그 도시를 돌고 또 돌게 되어 있다. 도시는 그런 식으로 당신을 끌고 다닌다. 도시가 원하는 대로 행동하게 만들고, 놓인 길을 따라서만 걸어가게 한다. 그러면서도 스스로 자유롭다고 생각하게 내버려두는 것이다. 자신이 원하면 언제든 길가의 덤불로 뛰어들 수 있다고. 그러나 여기 도시에 덤불 따위는 없다. 대신 잘 깎아놓은 잔디를 걸어도 괜찮은지 도시가 알려줄 것이다. 당신은 도시가 정해놓은 행로에서 벗어날 수 없다. 무슨 일이 일어나든, 부자가 되든 여전히 가난하든, 건강을 망치든 오래 살든, 당신은 결국 항상 맨 처음 시작했던 그곳으로 돌아오게 되어 있다. 모든 사람이 끝내 놓쳐버리고 마는 오직 한 가지, 젊은 시절의 풋사랑에 대한 갈망으로.

그래, 바로 그것이 도카스였다. 어리지만 현명한 소녀. 그녀는 조 혼자만이 간직한 달콤한 사탕이었다. 만약 아직 젊고 이 도시에 막 도착했다면, 정말 그보다 더 멋진 것은 없을 것이다. 그런 연인과 심지어 '감초 막대'라고 불리는 클라리넷. 그러나 조는 이미 이십 년이나 이 도시에 살았고, 더는 젊지도 않다. 나는 그가 열여섯 살쯤에서 성장을 멈추어버린 그런 부류의 남자라고 생각한다. 물론 정신적으로. 그래서 비록 겉으로는 첫번째 단추까지 단정하게 잠근 스웨터 셔츠를 입고 코가 둥근 신사화를 신었지만, 어린아이, 애송이에 불과하다. 아직도 그는 사탕을 보면 좋아서 미소를 짓는다. 그는 온종일 녹지 않는 박하사탕을 좋아하고 다른 사람들도 그럴 거라고 생각한다. 그래서 연석에서 익살을 부리는 지스턴의 아들들에게 박하사탕을 나누어준다. 아이들은 초콜릿이나 땅콩사탕을 더 바라는 기색이지만.

조는 나에게 궁금증을 불러일으킨다. 그는 윈드미어 호텔에서 얻은 온갖 호사스러운 물건, 그리고 바람을 피우려고 빌린 방세만큼이나 많은 돈을 텁텁하고 끈끈한 박하사탕을 사는 데 써버린다. 그 방에서는 조를 위한 비밀스러운 또다른 사탕 상자가 열린다.

비열한 자식. 그런 일이 그런 식으로 끝난 것은 당연하다. 하지만 꼭 그래야 했던 것은 아니다. 만약 그가 스턱이나 지스턴 아니면 관심을 보일 만한 이웃에게 다 털어놓고 그 헤픈 계집애를 쫓아 온 시내를 돌아다니는 짓을 그만뒀다면, 어떻게 되었을지 누가 알겠는가?

"이건 다른 남자에게 털어놓을 만한 일이 아니오. 대부분의 남자가 자신이 하고 다닌 딴짓거리를 서로 이야기하고 싶어 안달

한다는 건 나도 아오. 그들은 길거리에서 그런 일을 자랑삼아 떠들어대지. 상대 여자나 사람들이 그 여자를 어떻게 생각할지 따위는 전혀 상관하지 않기 때문에 그렇게 하는 것이오. 나는 기껏해야 말본에게만 이야기를 했소. 그것도 대충, 이야기하지 않고는 달리 어쩔 방법이 없어서. 그런데 다른 남자에게 그런 이야기를? 말도 안 되는 소리. 어쨌든 지스턴은 허허 웃기만 하면서 그런 이야기를 피하려고 할 거요. 아마 스틱은 자기 발을 내려다보며 네 놈이 걸려도 단단히 걸렸다고 장담하고는 그런 병을 치료하려면 얼마나 많은 약초가 필요할지 모른다고 말할 거요. 그들하고는 절대 그녀에 대해 이야기하고 싶지 않았소. 빅토리같이 아주 오랫동안 알아온 절친한 친구라면 모를까, 다른 사람에게 말할 만한 일이 아니었소. 그러나 기회가 있었더라도 나는 빅토리에게 말할 수 없었을 거요. 이게 도대체 무슨 일인지 알 수 없어서 나 자신에게조차 설명할 수 없었으니까. 내가 아는 사실이라곤 사탕을 사는 그 아이를 보았고, 그 모든 게 너무나 달콤했다는 것뿐이오. 사탕뿐만 아니라 그 자태와 광경 전부가. 사탕은 단물을 빨아먹고 핥다가 꿀꺽 삼키면 그만이오. 그러나 이건 아니었소. 이건 사탕과는 또다른 것이었소. 푸른 물이나 하얀 꽃, 공중에 흩날리는 설탕과 더 비슷했지. 나는 이 모든 것이 뒤섞인 그곳에, 도카스, 나의 도카스가 있는 그곳에 있어야 했소.

그 아파트에 들어섰을 때 나는 가게에서 본 그 얼굴에 이름을
붙여주지도, 그 얼굴을 내 마음에 담아두지도 않은 상태였소. 그
런데 그 아이가 문을 열어주었소. 바로 나를 위해 활짝. 나는 파
운드케이크와 감춰진 닭고기 냄새를 맡았소. 여자들이 내 주위
에 몰려들었고, 나는 가지고 온 물건을 보여주었소. 그들은 깔깔
웃으며 여자들이 흔히 하는 행동을 했소. 옷옷에서 보푸라기를
떼어주고, 어깨를 눌러서 의자에 앉히고 등등. 여자들은 그런 식
으로 손볼 데가 있다고 생각되는 데를 고쳐주면서 남자들을 다
루잖소.

　그 아이는 나에게 눈길도 주지 않고 말도 하지 않았소. 그러
나 나는 매 순간 그애가 어디에 어떤 자세로 서 있는지 알 수 있
었소. 그녀는 거실 의자 등받이에 엉덩이를 대고 서 있었소. 다
른 여자들은 식사실에서 몰려나와 나에게 농담을 걸고 훈계를
했소. 그때 누군가 그녀의 이름을 불렀소. 도카스. 다른 소리는
전혀 들리지 않았소. 하지만 나는 여전히 그곳에 남아 미소를 띤
채 물건을 모두 꺼내놓고 구경을 시켰소. 팔려는 생각도 없이,
오히려 그들이 스스로 사가게 내버려두었소.

　난 신뢰를 판다오. 마음 편하게 대해주지요. 그게 가장 좋은
방법이니까. 절대로 강요하지 않소. 마치 윈드미어 호텔에서 테
이블 시중을 들 때처럼. 오직 당신이 원할 때에만 그 자리에 있

겠습니다, 하는 식으로. 룸서비스를 제공할 때에도, 위스키를 숨겨서 커피처럼 가져간다오. 손님이 원하는 바로 그 순간에 그 자리에 있는 거지요. 자고로 여자는 설령 술을 네 잔쯤 마시고 싶더라도 네 번씩이나 술을 청하려 하지는 않는다는 사실을 알아야 하오. 그러니까 여자의 잔이 3분의 2 정도 비기를 기다렸다 다시 끝까지 채워줘야 하지. 그런 식으로 하면 남자가 술을 네 잔 사는 동안 여자는 한 잔밖에 마시지 않는 게 되지요. 조용한 돈은 두 번 속삭이는 법이지. 한 번은 내 주머니에 집어넣을 때, 또 한 번은 슬며시 밖으로 꺼낼 때.

나는 기다릴 준비가 되어 있었소. 그녀가 나를 무시해도 괜찮았소. 아무 계획도 없었고 어떻게 실행해야 할지도 몰랐지만. 나는 머리가 텅 비었고 살짝 현기증을 느꼈소. 진한 레몬 향과 분가루 냄새, 여자들의 가벼운 땀냄새 때문이라고 생각했지. 찝찔하지만 남자들처럼 그렇게 독한 냄새는 아니었소. 오늘까지도 내가 어떻게 그 문을 나서며 그녀에게 말을 건넬 수 있었는지 모르겠소.

사람들이 뭐라고 말할지 상상할 수 있소. 내가 바이올렛을 아끼는 가구처럼 다루었다고 하겠지. 사실 그것도 항상 멀쩡하고 똑바로 서 있으려면 매일 돌봐줄 필요가 있는데도 내버려뒀다고. 나도 잘 모르겠소. 그러나 빅토리와 헤어진 이후로는 어느 누구와도 가깝게 지내지 못했소. 물론 지스턴과 스턱과도 친하기는 했지만 함께 태어나고 함께 어른이 된 친구와 같을 수는 없었소. 아마 빅토리에게는 말했을 거요. 하지만 지스턴과 스턱에게 말했다면 무슨 말을 하든, 어느 정도 비슷할지는 몰라도 내가 말하고자 한 바로 그것은 아니었을 거요. 나는 누구와도 진정한 이야기를 나눌 수 없었소. 오직 도카스, 그녀에게만 나 자신에게도 말할 수 없었던 것을 말할 수 있었소. 그애와 함께 있으면 나는 다시 새로워지고 젊어졌소. 그애를 만나기 전에 나는 일곱 번 새롭게 바뀌었소. 첫번째는 내가 스스로 이름에 성을 붙였을 때요. 아무도 나에게 성을 주지 않았지. 어느 누구도 어떤 성을 주어야 할지, 어떻게 해야 할지 알지 못했으니까.

나는 1873년에 버지니아 주 베스퍼 카운티에서 태어나 자랐소. 비엔나라고 불리는 작은 마을이었소. 로다와 프랭크 윌리엄스 부부가 나를 데려다 여섯 명의 자녀와 함께 길러주었소. 로다 부인이 날 데려갔을 때 그 집 막내가 삼 개월이었는데, 그애와 나는 다른 어떤 형제보다 가깝게 지냈소. 그가 빅토리요. 빅토리 윌리엄스. 로다 부인은 친정 아버지 이름을 따서 나를 조지프라고 불렀소. 그러나 그녀도 프랭크 씨도 나에게 성을 줄 생각은 하지 않았소. 그녀는 절대 내가 자기 친자식인 척 대하지 않았소. 집안일이나 선물을 나눌 때면 '너는 꼭 내 친자식 같아'라고 말하곤 했소. 아마 '같아'라는 그 말 때문에 내 친부모가 어디 계시는지 물어볼 생각이 들었는지도 모르지. 그때 나는 아직 세 살도 되기 전이었는데, 부인은 날 내려다보고 어깨를 으쓱하더니 최고로 다정하지만 어딘지 모르게 서글퍼 보이는 미소를 지으며 말했소. 불쌍한 것, 그분들은 흔적도 없이 사라졌단다. 그 말을 듣고 나는 그들이 그것도 '없이' 사라졌다는 그 '흔적trace'이 나를 의미한다고 생각했소.

학교에 간 첫날, 나는 성과 이름이 다 있어야 한다는 사실을 알았소. 그래서 선생님께 '조지프 트레이스'라고 말했지. 빅토리가 자리에서 얼른 돌아보더니 내게 물었소.

'왜 그렇게 말해?'

'나도 몰라, 그 이유는.' 내가 대답했소.

'엄마가 엄청 화낼 거야, 아빠도 그렇고.'

우리는 학교 운동장에 나와 있었소. 깔끔하게 다져진 흙바닥이었지만, 못 같은 게 엄청 많았어. 우린 둘 다 맨발이었고, 나는 발바닥에서 유리 조각을 빼내려고 쩔쩔매느라 빅토리의 얼굴을 쳐다볼 수 없었소. '안 그럴 거야. 너희 엄마는 우리 엄마가 아닌걸.' 내가 말했소.

'그럼 너네 엄마는 누구야?'

'다른 여자야. 엄마는 돌아올 거야. 날 보러 돌아올 거야. 아빠도 그렇고.' 내가 무슨 생각을 하고 무얼 바라는지, 그때 처음 깨달았지.

빅토리가 말했소. '너희 부모님은 너를 어디다 두고 갔는지 아니까 우리집으로 돌아올 거야. 네가 윌리엄스 집에 있다는 걸 알잖아.' 그는 자기 누나처럼 이중 관절인 사람인 양 걸어보려고 애썼소. 누나가 그걸 잘했기 때문에 굉장히 으스대서 빅토리도 기회가 있을 때마다 연습했지. 나는 흙먼지를 일으키며 내 앞을 달려가던 그의 그림자를 기억하오. '네 부모님은 네가 윌리엄스 집에 있다고 알고 있으니까, 너도 윌리엄스라고 불러야 해.'

내가 대답했소. '우리 부모님이 날 분간해내야 하잖아. 너희 집 그 모든 애들 중에서 날 분간해내야지. 나는 트레이스야. 바로 그들이 가져가지 않고 떠난 흔적이지.'

'그것 참 기분 더러운 일 아니야?'

빅토리는 나를 놀리며 내 목을 감싸안고 땅에 넘어뜨렸어. 유리 조각이 어떻게 됐는지는 모르겠소. 아마 끝내 빼내지 못했을 거요. 그리고 누가 나를 찾아오는 일도 없었지. 나는 아버지도, 어머니도 끝내 알지 못했소. 언젠가 어떤 여자가 호텔 식당에서 터무니없는 말을 하는 걸 들은 적이 있소. 그 여자는 내가 커피를 따르는 동안 다른 두 여자에게 이렇게 말했소. '난 아이들에게 좋은 영향을 주지 못해. 그러려는 건 아닌데, 내 안에 있는 어떤 것이 날 그렇게 만들어. 난 좋은 엄마지만 아이들은 차라리 나와 떨어져 있는 편이 나아. 내 곁에 있는 한 아이들한테 좋을 게 하나도 없어. 내 곁을 떠나면 인생이 활짝 피는 것 같은데, 내 곁에 있으면 그렇게 힘든 일만 닥치거든. 그 사실을 알았을 때 내가 얼마나 괴로웠는지 알아?'

나는 그녀를 슬쩍 훔쳐볼 수밖에 없었소. 그런 말을 하려면 강 인해야 하지. 그런 걸 인정하려면.

두번째 변화는 내가 선택되어 사내가 되는 훈련을 받았을 때였 소. 독립해서 살아가고 어떻게든 스스로 밥벌이를 하기 위한 훈 련. 아버지가 없어서 아쉬운 점은 없었소. 무엇보다 프랭크 씨가 있었으니까. 그는 바위처럼 든든했고, 자기 아이들과 나를 조금 도 차별하지 않았소. 그러나 무엇보다 대단한 일은 베스퍼 카운 티에서 가장 뛰어난 남자가 사냥에 함께 나갈 사람으로 빅토리 와 나를 뽑은 것이었소. 정말 자랑스러운 일이었지. 카운티 최고 의 사냥꾼이 빅토리와 나를 뽑아 사냥을 가르쳐주고 사냥에 데 려가주었으니까. 그 사람의 사냥 솜씨가 어찌나 훌륭했던지, 라 이플총은 그냥 폼으로 갖고 다니는 거라고 말할 정도였소. 그는 사냥감의 움직임을 포착하는 방법, 뱀을 속이는 방법, 토끼나 마 멋을 잡기 위해 가지를 구부려 덫을 놓는 방법, 물새의 혼을 빼 놓는 소리 내는 방법 등을 훤히 알았기 때문이오. 백인들은 그를 마법사라고 불렀는데, 그에게 똑똑하다는 말을 하고 싶지 않아서 하는 소리라고들 했소. 어쨌든 그는 사냥꾼 중의 사냥꾼이었소. 백인만큼이나 똑똑했고. 그는 나에게 일생을 살아가는 데 필요한 두 가지 교훈을 주었소. 하나는 백인에게서 친절을 얻어내는 비법이었소. 그들은 먼저 동정심을 느껴야만 좋아한다는 거였지. 그리고 다른 하나는…… 음, 잊어버렸소.

그 사람 때문에, 그에게 배운 모든 가르침 때문에 나는 도시보다 숲속에 있을 때 훨씬 마음이 편했소. 담장이나 난간에 둘러싸인 곳에서는 왠지 초조해졌소. 마을 사람들은 내가 도시 생활에 절대 적응하지 못할 거라고 생각했소. 높다란 빌딩 사이에서? 시멘트 도로에서? 내가? 아니, 난 절대 그럴 수 없었소.

1893년, 나는 세번째 변화를 맞았소. 비엔나가 몽땅 불타버렸을 때였지. 하얀 천은 그렇게 오래 걸려서 끝낸 일을, 시뻘건 불은 순식간에 해치워버렸소. 모든 노력을 무위로 만들고 모든 들판을 텅 비워놓았지. 삽시간에 빈털터리가 되어 거리에 나앉은 우리는 카운티 여기저기를 죽도록 돌아다니고, 아무 곳이나 닥치는 대로 갔소. 나와 빅토리는 걸어가다 일을 하고, 일을 하고 나서 또 걸어가는 식으로 팰러스틴까지 15마일을 갔소. 그곳에서 바이올렛을 만난 거요. 우리는 결혼했고, 티렐 근처 할런 릭스의 농장에 정착했소. 그는 마을에서 가장 나쁜 땅을 가지고 있었소. 바이올렛과 나는 이 년 동안 소작을 했지. 토양이 다 말라 돌멩이만 무성해지자, 우리는 내가 사냥해 온 짐승을 먹고 살았소. 그런데 몹쓸 릭스 영감이 그 땅에 진력이 나서 우리의 빚과 함께 클레이턴 비드라는 작자에게 팔아넘겼소. 빚은 백팔십 달러에서 팔백 달러로 늘어났소. 이자에다 우리가 가게에서 얻어 쓴 비료와 물건 값—그 작자가 이미 지불한—이 올랐다는 것이었소. 바이올렛은 우리 밭과 함께 그 사람의 밭까지 돌봐야 했지. 그동안 나는 베어에서 크로스랜드로, 또 고센으로 일하러 다녔고, 가끔은 소나무를 베었고, 대부분은 제제소에서 일했소. 오년이나 걸렸지만 우리는 마침내 해냈소.

뒤이어 나는 서던 스카이 열차가 다닐 철도를 놓는 일을 구했지. 내 나이 스물여덟이었고, 이제 변화에도 익숙해졌소. 1901년 부커 T.가 대통령 관저에서 샌드위치를 먹었을 때, 나는 다시 일을 벌일 만큼 대담해졌소. 우리 땅을 한 뙈기 사기로 마음먹은 것이오. 바보같이 백인이 나를 내버려둘 거라고 생각했지. 그러나 그들은 내가 전에 본 적도 없고 서명한 적도 없는 서류 두 장을 들고 와 우리를 내쫓았소.

1906년에 나는 네번째로 변했소. 그때 아내를 데리고 롬 역으로 갔소. 아내가 태어난 곳 근처였지. 우리는 좀더 북쪽으로 가기 위해 서던 스카이 열차에 올라탔소. 그리고 짐크로 법*을 준

수하기 위해 열차 칸 네 곳을 다섯 번이나 옮겨다녀야 했소.

우리는 텐더로인에서 철도 옆 공동주택을 얻어 살았소. 바이올렛은 가정부 일을 나갔고, 나는 닥치는 대로 무슨 일이든 했지. 백인의 구두를 닦는 일부터 백인이 책을 읽는 동안 담배를 말아 불을 붙여주는 일까지. 식당 종업원 자리를 얻기까지 밤에는 생선을 손질하고 낮에는 화장실을 치웠소. 그리고 냄새나는 멀베리 스트리트와 리틀 아프리카, 육식성 쥐가 우글거리는 웨스트 53번가를 떠나 주택 지구로 이사했을 때, 이제 나의 다섯번째 모습으로 영원히 정착하는구나 생각했소.

그때쯤 그곳엔 소나 돼지는 사라지고 전에 내가 사려 했던 작은 규모의 초라한 농장 대신 점점 더 많은 집들이 들어섰소. 흑인은 그저 근처를 어슬렁거리기만 해도 총을 맞던 곳이었지. 그들은 그곳에 넓은 마당과 채소밭이 딸린 공동주택을 지었소. 그런데 전쟁이 터지기 직전에 동네의 모든 집이 흑인에게도 세를 놓기 시작했소. 도심지와 같지는 않았지만 정말 멋진 곳이었지. 방이 보통 다섯 개 내지 여섯 개, 어떤 집은 열 개까지 있었으니까. 만약 한 달에 오십 달러나 육십 달러 정도의 세를 낼 수 있으면 그런 집을 빌릴 수 있었소. 우리가 140번가를 떠나 레녹스 애

---

* 미국 남부의 인종차별법.

비뷰의 더 큰 집으로 이사했을 때, 우리를 방해한 건 옅은 피부색의 흑인 집주인들이었소. 나와 바이올렛은 그들과 싸웠소. 마치 흰둥이와 싸우듯. 그리고 이겼소. 그즈음 불경기가 닥쳤고, 백인이든 흑인이든 집주인은 비싼 집세를 내는 흑인 세입자를 놓고 싸움을 벌였소. 우리는 그 정도 집세도 괜찮았소. 왜냐하면 우리는 방 다섯 개인 집에서 살게 됐으니까. 비록 우리 중 어떤 이들은 방 두 개를 다시 세주기도 했지만. 그 건물들은 마치 그림에 나오는 성 같았지. 처음부터 남의 살림을 돌보는 게 직업이었던 우리는 누구보다 멋지게 집을 가꿀 줄 알았소. 나와 바이올렛은 집안 곳곳에 새를 기르고 꽃을 키웠소. 나는 거름을 주기 위해 길가에 떨어진 똥을 손수 날랐다오. 그리고 집안뿐 아니라 현관도 깔끔하게 꾸몄어. 그때 나는 호텔에서 일하고 있었소. 식당 종업원보다 훨씬 나았는데, 팁을 얻을 기회가 더 많았기 때문이오. 월급은 보잘것없었지만, 11월이면 팁이 호두가 떨어지듯 내 손안에 굴러들어왔소.

집세가 오르고 또 오르고, 상점들이 백인의 고깃값은 그대로 둔 채 흑인 동네의 고깃값만 두 배로 인상하자, 나는 가외 벌이로 이웃에게 클레오파트라 화장품을 팔기 시작했소. 바이올렛도 낮일을 그만두고 미용 일만 하면서 우리는 그럭저럭 잘 지냈소.

그리고 1917년의 긴 여름이 왔소. 이들 백인들이 내 머리를 아슬아슬하게 비켜간 쇠막대기를 거두어 간 이후, 나는 확실히 다시 태어난 것 같았다오. 나는 그들에게 거의 죽을 뻔했으니까. 나 말고도 죽을 뻔한 사람이 많았소. 백인 중 한 사람이 동정심을 느껴 나를 바로 그날 그 자리에서 끝장내버리려는 다른 백인들을 말려주었소.

왜 폭동*이 일어났는지 난 정확히 모르겠소. 신문에서 떠들어댄 그대로일 수도 있고, 내가 같이 일했던 종업원이 말한 대로일 수도 있겠지. 지스턴은 그 파티 때문이라고 말했소. 그들이 백인들에게 흑인이 산 채로 불에 타죽는 모습을 구경하러 오라는 초대장을 보냈다더군. 지스턴은 그 자리에 수천 명의 백인이 모여들었다고 말했소. 그리고 그런 욕구가 모든 사람의 가슴속에 숨겨져 있었던 모양이라고, 만약 그런 살인이 행해지지 않았다면, 또다른 짓을 저질렀을 거라고 덧붙였소. 전쟁중에 흑인들이 일을 하려고 떼지어 몰려왔다는 거요. 남부의 가난뱅이 백인은 검둥이가 자꾸 떠나버리는 데 광분했고, 북부의 가난뱅이 백인은 검둥이가 자꾸 몰려오자 정신이 나갔던 거요.

나는 살면서 온갖 일을 다 보았소. 버지니아에서도 그랬지. 나

---

* 1917년 5월과 7월 이스트세인트루이스에서 벌어진 폭동을 뜻함. 백인 폭도들에 의해 수백 명의 흑인들이 목숨을 잃고 수천 명이 살곳을 잃었다.

의 의형제 중 두 명이 당했거든. 엄청나게 괴로웠다오. 정말 끔찍했지. 그 일로 로다 부인은 거의 죽을 뻔했소. 소녀도 있었소. 크로스랜드에서 친척을 만나러 온 소녀. 그저 어린 여자애였을 뿐인데. 어쨌든 여기서는 한 사람이 분노를 터뜨리면, 백여 명의 사람이 따라서 폭발할 기세였소.

나는 어린 소년들이 거리를 달려가는 광경을 보았소. 한 소년이 넘어져 바로 일어나지 못하기에 나는 소년에게 다가갔소. 그리고 그 일이 일어났지. 바이올렛이 부상당한 내 머리를 치료하는 동안, 나 없이도 폭동은 계속되었소. 나는 살아남았지만, 아마그 일 때문에 이 년 후인 1919년에 다시 일곱번째 변화를 맞았는지도 모르오. 그때 나는 모든 길을, 빌어먹을 그 길 구석구석을 369보병연대*와 함께 빠짐없이 행진했소.** 내가 길에서 춤을춘 때가 또 언제였는지 기억나지 않지만, 그때는 모든 사람이 길에서 춤을 추었소. 나는 그 변화가 마지막이라고 생각했고, 가장멋진 변모라고 확신했소. 전쟁이 발발했다 끝났고, 369보병연대

---

* 1차 대전에 참전하여 큰 공을 세운 흑인 부대. 독일 라인 강에 가장 먼저 진격한 부대다.

** 1919년 2월 17일, 369보병연대는 해산 전에 이십오만 명의 구경꾼 앞에서 피프스 애비뉴부터 할렘까지 행군했다. 이들의 용감한 행군은 흑인들에게 커다란영향을 미쳤다.

의 흑인 병사도 그 전쟁에서 함께 싸웠다는 사실이 너무나 자랑스러워 가슴이 터질 지경이었으니까. 지스턴은 다른 호텔에 내 일자리를 구해주었고, 거기에선 동전보다 지폐로 팁을 주는 일이 더 많았소. 모든 일이 잘되어갔지. 1925년에 우리는 어느 정도 안정이 되었소. 그런데 그때부터 바이올렛은 인형을 껴안고 잠들기 시작했소. 너무 늦은 일이었지. 나는 어느 정도 이해했소. 어느 정도는.

내 말뜻을 오해하지는 마시오. 그건 바이올렛의 잘못이 아니었소. 모두 내 탓이오. 모두 다. 내가 그 소녀에게 한 짓을 결코 잊어버릴 수 없을 거요. 절대로. 한때 나는 너무 자주 변했소. 너무 여러 번 나 자신을 새롭게 바꾸었소. 일생 동안 늘 새로운 검둥이였다고 말할 수도 있소. 그러나 내가 겪은 모든 일과 보아온 모든 것, 그런 많은 변화에도 불구하고 그애에게는 속수무책이었소. 도카스에게는. 어쩌면 스무 살에 호두나무 아래에서 처음으로 욕정을 만족시켰던 팰러스틴 시절로 돌아갔다고 생각할 수도 있겠지.

바이올렛과 내가 떠난다고 했을 때, 모두 깜짝 놀랐소. 사람들은 도시에 살면 외로울 거라고 했소. 그러나 최고의 사냥꾼에게 훈련받은 뒤로 외로움은 내게 접근조차 할 수 없었소. 총을 쏘는 시골 소년. 시골 사나이. 그런데 열여덟 살 먹은 계집아이가 인형을 안고 잠드는 부인을 둔 나이든 남자의 마음을 뒤흔들어놓을 줄 내가 어떻게 알았겠소? 반경 15마일 이내에 사람이라곤 한 명도 없는 숲속에서도, 친구라고는 살아 있는 미끼밖에 없던 강둑에서도 전혀 느껴보지 못한 외로움을 깨닫게 해줄 거라고. 그애와의 달콤한 사랑을 맛보기 전까지 인생의 달콤한 면을 전혀 몰랐다고 확신하게 만들 거라고. 그래서 사람들은 뱀이 마지막으로 제 허물을 벗기 전에 잠깐 동안 눈이 멀어버린다고 하는 모양이오.

그애는 머리가 길고 피부가 좋지 않았소. 하루에 두 번 물 1쿼트씩만 마시면 얼굴이 당장 말끔해졌겠지만, 나는 그냥 그대로가 좋았기 때문에 권하지 않았소. 그애의 광대뼈 밑에는 말발굽처럼 보이는 작은 반달 모양의 자국이 희미하게 무리지어 있었소. 거기와 앞이마에도. 나는 그애가 사달라는 화장품은 다 사줬지만, 전혀 효과가 없어서 오히려 기뻤소. 그 작은 말발굽 자국을 없애겠다고? 아무런 흔적도 남기지 않고 지워버리겠다고? 이 세상에서 가장 좋은 단 한 가지는 흔적을 찾고 거기에 매달리는 거요. 나는 버지니아에서 어머니의 흔적을 좇았고, 그 흔적은 나를 곧장 어머니에게로 인도했소. 그리고 이 도시에서 저 도시로 도카스의 흔적을 좇아온 셈이오. 노력할 필요도 없었소. 생각할 필요도 없었고. 흔적이 당신에게 말을 걸기 시작할 때, 쳐다볼 필요도 없을 정도로 강력한 신호를 보내기 시작할 때, 뭔가 다른 일이 일어나는 것이오. 만약 흔적이 당신에게 말을 건네지 않으면, 당신은 자리에서 일어나 담배 한두 개비를 사러 나갈 테지. 주머니에 동전 몇 푼을 넣고 그냥 걷다 어느덧 뛰기 시작하고, 그러다 스테튼아일랜드의 어디엔가 멈추어서 목청이 터져라 고함을 지르거나 롱아일랜드에서 염소떼를 멍하니 쳐다볼 거요. 그러나 만약 흔적이 어떤 식으로든 말을 걸면, 당신은 사람들로 가득한 방에서 그녀의 심장에 총을 겨누고 있는 자신을 발견하게 될 거요. 그 심장이 뛰지 않으면 당신 역시 결코 살아갈 수 없음에도 아랑곳하지 않고.

나는 거기에 머무르고 싶었소. 그 총이 탕 하고 발사된 직후에. 나 말고는 그곳에 있는 어느 누구도 그 소리를 듣지 못했소. 그래서 모여 있던 사람들이 개똥지빠귀떼처럼 흩어지지 않았던 거요. 음악과 춤의 열기로 서로 달라붙어 떨어질 수 없는 것처럼 보였지. 음악은 그들을 잡고 놓아주지 않았소. 나는 그곳에 남아 그애가 쓰러져 다치기 전에 그애를 붙잡아주고 싶었소.

나는 흔적을 찾지 않았어. 오히려 흔적이 날 찾았지. 그것이 처음 나에게 말을 걸었을 때는 듣지도 못했어. 나는 떠돌아다녔지. 그냥 도시 전체를 헤매고 다녔어. 나는 총을 가지고 있었지만, 그건 총이 아니었어. 너를 만지고 싶은 내 손이었지. 닷새 동안 떠돌았어. 첫날은 131번가의 하이패션에 갔어. 네가 화요일에 머리 손질을 예약했다고 생각했기 때문이야. 매달 첫번째 화요일에 머리 손질을 했으니까. 하지만 너는 거기 없었어. 어떤 여자들이 세일럼 침례교도가 만든 생선 요리를 들고 들어왔지. 그리고 눈먼 쌍둥이가 가게 안에서 기타를 연주했어. 그들은 네가 말했던 것과 똑같았어. 그들 중 한 사람만 진짜 장님이고 다른 사람은 그냥 각본대로 하는 거였지. 아마 쌍둥이는 고사하고 친형제도 아닐지 몰라. 쌍둥이 엄마가 약간 변화를 주기 위해 뭔가 다른 요리를 했는지도. 그들은 음탕한 곡을 연주했어. 항상 하던 복음성가가 아니었지. 생선 요리를 팔던 여자들은 얼굴을 찡그리고 그들의 엄마에 대해 나쁜 말을 했어. 그러나 쌍둥이에게 직접 말하지는 않았지. 나는 그 여자들이 그런 노래를 즐긴다는 것을 알았어. 가장 큰 소리로 떠들던 여자도 발장단을 맞추느라 혀를 차는 것도 잊었거든. 그 여자들은 나에게 신경도 쓰지 않았어. 그래서 여자들을 살살 구슬려 네가 그날 손님 명단에 없다는 말을 듣기까지 시간이 좀 걸렸지. 미니는 네가 토요일에 머리를 살짝 말고 갔다고 했어. 또 그녀가 그것을 얼마나 반대했는지도 말해주었지. 머리를 전부 하면 일 달러 이십오 센트지만 살짝 말기만 하면 오십 센트라서가 아니라, 그렇게 하면 머리가 상하기 때문이었다는 거야. 더러운 머리에 열을 가하다니, 그보다 더 머리카락을 심하게 손상시키는 짓은 없어요. 물론 열을 아예 가하지 않으면 몰라도. 그녀가 말했지. 무엇 때문에 머리를 했을까? 제일 먼저 떠오른 생각이었어. 지난 토요일이라고? 지난 토요일? 너는 성가단원과 함께 사일로 사도 교회에서 노래를 부르기 위해 브루클린에 간다고 말했지. 아침 아홉시에 출발해 밤늦게까지 돌아오지 않을 거라고. 그 때문인가 했어. 네가 지난번에 가지 않은 걸 이모가 알아버린 바람에 이번에는 꼭 가야 한다고 했지. 그게 이유였어. 그래서 나는 바이올렛이 집을 나가기를 기다리지도, 말본의 아파트 문을 열지도 않았어. 그럴 필요가 없었으니까. 그런데 너는 어떻게 토요일 아침에 머리를 하고 아홉시까지 역에 도착할 수 있었을까. 미니는 토요일에는 절대 오전 열두시 이전에 문을 열지 않아. 일요일을 위해 치장하는 손님들을 밤늦게까지 받아야 하기 때문에. 게다가 왜 화요일에 늘 하던 머리 손질을 하지 않았을까? 나는 마음속에 생겨나는 나쁜 생각을 떨쳐버렸어. 장님 형제가 연주하는 음탕한 음악 탓인지도 몰랐기 때문이야. 어떤 종류의 기타 연주는 사람들에게 나쁜 영향을 미치기도 하지. 클라리넷처럼 심하지는 않지만 대개의 경우 아주 비슷해. 만약 그 음악이 클라리넷으로 연주되었다면, 나는 즉각 알아챘을 거야. 그러나 기타 연주는 나를 혼란스럽게 만들고 스스로를 의심하게 했어. 결국 나는 흔적을 놓쳤어. 집으로 돌아와 그다음날까지도 실마리를 잡을 수 없었지. 말본이 나를 보고 황급히 손으로 입을 가릴 때까지. 눈까지 가리지는 못했는데, 눈에서 웃음이 마구 흘러나오더군.

네가 나에게 한 말이 진심이 아니라는 건 나도 알아. 내가 너를 찾아 우리의 방으로 다시 한번 데리고 왔을 때 네가 했던 말은 진심이 아니었지. 그런데도 나는 상처를 입었고, 다음날 현관 계단에 얼어붙은 듯 앉아 그 일로 내 마음에 병이 들까봐 걱정했어. 그곳에는 빙판길에 재를 뿌리는 말본밖에 없었지. 길 건너편으로 난간에 기대선 기둥서방 세 명이 보였어. 영하 2도에 아침 열시도 안 되었는데, 그 녀석들은 에나멜 가죽처럼 윤기가 흘렀어. 반지르르했지. 스무 살이나 스물두 살을 넘지 않았을 거야. 젊은 남자들. 그게 바로 너를 위한 도시였지. 한 명은 짧은 각반을 차고, 다른 한 명은 넥타이와 똑같은 색 손수건을 주머니에 꽂았어. 어깨에 외투를 걸치고. 거기에서 그들은 그저 벽에 기댄 채 웃고 떠들었지. 그리고 노래를 흥얼거리며 머리를 맞대고 몸을 숙인 채 손가락을 탁탁 튕겼어. 도시의 사내들이란. 너는 내가 무슨 말을 하는지 잘 알 거야. 자기들끼리 뭉쳐 다니는 영리한 젊은 수탉들. 아무것도 할 필요가 없고, 그저 암탉이 지나가

206

다 발견해주기만 기다리면 되는 녀석들. 재킷에 벨트를 두르고 넥타이와 같은 색 손수건을 사용하는 놈들. 말본이 그런 녀석들 앞에서 입을 가렸을 거라고 생각해? 아니면 돈을 받고 목요일마다 자기 방을 빌려줬을 것 같아? 그런 일은 결코 없었을 거야. 그 수탉들은 말본의 도움 따위 필요 없으니까. 암탉이 직접 수탉을 찾아내고 장소도 물색하거든. 쫓아다녀야 할 일이 있으면 그들이 해. 암탉이 찾고, 암탉이 궁리해. 수탉은 그저 기다리지. 여자들이 그들을 찾고 있으니까. 그들은 누구의 뒤를 밟을 필요도 없고, 나처럼 미용실에 가서 여자들에게 여자애에 대해 물어보며 멍청하게 굴 필요도 없지. 음탕한 음악을 들으며 발장단을 맞추고, 저 남자가 도대체 왜 고등학교도 채 마치지 않은 어린 계집애에 대해 알고 싶어하는지, 게다가 그는 그 늙고 정신없는 바이올렛의 남편이 아닌가 하고 떠들어대고 싶어서 내가 그 자리를 빨리 떠나기만 기다리는 여자들에게 말이야. 오직 나 같은 늙은 닭만이 현관에서 벌떡 일어나 말본의 말을 중간에서 자르고, 인우드 역까지 뛰지 않고 천천히 걸어가려고 애써야 하지. 우리가 처음 인우드 역에 함께 앉았을 때, 네가 다리를 꼬아서 나는 네가 종이가방에 숨겨가지고 나온 초록색 구두를 볼 수 있었지. 네가 집에서 나올 때 신은 옥스퍼드화 대신 그것을 신고 레녹스 애비뉴와 8번가를 또각거리며 다니는 걸 이모가 알아채지 못하게 하기 위해서였지. 네가 발을 까딱까딱하며 구두굽을 자랑하려고 발목을 요리조리 돌리는 동안, 나는 너의 무릎을 바라보았지. 하지만 만질 수는 없었어. 나는 너에게 다시 말했지. 너로 인해 아담이 사과를 씨까지 삼켜버린 거라고. 에덴을 떠났을 때 아담은 최고 부자였어. 이브와 함께였을 뿐 아니라 그의 입안에는 이 세상 최초로 먹어본 사과의 맛이 평생 동안 남아 있을 테니까. 그는 사과가 어떤 맛인지 제일 처음 알게 된 사람이었어. 사과를 와삭 깨물고 삼켜버렸지. 아삭거리는 소리를 들으며 그 새빨간 껍질이 그의 심장을 부수도록 내버려두었던 거야.

너는 마치 나를 잘 안다는 듯이 쳐다보았어. 그 순간 그곳이 정말 낙원이라고 나는 생각했지. 나는 너의 눈을 똑바로 바라볼 수 없었어. 네 뺨의 말발굽 자국에 사로잡혔으니까.

나는 바로 그 장소에 다시 올라갔어. 묵은눈 때문에 하늘이 포근하게 느껴졌고 나뭇등걸은 까맣게 보였지. 개와 토끼의 흔적이 일요일에 매는 넥타이의 무늬처럼 정연하게 눈 위에 흩어져 있었어. 아마 적어도 무게가 80파운드는 나가는 개도 있었을 거야. 다른 놈들은 자그마했지. 한 마리는 다리를 절룩거린 것 같았어. 내 발자국이 모든 자국을 뭉개버렸지. 내가 걸었던 길을 돌아보다가, 오버슈즈*가 아닌 일반 구두를 신고 발목까지 축축이 젖은 채 서 있는 나 자신을 발견했어. 그때서야 깨달은 거야. 그러나 우리가 함께했던 때를 회상하고 있었기에 추위도 느낄 수 없었지. 그 따스한 10월을 기억하니? 샤론의 장미는 여전히 꽃을 가득 피웠지. 라일락나무와 소나무. 인디언들이 모여 있던 튤립나무는 마치 왕처럼 보였어. 우리가 처음 그곳에서 만났던 날, 나는 거기에 너보다 먼저 가 있었지. 백인 남자 두 명이 바위에 앉아 있었어. 내가 그들 바로 옆 바닥에 가서 앉자, 그들은 구역질난다는 표정을 짓더니 떠나가버리더군. 일하거나 혹은 근처에 볼일이 있는 사람처럼 보여야 했기에 나는 화장품 가방을 가져갔지. 무언가 중요한 물건을 배달하는 것처럼 보이려고. 그래, 그런 짓은 해서는 안 되었어. 하지만 그때는 아무도 우리를 두고 떠들지 않았지. 거기에 있다는 것, 그 사실만으로 이미 아슬아슬한 뭔가를 느낄 수 있었어. 너와 나 단둘이 있는 것보다 훨씬 위험한 일이었지. 나는 백인들이 떠나버린 바위 위에 너와 나의 이니셜 D와 J를 새겨넣었지. 그후로 우리만의 장소를 마련하고 규칙적으로 만나게 되면서 나는 너에게 선물을 가져다주었어. 무엇을 줘야 네가 미소를 짓고 다음번에도 다시 올까 매번 고심해 고른 선물을. 얼마나 많은 레코드판을 가져갔었니? 실크스타킹은 또 어떻고? 올이 풀린 스타킹을 수선하는 작은 도구 기억하

---

* 구두 따위의 신발에 끼어 신는 덧신.

니? 슈라프트 초콜릿이 가득 든, 뚜껑에 꽃무늬가 새겨진 보라색 금속상자와 창녀나 쓰는 푸른 병에 든 향수도 있었지. 한번은 꽃을 선물했는데, 너는 매우 실망한 빛을 보였어. 그래서 얼른 무엇이든 원하는 것을 사라고 일 달러를 쥐여주었지. 내가 젊었을 때 고향에서는 하루종일 일해야 벌 수 있는 돈이었어. 널 위해서, 널 위해서라면 무엇이든. 사과를 깊숙이 한입 베어 물고 씨까지 꼭꼭 씹어 남은 평생 동안 새빨간 사과의 맛을 간직하기 위해서라면. 창문에 얼음을 판다는 간판이 붙어 있는 말본의 조카 방안에서. 그곳에서 너는 첫 경험을 했지. 어떤 의미에서는 나에게도 첫번째였어. 다시 한번 말하지만, 난 그것을 위해서라면 낙원에서라도 으스대며 걸어나왔을 거야. 으스대면서! 네가 내 손을 잡고 있는 한 그랬을 거야. 나의 소녀 도카스, 나의 소녀. 너와나의 첫 경험. 나는 너를 선택했어. 누가 너를 나에게 준 것이 아니었지. 아무도 네가 나의 상대라고 말해주지 않았어, 내가 너를 골랐던 거야. 시기가 좋지는 않았어. 그래, 아내에게도 잘못하는 일이었지. 그러나 난 너를 알아보고 선택했어. 내가 너에게 빠졌다거나 미쳐버렸다고 생각하지는 마. 나는 사랑에 빠지지 않았어. 내가 사랑 안에서 피어났을 뿐이야. 나는 너를 보았고 마음을 정했어. 나의 마음을. 너를 좇기로 결심했지. 그건 옛날부터내가 잘하는 일이었어. 아마 나의 이런 면은 너에게 말하지 않앗을 거야. 그 누구보다 뛰어났던 그 사냥꾼조차 숲속에서 흔적을 좇는 나의 재능만은 인정했지. 그 시절 사람들은 그걸 다 알았어. 너를 만나기 전에 내가 일곱 번 새롭게 변화했다고 이야기했지. 그러나 그 시절, 그곳에서는 만일 흑인이거나 흑인으로 취급받았다면 해가 뜨는 모든 낮과 해가 지는 모든 밤마다 항상 새로워지면서도 늘 똑같은 모습 그대로여야 했어. 나의 소중한 사람, 이 말만은 하고 싶어. 그 시절에 그것은 단순히 마음 상태만은 아니었다고."

누군가의 마음 상태를 이해하려 드는 것은 무척이나 위험한 일이다. 그러나 만약 당신이 나처럼 호기심 많고 창의적이고 박식하다면, 위험을 무릅쓸 가치가 있는 일이기도 하다. 조는 예전 사람들이 살아남기 위해 했던 일들을 전부 아는 것처럼 행동하지만, 사실 그렇지 않다. 예를 들어 트루 벨에 대해서도 잘 몰랐을 것이다. 바이올렛이 조에게 할머니 이야기를 한 번이라도 했을지 의심스럽기 때문이다—어머니에 대해서는 단 한마디도 하지 않았을 것이다. 따라서 그는 알 수 없었다. 물론 나도 모른다. 하지만 어땠을지 짐작하기는 별로 어렵지 않다.

볼티모어에서 베스퍼 카운티로 돌아올 당시 트루 벨의 마음 상태는 분명 연구 대상이 될 만하다. 노예 신분으로 카운티 시트

County Seat가 있는 워즈워스를 떠난 그녀는 1888년 자유인이 되어 돌아왔다. 그녀의 딸과 손주들은 그녀가 떠났던 곳에서 북쪽으로 12마일 떨어진 마을에 살았다. 롬이라는 작고 초라한 마을이었다. 손주들의 나이는 네 살에서 열네 살까지였는데, 트루 벨이 돌아왔을 당시 바이올렛은 열두 살이었다. 그때는 이미 남자들이 와서 가축과 살림살이와 그녀의 딸 로즈 디어가 앉았던 의자까지 모두 가져간 다음이었다. 그녀가 도착했을 때 남은 것이라고는 빌려온 거적 몇 장과 등에 걸친 옷가지가 전부였다. 그리고 로즈의 남편이 서명했다는 종이쪽지도. 거기에는 그들이 모든 걸 가져갈 권리가 있다고, 아마 내 생각이지만, 그럴 의무가 있다고 적혀 있었다. 만약 하늘에서 비가 내리지 않거나 비 대신 돌덩이 같은 우박이 떨어져 곡식이 모두 상했을 경우에 말이다. 남편이 흑인의 투표를 지지하는 당에 입당했다는 내용은 그종이 어디에서도 찾아볼 수 없었다. 트루 벨이 딸의 가족을 찾아왔을 때, 집과 땅을 빼앗긴 가련한 가족은 이웃이 마련해준 버려진 오두막집에 숨어 지내며 이웃 사람들이 나누어주거나 손녀들이 구해온 음식으로 끼니를 때우고 있었다. 오크라와 마른 콩도 먹었고 마침 9월이라 온갖 종류의 산딸기들을 다 따서 먹었다. 두 번 정도 목사의 아들이 그들에게 다람쥐 새끼를 가져다줘 포식을 하기도 했다. 로즈 디어는 사람들에게 그녀의 남편은 무의

미한 노동에 기가 막히고 질려서, 푸른 토마토 튀김이나 굵게 빻은 옥수수에 싫증이 나서, 고기 껍데기가 아니라 살코기가 죽도록 먹고 싶어서, 커피 값과 큰 딸의 다리 모양에 분통이 터져서 집을 떠났다고 말했다. 그냥 자리에서 일어나 모든 걸 그만둬버린 거라고. 가만히 앉아 생각할 수 있는 어떤 곳으로, 아니, 아무 생각도 하지 않고 그냥 앉아 있을 수 있는 곳으로 가버린 거라고. 그녀가 아는 사실을 말하는 것보다는 이야기를 꾸며내는 편이 더 나았다. 왜냐하면 다음번에는 그들이 그녀의 그릇이나 프라이팬이나 집이 아니라 그녀를 잡으러 올지도 모르니까. 그러나 다행스럽게도, 인생의 한창 시절을 볼티모어에서 베라 루이즈 양의 시중을 드는 데 전부 바친 이후 죽어가던 트루 벨이 이제 베스퍼 카운티에서 남은 인생을 마치고자 했다.

트루 벨이 죽음을 맞이하기까지는 십일 년이 걸렸다. 그 세월 동안 트루 벨은 딸 로즈 디어를 구하고, 땅에 묻고, 네 번 돌아온 사위를 맞이하고, 누비이불 여섯 장을 만들고, 밭을 열세 번 경작했다. 그리고 바이올렛의 머릿속을 그녀가 모시던 백인 아가씨와 그 두 사람의 인생에 빛이 되어주었던 아름다운 소년 이야기로 가득 채워주었다. 그 소년의 이름은 골든 그레이였는데, 그 이유는 자명했다. 우선 그레이는 베라 루이즈의 성에서 따온 것이었고(시간이 아주 많이 흐른 다음에는 그의 눈 색깔이 되었다)

골든은 그의 외형과 관련이 있었다. 태어날 당시의 분홍색 피부가 머리에 난 솜털과 함께 사라지면서 그의 몸은 눈부신 황금색이 되었고, 곱실거리는 금발이 머리와 귓불을 덮었기 때문이다. 베라 루이즈 양의 예전 머리카락과 똑같은 금발은 아니었지만, 곱실거리는 황금빛 머리는 그녀가 골든 그레이에게 푹 빠진 이유 중 하나였다. 물론 단숨에 일어난 일은 아니었다. 그렇게 되기까지 얼마간의 시간이 필요했다. 하지만 트루 벨은 골든 그레이를 보자마자 크게 웃음을 터트렸고, 그후로 열여덟 해 동안 날마다 그랬다.

세 사람이, 베라 루이즈 그레이와 트루 벨이 태어난 베스퍼 카운티에서 멀리 떨어진 볼티모어의 에디슨 스트리트에 있는 멋진 사암 저택에서 살 때, 백인 아씨가 이웃이나 친구에게 늘어놓은 이야기 가운데 일부는 사실이었다. 고향의 좁고 답답한 길을 도저히 참을 수 없었다는 것, 좀더 세련된 생활 방식을 경험하기 위해 하녀와 그녀가 사랑하는 고아 아기를 데리고 볼티모어로 왔다는 것.

그것은 거의 여성 참정권자나 벌일 만한 이단적 행동이었다. 그래서 그녀와 친구가 될 만한 여자들과 이웃들은 할 수 있는 한 베라 루이즈와 적당한 거리를 두면서 압력을 행사했다. 만약 그렇게 함으로써 베라 루이즈가 태도를 바꾸고 남편이 필요하다는 사실을 인정할 거라고 생각했다면, 그건 그들의 오산이었다. 다른 지방에서 온 그녀는 부자인데다 고집이 무척 세서, 친구가 없으면 없을수록 더 만족하며 사치스러운 생활을 누리는 여자였다. 게다가 책 읽기나 팸플릿 작성, 고아 돌보기에 온정신을 쏟는 것처럼 보였다.

처음부터 소년은 그 조용하고 어두운 집의 등불 같은 존재였다. 단지 그 아이를 보는 것만으로도 매일 아침이 경이로웠다. 두 사람은 그애가 비추는 빛을 두고 경쟁했다. 베라 루이즈는 야단법석을 떨며 소년의 버릇을 망쳐놓았고, 트루 벨은 연신 웃으며 끝없이 응석을 받아주었다. 맛을 보라며 아이에게 케이크를 먹이고, 멜론은 씨를 정성 들여 골라낸 뒤 주었다. 베라 루이즈는 그애를 웨일스의 왕자처럼 입혔고, 흥미로운 이야기를 읽어주었다.

물론 트루 벨은 모든 일을 한눈에 파악했다. 워즈워스에서는 어느 누구도 비밀을 가질 수 없었고, 더구나 지주의 대저택에서는 무엇도 숨길 수 없었다. 저 멀리 비엔나에서 흑인 소년이 일주일에 몇 번이나 베라 양과 함께 승마를 즐기기 위해 불려오는지, 또 아가씨가 숲속 어디에서 말을 달리길 가장 좋아하는지 눈치채지 않으려야 않을 수 없었다. 트루 벨은 다른 노예들이 아는 사실을 죄다 알았고, 그 외에 더 많은 사실도 알았다. 그녀에게 맡겨진 유일한 소임은 베라 루이즈 양이 원하거나 필요로 하는 것은 무엇이든 해주는 것이었다. 빨래도 포함해서. 어떤 빨랫감은 한 달에 한 번 밤새도록 식초에 담가두어야 했다. 그런데 그럴 필요가 없어진다면, 은밀한 속옷을 다른 옷가지와 함께 빨아도 된다면, 그 까닭이 무엇인지 트루 벨은 알았다. 그리고 벨라 루이즈 역시 그녀가 안다는 걸 알았다. 굳이 얘기할 필요조차 없었다. 이 일을 모르는 사람은 아버지들뿐이었다. 트루 벨이 아는 한, 장차 아이 아버지가 될 흑인 소년은 그 사실을 전혀 알지 못했다. 베라 루이즈가 그 소년의 이름을 절대 입에 올리지 않았고, 두 번 다시 가까이 부르지도 않았기 때문이다. 그녀의 아버지인 늙은 워즈워스 그레이 대령 역시 아무것도 알지 못했다. 아무것도.

마침내 그 일을 말해준 사람은 대령의 아내였다. 마침내. 자기 딸에게는 그 일에 대해 한마디 언급도 하지 않았지만, 아니 그 사실을 알고 난 다음부터는 아예 말도 섞지 않았지만, 대령에게 그 일을 알려줘야 할 사람은 결국 그녀였다. 그레이 대령은 그 사실을 듣고 어쩔 줄 몰라하며 의자에 앉았다 일어서기를 반복했다. 그의 왼손은 무엇인가를 찾으려는 듯 허공을 휘저었다. 위스키 한 잔, 파이프, 채찍, 엽총 혹은 민주당의 강령, 아니면 그의 심장. 베라 루이즈는 그게 무엇일지 알지 못했다. 그레이 대령은 몇 초 동안 마음에 깊고 깊은 상처를 받은 것 같았다. 그러고는 그의 분노가 방에 서서히 퍼지며 크리스털 잔을 뿌옇게 흐려놓고 풀 먹인 테이블보를 잔뜩 구겨놓았다. 딸에게 일어난 끔찍한 일의 진상을 깨달은 대령은 식은땀을 흘렸다. 그의 농장에는 흑인 혼혈아가 일곱 명 있었다. 그의 관자놀이에서 뿜어져나온 땀이 흘러내려 턱 아래쪽에 맺혔다. 분노는 좀처럼 가라앉지 않고 방에 축축하게 흘러넘쳤고, 겨드랑이와 등까지 땀에 젖기 시작했다. 마침내 식탁 위의 담쟁이넝쿨이 꼿꼿이 일어서고 은식기가 손에서 미끈거릴 지경이 되었을 때, 그는 이마의 땀을 닦으며 격정에 사로잡힌 마음을 추스르고 상황에 적합한 행동을 했다. 베라 루이즈를 세게 내려쳐 서빙테이블에 내동댕이친 것이다.

하지만 마지막 일격을 가한 사람은 어머니였다. 바닥에서 일어나려고 발버둥치는 베라 루이즈를 내려다보는 동안 어머니의 눈썹은 어떤 동요도 없었지만 눈빛은 혐오감으로 가득했다. 딸은 어머니의 혀 아래, 볼 안쪽에 가득 고인 시디신 타액을 느낄 수 있었다. 그러나 침을 뱉을 수는 없었다. 오직 교양, 공들여 몸에 익힌 교양이 그걸 허락하지 않았으니까. 그때도 그 이후에도, 그들은 서로 단 한마디도 하지 않았다. 그리고 다음주 수요일, 베라 루이즈의 베개 밑에 돈이 가득 든 속옷가방이 놓여 있었다. 그들이 보여주는 관용의 표현이자 경멸의 표시였다. 누구라도

칠 개월 혹은 그 이상의 기간을 집에서 나와 살 수 있을 만한 돈
이었다. 그 많은 돈의 의미는 명확했다. 죽든지 말든지 일단 어
디로든 나가라.

베라 루이즈는 트루 벨을 원했고 함께 떠났다. 여자 노예에게
어차피 일하느라 멀리 떨어져 있어 자주 보지도 못하는 남편을
떠나야 한다는 게, 게다가 어린 두 딸까지 나이 많은 언니에게
맡기고 떠나야 한다는 게 얼마나 힘든 일인지 나는 모른다. 로
즈 디어와 메이는 그 당시에 여덟 살과 열 살이었다. 누가 되든
노예 주인에게는 꽤 쓸모가 있을 나이지만, 돈 많은 집안의 딸을
돌보며 남편과 멀리 떨어져 워즈워스에 사는 엄마에게는 아무
도움도 되지 않았다. 어쩌면 한동안 베라 루이즈 양과 함께 볼티
모어에서 지내야 한다며 남편과 두 딸을 언니에게 부탁하는 일
이 그렇게 어렵지는 않았을지 모른다. 트루 벨의 나이는 스물일
곱이었다. 언제 또 그렇게 큰 도시를 구경할 기회가 있겠는가?

이보다 더욱 중요한 이유는, 어쩌면 베라 루이즈 양이 돈을 주
어 그녀가 가족을 전부 살 수 있게 도와줄지도 모른다는 사실이
었다. 왜냐하면 상당한 돈을 트루벨에게 건네준 것이 확실했기
때문이다. 하지만 다시 생각해보면 아니었을지도 모른다. 어쩌
면 트루 벨은 화물칸에 앉아 상자나 트렁크와 함께 이리저리 흔
들리며 얼굴을 찡그렸을지도 모른다. 그녀가 지나는 풍경도 보

지 못한 채. 어쩌면 베스퍼 카운티를 떠난 것을 몹시 후회했을지도 모른다. 어쨌든 그녀는 선택의 여지가 없었고 남편과 언니, 로즈 디어와 메이를 남겨두고 떠났다. 설령 트루 벨이 가족을 몹시 걱정했다 하더라도, 그 금발의 아이가 트루 벨에게 커다란 위안을 주었다. 자라서 집을 떠날 때까지 열여덟 해 동안 그는 그녀의 기쁨이었다.

1888년에 트루 벨은 베라 루이즈 양에게 스물두 해 동안의 급료를 받았다. 베라 양이 전쟁이 끝난 직후부터 급료를 지불했던 것이다(하지만 하녀가 딴생각을 하지 않도록 신탁에 맡겨두었다). 트루 벨은 자기가 죽어간다고 믿었고, 여주인에게도 그렇게 확신시켰다. 그리하여 그 돈—독수리가 새겨진 금화 열 개였다—을 받고, 베스퍼 카운티로 돌아오라는 로즈 디어의 간청에 응할 수 있었다. 한 번도 만나지 못한 손녀들에게 들려줄 볼티모어 이야기를 잔뜩 가지고서. 그녀는 작은 집을 빌리고 요리용 스토브도 구입했다. 그리고 아름다운 골든 그레이와의 생활에 대한 이야기로 아이들을 즐겁게 해주었다. 하루에 세 번 그를 어떻게 목욕시켰고 어떻게 그의 속옷에 푸른색 실로 G자를 수놓았는지에 대해서. 또 욕조 모양은 어떠했으며 때때로 인동 향이나 라벤더 향을 내기 위해 목욕물에 뭘 넣었는지 이야기했다. 그리고 그가 얼마나 영리하고 얼마나 완벽하게 신사의 품위를 지켰는지, 아직 어린아이였을 때 어떤 어른스러운 말로 그들을 즐겁게 했는지도 이야기했다. 청년이 되어, 운이 좋으면 아버지를 찾아 죽이겠다며 떠날 때 보여주었던 기사다운 용기에 대해서까지.

그가 말을 타고 떠나버린 후 트루 벨은 그를 두 번 다시 보지 못했다. 베라 루이즈가 그녀보다 운이 좋았는지도 알 수 없었다. 하지만 트루 벨이 간직한 소년에 대한 추억은 이미 충분했다.

나는 수없이 그를 생각했다. 과연 그는 진정 트루 벨과 바이올렛이 사랑했던 그런 사람이었을까? 아니면 조끼의 상아색 단추나 외투를 걱정하는 허영심 많고 콧대 높은 남자였을까? 아버지가 아니라 제 인종을 모욕하기 위해 그 먼 길을 온 자는 아닐지.

아름다운 머리카락은 아무리 길게 길러도 보기 흉하지 않다고 베라 루이즈가 그에게 말해준 적이 있었다. 그는 그 말을 순수하게 믿었다. 그런 일은 그녀가 잘 안다고 생각했기 때문이다. 그녀의 말은 언제나 대부분이 거짓말이었지만, 마지막에 얻은 그 정보만큼은 틀림없는 사실이라고 믿었다. 그래서, 까다로운 볼티모어에서 어느 정도의 머리 길이가 적당한지 알려준 사람이 다름 아닌 평생 동안 거짓말을 해온 그녀였음에도, 그의 노란 곱슬머리는 마치 농부의 머리칼처럼 외투 깃을 덮었다. 그녀는 자신이 그의 주인인지 아니면 어머니인지, 그것도 아니면 단순한 이웃인지를 포함해 모든 일에 대해 그에게 거짓말만 했다. 하지만 그녀가 거짓말을 하지 않은 한 가지가 있었으니(비록 그 이야기를 하기까지 열여덟 해가 걸렸지만), 바로 그의 아버지가 피부가 새까만 흑인이라는 사실이었다.

나는 이인용 사륜마차를 타고 가는 그를 본다. 그의 말은 아주 훌륭한 검은색 준마다. 아름다운 셔츠와 리넨, 수놓인 이불보, 베갯잇, 담배 상자, 은색 화장품 케이스로 가득찬 커다란 트렁크가 마차 뒤편에 묶여 있다. 짙은 갈색 소매와 칼라가 달린 바닐라색 긴 외투가 그 옆에 단정하게 개켜 있다. 그는 집에서 멀리 떠나 있다. 비가 심하게 쏟아질 참이다. 하지만 8월이라 아직 춥지는 않다.

사륜마차의 왼쪽 바퀴가 돌에 부딪는 소리가 들린다. 아니 어쩌면 들린다고 생각한 것일 수도 있다. 어쩌면 묶어둔 트렁크가 풀려 덜컹거린 소리일지도 모른다. 그는 달리는 말을 세우고 마차에서 내린다. 짐이 손상되지 않았는지 살피려고. 그는 트렁크를 묶어놓은 끈이 느슨하게 풀린 걸 발견한다. 끈이 미끄러져 트렁크가 비스듬하게 기울어졌다. 그는 늘어진 끈을 전부 풀어 더욱 단단하게 묶는다.

그는 자신의 노력에 흡족해한다. 하지만 폭우, 비에 젖어 엉망이 된 옷, 자꾸만 지체되는 여행에 짜증이 나 주위를 둘러본다. 왼편 나무들 사이에 벌거벗은 흑인 여자가 서 있다. 그녀의 몸은 온통 진흙투성이고, 머리에는 나뭇잎이 잔뜩 붙었다. 그녀의 눈은 커다랗고 공포에 질려 있다. 그와 눈이 마주치자 그녀는 달아나려고 급하게 돌아섰지만, 뛰어가기도 전에 조금 전까지 기대고 있던 나무에 머리를 부딪힌다. 너무 두려운 나머지 눈으로 도망칠 길을 찾기도 전에 몸을 먼저 움직인 것이다. 심한 충격에 그녀는 쓰러져버린다.

그는 그녀를 바라보다 모자챙을 붙잡고 재빨리 마차로 돌아간다. 조금 전에 자신이 본 게 뭐든 어떤 관련도 맺기 싫었다. 그는 자신이 피해서 달아나고 있는 것이 실은 사람이 아니라 '환영'이었다고 확신한다. 고삐를 다시 움켜쥔 그는 그의 말 역시 검고 벌거벗었고 비에 젖어 번들거린다는 사실을 눈치채지 않을 수 없는데, 그런 말에게 든든함과 애정을 느낀다. 문득 말은 자랑스럽게 여기면서 그 여자에게는 혐오감을 느낀 자신의 행동이 아무래도 우습게 여겨진다. 그는 약간 수치심을 느끼며, 그건 분명 환영이고 풀 위에 쓰러진 벌거벗은 흑인 여자 같은 건 없다는 사실을 확인해보기로 결심한다.

그는 말을 어린 나무에 묶어두고, 휘몰아치는 비를 맞으며 철벅철벅 그 여자가 쓰러진 곳으로 걸어간다. 그녀는 입과 다리를 벌린 채 여전히 그곳에 누워 있다. 머리에 작은 혹이 솟았다. 배는 팽팽하게 부풀어 있다. 그는 세균 감염이나 악취를 방지하기 위해 숨을 꾹 참은 채 몸을 굽혀 살펴본다. 뭔가 그의 몸에 닿거나 몸속으로 뚫고 들어올지 모른다. 여자는 죽었거나 완전히 의식을 잃은 듯 보인다. 젊은 여자다. 그녀를 위해 할 수 있는 일이 아무것도 없다는 사실에 그는 안도한다. 그때 그녀의 배가 꿈틀거리는 걸 알아챈다. 그녀의 몸안에서 무엇인가가 움직인다.

그는 여자의 몸에 손을 대는 자신을 떠올릴 수 없다. 그가 떠올리는 장면은 또다시 그녀를 내버려둔 채 멀어져 마차에 오르는 자신이다. 그런 상상을 하니 마음이 불편하다. 나중에 단 한 순간이라도 그런 행동을 한 자신을 떠올리고 싶지는 않다. 또한 그가 어디서 왔고 어디에 무슨 이유로 가는지 그리고 자꾸만 고집스럽게 의도적인 무모함을 자초하는 까닭이 무엇인지 생각해보면, 여기에는 뭔가 의미가 있는지도 모른다. 이 장면은 하나의 일화가 되어 베라 루이즈를 낙담시키고 부친 살해를 정당화해줄지도 모른다. 어쩌면.

그는 좌석에 놓인 긴 외투를 펼쳐 여자의 몸 위로 휙 던진다. 그런 다음 두 팔로 그녀를 안아올린다. 여자는 생각했던 것보다 훨씬 무겁다. 그는 약간 비틀거리며 그녀를 마차까지 데려간다. 그리고 아주 어렵게 겨우 마차에 앉힌다. 그녀의 머리는 그의 반대쪽으로 기울어졌고 두 발은 진흙이 묻은 그의 멋진 장화에 닿아 있다. 장화에 더러운 맨발이 닿는 건 어쩔 도리가 없다 치더라도, 여자가 기대앉은 자세만은 바뀌지 않길 바랄 뿐이다. 다시 여자의 자세를 바꾸다가는 그가 앉은 쪽으로 쓰러질지도 모른다. 그는 말을 재촉하면서도 매우 조심스럽게 마차를 몬다. 바큇자국과 진흙투성이 길 때문에 여자가 앞으로 고꾸라지거나 어떤 식으로든 몸이라도 스치게 될까봐 염려되기 때문이다.

그는 비엔나라는 마을에서 조금 떨어진 집으로 향한다. 그의 아버지가 사는 집이다. 지금까지 한 번도 만나본 적 없고 만나려 하지도 않았던 검둥이를, 홀딱 젖은 검둥이 여자를 팔에 안고 만나러 가다니, 정말 재미있는 일이란 생각이 든다. 아니, 재미있다 못해 우스꽝스러울 정도다. 물론 여자의 의식이 돌아오지 않고 복부의 움직임도 지금처럼 미약하다면 말이지만. 의식을 회복하면, 여자는 그의 음흉한 속셈 이상의 어떤 존재가 될 수도 있다. 이런 생각이 그를 괴롭힌다.

얼마간 시간이 흐른 다음에야 그는 여자를 쳐다본다. 피가 그녀의 턱에서 목으로 흘러내리는 걸 알아챘다. 그녀는 나무에 부딪혀 생긴 그 분홍색 혹 때문에 기절한 게 아니다. 넘어지면서 바위 같은 데에 머리를 부딪힌 모양이다. 하지만 여전히 숨은 쉰다. 이제는 여자가 죽지 않기를 바란다. 아니, 아직은 안 된다. 트루 벨이 유치할 정도로 단순하게 그려준 지도의 그 집에 도착하기 전까지는.

마치 비가 그를 따라오는 것 같다. 그쳤다고 생각할 때마다 몇 야드 못 가서 더욱 거세게 쏟아진다. 여관 주인은 어둡기 전에 도착할 거라고 장담했는데, 그는 지금까지 여섯 시간 넘게 왔다. 이제 자신할 수 없다. 그는 이런 동행과 밤을 맞이하는 게 썩 내키지 않는다. 그의 앞에 계곡이 펼쳐지자 비로소 마음이 좀 놓인다. 비엔나의 이쪽 편에서 1, 2마일 떨어진 그 집으로 가려면 계곡을 따라 한 시간쯤 가야 하기 때문이다. 아주 갑작스럽게 비가 그친다. 사치와 고통에 대한 회상으로 가득찬 길고 긴 한 시간이었다. 마침내 집에 도착한다. 마당으로 들어선 그는 집 뒤편에서 축사 두 칸이 딸린 헛간을 발견한다. 그중 한 칸에 말을 끌고 들어가 온몸을 조심스럽게 닦아준 다음 담요도 덮어준다. 그리고 먹일 물과 먹이를 찾아본다. 오랜 시간을 들여서 천천히. 그건 그에게 매우 중요한 일이다. 집안에서 누가 문틈으로 그를 지켜보지는 않는지에 대해선 확신할 수 없다. 사실 그는 그러기를 진심으로 바란다. 판자로 만든 벽 틈새로 어떤 검둥이가 어리둥절한 표정을 지은 채 그를 바라보고 있기를.

　그러나 집 밖으로 나와 그에게 말을 거는 사람은 아무도 없다. 아무도 살지 않는 집 같다. 말을 살펴본 다음(말발굽에 박아놓은 한쪽 편자를 수선해야 한다는 사실을 알았다) 트렁크를 내리기 위해 마차로 되돌아온다. 단단하게 묶은 매듭을 풀고 트렁크를 어깨에 짊어진다. 트렁크를 집안으로 옮기는 동안 그의 조끼와 실크 셔츠는 엉망이 된다. 좁은 현관 앞에서 그는 문을 두드리지도 않는다. 문은 닫혀 있지만 잠기지는 않았다. 그는 안으로 들어가 짐을 내려놓을 만한 적당한 장소를 찾는다. 더러운 마룻바닥에 트렁크를 내려놓고 잠시 집을 살펴본다. 방이 두 개인데, 각기 간이침대가 있고, 식탁, 의자, 벽난로가 있다. 방 하나에는 요리용 스토브가 있다. 검소한 남자가 기거했을 거라고 추측해볼 뿐, 집주인의 인품을 짐작할 만한 물건은 하나도 없다. 요리용 스토브는 싸늘하게 식었고, 불씨 하나 없는 벽난로는 재만 쌓여 있다. 집주인은 하루나 이틀 정도 집을 비운 모양이다.

트렁크 놓을 자리를 봐둔 다음, 그는 여자를 데리러 마차로 돌아간다. 마차는 축이 약간 기울어져 있다. 무거운 트렁크를 내려서 무게중심이 이동한 것이다. 마차 문을 열고 조심스럽게 여자를 끌어낸다. 여자의 몸이 뜨겁다. 손을 대지도 못할 정도로. 여자를 안아들고 집으로 오는 동안 여자를 감싼 긴 외투가 진흙 바닥에 끌린다. 간이침대에 그녀를 눕히고는 담요를 먼저 걷어내지 않은 자신을 타박한다. 이제 여자가 담요를 깔고 누워버렸으니 그녀를 덮어줄 만한 거라고는 그의 외투뿐이다. 이러다 외투를 완전히 버릴지도 모른다. 그는 두번째 방에 들어가 방안에 있는 나무 상자를 연다. 거기에 여자 옷이 있다. 조심스럽게 그의 외투를 걷어내고 이상한 냄새가 밴 여자 옷으로 그녀를 다시 덮어준다. 그는 가지고 온 트렁크를 열고 하얀 면 셔츠와 플란넬 조끼를 꺼낸다. 벽에 박힌 못에 옷을 걸었다가 망치고 싶지 않아 하나밖에 없는 의자에 새 셔츠를 걸쳐둔다. 그리고 주의깊게 마른 옷가지를 살펴본다. 이윽고 그는 불을 피우기로 한다. 땔감 상자와 벽난로에 마른 장작이 있고, 방안 가장 어두운 구석자리에 등유 통도 있다. 그는 등유를 나무에 뿌린다. 그러나 성냥이 없다. 한참을 여기저기 뒤적이다 마침내 무명천으로 싼 깡통에서 성냥을 발견한다. 정확히 다섯 개비뿐이다. 성냥을 그으려고 하는데, 나무에 뿌린 등유가 이미 증발해버리고 없다. 그는 불 피우는 일 따위에 익숙하지 않다. 지금까지 항상 다른 사람이 불을 붙여주었으니까. 하지만 계속 노력한 끝에, 마침내 불길이 활활 타오른다. 그는 자리에 앉아 담배 한 대를 꺼내 문다. 담배를 피우며 집주인의 귀가를 기다릴 작정이다. 집주인의 이름은 아마 헨리 레스트로이일 것이다. 물론 트루 벨의 발음을 감안하면 다른 이름일 수도 있다. 별로 중요한 인물은 아니었다. 달아난 사냥감의 흔적을 읽어내는 재주를 한두 번 과시한 허튼 짓거리로 추적자로서의 하찮은 명성을 얻은 걸 빼면 말이다. 그에게 모든 상세한 내막을 알려준 트루 벨에 따르면, 그것도 옛말이다. 정작 베라 루이즈는 그가 뭐든 물어보려고 하면 침실로 들어

재즈 229

가버리거나 고개를 돌려버렸다. 좌우간 헨리 레스토리인가 레스트로이인가 뭐 그 비슷한 거였는데, 누가 검둥이 이름 따위에 신경을 쓰겠는가? 그를 알게 된 것 자체를 후회하며, 그 이름을 소리 내어 말하느니 차라리 방문을 잠가버리곤 했던 여자를 제외하고. 그 여자는 흑인 남자 때문에 생긴 아기도 후회하며 버리고 싶었을지 모른다. 그러나 그 아이는 황금빛 피부를 가졌다. 아름다운 아침 하늘이나 샴페인 병 외에는 어디서도 보지 못한 그런 빛깔이었다. 트루 벨은 베라 루이즈가 웃으며 "하지만 이 아이는 황금색이야. 완벽한 황금색!"이라고 말했다는 이야기를 그에게 들려주었다. 그래서 그들은 아기의 이름을 '골든'이라고 지어주고, 가톨릭 고아원으로 보내지 않았던 것이다. 그곳은 백인 여자들이 자신이 낳은 수치를 내다버리는 곳이었다.

그가 모든 사실을 알게 된 지 이제 칠팔 일 정도 되었다. 아버지의 이름과 아버지가 한때 거주했던 두 사람을 위한 집의 정확한 위치도 알았다. 베라 루이즈를 위해 요리와 청소를 하던 여자한테서 얻은 정보였다. 그가 기숙학교에 있는 동안 매주 자두잼과 햄, 빵이 담긴 바구니를 보내고, 그에게 낡아빠진 셔츠를 입히느니 차라리 넝마장수에게 쥐버렸던 여자. 그를 볼 때마다 미소를 지으며 고개를 끄덕여주던 여자. 심지어 그가 샴페인 빛깔의 풍성한 곱슬머리를 가진 어린 꼬마였을 때, 그가 트루 벨이

230

만들어준 케이크를 먹고 있으면, 그녀는 기뻐서라기보다는 재미있어서 웃는 듯한 미소를 지었다. 백인 여자와 흑인 요리사, 두 사람은 그를 목욕시키다 가끔 그의 손바닥과 메마른 머릿결을 보고 걱정스러운 시선을 주고받았다. 아니, 베라 루이즈는 정말 걱정하는 표정이었지만 트루 벨은 그저 미소를 지었다. 그때 트루 벨이 무슨 생각을 하며 웃었는지 이제 알겠다. 그 검둥이. 하지만 그도 마찬가지였다. 그는 줄곧 검둥이는 한 종류밖에 없다고 생각했다. 트루 벨 같은 종류 말이다. 그저 새까맣기만 한 부류. 레스트로이처럼 혹은 간이침대에서 코를 고는 저 더러운 여자처럼. 그러나 또다른 종류가 있었다. 바로 자신과 같은 종류였다.

이제 비가 완전히 그쳤다. 그는 요리할 필요가 없는, 이미 조리된 음식을 찾아본다. 하지만 술병밖에 없다. 그는 계속 술을 홀짝이며 불 앞에 앉아 있는다.

비가 그친 다음 찾아온 정적 속에서 그는 말발굽 소리를 듣는다. 현관문 너머에서 말을 탄 사람이 그의 마차를 빤히 바라본다. 그는 다가간다. 안녕하세요. 혹시 레스트로이와 관계가 있는 분인가요? 헨리 레스트로이? 아니, 이름이 뭐든 간에.

말은 탄 사람은 눈 하나 깜짝하지 않는다.

"아니요, 나리. 비엔나. 곧장 돌아가는 길이에요."

그는 그 말을 한마디도 알아듣지 못한다. 지금 그는 몹시 취했다. 유쾌하게. 어쩌면 이제는 잠을 잘 수 있을 것 같다. 그러나 그래서는 안 된다. 언제 집주인이 돌아올지 모르는 일이다. 아니면 흠뻑 젖은 흑인 여자가 의식을 차리거나 죽거나 아기를 낳거나……

그가 마차를 세우고 말을 매어둔 뒤 쏟아지는 빗속을 다시 걸어갔던 까닭은, 젖은 풀숲에 쓰러진 그 참혹한 몰골이 그가 생각하는 아버지의 모습, 그러니까 결국 (그 모습 속에 담겨 있고 알아볼 수 있다면) 자신의 모습에 대한 적절한 보호막과 진통제일 뿐만 아니라 자신과는 완전히 다른 어떤 모습이었기 때문인지 모른다. 아니면 그 여자의 모습이, 그가 환영이라고 생각했던 그 모습이 쓰러지기 전부터 그의 마음을 움직인 것일까? 기숙학교에서 일하던 하인들의 외면하는 눈길에서도 보았고, 몇 푼의 돈을 위해 탭댄스를 추던 구두닦이에게서도 보았던 것. 그의 두려움이 극에 달한 순간에도 그 안에서 마음껏 뒹굴 수 있을 만큼 포근한 고향처럼 보이던 환영일까? 그럴 수도 있다. 그러나 누가 그렇게 덤불처럼 무성한 머리 속에서 살 수 있겠는가? 깊이를 알 수 없을 만큼 새카만 피부 속에서? 하지만 그는 벌써 그 속에서 그런 사람과 함께 살았던 적이 있다. 트루 벨은 그의 첫사랑이자 가장 중요한 사랑이었다. 아마 그래서 그 머리카락, 그 피부에서 두 발자국 이상 떨어지는 걸, 그것 없이 지내는 걸 상상조차 할 수 없는지도 모른다. 그래서 그 여자가 그에게 몸을 기댈지도 모른다는, 왼편으로 쓰러져 그의 어깨에 고개를 기댄 채 잠을 잘지도 모른다는 생각에 진저리를 치긴 했지만, 그 진저리를 극복한 것도 사실이었다. 침을 꿀꺽 삼키고 말을 철썩 때리긴 했겠지만.

나는 그를 이런 모습으로 생각하길 좋아한다. 마차에 꼿꼿이 앉아 있는 모습. 옷깃을 덮는, 비에 헝클어진 머리카락. 장화 사이에 생긴 작은 웅덩이. 비의 장막을 뚫고 앞을 보기 위해 가늘게 뜬 회색 눈. 이윽고 길이 계곡으로 접어들면 별안간 비가 그치고 저 하늘에서 하얀 기름 덩어리 같은 태양이 지글지글 구워진다. 그제야 그는 그의 바깥에서 나는 소리를 들을 수 있다. 흠뻑 젖어 뭉쳐 있던 잎사귀가 서로 떨어진다. 호두가 웅덩이에 퐁당 떨어지고, 자고새가 가슴에 묻었던 주둥이를 빼내며 푸드득거린다. 나뭇가지 끝을 미끄러지듯 달려가던 다람쥐가 위험을 감지하고 그 자리에 멈춰 선다. 말은 머리를 흔들어 공중에서 맴도는 각다귀떼를 쫓는다. 그렇게 그는 주변 소리에 귀를 기울이느라 정신이 없어, 돌덩이 위에 수직으로 새겨진 비엔나라는 글자와 1마일 남았다는 이정표를 보지 못한다. 이정표를 지나친 그는 반 마일쯤 떨어진 곳에서 오두막의 지붕을 본다. 그 집에는 누가 살고 있을 것이다. 누구라도. 팔걸이 없는 흔들의자가 놓인 흙마당을 보잘것없는 울타리가 둘러싸고 있다. 현관은 열쇠 대신 밧줄로 묶어놓았지만 경첩이 쫙 벌어졌다. 혹시 어쩌면 여기가 그의 아버지가 사는 집인지도 모른다.

골든 그레이가 고삐를 당겨 말을 세운다. 이건 그가 잘하는 것이다. 또 한 가지 잘하는 것은 피아노 연주다. 그는 마차에서 내린 뒤, 오두막을 자세히 살펴보려고 말을 끌고 가까이 다가간다. 어딘가에 가축이 있다. 냄새를 맡을 수 있다. 하지만 그 작은 오두막은 완전히 버려진 폐가가 아니면 빈집처럼 보인다. 이 집의 주인은 말과 마차가 올 거라고는 꿈에도 기대하지 않았던 게 분명하다. 울타리의 문은 뚱뚱한 여자가 겨우 지나갈 수 있을 정도의 너비다. 그는 마구를 풀고 집의 오른편으로 걸어간다. 오두막 뒤편 이름 모를 나무 아래로 문이 활짝 열린 축사 두 칸이 있다. 그중 하나는 온갖 형체들로 가득차 있다. 말을 끌고 가는데, 등 뒤에서 여자의 신음 소리가 들려온다. 하지만 걸음을 멈추고 여자가 깨어났는지 죽어가는지 아니면 자리에서 굴러떨어졌는지 알아볼 생각조차 하지 않는다. 그는 축사 가까이 다가간다. 축사를 가득 채운 형체는 통과 마대, 목재, 바퀴, 부러진 쟁기, 버터 압착기, 철제 트렁크 같은 것들이다. 말뚝도 있다. 그는 말뚝에 말을 묶는다. 물을 찾아야 해. 그는 생각한다. 말에게 먹일 물을. 멀리서 보고 펌프라고 생각했던 것은 그루터기에 꽂혀 있는 도끼다. 그동안 세차게 쏟아진 빗물이 그루터기 가까이 놓인 빨래통에 고여 있었다. 이제 말에게 물을 먹일 수 있다. 그런데 냄새만 나고 모습이 보이지도 울음소리가 들리지도 않는 다른 가축들은 어디에 있는 것일까? 굴레를 벗은 말은 실컷 물을 들이켠다. 마차는 그의 트렁크와 여자의 무게 때문에 중심을 잃고 위험할 정도로 기울어진 상태다. 골든 그레이는 문을 밧줄로 잠가놓은 오두막으로 들어가기 전에 트렁크를 묶은 끈을 점검한다.

바로 이런 점 때문에 나는 그가 걱정스럽다. 어떻게 흑인 여자보다 자기 옷을 먼저 생각할까? 어떻게 짐이 단단히 묶였는지는 살펴보면서, 흑인 여자의 숨소리는 살피지 않을까? 이런 점을 그냥 못 본 척하기란 쉽지 않다. 그러면서 그는 오두막의 더러운 마룻바닥에 들어서기 전에 볼티모어에서 신고 온 신발 바닥에 묻은 진흙을 깨끗이 턴다. 나는 그를 더는 미워할 수 없다.

집안으로, 빛이 느릿느릿 흘러들어온다. 뒷벽에 난 창문을 겹겹이 막아놓은 기름종이를 뚫고 들어오느라 지칠 대로 지친 빛은 골든 그레이의 허리까지도 올라오지 못하고 지저분한 바닥에 주저앉아 쉰다. 방에서 가장 멋진 건 벽난로다. 새로 불을 피울 준비가 되어 있고 깨끗하다. 박박 문질러 닦은 돌로 만든 받침에 주전자를 걸 수 있는 쇠막대 두 개가 걸쳐 있다. 그 밖에 목재 간이침대가 있다. 얇고 울퉁불퉁한 매트리스 위에 적갈색의 모직 담요가 깨끗하게 정돈되어 있다. 매트리스의 속을 채운 것은 깃털이나 낙엽은 물론 아니고, 옥수수 속도 아니다. 누더기다. 절대 사용할 수 없는 천조각을 아마포 수의에 쑤셔넣어 만든 것이다. 그걸 보자 골든 그레이는 트루 벨이 킹을 위해 만들었던 베개가 생각난다. 킹은 트루 벨의 발치에서 잠을 잤다. 힘센 수캐의 이름을 붙여주었지만, 사실 킹은 매력 없는 고양이였다. 그 점 때문에 트루 벨은 그 고양이를 좋아하고 가까이했다. 알고 보니 침대는 두 개, 의자는 하나다. 여기에 사는 사람은 혼자 식사를 했지만, 침대는 두 개나 가지고 있다. 다른 침대 하나는 두번째 방에 있는데, 대문보다 더 튼튼하고 잘 만들어진 방문이 달렸다. 그 방에는 상자가 있고, 상자 속 물건들 맨 위에 잘 개킨 녹색 원피스가 놓여 있다. 그는 태연하게 바라본다. 상자 뚜껑을 들어올리고 그 원피스를 본 그는 안을 더 뒤져보고 싶지만, 그 원피스 때문에 그가 제일 먼저 생각했어야 할 것이 떠오른다. 옆방에서 입으로 숨을 쉬고 있는 여자 말이다. 만약 그녀를 홀로 내버려둔다면, 그녀가 깨어나 곧 달아날 테니 그의 책임이 가벼워질지도 모른다고 생각했을까? 그렇지 않고 죽는다 하더라도 결과는 마찬가지일 테고.

나는 안다. 그가 그 여자를 피하고 있다는 걸. 그는 아주 힘들고 대단한 일을 해냈다. 바지에 달라붙는 수풀을 헤치고 흑인 여자를 안고 돌아왔으며, 그녀의 은밀한 부분을 볼 수 있었음에도 보지 않았다. 비록 한때 메말랐던 그곳에 털이 있는 걸 알고 손톱이 빠질 만큼 지독한 충격을 받았지만. 그는 그녀의 머리카락이나 얼굴조차 보지 않으려고 풀숲으로 눈길을 돌렸다. 하지만 그는 이미 빗속에서 그를 주시했던 사슴 같은 눈을 보았다. 그녀는 돌아서면서도 그에게서 눈을 떼지 않았고, 달아나려 하면서도 여전히 사슴 같은 눈을 그에게 고정했다. 그러나 불행하게도 그녀는 사슴처럼 예민한 감각은 지니지 못했다. 너무 서두르다 달아나는 방향에 커다란 단풍나무가 서 있는 것을 제때에 보지 못한 것이다. 제때에. 그가 여자를 찾으러 돌아갔을 때, 그녀가 여전히 그곳에 있을지는 알 수 없었다. 다시 일어나 달아나버렸을 수도 있었다. 그러나 그녀의 사슴 같은 눈은 꼭 감겨 있으리라 믿었고 그러길 바랐다. 그런데 갑자기 불안해졌다. 만약 눈을 뜨고 있으면? 하지만 그녀의 눈은 감겨 있었고, 그는 그 사실이 너무 고마워 그녀를 들어올릴 힘이 저절로 생겨날 지경이었다.

그는 안절부절못하며 트렁크를 만지작거리다 마당으로 나간다. 강렬한 햇빛 때문에 눈을 감아버린다. 손으로 눈을 가리고 눈이 부시지 않을 때까지 손가락 사이로 내다본다. 그는 깊은 한숨을 쉰다. 모든 살아 있는 것이 필요로 하지만, 그중에서도 특히 그에게 필요한 힘과 의지를 얻기 위해 굶주린 듯 숨을 들이마신다. 바람 속에서 바스락거리며 메말라가는 저 너머의 들판이 보이는가? 검은 새의 날개가 어디에선가 날아올라 파닥거리다 사라지는 모습은? 보이지 않는 가축의 냄새가 열기 속에 더욱 강해져, 주체할 수 없을 만큼 자라버린 박하 향과 곧 수확해야 할 과일의 달콤한 냄새에 마구 뒤섞인다. 아무도 그를 보고 있지 않지만, 그는 마치 거기에 누가 있는 듯 행동한다. 그게 그의 방식이다. 만약 무심하면서도 예민한 지인들의 비판적인 시선에 항상 노출되어 있다면, 그와 같이 행동하는 게 좋다.

여자는 여전히 거기에 있다. 마차 덮개가 드리운 그늘과 잠자는 여자의 모습이 거의 구별조차 가지 않는다. 그 여자와 관련된 모든 것은 폭력적이거나 과격해 보인다. 긴 외투 아래 벌거벗고 있기 때문인지도 모른다. 골든 그레이는 벌거벗은 그 여자가 그의 팔에 안겨 폭발할 거라는, 아니 더 나쁘게는 그가 그녀의 품에 안겨 폭발하지도 모른다는 생각을 떨칠 수 없다. 넝마 조각과 함께 여자를 아마포 속에 쑤셔넣고 꿰매버려야 한다. 드러난 살덩이와 꿈틀거리는 부분이 가려지도록. 그러나 그녀는 거기에 있다. 그는 그녀의 얼굴과 사슴 같은 눈동자를 찾으려고 그늘 속을 들여다본다. 사슴 같은 눈은 감겨 있다. 그 눈이 쉽게 떠지지 않을 것이라는 사실에 감사한다. 피로 봉해져 있기 때문이다. 그녀의 이마에 난 상처에서 흘러나온 피가 눈과 코와 한쪽 뺨에 범벅이 된 채 말라붙었다. 피보다 더 색이 진한 그녀의 입술은 그가 비웃을 만큼, 한편으로는 그의 심장을 터지게 할 만큼 두툼하다.

나는 그가 위선자임을 안다. 그는 누군가에게 말하기 위해, 그의 아버지에게 말하기 위해 이야기를 만들어낸다. 어떻게 마차를 몰고 왔으며 이 야생의 흑인 소녀를 발견하고 구했는지. 나는 떳떳해! 양심의 가책 같은 건 없어. 여기 좀 봐! 여기. 내 외투가 얼마나 더럽혀졌고, 너 따위는 평생 다시 보지 못할 셔츠가 수선도 할 수 없을 정도로 버려졌는지. 아주 어린 송아지의 가죽으로 만든 장갑도 있지만, 저 여자를 안고 옮기는 데 사용하지 않았어. 맨손으로 그녀를 풀숲에서 마차까지 날랐다고. 그 마차에서 누구 소유인지도 모르는 이 오두막까지 옮겼어. 누가 사는지 전혀 모르는 이 집으로. 나는 우선 여자를 목재 간이침대에 뉘었어. 보기보다 훨씬 무거웠거든. 그런데 서두르다보니 그녀를 덮어줄 담요를 먼저 걷어야 한다는 것을 잊어버렸어. 아마 난 피 때문에 침대가 더러워질까봐 염려했던 것 같아. 하지만 이미 침대가 더러운 상태였는지 누가 알겠어? 나는 여자를 다시 옮기고 싶지 않았어. 그래서 다른 방에서 찾은 옷을 가져와 그녀를 최대한 감싸주었지. 어쩐 일인지 그녀는 덮어주기 전보다 오히려 더 벌거벗은 것처럼 보였지만, 내가 달리 할 수 있는 일은 없었어.

그는 거짓말쟁이, 위선자다. 크고 꽉 찬 자신의 트렁크를 열 수도 있었다. 손 자수가 놓인 이불보 한두 장이나 실내복이라도 꺼내 여자를 덮어줄 수도 있었다. 그는 젊다. 매우 젊다. 그는 자기 이야기가 굉장히 멋지다고 생각한다. 그래서 말만 잘하면 아버지에게 자랑거리와 명예가 될 수 있을 거라고. 그러나 내가 더 잘 안다. 그는 이 만남에 대해 허풍을 떨고 싶은 것이다. 마치 괴물의 심장에 박힌 말뚝을 뽑아내고 불길을 내뿜는 콧구멍에 다시 숨을 불어넣어주면서, 자신이 얼마나 침착했는지 자랑스럽게 늘어놓는 중세 기사처럼. 물론 이 괴물은 비늘이나 코로 내뿜는 불길 따위는 없지만, 복부가 꿈틀거리고 빛나는 눈동자와 심장이 터질 것 같은 입술을 지닌, 얼굴이 피범벅인 소녀이기에 더욱 위험한 존재다.

나는 그가 왜 여자의 얼굴을 씻겨주지 않는지 이해할 수 없다. 그 때문에 여자는 더욱 야만적으로 보인다. 구출된 사람으로 더 그럴싸하다. 만약 그녀가 벌떡 일어나 그를 할퀴었다면, 그는 더욱 만족했을 것이다. 방울뱀을 구해주고 돌봐주고 먹여준 사람이 마침내 깨닫는 사실은 도저히 돌이킬 수 없는 방울뱀의 습성뿐이라는 트루 벨의 경고를 확신시켜줄 것이기 때문이다. 오, 그래! 하지만 그는 아직 어리다. 어린데다 상처를 입었다. 그러므로 나는 그가 발견한 술을 재빨리 마셔버린 일도, 자신의 외투가 더럽혀지는 것을 염려하느라 여자를 제대로 돌봐주지 않은 일도, 그의 자기기만과 과장에 찬 몸짓도 용서한다. 나는 그를 미워할 수 없다. 트렁크 속에 권총도 있고 은제 담배 케이스도 가지고 있지만, 그는 결국 어린아이에 불과하다. 그는 땀과 피와 진흙으로 뒤범벅된 옷을 입은 채 하나밖에 없는 의자에 앉아 깨끗한 옷으로 갈아입어야 할지 고민한다. 앞마당에서 망가진 흔들의자를 가져와야 할까? 축사로 가서 말을 한번 살펴볼까? 그가 다음에 뭘 할지 고민하는데, 천천히 움직이는 말발굽 소리가 들려온다. 옷이며 피가 그대로인지 여자를 흘깃 쳐다본 후 그는 문을 열고 마당을 내다본다. 노새를 탄 흑인 소년이 울타리를 따라 그를 향해 오고 있다.

　비록 아침은 아니었지만, 소년은 "좋은 아침입니다"라고 인사하려고 했다. 그러나 계단을 비틀거리며 내려오는 사람이 백인이었기에 그는 함부로 말을 걸면 안 되겠다고 생각했다. 게다가 취했군. 소년은 생각했다. 남자의 옷차림새가 영락없이 성대한 파티를 즐긴 후에 마누라의 침대가 아니라 자기집 마당에 쓰러져 잠을 자다 아침에 개가 와서 얼굴을 핥는 바람에 깨어난 신사의 꼬락서니였기 때문이다. 그는 이 백인, 이 술 취한 신사가 헨리 아저씨를 찾거나 기다리는 모양이라고 생각했다. 지금, 하필이면 바로 지금, 야생 칠면조나 가죽, 아니면 그게 무엇이든 헨리 아저씨가 약속했거나 빚졌거나 판 물건이 필요한 모양이라고.

"안녕." 술 취한 신사가 말했다. 설령 흑인 소년이 잠깐 동안 이 남자가 백인인지 아닌지 의심했더라도, 인사와 함께 입가에 떠오른 웃음기 없는 그 미소는 아이에게 확신을 주었으리라.

"예, 나리."

"이 근처에 사니?"

"아뇨, 나리."

"아니야? 그러면 어디에서 왔니?"

"저기 비엔나 웨이에서요."

"정말? 지금 어디로 가는 길인데?"

대부분 백인은 질문할 때가 그나마 좀 낫다. 무슨 말이든 노골적으로 내뱉을 때면, 정말이지 듣고 있기가 힘들다. 흑인 소년은 거친 삼베 포대를 집어들었다. "가축을 살펴보려고요. 헨리 씨가 나에게 가축을 보살피라고 말해요."

가축을 살피라고? 그의 얼굴에서 미소가 사라졌다. "헨리라고?" 백인이 물었다. 그의 얼굴이 붉게 상기되었다. "지금 헨리라고 했니?"

"네, 나리."

"그는 어디에 있니? 가까운 곳에 있니?"

"모르겠어요, 나리. 떠나버렸어요."

"어디에 사니? 도대체 어느 집이야?"

아, 흑인 소년은 생각했다. 이 남자가 헨리 아저씨를 잘 모르지만, 급하게 찾는 모양이라고. "여기 이거예요."

"뭐?"

"여기 이 집이 그 사람 거예요."

"여기? 이곳이 그의 집이야? 여기에 살아?"

백인의 얼굴에서 핏기가 싹 가시자 그의 눈이 더 돋보였다. "예, 나리. 집에 있을 때는요. 하지만 지금은 없어요."

골든 그레이는 얼굴을 찌푸렸다. 말해주지 않아도 즉시 알아볼 거라고 생각했는데 과연 그랬다. 그는 스스로 깜짝 놀라 집을 둘러보았다. "확실하니? 여기에 헨리 레스트로이가 사는 게?"

"네, 나리."

"언제쯤 돌아올까?"

"조만간에요."

골든 그레이는 엄지손가락으로 아랫입술을 쓱 문질렀다. 그는 흑인 소년의 얼굴을 바라보다, 눈을 들어 아직도 바람에 바스락거리는 들판을 응시했다. "너는 여기에 왜 왔다고 했지?"

"가축을 살펴보러요."

"무슨 가축? 내가 타고 온 말 말고는 아무것도 없는데."

"뒤편에 있어요." 흑인 소년은 눈짓을 하며 손가락으로 뒤편을 가리켰다. "이따금 주위를 돌아다녀요. 헨리 씨는 가축이 우리에서 나와 멀리 달아나지 못하도록 나에게 지켜보라고 했어요."

골든 그레이는 자랑스러워하는 소년의 목소리를 전혀 듣지 않았다. "헨리 씨는 나에게……" 너무 겁이 난 나머지 그는 웃음을 터뜨렸다.

여기가 거기였군. 이곳이 바로 그가 찾아오려 했던 곳이고, 조만간 세상에서 가장 시커먼 남자가 돌아올 곳이다. "그래, 알았다. 가서 네가 하려던 일을 하거라."

흑인 소년은 쯧쯧거리며 노새를 몰았지만 소용없었다. 소년이 크림색 발꿈치로 노새의 옆구리를 가볍게 걷어찬 후에야 비로소 말을 들었다.

"잠시만, 애야. 일이 끝나거든 이곳으로 좀 와주겠니? 도와줄 일이 있단다." 골든 그레이는 손을 쳐들고 소년을 불러 세웠다.

"예, 나리. 이곳으로 돌아오겠어요."

골든 그레이는 옷을 갈아입으려고 두번째 방으로 들어갔다. 이번에는 좀더 점잖고 우아한 옷을 골랐다. 지금이야말로 적절한 때였다. 최고급 셔츠를 고르고 거기에 꼭 어울리는 감청색 바지를 펼치기에. 딱 적절한 때이자 유일한 때이기도 했다. 비엔나에 사는 사람은 누구나 그가 그때 꺼낸 그 옷을 입고 있는 모습을 기억했기 때문이다. 골든 그레이는 꺼낸 옷을 조심스럽게 간이침대 위에 펼쳐놓았다. 노란 셔츠와 앞섶에 상아 단추가 달린 바지, 버터색 조끼가 마치 한쪽 팔을 접고 누워 있는 텅 빈 사람처럼 보였다. 그는 바짓단 가까이, 거친 매트리스에 걸터앉았다. 옷 위에 검은 반점이 찍힌 순간, 그는 자신이 울고 있다는 사실을 깨달았다.

그는 생각했다. 이제야, 이제야 나에게도 아버지가 있다는 걸 알겠구나. 이제야 아버지의 부재를 느끼는구나. 마땅히 있어야 할 자리에 그가 없었다는 걸. 예전에 나는 다른 사람도 모두 나처럼 팔이 하나밖에 없다고 믿었다. 그런데 이제야 수술의 흔적을 느낀다. 뼈가 우두둑 부러지는 소리. 절단된 살점과 혈관. 흐르는 피를 보고 받은 충격과 신경의 교란. 떨어져나간 부위는 덜렁거리며 꿈틀거린다. 고통을 노래하고, 그 소리가 나를 깨운다. 깊이 잠들었을 때에도 그 소리는 숨통을 조여 내 꿈을 쫓아버린다. 아무 소용도 없지만, 아버지가 없는 집을 떠나 한때 아버지가 있었고 지금도 있을지 모를 곳으로 찾아간다. 덜렁거리고 꿈틀거리는 절단 부위가 스스로 상실한 게 무엇인지 보게 하자. 그자가 있었고 지금도 있을지 모를 그 집에서 그가 밟고 선 흙바닥에 대고 고통이 노래하게 하자. 나는 치유되지도, 없어진 팔을 찾지도 않을 것이다. 고통을 일깨우고 지적할 것이다. 우리 두 사람이 그 의미를 똑똑히 알 수 있도록.

아니, 나는 화나지 않았다. 팔 따위는 필요 없다. 단지 팔이 있으면 어떤 느낌인지 알고 싶을 뿐이다. 어느 틈새에 놓여 있든 어느 나뭇가지 아래에 놓여 있든, 그 팔은 내가 반드시 봐야 하는, 나를 사로잡은 망령일 뿐이다. 아니, 어쩌면 그 망령은 나무 한 그루 없이 확 트이고 뜨거운 태양이 내리쬐는 벌판을 활보하고 있을지도 모른다. 나를 알지 못하는 내 몸의 이 부분은 나를 한 번 만져본 적도 없고 내 곁에 머문 적도 없다. 사라진 그 손은, 내가 울타리를 넘을 때 도와주지도 않았고, 불 뿜는 용 앞을 지나갈 때 나를 인도해주지도 않았고, 시궁창에 넘어졌을 때 나를 일으켜주지도 않았다. 내 머리를 쓰다듬거나 음식을 먹이거나 좀더 들기 쉬우라고 짐의 한 귀퉁이를 잡아주지도 않았다. 내가 좁은 난간이나 미끄럽고 위험한 통나무를 걸어갈 때에도, 내 몸에서 뻗어나오기를 거부하며 한사코 균형을 잡아주지 않았다. 그 팔을 찾으면 과연 나에게 손을 흔들어 인사할까? 따라오라고 손짓을 보낼까? 혹은 내가 누구고 뭐 하는 사람인지 알기나 할까? 그건 중요하지 않다. 나는 그 팔을 제자리에 갖다놓을 것이다. 그리하여 절단된 부분이 그 빼앗김을, 그 훼손된 면을 기억할 수 있도록. 아마도 그때가 되면, 그 팔은 더는 망령이 아닐 것이다. 제 모양을 갖추고 근육과 뼈가 자라날 것이며 세레나데의 목적을 드디어 찾은 피가 요란하게 노래를 부르며 펌프질을 시작할 것이다. 아멘.

그 부분을 누가 가질 것인가? 누가 그 수치를 비누로 깨끗이 씻어줄 것인가? 그것이 때처럼 벗겨져 내 발치에 떨어질 때까지 비눗물로 닦아줄 사람이 누구인가? 그가? 시장에서는 아무 가치도 없지만 진짜 가치를 되찾으면 값을 따질 수 없을 만큼 귀중해지는 전당포 티켓처럼 나를 되찾아줄까? 그의 피부색이 어떻든, 어머니와의 관계가 어떻든, 내가 무슨 상관인가? 그를 만나면 혹은 그가 남긴 흔적이라도 찾게 되면, 내가 상실한 그 부분에 대해 전부 털어놓으리라. 수치심에 북받친 그의 울음소리를 들으리라. 그러고 나서 맞바꾸리라. 내 것을 그가 가지게 하고 그의 것을 내 것으로 삼으리라. 그러면 우리는 둘 다 팔이 뒤엉킨 자유롭고 온전한 존재가 되리라.

자기 아버지가 누구이고 어떤 사람인지 들었을 때, 골든 그레이는 심한 충격을 받았다. 그 사실에 그는 낙담했고 이성을 잃었다. 처음에 그는 어머니의 옷을 만지작거리다 찢어버렸고, 잔디밭에 주저앉아 그의 마음만큼이나 어수선하게 흩어져 있는 물건들을 쳐다보았다. 벌레처럼 꿈틀거리는 작은 불빛이 그의 눈앞에서 날아다녔다. 절망에 찬 한숨은 역겨운 냄새를 풍겼다. 그를 잔디밭에서 일으켜세우고 헝클어진 머리를 감겨주고 그에게 무엇을 해야 할지 가르쳐준 사람은 바로 트루 벨이었다.

"가거라. 그를 아니면 그가 남긴 흔적이라도 찾을 수 있는 방법을 가르쳐주마. 네가 그를 찾든 못 찾든, 그건 중요하지 않아. 어쨌든 떠나는 게 중요한 거다."

골든 그레이는 트루 벨이 챙기라고 한 물건을 모두 준비하고 짐을 꾸려 출발했다. 여행하는 동안 그는 자기 모습이 어떻게 보일지, 어떤 갑옷으로 무장해야 할지 무척 걱정했다. 앙다문 턱과 트렁크밖에 없었다. 그러나 그는 마음의 준비를 했다. 지금까지 그를 괴롭히고 그의 팔을 학대한 시커먼 야만인을 만나기 위한 준비를.

하지만 그 남자 대신 겁에 질려 머리를 부딪힌 흑인 여자를 만났다, 아니 마주쳤다. 그녀는 지금 다른 방에 누워 있다. 흑인 소년은 뒤뜰에서 가축을 돌보고 있다. 그는 그녀가 그의 방패와 창이 되어줄 거라고 생각했다. 하지만 이제는 스스로 자신을 보호해야 할 것이다. 자신의 어스름한 회색 눈으로 여자의 사슴 같은 눈을 들여다봐야 한다. 그러려면 용기가 필요하고 그에게는 그런 용기가 있다. 말버러의 공작부인들이 항상 하던 그 일을 할 용기가 있다. 그 안에 미래를 품고 꼭 닫혀 있는 꽃봉오리로 사랑받기를 포기하고, 대담하게 활짝 벌어져 겹겹의 꽃잎을 넓게 펼치고 꽃술의 죽은 중심을 모든 사람 앞에 드러낼 용기가.

내가 무슨 생각을 했던 거지? 어떻게 그를 그렇게 형편없이 상상할 수 있었던 걸까? 그 상처는 피부색이나 피부 밑을 흐르는 피와 아무 연관이 없음을, 오히려 어떤 다른 것과 관련이 있음을 알아채지 못했던 것이다. 진정성을 갈구하는 그 무엇, 거짓 표정이나 웃음기 없는 미소, 말하는 태도를 터득하려고 애쓸 필요 없이 그냥 이 자리에 있을 수 있는 권리를 갈구하는 것과 관련이 있다는 것을. 나는 부주의하고 어리석었다. 내가 얼마나 믿을 수 없는 사람인지 (또다시) 깨닫고 나니 몹시 화가 난다. 심지어 그의 말도. 단지 한 번의 손길과 두 번의 채찍질을 받으면서 골든그레이를 이해하고 참아냈다. 그 말은 길이 없는 계곡과 건널 다리나 연락선도 없는 강을 지나 꾸준히 터벅터벅 걸어갔다. 시선을 길 위에 둔 채, 발굽 쪽으로 후다닥 달려오는 작은 짐승에게 한눈 한 번 팔지 않고 가슴을 앞으로 힘껏 내밀며 힘을 아끼고 더욱 힘을 내기 위해 페이스를 유지하면서. 말은 어디로 가는지도, 그 길에 대해서도 전혀 모르지만 자기가 해야 할 일의 본질은 잘 알았다. 그곳을 향해 가라고 말발굽이 이야기한다. 그곳에 도착할 수만 있다면.

또다른 오해를 할 수밖에 없다 하더라도, 나는 좀더 주의깊게 끝까지 이 문제를 생각해봐야 한다. 반드시 해야 하고 그만두어서는 안 된다. 그를 미워하지 않는 것만으로는 충분하지 않다. 그를 좋아하고 사랑하는 것도 별로 쓸모가 없다. 나는 상황을 바꾸어야 한다. 그가 잘되기를 바라는 그림자가 되어야 한다. 삶을 떠나서도 주위를 떠돌아다니는 죽은 자의 미소처럼. 나는 그를 위해 좋은 꿈을 꾸고 싶다. 그리고 또다른 그를 위해서도. 침대보의 주름처럼 그의 곁에 누워 그의 고통을 응시하며 그 고통을 줄여주고 덜어주고 싶다. 나는 그에게 축복을 빌어주는 언어가 되고, 그의 이름을 불러주고, 그가 눈을 떠야 할 때 그를 깨워주고 싶다. 나는 잔가지나 이파리가 깊은 물속으로 떨어지지 않게 나무에서 멀찌감치 떨어진 곳에 파놓은 우물 옆에 그를 세워두고 싶다. 투명한 햇빛 아래 서 있는 동안, 그는 손가락 끝으로 우물 가장자리의 돌을 어루만질 것이다. 그의 시선은 텅 비어 어떤 것도 보고 있지 않고, 그의 마음은 슬픔에 깊이 젖었거나 혹은 아는 것은 너무 적은데 느끼는 것은 너무 많은 데서 비롯한 절망으로 바싹 말라버렸을 것이다(너무 메마르고 부서지기 쉬운 그는 정반대의 위험에도 처해 있다. 아무것도 느끼지 못하지만 모든 것을 아는 위험). 그는 거기에, 슬픔에 젖거나 절망으로 메말라버리는 것 외에는 아무 방도도 없이, 우물을 들여다보지도 않고 이끼나 불쾌한 냄새나 우물 가장자리를 떠다니는 작은 벌레들의 존재조차 깨닫지 못한 채 그저 우물가에 서 있을 것이다. 햇빛이 닿지 않는 우물 깊은 곳에서부터 뒤에 남겨진 한 무리의 미소가 꿈틀거리고, 캄캄한 어둠 속에서 자애로운 짧은 사랑이 솟아오르지만, 그가 볼 것도 들을 것도 없다. 계속 머물러야 할 이유도 없으나, 그는 머무른다. 처음에는 안전을 위해, 나중에는 곁에 있는 누군가를 위해. 그리고 종국에는 자기 자신을 위해. 면도날처럼 번뜩이다 이내 숨어버리는 자신만만하고 권능이 있고 평온한 힘과 더불어. 이제 그가 그 힘을 느꼈으니, 그 힘은 다시 돌아올 것이다. 의심의 여지 없이 다른 많은 것들이 다시 돌아올 것이다. 의심도 들고, 때로는 모든 게 불투명하게도 보일 것이다. 그러나 한번 면도날에 살짝 베이고 나면, 그는 그 힘을 다시 기억할 것이다. 일단 기억하면 다시 불러낼 수도 있을 것이다. 다시 말해 그는 그 힘을 자기 마음대로 할 수 있을 것이다.

　흑인 소년은 열세 살이었다. 소년은 지금까지 쟁기를 쥔 채 쓰러진 사람이나 아이를 낳고 죽은 여자, 물에 빠져 죽은 아이를 많이 보아왔다. 그래서 산 사람과 죽은 사람을 잘 구별할 수 있었다. 소년은 녹색 원피스를 덮고 간이침대에 누워 있는 여자가 아직 살아 있다고 생각했다. 소년은 여자의 얼굴에서 눈을 떼지 않았다(골든 그레이가 "내가 옷을 찾아 덮어주었다"고 말했을 때만 제외하고). 소년은 두번째 방을 힐끗 쳐다본 후 백인이라고 생각한 그 남자에게로 눈을 돌렸다. 그리고 원피스의 소매 부분을 들어올리고 여자의 이마에 난 상처를 가볍게 건드려보았다. 여자의 얼굴은 불처럼 뜨거웠다. 피는 살갗처럼 바짝 말라붙었고.

"물!" 그렇게 말하고 소년은 밖으로 나갔다.

골든 그레이는 소년을 따라가려다 문간에 멈춰 섰다. 앞으로도 뒤로도 갈 수 없었다. 소년이 우물물 한 동이와 텅 빈 삼베 포대를 가져왔다. 물을 한 컵 떠서 여자의 입속에 흘려넣었다. 여자는 물을 삼키지도 뱉어내지도 않았다.

"얼마나 오랫동안 이런 상태였어요?"

"아직 한 시간도 채 지나지 않았어." 골든 그레이가 말했다.

소년은 여자의 얼굴을 닦아주려고 무릎을 꿇었다. 여자의 뺨과 코, 한쪽 눈, 그리고 다른 쪽 눈에 말라붙은 피를 모두 닦아냈다. 골든 그레이는 그 모습을 바라보며, 이제 사슴 같은 그녀의 눈이 활짝 떠지는 순간을 맞을 준비가 되었다고 생각했다.

그런 것은 해를 끼치기 마련이다. 골든 그레이가 그 여자를 보고 놀라 몸이 뻣뻣해진 지 십삼 년이 지났는데도 그녀가 끼칠 수 있었던 해악은 여전히 생생했다. 임신한 여자들이 가장 영향을 받기 쉽다고 하지만, 할아버지들도 마찬가지였다. 매혹적인 것은 무엇이든 신생아에게 흔적을 남길 수 있다. 멜론, 토끼, 등나무, 밧줄. 하지만 그중 최악은 뱀 허물이 아니라 사나운 여자다. 그래서 여자애들이 듣는 경고는, 아기가 엄마가 정신이 나가기를 갈망하거나 거기에 호응하며 세상에 태어나는 일이 없도록 하기 위한 모든 노력의 일부였다. 하지만 어느 누가 노인들에게도 경고를 해야 한다고 생각하겠는가? 그녀를 보거나 냄새를 맡거나 소리를 듣지도 말라고 경고해야 한다고.

사람들은 그 여자가 가까이 살고 있다고 했다. 숲에서 멀리 떨어진 곳도, 저 아래 강바닥도 아니었다. 어떤 사람들은 사탕수수밭 언저리나 그 안을 돌아다니며 살지도 모른다고 했다. 이따금 젊은이들은 사탕수수를 베다 그녀가 저편에 숨어 훔쳐본다는 느낌이 들면 거의 미칠 지경이 되곤 했다. 그녀가 뻔뻔스럽게 가까이 다가왔다면, 한번 휘두른 낫에 목이 베었을지도 모른다. 하지만 그랬다 하더라도, 그건 그녀의 잘못이었다. 그런 일은 낫을 잘못 휘두르면 얼마든지 일어날 수 있었다. 예를 들면 수숫대가 튀어 얼굴을 때리거나, 낫이 미끄러져 근처에 있는 동료를 베어버리거나. 그녀가 가까이 있든 아니든, 그저 그녀를 생각하기만 해도 오전 한나절 일이 뒤죽박죽이 되었다.

사탕수수를 벨 나이는 지났지만 수숫단을 묶거나 설탕통을 채우는 일쯤은 능히 할 수 있는 할아버지들은 안전하다고 생각했다. 노인들이 헌터스 헌터*라고 부르는 남자의 어깨를, 다름 아닌 그 사나운 여자가 어느 날 손가락으로 건드리기 전까지는. 벌떡 몸을 일으킨 그는 흔들리는 수숫대를 보았지만 줄기 하나 부러지는 소리도 듣지 못했다. 그는 길들여진 동물보다는 숲의 동물에게 더 익숙했다. 그래서 자신을 바라보는 눈이 나무 위에 있는

---

* 사냥꾼 중의 사냥꾼이라는 뜻.

지 낮은 언덕 뒤에 있는지, 아니면 지금처럼 땅에 있는지 다 알아챌 수 있었다. 그러니 그가 얼마나 혼란스러웠는지 알 수 있을 것이다. 분명 손가락으로 어깨를 건드렸는데 지켜보는 눈은 발밑에 있다니. 그 순간 그의 마음속에 가장 먼저 떠오른 것은 십삼 년 전에 그가 직접 이름을 붙여준 여자였다. 와일드. 그때 그녀를 돌봐주면서 떠오른 단어였다. 처음에 그는 마음씨 착하고 학대를 당한 어린 처녀를 돌봐준다고 생각했다. 그러나 그녀가 그를 물어뜯었을 때 "아, 정말 사납군"이란 말이 툭 튀어나왔다. 어떤 것들은 그저 저런 식이지. 그는 생각했다. 더 파헤쳐봐야 소용없어.

하지만 그는 여자의 웃음을 기억했다. 그리고 한 번 물어뜯은 이후로 처음 며칠간은 아주 온순했다는 사실도. 그래서 그녀가 손가락으로 건드렸어도 별로 놀라지 않았다. 오히려 그는 서글퍼졌다. 너무 슬퍼서 그의 동료들, 자신과 마찬가지로 더는 온종일 사탕수수를 벨 수 없는 늙은이들에게 자기가 본 광경을 털어놓을 수 없었다. 아무 경고도 받지 못한 늙은이들이 결국 느닷없이 그녀를 보게 되면 얼마나 피가 솟구칠지, 아기 같은 여자의 웃음소리에 얼마나 다리가 덜덜 떨릴지에 아무런 대비도 하지 못했다. 임신한 여자들은 아기에게 영향받은 흔적을 남기거나 남기지 않거나 둘 중 하나였다. 하지만 경고를 받지 못한 노인들은 머리가 텅 비어 시럽하우스* 밖으로 걸어나가거나 어둑해질 무렵에 침대를 빠져나가고 바지를 적시기도 했다. 또 다 자란 자식의 이름을 잊어버리고, 면도칼 가는 가죽숫돌을 어디에 두었는지 전혀 기억하지 못했다.

헌터스 헌터라고 불리는 남자가 그녀를 알게 되고 돌봐주었을 때, 그녀는 몹시 다루기 힘들었다. 그가 그녀를 제대로 다룰 수만 있었다면, 그녀는 집에 머물며 아이를 돌보고 옷을 입는 법이나 사람들과 말하는 법을 배웠을지도 모른다. 이따금 그녀를 생각할 때마다 헌터스 헌터는 그녀가 죽었을 거라고 확신했다. 몇 달 동안 그녀의 흔적이나 소리가 끊기면, 그는 한숨을 내쉬며 그의 집이 어머니의 부재로 가득찼던 시절을 다시 떠올리곤 했다. 가장 모성답지 않은 모성이 와일드의 모성이었다. 마을 사람들은 아이들과 임신한 여자들에게 주의를 주기 위해 그녀의 이야기를 들려주곤 했다. 그녀가 안식을 취하지 못하고 여전히 굶주린다는 사실을 알고 그는 매우 슬펐다. 비록 무엇에 굶주리는지 꼭 집어 말할 수는 없었지만. 한 젊은이의 이름이기도 했던 그 색깔의 머리카락이 아니라면 말이다. 두 사람이 함께 있는 광경을 볼 때마다 그는 퍼뜩 놀라곤 했다. 와일드의 양털처럼 곱슬곱

---

*사탕수수로 시럽을 제조하는 곳.

슬하고 새카만 머리카락 옆에 개 꼬리처럼 길게 자란 젊은이의 노란 머리카락이 나란히 있는 광경.

사람들에게 아무 말 하지 않았는데도 소문은 널리 퍼져나갔다. 와일드는 사탕수수 베는 일꾼들이 낫으로 목을 치는 상상을 하게 하거나 고집불통 어린아이가 금세 울음을 그치게 하는, 그 옛날에 한때 존재했던 미친 여자가 아니었다. 그녀는 여전히 저 밖에, 진짜로 존재했다. 누군가가 사탕수수밭을 살펴보는 헌터스 헌터를 보았다. 그는 소스라치게 놀라며 어깨를 움켜쥐더니 다른 사람에게 충분히 들릴 정도로 투덜거렸다. "와일드야. 그 여자가 아니면 날 개라고 불러도 좋아." 그 소식을 들은 젊은 임신부들은 깊은 한숨을 내쉬며 흙마당을 청소하고 물을 뿌렸다. 젊은이들은 날에서 싸늘한 소리가 날 때까지 낫을 갈았다. 그러나 노인들은 몽상을 하기 시작했다. 그녀가 언제 여기 왔는지, 어떻게 생겼는지, 무엇 때문에 이곳에 머무는지, 그리고 그녀가 그토록 중시하는 별난 청년을 떠올렸다.

그 청년을 본 사람은 별로 없었다. 그를 제일 처음 본 사람은 내다 팔 여우를 사냥하러 나간 헌터스 헌터가 아니라 바로 패티의 아들 아너였다. 헨리 씨가 없는 동안 집을 봐주기로 한 그는 돋아난 잡초를 뽑고 돼지와 닭이 여전히 잘 있는지 살펴보려고 그 집에 잠시 들른 참이었다. 그날은 아침 내내 비가 내렸는데,

오후가 되자 비의 장막이 도처에 무지개를 띄웠다. 나중에 아녀는 오두막 전체를 둘러싼 무지개와 문을 열고 나온 남자의 젖은 노란 머리카락과 크림색 피부를 보고, 유령이 그 집을 점거해버린 거라고 생각했다고 어머니에게 말했다. 얼마 후 아녀는 남자가 백인이라는 사실을 깨달았다. 백인이 아니라고는 도저히 생각할 수 없었다. 비록 그 백인이 헨리 씨에게 자신이 아들이라고 말할 때, 그 자리에서 헨리 씨의 얼굴을 두 눈으로 똑똑히 보았음에도.

숲에서 뛰어난 능력을 발휘해 헌터스 헌터(사람들은 그에게 말을 걸 때 그를 이렇게 불렀다)가 된 헨리 레스트로이는 집으로 돌아왔을 때, 사륜마차와 축사에 묶여 있는 잘생긴 말을 보고 즉각 긴장했다. 헨리는 이런 마차를 몰고 다니는 사람을 전혀 알지 못했다. 또한 이 마을에는 그런 식으로 갈기를 자르고 빗질을 한 말이 없었다. 뒤이어 패티의 아들이 타고 다니는 노새가 눈에 띄자 헨리는 약간 마음이 놓였다. 그는 자기집 문간에 서서 지금 자신이 보는 광경을 이해하기 위해 무던히 애를 썼다. 패티의 아들 아녀는 임신부가 누워 있는 침대 앞에 무릎을 꿇고 앉아 있었고, 금발 머리 남자는 아녀와 임신부를 내려다보며 우뚝 서 있었다. 그의 집안에 백인이 들어온 적은 한 번도 없었다. 헌터스 헌터는 침을 꿀꺽 삼켰다. 그가 들인 모든 노고가 한순간에 무너져버린 것이다.

금발의 남자가 헨리를 돌아보았다. 그의 회색 눈이 크게 떠졌다 감겼다. 그의 눈길이 헌터의 신발에서 무릎으로, 가슴으로, 머리로 천천히 올라왔다. 그의 시선은 마치 부드러운 혓바닥 같았다. 회색 눈이 헨리의 눈과 같은 높이가 되었을 때, 헌터는 바로 자기집에서 덫에 걸린 듯한 느낌을 떨치려고 애썼다. 하지만 침대에서 들려오는 신음 소리조차 자물쇠 같은 낯선 사람의 시선을 물리치지 못했다. 그와 관련된 모든 것이 젊고 부드러웠다. 눈 색깔만 제외하고.

아너는 두 사람을 번갈아 쳐다보았다. "헨리 씨, 돌아와서 기뻐요."

"여기 있는 사람들은 누구지?"

"두 사람 다 나보다 먼저 왔어요."

"이 사람들이 누구냐고?"

"나도 몰라요. 여자는 굉장히 아팠는데 지금 깨어나려고 해요."

금발 머리 남자는 총을 가지고 있지 않은 것 같았다. 날렵한 장화는 거친 시골길을 걸어본 흔적이 없었고, 차림새는 목사조차 한숨 쉬게 만들 정도로 깔끔했다. 귀부인의 손처럼 생긴 낯선 사람의 손은 멜론을 으깰 정도로 단단하게 주먹을 쥐어본 적도 없는 것 같았다. 헨리는 식탁으로 걸어가 그 위에 행낭을 올려놓았다. 그리고 한번 흔들더니 줄줄이 꿴 도요새를 획 하고 방구석에 던졌다. 그러나 라이플총은 팔에서 내려놓지 않았다. 모자도 여전히 쓴 채였다. 회색 눈동자는 그의 움직임을 계속 따라다녔다.

"저 여자는 어딘가에 심하게 부딪혀 쓰러진 게 분명해요. 여기 이 신사분이 여자를 옮겼어요. 내가 열심히 피를 닦아줬고요."

헌터는 여자를 덮은 녹색 원피스를 바라보았다. 검은 피가 소매에 선명하게 얼룩져 있었다.

"닭과 돼지를 우리에 들여놓았어요. 부바만 빼고요. 그놈은 어리지만 덩치가 너무 커요, 헨리 씨. 엄청나게 크고 못돼서……"

사탕수수술 병이 뚜껑이 열린 채, 양철 컵과 함께 식탁 위에 놓여 있었다. 술병을 흔들어 남은 술을 확인한 후, 헌터는 뚜껑을 닫으면서 도대체 어느 동네에서 온 남자가 이렇게 무례한가 의아해했다. 흑인이든 백인이든 나무꾼은, 마을 사람은 누구나 사냥꾼의 수렵용 오두막을 자유롭게 드나들었다. 필요한 건 뭐든 가져가고, 자신이 가지고 있는 걸 두고 갔다. 은신처를 필요로 하는 사람에게 그곳은 일종의 간이역이기도 했다. 하지만 어느 누구도, 서로 굉장히 잘 아는 사이가 아니면 그의 오두막에 들어와 술을 마시지는 않았다.

"우리가 서로 아는 사이요?" 헌터는 일부러 생략해버린 '나리'라는 호칭이 마음속에서 총소리만큼 크게 울려나왔다고 생각했다. 그러나 그 남자는 그 소리를 듣지 못했다. 그도 그 자신의 총을 쏘았기 때문이다.

"아닙니다. 아버지. 모르는 사이입니다."

헌터는 그럴 리 없다고 말할 수 없었다. 이 사실을 확인해줄 산파나 목걸이에 든 사진 따위가 필요하다는 말을 할 수도 없었다. 하지만 충격은 똑같이 어마어마했다.

"네 존재를 꿈에도 몰랐구나." 결국 헨리의 입에서 이 말이 흘러나왔다. 그렇지만 금발 머리 남자가 무슨 말을 할지, 어떤 대답을 할 작정인지는 좀더 기다려야 했다. 그 순간 여자가 비명을 질렀기 때문이다. 그녀는 곧추세운 무릎 사이를 들여다보려고 팔꿈치를 짚고 몸을 일으켰다.

도시 남자의 얼굴이 창백해졌다. 그러나 아너와 헌터는 농장 사람들이 당연하게 여기는 출산을 그저 구경만 해본 게 아니라, 온갖 종류의 구멍에서 갓난아기를 비틀어 끄집어낸 적도 많아 놀라지 않았다. 하지만 이 아기는 쉽지 않았다. 아기는 거품이 일어난 자궁벽에 달라붙어 있었고, 산모는 아무런 도움이 되지 않았다. 마침내 아기가 나왔을 때, 당장 문제가 생겼다. 여자가 자기 아기를 안으려고도 쳐다보려고도 하지 않았던 것이다. 헌터는 아너를 집으로 보냈다.

"여자를 보내달라고 네 어머니께 말씀드려. 어서 와서 이 아길 데려가라고. 그러지 않으면 내일까지도 살지 못할 거야."

"알겠어요, 아저씨."

"그리고 사탕수수 술도 있으면 조금 가져오고."

"네."

헌터는 산모를 살펴보려고 허리를 굽혔다. 산모는 비명을 지른 이후로 아무 말도 하지 않았다. 그녀의 얼굴은 땀범벅이었다. 그녀는 힘겹게 숨을 쉬며 윗입술에 맺힌 땀방울을 핥았다. 헌터는 더 가까이 몸을 숙였다. 석탄처럼 까맣고 흙먼지투성이인 그녀의 피부에는 여기저기 나쁜 짓의 흔적이 있었다. 담배 진액이나 소금물, 장인匠人의 장난 같은. 헌터가 담요를 덮어주려고 고개를 돌리자 그녀가 갑자기 자리에서 벌떡 일어나 그의 뺨을 깨물었다. 얼른 몸을 피한 그는 상처 입은 얼굴을 가볍게 어루만지며 킬킬거렸다. "아, 정말 사납군." 헌터는 몸을 돌려 자신을 "아버지"라고 부른 창백한 얼굴의 청년을 바라보았다.

"이렇게 사나운 여자를 어디에서 만났지?"

"숲에서요. 사나운 여자들이 사는 곳이죠."

"자기가 누구라고 하던가?"

남자는 고개를 저었다. "나 때문에 깜짝 놀라 넓적한 바위에 머리를 부딪혔어요. 그곳에 그냥 놔둘 수 없었습니다."

"그럴 수 없었겠지. 그런데 누가 너를 나에게 보냈지?"

"트루 벨입니다."

"그렇군!" 헌터는 미소를 지었다. "그녀는 지금 어디 있지? 어디로 떠났는지 전혀 듣지 못했어."

"누구와 함께 떠난다는 말은요?"

"대령의 딸과 함께 떠났지. 워즈워스 그레이 대령. 모든 사람이 그 사실을 알았어. 그들 또한 재빨리 떠났고."

"왜 그랬는지 짐작해보시죠."

"이젠 짐작할 필요도 없지. 나는 자네가 이 세상에 있다는 사실조차 몰랐네."

"그 여자 생각은 했나요? 그녀가 어디에 사는지 궁금하긴 했어요?"

"트루 벨 말이냐?"

"아니, 베라 말이에요. 베라 루이즈!"

"아, 이보게. 뭐 때문에 내가 백인 여자의 행방을 궁금해하겠나?"

"내 어머니잖아요!"

"내가 궁금해했다고 치세, 응? 그다음은 뭐지? 대령을 찾아가라고? 자, 이봐요, 그레이 대령, 나는 당신 딸이 어디로 갔는지 무척 궁금해요. 우리는 꽤 한참 동안 말을 타지 못했소. 당신이 해야 할 일을 말해주겠소. 딸에게 내가 기다린다고, 나를 찾아오라고 전해주시오. 그녀는 우리가 만나는 장소를 알 거요. 그리고 그 녹색 원피스를 입으라고 말해주시오. 그걸 입으면 풀숲에서 눈에 잘 안 띄니까." 헌터는 손으로 턱을 문질렀다. "그들이 어디 있는지 아직 말하지 않았어. 자네는 어디서 왔지?"

"볼티모어. 내 이름은 골든 그레이입니다."

"정말 딱 어울리는 이름이군."

"골든 레스토리가 더 어울리지 않겠어요?"

"이 동네에서는 아니지." 헌터는 아기의 심장이 아직 뛰는지 확인하려고 담요 속으로 손을 집어넣었다. "이 녀석은 몸이 약하군. 보살펴줄 사람이 빨리 와야 할 텐데."

"퍽이나 감동적이군요."

"이보게, 자네가 원하는 게 뭔가? 그러니까 내 말은 지금 뭘 바라는 거냐고? 여기에 머물기를 원하나? 그렇다면 환영하네. 아니면 날 벌주길 원하나? 자네 생각을 말해보게. 하지만 불순한 말은 용납하지 않겠네. 자네는 불쑥 찾아와 이 집에 들어와선 내 술을 마시고 내 물건을 함부로 뒤졌어. 나를 아버지라고 부른다는 이유로 나한테 함부로 말해도 된다고 생각했나? 내가 자네 아버지라고 그녀가 말했다면, 만약 그랬다면 나보다 자네에게 더 많은 이야기를 해준 거야. 정신 똑바로 차리게. 여자가 하는 말로 아들이 되는 게 아니야. 남자의 행동으로 되는 거지. 내 아들처럼 행동하고 싶다면, 그렇게 하게. 하지만 그게 아니라면 당장 내 집에서 꺼져!"

"아버지의 비위를 맞추거나 동의를 구하려고 이곳까지 찾아온 게 아닙니다."

"자네가 왜 이곳에 왔는지 아네. 내 피부가 얼마나 검은지 보려고 왔겠지. 자네는 자기가 백인이라고 생각했지? 안 그런가? 그녀는 자네가 그렇게 생각하도록 내버려두었겠지. 아니, 그렇게 생각하기를 진심으로 바랐을 거야. 나도 그렇게 생각했을 테니."

"그녀는 나를 보호해주려고 그런 거예요! 내가 검둥이라고 말했다면, 나는 노예가 될 수도 있었으니까."

"자유로운 검둥이도 있어. 언제나 자유로운 검둥이가 몇 명쯤 은 있었지. 자네도 그들 가운데 하나가 될 수 있었어."

"자유로운 검둥이가 되고 싶지 않아요. 나는 자유로운 인간이 기를 원해요."

"우리 모두 마찬가지야! 이보게, 백인이든 흑인이든 자네가 원하는 대로 해. 선택을 하라고. 하지만 만약 자네가 흑인을 선택한다면, 흑인답게 행동해야 하네. 남자답게 굴고 잽싸게 행동하라는 말이야. 백인 녀석들처럼 불손한 말대꾸 따위는 하지 말고!"

골든 그레이는 냉정을 되찾았다. 그리고 맑은 정신으로, 이 남자의 머리를 날려버리겠다는 생각을 했다. 내일.

골든 그레이의 마음을 되돌린 사람은 분명 그 여자였다.

여자들은 그렇게 할 수 있다. 남자를 죽음에서 멀어지게 할 수도, 곧장 죽음으로 밀어넣을 수도 있다. 잠에서 겨우 깨어나 두 번 다시 찾지 못할 나무 아래에서 눈을 뜬다. 길을 잃은 탓이다. 설령 그 나무를 다시 찾는다 하더라도 예전 같지는 않을 것이다. 어쩌면 꿈틀거리는 벌레에게 갉아먹혀 속부터 썩어버렸을지도 모른다. 벌레에게는 그것이 또 숙명이다. 벌레는 그저 무리를 지어 기어다니며 닥치는 대로 갉아대고 구멍을 뚫는다. 마침내 나무 전체가 자신을 모두 내어주고 텅 빈 껍질이 될 때까지. 어쩌면 나무는 저절로 쓰러지기 전에 베어져, 아이들이 가만히 들여다보는 커다란 벽난로의 장작이 되었을지도 모른다.

빅토리는 아마 기억할 것이다. 그는 조가 가장 좋아하는 형제 그 이상의 존재였다. 그는 조에게 최고의 친구였다. 그들은 베스퍼 카운티를 구석구석 함께 누비며 사냥을 하고 일을 했다. 조가 자다 떨어진 호두나무는 보안관의 지도에조차 나와 있지 않았지만, 빅토리는 기억할 것이다. 그 나무는 여전히 거기, 누군가의 뒷마당에 서 있을지 모른다. 하지만 그 목화밭과 주변의 흑인 이웃들은 괴롭힘과 압박을 당했다.

일주일 동안 소문이 떠돌았고, 이틀 동안 짐을 꾸린 구백여 명의 흑인이 총과 교수대의 위협에 못 이겨 그렇게 비엔나를 떠났다. 마차를 타거나 혹은 걸어서 마을을 나와 어디론가 정처 없이. 통보를 받은 게 겨우 이틀 전이었나? 그러니 어디로 갈지 무슨 계획을 세울 수 있겠는가? 설사 기꺼이 받아줄 곳을 안다 한들 무슨 돈으로 거기까지 간단 말인가?

그들은 역 주위에 서 있거나 길가 들판에서 무리 지어 야영을 하다 재수없는 것들이라며 쫓겨나곤 했다. 나쁜 일은 늘 그들 탓이었다. 그들이 분명 느꼈을 비탄을 고요한 수면처럼 고스란히 비출 뿐 아니라 죄악이 그의 수하들에게 지불하는 삯이 무엇인지 또렷이 상기시켰기 때문이다.

와일드가 숨거나 지켜보거나 큰 소리로 웃거나 가만히 머물렀던 사탕수수밭은 몇 달 동안이나 쉬지 않고 타올랐다. 연기 속에 스민 설탕 냄새가 좀처럼 사라지지 않고 연기에 무게를 더했다. 그녀가 알까? 그는 몹시 궁금했다. 불은 빛이 아니고 그녀를 향해 다가오는 꽃도 아니고 나부끼는 금발도 아니라는 사실을 과연 이해할까? 그래서 누구든 만지거나 입맞추려 하면, 불은 그 숨결을 삼켜버린다는 사실을 이해할까?

손으로 만든 십자가나 어떤 경우엔 기억해주기를 호소하는 말을 대문자로 정성 들여 새긴 비석을 세운 작은 무덤들은 아무 가망도 없었다.

헌터는 떠나기를 거부했다. 어차피 오두막보다 숲에서 지내는
시간이 더 많았던데다, 가장 편안한 장소에서 여생을 보내기를
바라는 듯했다. 그는 마차에 자기 물건을 싣지 않았다. 혹은 조
와 빅토리가 그랬던 것처럼 일자리를 찾아 베어로, 크로스랜드
로, 고센으로, 팰러스틴으로 길을 따라 걸어가지도 않았다. 솥을
세척하는 대가로 열세 살짜리 흑인 소년들에게 잠자리와 음식을
제공하는 농장을 찾아서. 혹은 숙소가 딸린 제분소를 찾아서. 조
와 빅토리는 다른 사람들을 따라서 길을 걷다 갈라져 나왔다. 그
들은 호두나무를 지나는 순간 자신들이 크로스랜드를 한참 지나
쳤다는 것을 깨달았다. 그 나무는 집에서 멀리 떨어진 곳으로 사
냥을 갈 때면 밤에 올라가 잠을 자곤 했던 곳인데, 높은 나뭇가
지에서 차가운 공기를 느낄 수 있었다. 뒤를 돌아 길을 내려다보
니, 비엔나의 사탕수수밭과 들판에 남은 곡식에서 여전히 연기
가 솟아올랐다. 조와 빅토리는 베어의 제재소에서 잠깐 일했다.
그리고 나서 크로스랜드로 가 오후 내내 그루터기 뽑는 일을 했
고, 마침내 고센에서 안정적인 일자리를 찾았다. 카운티의 남쪽
3분의 1가량이 통통하고 하얀 목화송이로 가득찬 어느 봄날, 조
는 15마일 정도 떨어진 팰러스틴 외곽으로 떠났다. 돈벌이가 짭
짤한 면화 수확을 하러 고센에서 대장장이를 돕던 빅토리의 곁

을 떠났던 것이다. 그러나 그보다 먼저 그는 어머니라고 믿었던 여자가 여전히 거기에 있는지, 불길을 머리카락으로 착각하고 그만 숨을 빼앗기지는 않았는지 확인해야 했다.

그는 그녀를 찾기 위해 모두 세 번 혼자서 여행을 했다. 비엔나에서 그는 처음에는 그녀에게 두려움을, 다음에는 조롱하는 마음을 느꼈고, 마지막에는 그녀에게 집착했지만, 그녀는 그를 거부했다. 아무도 조에게 그 여자가 그의 어머니라고 말해주지 않았다. 직접적으로는 아무도. 그러나 어느 날 밤, 헌터스 헌터가 그의 눈을 똑바로 보며 말했다. "그 여자에게는 이유가 있다. 미쳤더라도 마찬가지야. 미친 사람에게도 다 그럴 만한 이유가 있는 법이니까."

그들은 사냥해온 짐승으로 식사를 한 뒤 설거지를 하는 중이었다. 나중에 조는 그게 조류라고 생각했지만, 털 달린 짐승이었는지도 모른다. 아마 빅토리는 기억할 것이다. 조가 불을 고르는 동안, 빅토리는 나뭇잎으로 고기 굽는 꼬챙이를 문질러 닦았다.

"나는 너희 둘에게 절대 어린 것은 죽이지 말고 가능하면 암컷은 잡지 말라고 가르쳤다. 사람에 대해서까지 가르쳐야 한다고는 생각하지 않았는데, 이제 이 점을 알아둬라. 그 여자는 사냥감이 아니다. 너희는 그 차이를 알아야 한다."

빅토리와 조는 와일드를 우연히 만난다면 어떻게 죽여야 할까 상상하면서 농담을 주고받았다. 이따금 세 사람이 발견해 쫓아가기도 했던 그녀의 흔적이 곧바로 그녀가 숨은 곳으로 이어진다면 말이다. 그때였다. 헌터가 미친 사람에게도 이유가 있다고 말한 게. 그러고 나서 헌터는 (빅토리 말고) 조를 똑바로 보았다. 낮게 타오르는 불길 때문에 헌터의 눈길이 불타오르는 것 같았다. "너희도 알다시피 그 여자는 누군가의 어머니다. 그 누군가는 조심해야 한다."

빅토리와 조는 시선을 교환했다. 조의 몸이 차갑게 식었다. 그의 목은 침조차 넘기지 못했다.

그때부터 조는 와일드가 자신의 어머니라는 생각과 싸워야 했다. 때때로 그는 수치심에 눈물까지 흘렸다. 어떤 때는 분노 때문에 표적을 놓치고 엉뚱한 방향으로 총을 쏘거나 적당하지 않은 부위를 맞혀 사냥감을 엉망으로 만들기도 했다. 조는 헌터의 말을, 특히 그의 시선을 오해한 거라고 믿으며 그 사실을 부인하는 데 많은 시간을 허비했다. 그럼에도 와일드는 항상 그의 마음에 깃들어 있었다. 그렇기에 한번 더 그녀를 찾아보지 않고 팰러스틴으로 떠날 수는 없었다.

그녀가 항상 사탕수수밭에 있었던 건 아니다. 백인 농장 뒤편 숲에 있었던 것도 아니고. 조와 헌터, 빅토리는 숲에서 그녀의 흔적을 본 적이 있었다. 황폐해진 벌집, 훔친 음식을 먹고 남긴

찌꺼기. 대부분의 경우 헌터는 날개에 빨간 볼트 무늬가 있는 짙은 남색 개똥지빠귀에게 의존했다. 왠지 새들이 그 여자를 좋아한다고 헌터는 말했다. 새 네 마리 이상이 눈에 띄면, 항상 그 여자가 가까이 있다는 뜻이라고 했다. 헌터는 그곳에서 두 번 정도 그녀와 이야기를 나누었다고 했지만, 조는 그녀가 그런 숲을 좋아하지 않는다는 사실을 알았다. 처음 그가 그녀를 찾아 나섰을 때였다. 두 시간 동안 호화스러운 낚시를 한 다음, 마지못해 수색을 시작했다. 강 건너편 송어와 농어가 바글바글한 장소 너머에, 강물이 제분소로 향하는 지하 수로로 흘러들어가기 전에 강둑이 경사진 비탈을 끼고 도는 곳이 있었다. 그 꼭대기에, 강에서 15피트가량 되는 높이에 숨기 좋은 바위가 있었다. 그 입구에 오래된 히비스커스가 덤불을 이루고 있었다. 언젠가 조는 새벽녘에 한 시간 동안 송어 열 마리를 잡은 후 그곳을 지나다 무슨 소리를 들었다. 처음에는 흐르는 물 소리와 키 큰 나무를 스쳐가는 바람 소리가 뒤섞인 것인 줄 알았다. 세상이 만들어내는 음악. 낚시꾼과 양치기, 나무꾼에게는 낯설지 않은 소리였다. 이 소리를 들으면 포유동물은 최면에 걸린다. 수사슴은 머리를 치켜들고, 다람쥐는 그 자리에 얼어붙는다. 주의깊은 나무꾼은 미소를 지으며 눈을 감는다.

조는 그런 생각을 하면서 즐겁게 그 소리를 들었다. 소리 사이로 한두 마디 말이 끼어들기 전까지는. 세상이 만든 음악에는 말이 없다는 걸 아는 조는 바위처럼 가만히 서서 주변을 살폈다. 은빛 줄기가 건너편 강둑을 가로질렀다. 태양이 마지막 남은 지난밤의 선명한 푸른빛을 잘라냈다. 그의 왼편 위쪽에 늙은 야생 히비스커스가 무성했다. 히비스커스의 꽃봉오리는 날이 밝기를 기다리며 조용히 숨을 쉬었다. 여인의 목소리를 타고 노랫소리가 드문드문 들려왔다. 조는 길을 헤치며 덤불과 포도 넝쿨, 담쟁이덩굴, 세월에 색이 바랜 히비스커스를 뚫고 경사진 언덕을 올라갔다. 바위 사이의 틈을 발견했는데, 그가 있는 쪽에서는 들어갈 수 없었다. 그래서 바위 위로 기어올라가 입구 쪽으로 미끄러져내려가야 했다. 햇빛이 거의 들지 않아 자기 다리도 잘 보이지 않을 정도였다. 그러나 그녀가 있다는 흔적은 충분히 알아볼 수 있었다.

그는 소리를 질렀다. "누구 없어요?"

노랫소리가 갑자기 멈췄다. 나뭇가지가 뚝 부러지는 것 같은 소리가 났다.

"이봐요, 거기에 누구 있죠?"

하지만 아무 움직임도 없었다. 조는 자기 주변을 떠다니는 냄새가 꿀과 배설물이 뒤섞인 냄새라는 사실을 인정하지 않을 수 없었다. 역겹기도 하고 더럭 겁도 나서 그는 곧 그 자리를 떠났다.

두번째로 여자를 찾아갔을 때는 마을에서 쫓겨난 후였다. 피어오르는 연기를 보며 혀끝에 달콤한 공기를 느낀 그는 팰러스틴 행을 연기하고 비엔나로 돌아갔다. 불타버린 땅과 시커먼 사탕수숫대가 서 있는 밭, 한때 빨래통이 놓여 있던 곳에 달구어진 벽돌 무더기만 남은 오두막들을 애써 외면하며 강으로, 송어가 파리떼처럼 번식하는 웅덩이가 있는 곳으로 방향을 돌렸다. 그는 강이 휘어지는 지점에 도착해 등에 매고 있던 라이플총을 엉덩이 아래로 내렸다.

입으로 천천히 호흡하면서, 그는 햇빛과 공기 속에서 무성하게 자란 풀로 뒤덮인 바위를 향해 살금살금 다가갔다. 하지만 그가 알아볼 수 있을 만한 그녀의 흔적은 어디에도 없었다. 바위 입구 위로 힘들게 기어오른 그는 미끄러져내려와 굴 안으로 들어갔다. 하지만 여자가 사용했던 물건도, 사람이 거주했다는 흔적도 없었다. 무사히 달아난 것일까? 아니면 연기가, 불이, 공포가 혹은 무기력함이 그녀를 덮쳤을까? 조는 그곳에서 기다렸다. 주위 소리에 귀를 기울이다보니 졸음이 밀려왔고 한 시간 정도 잠이 들었다. 깨어났을 때는 이미 날이 저물었고, 히비스커스는 손바닥만큼 벌어져 있었다. 그가 비탈을 내려와 가려고 돌아섰을 때, 하얀 떡갈나무의 낮은 가지에서 개똥지빠귀 네 마리가 푸드덕 날아올랐다. 홀로 외떨어진 우람한 떡갈나무는 흙이라고 할 수도 없는 곳에 제 뿌리를 휘감고 서 있었다. 조는 즉시 손과 무릎으로 땅을 짚고 앉아 속삭였다. "당신인가요? 어디 말 좀 해봐요. 무슨 말이든." 그의 곁에서 누가 숨을 쉬었다. 그는 뒤로 돌아 방금 걸어나온 곳을 살펴보았다. 모든 움직임과 이파리의 흔들림이 그녀처럼 보였다. "그럼, 그냥 신호만 해줘요. 아무 말 하지 않아도 돼요. 손만 내밀어 보여줘요. 어딘든 내놓기만 해요. 그러면 나는 갈게요. 약속할 수 있어요. 신호 한 번만 보내줘요." 그는 빛이 더 희미해질 때까지 손을 보여달라고 간청하고 애원했다. "당신이 내 어머니인가요?" 예 혹은 아니요. 양쪽 모두이거나, 아니면 어느 한쪽. 하지만 어느 쪽도 아닌 건 안 돼.

그렇게 히비스커스 줄기 사이로 속삭이며 숨소리에 귀를 기울이다, 그는 문득 미쳤을 뿐만 아니라 더럽기까지 한 여자 때문에 자신이 땅바닥을 네 발로 기어다니고 있다는 것을 깨달았다. 어쩌다 그의 친어머니라고 믿게 된 여자, 한때 헌터가 알았던 그러나 자기 아기를 돌보거나 안아주거나 함께 집에서 살지도 않고 고아처럼 내팽개친 여자 때문에. 아이들을 무서움에 떨게 하는 여자. 남자들이 칼을 갈게 하고, 아낙들이 음식을 내다놓게 하는 여자(차라리 내놓는 게 나았다. 아니면 훔칠 테니까). 그녀는 온 마을에 꾀죄죄한 흔적, 길들여지지 않은 흔적을 남기고 다녔다. 어느 누구 앞에서든 조는 그 여자가 수치스러웠다. 빅토리만 빼고. 조가 헌터의 말이나 특히 그 표정이 아무래도 그런 뜻인 것 같다고 빅토리에게 이야기했을 때, 그는 웃거나 눈을 흘기지 않았다. "아주 거친 여자가 틀림없어." 빅토리의 대답이었다. "일 년 내내 그렇게 밖에서 사는 걸 보면, 아주 거칠 거야."

어쩌면 그럴지도 모른다. 그러나 그때 조는 자신이 그 여자보다 더 바보에다 미친 사람이라고 느껴졌다. 진흙탕을 구르고 검은 나무뿌리에 걸려 넘어지고 흰개미와 함께 흙바닥을 기어다니는 자기 자신이. 헌터의 가르침 덕분에 조는 숲을 사랑했다. 하지만 이제 숲은 자기 목숨도 구걸할 수 없을 만큼 어리석은 여자의 그림자로 가득찼다. 천하기 짝이 없는 암퇘지조차 할 수 있는 일, 바로 자기 새끼를 돌보는 일조차 못할 정도로 머리가 완전히 돌아버린 여자. 어린아이들은 그 여자를 마녀라고 생각했지만, 사실은 그렇지 않았다. 그녀는 마녀가 될 만한 머리가 없었다. 그녀는 무력했고 모습을 드러내지 않았으며 지나치게 바보 같았다. 어디에나 있었지만, 어디에도 없는 존재였다.

어머니가 매춘부였다는 사실을 평생 극복하지 못하는 소년들이 있다. 술집이 문을 닫으면 비틀거리며 거리를 돌아다니는 어머니를 둔 소년들도 있다. 심지어 자기 아이들을 버리거나 현금을 받고 팔아넘기는 어머니도 있다. 하지만 조는 이 추잡하고 말도 못하고 숨어 다니는 미친 여자만 아니라면, 어떤 어머니든 상관없을 것 같았다. 그가 하얀 떡갈나무를 겨누고 쏜 총 한 방은 아무것도 건드리지 못했다. 총알이 그의 주머니에 있었기 때문이다. 아무런 해도 입힐 수 없는 방아쇠가 찰칵거렸다. 소리치고 미끄러지고 쓰러지고 넘어지면서, 그는 비탈길을 내려갔다. 그리고 강둑을 따라 그곳에서 도망쳤다.

그 이후로 그는 미친듯이 일했다. 팰러스틴으로 가는 내내 누가 일거리를 주거나 일거리 소식만 들리면 닥치는 대로 맡았다. 나무를 베기도 하고, 팔을 제대로 들어올릴 수 없을 정도로 밭을 갈기도 했다. 닭털을 뽑고 목화도 땄다. 목재, 곡물, 채석장의 돌, 가축까지 날랐다. 어떤 사람들은 그가 돈에 굶주렸다고 생각했고, 어떤 사람들은 한시도 가만있지 못하는 성격이거나 게으르다는 말을 듣기 싫어하는 모양이라고 짐작했다. 때로 그는 너무 오래 늦게까지 일해서 침대가 있는 숙소로 돌아가지 못하기도 했다. 그럴 때면 그는 밖에서 잤는데, 가끔 운이 좋아 그 호두나무 가까이 있을 때면 필요할 때를 대비해 매달아놓은 방수담요에서 잠을 잤다. 팰러스틴에 온 이후, 목화 따는 일이 끝나고 포장을 해 가격까지 매겼을 무렵 조는 결혼을 했고 더 열심히 일했다.

헌터는 그 화재 이후에도 비엔나 근처에 있었을까? 워즈워스로 돌아갔을까? 아니면 그 마을 어느 한구석에 정착해—그가 늘 말했듯—자기 방식대로 세상을 살아갔을까? 1926년에 조는 그 모든 장소로부터 멀리 떨어져 있었다. 그는 헌터가 워즈워스 근처로 옮겨갔을 거라고 생각했다. 만약 물어볼 수만 있다면, 빅토리는 정확히 기억할 것이다(아직 살아 있고 감옥 생활에 시달리지 않았다면). 그는 모든 걸 기억했고 머릿속에 분명하게 담아뒀으니까. 이를테면, 공작이 어떤 둥지를 몇 번이나 사용했는지, 솔잎이 정강이뼈 두께만큼 두텁게 깔려 붉은 카펫을 이룬 곳이 어디인지, 뿌리가 줄기를 타고 자라는 특이한 나무가 봉오리를 틔운 게 이틀 전인지, 일주일 전인지 그리고 정확히 어디에 있는지 같은 것들을.

1월의 어느 추운 날, 조는 이 모든 것들에 대해 생각하고 있었다. 이제 그는 버지니아에서 멀리 떠나 있다. 에덴에서는 훨씬 더 먼 곳이다. 외투를 입고 모자를 찾아 쓰고 무기를 들고 도카스를 찾아 나서면서 그는 자신의 곁에 있는 빅토리를 생생하게 느낀다. 헌터의 가르침대로, 그녀를 해치거나 연약한 생명을 죽일 마음은 조금도 없다. 도카스는 여자이지 사냥감이 아니니까. 그래서 죽일 생각은 전혀 하지 않는다. 그렇지만 그는 그녀를 사냥하고 있고, 사냥을 가는 데 총은 빅토리만큼 자연스러운 동반자이다.

그는 도시를 성큼성큼 걸어간다. 도시는 그를 가로막거나 방해하지 않는다. 새해 첫날이다. 대부분의 사람들은 지난밤의 여흥으로 지쳐 있다. 그러나 흑인들은 대낮의 집회와 밤까지 계속될 축제에 여전히 젖어 있다. 거리는 미끄럽다. 도시는 작은 마을처럼 인적이 드물다.

"나는 단지 그녀를 만나고 싶을 뿐이야. 그녀의 말이 진심이 아니라는 사실을 안다고 말해야겠어. 그녀는 아직 젊어. 젊은 사람은 구속을 피해 달아나기 마련이지. 그 때문에 욱하기도 하고. 옛날에 잎사귀에 총알도 없는 총을 쐈던 나처럼. 와일드가 손을 내밀었는지 아닌지 모른다는 이유만으로 '좋아, 바이올렛. 너와 결혼하겠어'라고 말해버린 젊은 날의 나처럼."

그가 걸어가는 거리는 매우 미끄럽고 어둡다. 그의 외투 주머니에는 라이플총을 전당포에 맡기고 대신 받은 45구경 권총이 들어 있다. 그 총을 시험해보았을 때, 통통한 어린아이 같은 총에서 대포같이 커다란 소리가 나서 조는 웃음을 터트렸다. 복잡할 건 전혀 없다. 빗맞히지 않으려면 자신과 싸워야 한다. 그러나 절대로 잘못 맞힐 일은 없다. 겨냥조차 하지 않을 테니까. 그 유린당한 살갗을 겨냥하는 일은 없을 것이다. 절대로, 절대로 어린것을 다치게 해서는 안 된다. 둥지의 알, 물고기 알, 아기 새, 어린 물고기를⋯⋯

터널 입구에서 바람이 불자 그의 모자가 바람에 날아간다. 모자는 하수구에 떨어진다. 그는 모자를 주우러 달려간다. 모자 위에 붙은 화이트 올 시가의 종이 포장지를 보지 못한다. 일단 전차에 오르자 땀이 줄줄 흘러 외투를 벗는다. 종이 포장지가 바닥에 툭 떨어진다. 조는 포장지를 집어 그에게 돌려주는 승객의 손가락을 내려다본다. 고맙다고 인사하고 포장지를 외투 주머니에 쑤셔넣는다. 흑인 여자가 그를 보고 고개를 젓는다. 종이 포장지 때문에? 그 내용물 때문에? 아니다. 땀이 뚝뚝 떨어지는 그의 얼굴 때문일 것이다. 그녀는 깨끗한 손수건을 내밀며 닦으라고 한다. 그는 거절한다. 외투를 다시 입고 문가로 다가가 빠르게 지나가는 풍경과 어둠을 응시한다.

갑자기 전차가 서더니 승객들을 토해낸다. 마치 그녀를 찾으러 가려면 그 정거장에서 내려야 한다는 게 막 생각났다는 듯.

여자애 셋이 전차에서 몰려나와 얼음이 언 계단을 내려간다. 세 남자가 그들을 맞이하더니 모두 짝을 맞춰 떠난다. 살을 에는 추운 날씨다. 여자애들의 입술은 새빨갛고 실크스타킹을 신은 다리는 사각거리는 소리를 낸다. 붉은 입술과 실크스타킹의 힘. 그들은 정복당하고 관통당할 권리를 그 힘과 맞바꿀 것이다. 여자들 곁에 있는 사내들은 그 힘을 사랑한다. 결국에는 그 힘 안으로 들어가 한껏 뻗어나갔다 그 힘 뒤로 우회해 그 힘을 사로잡아 조용하게 만들 거니까.

조가 세번째로 와일드를 찾으려 했을 때였다(그때 그는 이미 결혼한 몸이었다). 그는 그 나무를 찾아 비탈을 뒤졌다. 마치 고분고분 땅속으로 들어갔다가 토양이 메말랐음을 깨닫고 필요한 영양분을 찾아 다시 줄기를 타고 거슬러올라온 듯 뿌리가 거꾸로 자라는 나무를. 그 나무의 뿌리는 법칙에 반항하고 맞서서 위로 기어올랐다. 잎사귀와 빛, 그리고 바람을 향해. 그 나무 아래에는 백인들이 트리즌*이라고 부르는 강이 흘렀다. 그 강에서는 물고기들이 낚싯줄을 향해 경주했다. 그 틈에서 헤엄을 치면 소란스러울 수도 있고 평화로울 수도 있을 것이다. 하지만 그곳에 가려면 발 디딘 바로 그 땅이 반역을 일으킬 위험을 감수해야 한다. 강을 향해 완만하게 뻗은 비탈과 낮은 언덕은 그를 환영하는 듯 보였다. 하지만 넝쿨과 카펫 같은 수풀, 야생 포도, 히비스커스, 괭이밥 아래 땅은 조리처럼 구멍이 숭숭 뚫려 있었다. 한 발자국만 헛디뎌도 발이나 몸 전체가 푹 꺼질 수 있었다.

"뭐 때문에 그애는 수탉 같은 사내 녀석과 어울리고 싶어할

---

* Treason. '반역'이라는 의미.

까? 모퉁이에서 홰를 치며 암탉이 선택해주기만 기다리는 녀석들인데. 그 녀석들은 나보다 쥐뿔도 더 나을 게 없어. 게다가 나는 여자 다루는 법을 알아. 난 한 번도 여자에게 잘못한 적이 없고 앞으로도 그럴 거야. 여자를 동굴에 갇힌 개처럼 살게 하지는 않아. 그러나 수탉은 그렇게 하지. 그애도 그렇게 말하곤 했어. 젊은 녀석들은 자기 외에 다른 사람 생각은 손톱만큼도 하지 않는다고. 운동장에서나 춤을 출 때도 사내놈들은 죄다 자기밖에 모른다고. 그애를 찾았을 때—내 목숨을 걸고 장담하지만—도카스는 그런 놈과 숨어 있지는 않을 거야. 그런 녀석의 옷이 그애의 옷과 뒤엉켜 있지는 않을 거야. 그애는 그런 짓을 하지 않아. 도카스가 그럴 리 없지. 그애는 혼자 있을 거야. 설사 고집을 부리고 사납게 굴지는 몰라도, 어쨌든 혼자일 거야."

그 나무 너머, 히비스커스 뒤에 커다랗고 둥근 바위가 있었다. 그 뒤로 어찌나 엉성하게 위장해놓았는지 사람 솜씨임이 분명한 입구가 보였다. 여우나 새끼를 낳은 암사슴이라면 그렇게 어설프게 하지 않았을 것이다. 그녀가 거기에 숨어 있었을까? 그렇게나 작았을까? 그는 쭈그리고 앉아 그녀의 흔적을 좀더 꼼꼼히 살펴보았지만, 아무것도 발견할 수 없었다. 마침내 그는 머리를 입구 안으로 밀어넣었다. 칠흑같이 어두웠다. 똥냄새도, 짐승의 털 냄새도 나지 않았다. 대신 기름이나 재 같은 집안에서 날 법한 냄새가 그를 이끌었다. 그는 머리카락이 스칠 정도로 낮은 굴 안으로 꿈틀거리며 기어들어갔다. 그만 돌아나가야겠다고 마음먹은 순간, 손바닥에 만져지던 흙이 단단한 바위로 바뀌면서 강렬한 빛이 그를 강타해 주춤했다. 성인 몇 사람 키 정도 길이의 깜깜한 어둠을 지나 바위의 남쪽 입구로 얼굴을 내밀었던 것이다. 자연적으로 만들어진 동굴이었다. 더는 갈 곳이 없었다. 비탈 한쪽의 구부러진 모퉁이를 돌아가면 또다른 모퉁이가 이어지고, 아래에선 트리즌 강이 반짝였다. 굴 안에서 몸을 돌리기는 불가능했기 때문에, 그는 다시 머리부터 먼저 들어가기 위해 완전히 몸을 뺐다. 탁 트인 밖으로 나오자마자 집안에서 나는 냄새가 강렬해졌다. 내리쬐는 햇빛 아래에서 음식을 요리하는 기름 냄새가 코를 찔렀다. 바로 그때 갈라진 틈이 보였다. 그는 그 틈으로 엉덩이부터 밀고 들어갔다. 마침내 바닥에 닿을 때까지 미끄러져내려갔다. 마치 태양 속으로 빨려들어가는 것 같았다. 누군가 기름으로 요리를 해 먹은 동굴 방안으로 정오의 햇살이 용암처럼 그를 따라 들어왔다.

"그애는 굳이 설명하지 않아도 돼. 한마디도 할 필요가 없어. 그게 어떤 건지 잘 아니까. 도카스는 질투심 때문이라고 생각할지도 모르지만, 나는 온화한 남자야. 아무 감정도 느끼지 못해서가 아니야. 그저 고달픈 시절이 어떤지 알 뿐이지. 그런 시절을 직접 겪기도 했고. 나도 다른 사람과 똑같이 감정이 있어.

그애는 온전히 혼자일 거야.

그애는 나에게 돌아올 거야.

손을 내민 채 보기 흉한 신발을 신고 나에게 걸어올 거야. 하지만 그애의 얼굴은 말끔하고 나는 그애를 자랑스러워하겠지. 그애는 지나치게 꼭꼭 땋아내린 머리가 너무 아파 머리카락을 풀어헤치며 내게로 다가올 거야. 내가 그애를 찾아낸 걸 몹시 기뻐하면서. 몸을 부드럽게 구부리며, 내가 해주길 바라고, 내게 해달라고 부탁하면서. 바로 나, 어느 누구도 아닌 바로 나에게."

처음에 그는 평화로운 감정을 느꼈다. 마치 무엇인가가 기다리는 것처럼 주의깊은 상태랄까. 음식을 기다리는 저녁식사 전의 느낌 같기도 했다. 비록 일반인에게 공개되지 않은 사유 공간이었지만, 일단 들어서면 원하는 대로 할 수 있었다. 물건을 어지럽히고 뒤지고 만지고 옮기고. 모든 걸 원래 의도와는 전혀 다르게 바꿔놓는다. 그가 떠날 때쯤 동굴 벽의 색깔이 황금색에서 물고기 아가미 같은 푸른색으로 바뀌었다. 그는 거기에 있는 것을 보았다. 녹색 원피스, 한쪽 팔걸이가 없는 흔들의자, 요리를 하기 위해 둥글게 쌓아올린 돌, 항아리, 바구니, 주전자, 인형, 물렛가락, 귀걸이, 사진, 나뭇가지 더미, 은제품을 닦는 솔과 은제 담배 케이스. 그리고. 그리고 앞섶에 상아 단추가 달린 남자 바지와 조심스럽게 개어놓은 실크 셔츠. 솔기 부분만 빼고는 빛바랜 크림색 셔츠였다. 솔기만은 실과 천 모두 새것이고 태양 같은 노란색이었다.

그러나 정작 그녀는 어디에 있는가?

저기 그녀가 있다. 이곳에는 춤추는 형제도 없고, 하얀 전구가 푸르게 변하기를 기다리며 가슴 졸이는 소녀도 없다. 밝은 불빛 아래에서 끝없이 계속되는 어른의 파티다. 밀주 판매가 은밀한 비밀이 아니고, 은밀한 비밀 또한 금기가 아닌 곳. 입장하면서 일이 달러를 지불하고 말만 좀 재치 있고 재미있게 하면, 당신네 부엌이나 마찬가지다. 당신의 재치는 맥주 가장자리로 차오르는 거품처럼 몇 번이고 겉으로 드러난다. 줄을 당길 필요도 없이 울려퍼지는 종소리 같은 웃음은 당신이 지칠 때까지 계속된다. 원한다면 순한 진이나 맥주를 마음껏 마셔도 좋지만, 꼭 그럴 필요는 없다. 우연이든 고의든 슬며시 무릎을 스치는 은밀한 접촉만으로도 독한 위스키를 한 잔 들이켜거나 손가락으로 젖꼭지를 꼬집은 것처럼 피에 전율이 흐를 테니까. 당신의 영혼은 천장으로 둥둥 떠올라 아래에 있는 옷을 잘 차려입은 사람들의 적나라한 모습을 흐뭇하게 내려다본다. 문이 닫힌 방에서는 사악한 일이 벌어지고 있다는 걸 당신은 안다. 이곳에는 현란함과 악의가 흘러넘치고, 가슴 저미는 가수의 목소리에 자극받은 파트너들은 서로 매달리거나 상대를 바꾼다.

도카스는 뿌듯하고 만족스럽다. 두 팔이 그녀를 끌어안고 있고, 그녀는 파트너의 목 뒤로 손을 포개고 자기 어깨에 뺨을 기댈 수 있으니까. 춤을 추는 데 많은 공간이 필요하지 않아 다행이다. 전혀 비는 자리가 없기 때문이다. 방은 만원이다. 남자들은 만족스러운 신음 소리를 내고, 여자들은 기대에 찬 콧노래를 부른다. 음악은 그들 모두를 껴안기 위해 허리를 숙이며 무릎을 꿇는다. 잠시라도 인생을 누려보라고 격려해주기 위해. 당신이 찾아 헤맨 삶이 바로 이것인데, 왜 안 되겠는가?

도카스의 파트너는 그녀의 귀에 대고 속삭이지 않는다. 대신 그녀의 머리카락을 누른 턱에서, 머무르는 손가락 끝에서 그의 약속을 분명하게 느낄 수 있다. 그녀는 팔을 뻗어 그의 목을 감싼다. 그는 그녀를 도와주려고 몸을 숙인다. 두 사람은 허리 위와 아래, 모든 것을 서로에게 허락한다. 근육, 힘줄, 관절, 골수까지 척척 호흡이 맞는다. 혹시라도 춤추는 사람들이 주저하거나 한순간 의혹을 품는다면, 음악이 어떤 문제든 해결해주고 없애버릴 것이다.

도카스는 행복하다. 그 어느 때보다 행복하다. 파트너의 콧수염에 흰 털이라곤 없다. 그는 젊고 원기왕성하다. 매처럼 눈초리가 날카로운 그는 도무지 지칠 줄 모르고 약간 냉혹하다. 그는 그녀에게 선물을 준 적도 없고, 그럴 생각을 해본 적도 없다. 가끔은 나오겠다고 한 장소에 나와 있기도 하고, 나와 있지 않기도 한다. 다른 여자들도 그를 원한다. 간절하게. 그리고 그는 무척 까다롭게 선택했다. 그들이 원하는 것은 그리고 그가 줄 수 있는 상은 바로 경험이 풍부한 그 자신이다. 실크스타킹 따위가 어떻게 그와 비교될 수 있겠는가? 상대도 되지 않는다. 도카스는 운이 좋다. 본인도 그걸 안다. 그 어느 때보다 행복하다고 생각한다.

"그가 나를 찾아올 거야. 난 알아. 왜냐하면 그에게 그러지 말라고 했을 때, 그의 눈이 얼마나 가늘어졌는지 아니까. 그 눈이 얼마나 끈질기게 나를 쫓아왔는지도. 나는 좋게 말할 생각이었는데, 그러지 못했어. 할말을 연습까지 했는데. 거울 앞에서 하나하나 늘어놓았어. 모든 사람을 피해 다니는 것, 그의 부인 등등 전부. 다만 우리의 나이 차와 액턴에 대해서는 한마디도 하지 않았어. 액턴 얘기는 아예 꺼내지 않았지. 그런데 그가 따지고 들기에 이렇게 말해버렸어. 나를 그냥 내버려둬요! 제발 좀 가만 두란 말이에요! 그만 가버려요. 날 내버려두지 않고 한 번만 더 향수를 가져오면, 그걸 마시고 죽어버리겠어요!

그가 말했어. 향수를 마셔도 죽지 않아.

내가 말했어. 내 말이 무슨 뜻인지 알잖아요!

그가 말했어. 내가 아내랑 헤어지길 원해?

나는 말했어. 아뇨! 난 당신이 나를 떠나기를 원해요. 당신이 내 안에 있는 걸 원하지 않아요. 내 곁에 있길 원하지 않아요. 이 방도 지긋지긋해요. 여기 있고 싶지 않아요. 다시는 찾아오지 말아요.

그가 말했어. 왜?

내가 말했어. 왜냐하면. 왜냐하면. 왜냐하면.

그가 말했어. 도대체 뭐 때문이지?

나는 말했어. 당신이 지긋지긋해요.

지긋지긋하다고? 내가 지긋지긋해?

나 자신도 신물이 나고 당신도 신물이 나요.

사실 그 말은 진심이 아니었어…… 신물이 난다는 말. 그는 그렇지 않았어. 그러니까 지긋지긋하지는 않았다는 말이야. 그에게 알려주고 싶었던 건 내게 액턴을 가질 기회가 왔고, 난 그러기를 원하고, 여자애들이 그 일을 떠들어주길 원한다는 사실 뿐이었어. 우리가 어디를 갔고 그가 뭘 했는지. 그런 일들을. 그런 사실들을. 누구에게도 이야기할 수 없는 비밀이 무슨 의미가 있어? 언젠가 조와 나 사이를 펠리스에게 넌지시 말했더니, 그애는 깔깔 웃더니 나를 빤히 쳐다보고 눈살을 찌푸렸어.

하지만 그런 이야기를 조에게 다 할 수는 없었어. 다른 요점을 연습하다 머릿속이 복잡해져버렸거든.

그 사람은 나를 찾아올 거야. 나는 알아. 그는 도처에서 나를 찾아다니고 있어. 내일쯤이면 나를 찾을지도 몰라. 어쩌면 오늘 밤에라도 이리로 찾아올지 모르고. 여기 이 먼 곳까지.

액턴과 펠리스와 함께 전차에서 내렸을 때, 나는 사탕가게 옆쪽 출입문에 그가 서 있을 거라고 생각했어. 하지만 그는 없었어. 아직은 아니었어. 그래도 난 어디에서나 그의 모습이 보이는 것 같아. 그가 나를 찾고 있고, 지금 내게로 오고 있는 걸 느낄 수 있어.

그는 내가 어떤 모습이든 상관하지 않았어. 난 뭐든지 할 수 있었고, 무얼 하든 그는 기뻐했지. 그런데 그게 왠지 날 미치게 했어. 나도 모르겠어.

그런데 액턴은 내 머리 모양이 마음에 들지 않으면 곧바로 말해. 그러면 나는 그가 좋아하는 모양으로 바꾸지. 그와 함께 있

을 때에는 안경도 끼지 않고, 웃음소리조차 그가 더 좋아할 만
하게 바꿨어. 내 생각엔 그가 좋아한 것 같아. 전에는 나의 웃음
소리를 싫어했거든. 요즘 나는 음식을 갖고 끼적거려. 조는 내가
한 그릇 다 먹고 더 먹는 걸 좋아했어. 하지만 액턴은 내가 더 먹
으려고 하면, 조용히 눈총을 줘. 그런 식으로 나를 염려해주는
거지. 조는 절대 그러는 법이 없었어. 내가 어떤 여자든 아무 관
심도 없었지. 조는 관심을 가졌어야 했어. 난 관심이 있었으니
까. 나는 개성을 갖길 원했어. 그리고 액턴과 함께 있는 지금 개
성이 생겼어. 펜슬로 가느다랗게 그린 눈썹이 내 얼굴을 어떻게
바꿔놓는지, 꿈만 같아. 팔찌는 팔꿈치 바로 아래에 차지. 어떤
때는 스타킹을 무릎 위가 아니라 아래에 묶기도 해. 끈 세 개가
발등에서 서로 엇갈리게 묶이는, 레이스처럼 보이게 재단한 가
죽구두가 집에 있거든.

　그는 나를 찾아올 거야. 어쩌면 오늘밤 바로 여기로.

　그가 와서 본다면, 내가 액턴과 얼마나 바싹 달라붙어 춤을 추
는지 알게 될 거야. 그를 껴안은 팔에 머리를 기댄 내 모습을 보
겠지. 내 치맛자락이 뒤로 우아하게 늘어져 우리가 앞뒤 좌우로
움직이는 동안 내 종아리를 스치는 모습을, 우리 두 사람이 서로
를 바라보며 몸을 꼭 맞댄 모습을, 세상 무엇도 끼어들 수 없을
만큼 바싹 붙어 있는 모습을. 여기에 있는 많은 여자애들이 액턴

과 그렇게 춤춰보길 소원하지. 나는 눈을 뜨고 액턴의 목 너머로 그애들을 바라봐. 그애들이 액턴을 원한다는 사실을 내가 이미 안다는 걸 과시하려고 액턴의 목덜미를 엄지손톱으로 문질러. 하지만 액턴은 그걸 싫어해서 목을 돌리지. 자기 목을 그런 식으로 만지지 못하게 하는 거야. 그럼 나는 그만둬.

조라면 자기 몸 어디를 문지르든 상관하지 않을 거야. 조는 거울이 없으면 볼 수 없는 부위에 내가 립스틱으로 그림을 그려도 내버려두었지."

이 파티 이후에 무슨 일이 벌어지든 아무 상관 없다. 지금 이 순간이 전부일 뿐. 마치 전쟁 같다. 모든 사람이 아름답고, 다른 사람의 뜨거운 피를 생각하는 것만으로 빛이 난다. 타인의 혈관에서 빠르게 흐르는 피가 마치 광택 기능으로 특허받은 화장품이라도 되는 양. 영감을 불어넣어주는 매혹적인 존재. 나중에 사람들은 이날 벌어진 일을 회상하며 잡담을 나눌 것이다. 하지만 지금 이 행위와 심장을 뛰게 하는 비트에 비할 것은 없다. 전쟁이나 파티에서 사람들은 계략과 술책을 쓰고, 목표를 세웠다 변경하며, 동맹관계를 재정립한다. 파트너들과 경쟁자들은 황망해하고 새로 짝지은 사람들은 승리감에 도취한다. 완전히 나가떨어질 수도 있다는 가능성이 도카스를 나가떨어지게 한다. 성인 끼리 모인 이곳에서는 꼭 전쟁터마냥 일단 차지한 것은 돌려주지 않는다는 냉혹한 규칙이 적용되기 때문이다.

"그가 나를 찾아올 거야. 날 찾으면, 내가 더는 자기 여자가 아니라는 사실을 알게 될 거야. 나는 액턴의 여자고, 내가 즐겁게 해주고 싶은 사람도 바로 액턴이야. 액턴은 그런 걸 원해. 조와 함께 있을 때는 나만 즐거우면 그만이었어. 조가 그렇게 하도록 나를 부추겼으니까. 조와 함께 있을 때면, 내 손에 권력을 쥐고 세상을 조종했지."

아, 그 방, 그 음악, 문간에 기대선 사람들. 커튼 뒤에서 키스하는 사람들의 실루엣. 천천히 음미하듯 애무하는 장난기 어린 손가락. 여기서는 온갖 일이 다 벌어진다. 몸짓으로 전부 해결되는 시장판이다. 번개같이 핥고 지나가는 혀. 자줏빛 자두의 갈라진 뺨을 벗기는 엄지손톱. 축축하게 젖은 끈 없는 구두를 신고 외투 안에 단추를 목까지 채운 스웨터를 입은 버림받은 연인은 이곳에서 이방인 취급을 받는다. 이곳은 노인을 위한 곳이 아니라 낭만적인 사랑을 위한 장소다.

"그가 여기 왔어. 오, 맙소사. 그가 울고 있어. 내가 쓰러지는
건가? 왜 쓰러지지? 액턴이 나를 안아올리려고 하는데도, 여전
히 쓰러지잖아. 사람들의 시선이 쓰러지는 나에게 집중되었어.
어둡던 곳이 이제 밝아졌어. 나는 침대에 누워 있어. 누가 내 이
마의 땀을 닦고 있어. 하지만 나는 추워, 너무 추워. 사람들 입이
움직이는 게 보이는데, 다들 무슨 말을 하는지 알아들을 수 없
어. 침대 발치에 액턴이 보여. 외투 자락에 묻은 피를 흰 손수건
으로 닦아내고 있어. 어떤 여자가 어깨에 걸친 그의 외투를 받아
주네. 액턴은 옷에 묻은 피 때문에 짜증이 난 것 같아. 아마 내 피
일 거야. 외투 자락에 스민 피가 그의 셔츠까지 얼룩지게 만들었
어. 주인 여자가 파티를 망쳤다며 큰 소리로 떠들고 있어. 액턴
은 화가 잔뜩 치민 얼굴이야. 여자가 외투를 다시 가져다주었는
데, 예전처럼 깨끗하지 않아 마음이 상한 모양이야.
　이제는 사람들 소리가 들려.
　'누구야? 누가 이랬어?'
　뭔가 중요한 일이 일어나고 있어. 나는 정신을 차려야 해. 하
지만 몹시 피곤하고 졸려.

'이봐, 누가 이랬어? 누가 널 이렇게 만들었냐고?'

사람들은 내가 그의 이름을 밝히길 원해. 마침내 공공연히 그의 이름을 부르길 원해.

액턴이 셔츠를 벗었어. 사람들이 문간을 막고 있어. 어떤 사람들은 조금이라도 더 잘 보려고 발끝을 세웠어. 레코드가 다 돌아가자, 사람들이 기다리던 누군가가 피아노를 연주해. 어떤 여자는 노래를 불러. 노랫소리는 희미하지만, 난 그 가사를 다 외우고 있어.

펠리스가 나에게 가까이 몸을 숙여. 내 손을 아플 만큼 꼭 쥔채. 나는 더 바싹 다가오라는 말을 하려고 입을 벙긋거려. 펠리스의 눈이 천장에 걸린 전구보다 더 커져. 펠리스는 그 사람이냐고 물어.

내가 그의 이름을 말해야 사람들이 그를 잡으러 갈 수 있어. 로셀, 버나딘, 페이 화장품이 들어 있는 그의 견본 상자를 빼앗을 거야. 그의 이름을 알지만, 난 말하지 않을 거야. 펠리스, 나는 손에 쥔 막대기로 세상을 흔들었어. 거기, 창문에 얼음을 판다는 간판이 붙은 방에서.

펠리스가 내 입에 귀를 갖다댔을 때, 나는 그렇게 소리쳤어. 그렇게 외쳤다고 생각해. 그랬다고.

사람들이 모두 떠나고 있어.

이제는 정신이 또렷해. 문간 밖으로 테이블이 보여. 그 위에 오렌지가 가득 담긴 낮고 평평한 갈색 목기가 놓여 있어. 잠을 자고 싶은데, 이제 머리가 맑아졌어. 오렌지가 담긴 갈색 그릇이 너무 생생해. 오렌지. 밝게 빛나는 오렌지. 들어봐. 노래를 부르는 저 여자가 누군지는 모르지만, 난 그 가사를 다 외우고 있어."

연인. 그 날씨를 그렇게 불렀다. 연인의 날씨. 일 년 중 가장 아름다운 날. 그리고 바로 그날 그 일이 시작되었다. 하루종일 날씨가 너무 맑고 깨끗해 나무들은 단장을 했다. 생명을 위협하는 콘크리트판 한가운데에 우뚝 서서 한껏 모양을 냈다. 정말 웃기는 소리지만, 그런 날이었다. 나는 점점 넓어지는 레녹스 애비뉴를 볼 수 있었다. 그리고 가게 밖으로 나온 사람들도 앞치마 밑에 손을 넣거나 뒷주머니에 손을 꽂은 채, 그 아름다운 날을 품에 안으려고 넓게 펼쳐진 레녹스 애비뉴를 구경하며 서 있었다. 절반은 군복, 절반은 민간인 복장을 한 상이군인들이 걸음을 멈추고 우울하게 노동자들을 쳐다보았다. 그들은 파더 디바인 노점으로 가서 식사를 한 후 담배를 말더니 연석이 덩컨 파이프*

의자라도 되는 양 털썩 자리를 잡고 앉았다. 하이힐을 신고 또각 거리며 보도를 걷던 여자들은 나뭇가지 사이로 흘러나오는 순수하면서도 부드럽고 장엄한 빛을 보려다 보도의 갈라진 틈에 굽이 걸려 넘어지기도 했다. M11과 M2**의 덜커덕거리는 소리가 멀리에서 아련히 들렸고, 패커드*** 소리 역시 마찬가지였다. 심지어 포드처럼 시끄러운 차도 소리를 죽였다. 어느 누구도 경적을 울리거나 운전석에서 목을 내밀고 속 터지게 느릿느릿 길을 건너는 사람에게 소리를 지르려 하지 않았다. 그날의 달콤한 날씨는 사람들의 마음을 한껏 들뜨게 했고, 보도의 갈라진 틈새에 광택 나는 까만 굽이 걸려 넘어진 여인에게 "내가 가진 모든 걸 당신에게 드릴 테니 나와 함께 집으로 갑시다"라고 외치고 싶은 충동을 불러일으켰다.

옥상의 젊은이들은 곡조를 바꾸었다. 침을 뱉고 마우스피스를 얼마 동안 만지작거리고는, 다시 악기를 입에 물고 두 뺨을 한껏 부풀려 불었다. 그러자 그날의 햇살과 꼭 같은 순수하고 청명하고 더할 나위 없이 다정한 음률이 흘러나왔다. 그들이 연주하는

---

* 19세기 뉴욕에서 명성을 떨친 고급가구 제작자. 특히 우아한 책상과 의자로 유명했다.
** 맨해튼을 오가는 버스 노선들.
*** 미국의 패커드 자동차회사에서 생산한 최고급 자동차.

음악을 들으면 무슨 짓이든 용서받을 수 있을 것만 같았다. 클라리넷 연주자들은 애를 먹었다. 금관악기가 평소 즐겨 하듯 저음을 내지 않고, 마치 차가운 시냇물에 발을 담그고 한가로이 시간을 보내며 노래하는 젊은 처녀처럼 높고 가느다란 소리를 냈기 때문이다. 아마 금관악기를 연주하는 젊은 악사들은 실제로 그런 처녀도, 그런 시냇물도 본 적이 없었을 텐데, 그날 그런 처녀를 만들어낸 거였다. 바로 옥상에서. 어떤 사람은 보호 난간도 없는 254번지 옥상에서, 어떤 사람은 애플그린색 물탱크가 있는 131번지에서, 어떤 이는 바로 오른쪽 옆집인 133번지, 토마토를 심은 돼지기름 깡통과 밤에 잠을 자려고 갖다둔 짚을 넣은 요가 있는 옥상에서 연주를 했다. 시원한 장소를 찾아 올라간 것이기도 하고, 그렇게 높은 곳까지 날아오를 수 없거나 가로등 아래 보드라운 목살을 떠나기 싫어하는 모기를 피할 수 있는 방법이기도 했다. 그리하여 레녹스에서 세인트니콜라스까지, 135번가와 렉싱턴을 가로질러 컨벤트에서 8번가에 이르기까지, 사백 년 묵은 나무에서 진액이 흘러내리듯 메이플 시럽같이 달달한 마음을 연주하는 남자들의 음악 소리를 들을 수 있었다. 그들은 진액을 모을 양동이도 없고 그럴 생각도 없었기에, 그 진액이 줄기를 타고 줄줄 흘러내리도록 내버려두었다. 그날 그렇게 그저 흘러내기를 바랄 뿐이었다. 느리든 빠르든 원하는 대로, 여하튼 자유

롭게 나무를 타고 흘러내리다 어느 순간 펑 터져 사라지길 바랄
뿐이었다.

그날 금관악기를 연주한 젊은이들은 그런 식으로 소리를 냈
다. 자신감에 가득차서, 자신의 성스러움을 확신하며 옥상 위에
우뚝 서서, 처음에는 서로를 마주보고, 그러다 클라리넷을 완전
히 이겼다는 게 확실해지자 서로 등을 돌린 채, 호른을 곧장 하
늘로 치켜들고 소리를 냈다. 소리는 똑같이 순수하며 청명하고
더할 나위 없이 다정한 햇살과 어우러졌다.

싸구려 창유리처럼 이미 금이 간 인생을 끝장낼 그런 날은 아
니었다. 하지만 바이올렛은, 당신이 바이올렛에 대해 잘 알아야
할 텐데. 그녀는 닥터 디 신경안정제와 플레시 빌더 영양제를 잔
뜩 넣은 밀크셰이크를 마시고 돼지고기를 먹으면 드레스의 등
판이 터질 만큼 살이 찔 거라고, 자기가 할 일은 그뿐이라고 생
각했다. 그녀는 오늘같이 따스한 날에도 늘 두터운 외투를 걸치
고 다녔다. 길을 걸을 때, 길가에 앉은 남자들이 딱하다는 듯 고
개를 설레설레 젓는 꼴을 보지 않기 위해서였다. 그렇지만 오늘
은, 이토록 온화하고 아름다운 날에는 잃어버린 엉덩이를 안타
까워하며 마음 쓰지 않았다. 현관에 나가 팔짱을 낀 채 서 있을
땐, 스타킹이 발목까지 흘러내려도 신경쓰지 않았다. 바이올렛
은 조의 흐느끼는 울음소리에 스며드는 음악에 귀를 기울였다.

요즘은 그의 울음도 점점 약해졌다. 아마 바이올렛이 도카스의 사진을 앨리스 맨프리드에게 되돌려주었기 때문일 것이다. 그러나 그 사진이 놓여 있던 자리는 실재했다. 어쩌면 그 때문이었는지도 모른다. 자기 엉덩이 따위는 전혀 신경쓰지 않은 채 현관에 서 있던 바이올렛이 그녀를 향해 계단을 올라오는 소녀가 네 갈래로 물결치는 파마 머리를 한, 진짜 살아 있는 또다른 도카스라고 쉽사리 믿어버린 까닭이.

그 소녀는 팔 밑에 오케 레코드판을 끼고 분홍색 정육점 종이로 싼 고기 반 파운드를 들고 있었다. 고기를 들고 돌아다니기엔 너무 더운 날씨였는데도. 서두르지 않으면 고기가 스토브에 올라가기도 전에 익어버릴 지경이었다.

게으른 계집애. 두 팔 가득 짐을 들었지만 머릿속은 텅 비었구나.

그애를 보니 마음이 불안해진다.

그애를 보니 이렇게 좋은 날씨가 하루 이상 지속될지 걱정된다. 나는 이미 저 멀리 푸른 하늘에서 거리로 떨어지는 재 때문에 마음이 심란하다. 검댕이가 얇은 막처럼 문지방에 쌓이고 유리창을 뒤덮는다. 이제 그애가 나를 혼란스럽게 한다. 뜨거운 햇빛 아래를 그렇게 어슬렁어슬렁 걷는 그애를 그저 보기만 하는 나 자신을 의심하게 만든다. 그애는 바이올런트를 향해 천천히 계단을 오른다.

"우리 어머니와 아버지도 턱시도에 사셨어. 거의 만날 수가 없었지. 나는 할머니와 함께 살았거든. 할머니는 내게 말하곤 했어. '펠리스, 네 부모는 턱시도에 살지 않아. 턱시도에서 일하지만, 우리와 함께 살지.' 산다, 일한다, 딱 그 말뿐이었어. 나는 삼주에 한 번, 그것도 이틀하고 반나절만 부모님을 만날 수 있었어. 다만 크리스마스와 부활절에는 하루종일 함께 있었지. 나는 날짜를 따져보았어. 반나절까지 넣고 따지면 사십이 일이었고—난 반나절은 치지 않아, 반나절은 대부분 짐을 싸고 기차를 타러 가느라 다 보내니까—거기에 이틀간의 휴일을 합하면 일 년 중에 사십사 일이었지만, 제대로 한다면 겨우 삼십사 일에 불과했어. 반나절은 계산에 넣지 말아야 하니까. 일 년에 삼십사 일이었지.

부모님은 집에 오시면 내게 키스해주고 오팔 반지 같은 선물을 건네주곤 했어. 그렇지만 부모님이 정말 하고 싶어한 건, 어머니는 어디론가 춤추러 가는 것이고 아버지는 잠을 자는 것이었어. 물론 일요일에는 예배를 드리러 갔지만, 어머니는 턱시도에서의 일 때문에 교회에서 함께 했어야 할 활동—저녁식사나

집회, 주일학교를 위한 준비 작업, 장례식 이후의 접대 등등 모든 행사—에 참여할 수 없었던 걸 지금도 몹시 아쉬워해. 다른 무엇보다 어머니는 A구역 모임 여자들과 요즘 세상 돌아가는 일에 대해 잡담하고 어울려 춤추고 카드놀이를 하길 원했지.

반면 아버지는 실내복 차림으로 집에 있길 좋아했어. 할머니와 내가 아버지를 위해 모아둔 신문을 읽으며 기분 전환 삼아 다른 사람의 시중받는 걸 즐겼지. 〈암스테르담〉〈에이지〉〈크라이시스〉〈메신저〉〈워커〉 등을 다 읽었어. 가끔 택시도에서 구할 수 없는 신문은 가져가기도 했어. 아버지는 신문이 깔끔하게 접혀 있는 걸 좋아했고, 잡지에 음식물 자국이나 손때가 묻는 걸 싫어했어. 그래서 나는 그것들을 거의 읽지 않았어. 할머니는 읽으셨지만, 주름이 지거나 더러워지지 않도록 아주 조심하셨지. 잘못 접힌 신문을 펼칠 때만큼 아버지가 무섭게 성내는 일은 없었거든. 신문을 읽으며 아버지는 탄식하기도 하고 투덜거리기도 하고 이따금 폭소를 터트리기도 했어. 기사를 읽고 피가 끓도록 걱정을 하면서도 아버지는 절대 신문 읽기를 그만두지 않는다고 할머니는 말했어. 아버지는 기사를 모두 읽고 난 다음에 어머니나 할머니 혹은 카드놀이 친구들과 그 내용을 두고 논쟁을 벌이길 좋아했어.

한번은 나도 모아놓은 신문을 다 읽으면 아버지와 토론할 수 있을 거라고 생각했어. 하지만 기사를 잘못 골랐어. 흑인 여러 명을 죽인 백인 경찰관을 체포한 기사를 읽고 참 잘된 일이라고, 그럴 때가 되었다고 말했거든.

아버지가 나에게 소리쳤어. '그 기사는 뉴스거리라 신문에 실린 거야! 뉴스거리!'

나는 어떻게 대답할지 몰라 울기 시작했어. 그러자 지켜보던 할머니가 말했어. '소니, 저쪽으로 가서 앉아라.' 어머니가 말했지. '월터, 아이에게 그렇게 말하지 마요.'

어머니는 아버지 말씀이 무슨 뜻인지 설명해주었어. 경찰이 매일같이 흑인을 죽였지만, 여태까지 어느 누구도 체포되지 않았다고. 그러고는 나를 데리고 나가 턱시도에 있는 어머니의 상사가 필요로 하는 물건을 샀어. 나는 쉬는 날인데 왜 그 사람들을 위해 물건을 사야 하느냐고 물어보지 못했어. 그랬다가는 37번가에 있는 티파니에 날 데려가지 않을 테니까. 티파니는 목사님이 일 분간 묵도를 드리자고 할 때보다 더 조용해. 묵도 시간에는 누군가 발을 문지르기도 하고 코를 풀기도 하지만, 티파니에서는 아무도 코를 풀지 않고 어떤 신발 소리도 나지 않아. 카펫이 깔려 있거든. 턱시도에서처럼.

몇 년 전, 내가 아직 어려서 학교도 들어가기 전이었는데 부모님이 나를 턱시도에 데려간 적이 있었어. 나는 온종일 조용히 있어야 했지. 부모님은 나를 두 번 데리고 갔는데, 갈 때마다 삼 주 동안 머물렀어. 그후로는 그런 일이 없었지. 어머니와 아버지는 일을 그만두자는 얘기까지 했지만 그러지 않았어. 대신 할머니를 모셔와 나를 돌보게 했지.

삼십사 일. 내가 지금 열일곱 살이니까 지금까지 부모님과 함께한 시간은 육백 일도 채 안 될 거야. 십칠 년 동안 이 년도 안 되는 거지. 도카스는 나에게 적어도 부모님이 어딘가 살아 계시니까 그나마 행복한 거라고 말했어. 아프기라도 하면 부모님에게 전화하거나 열차를 타고 가서 볼 수도 있으니까. 도카스의 부모님은 매우 비참하게 돌아가셨어. 그애는 부모님이 돌아가신 후, 장의사가 안장하기 전에 그분들 모습을 보았지. 도카스는 색칠한 종려나무 아래에서 찍은 부모님 사진을 한 장 가지고 있었어. 어머니는 아버지의 어깨에 손을 얹고 서 있고, 아버지는 책을 들고 앉아 있는 사진. 내 눈에는 그들이 몹시 슬프게 보였지만 도카스는 두 분 모두 얼마나 멋져 보였는지를 잊지 못했어.

도카스는 언제나 누가 잘생기고 누가 그렇지 않은지 얘기했어. 누가 입냄새가 심하고, 누가 좋은 옷을 가졌고, 누가 춤을 잘 추고, 누가 도도한지 떠들었지.

할머니는 우리가 친구 사이라는 걸 못마땅하게 여겼어. 이유는 말씀하지 않았지만, 난 알고 있었어. 나는 학교에 별로 친구가 없었어. 남자아이들은 그러지 않았지만 여자아이들은 피부색에 따라 모여 놀았거든. 나는 그게 몹시 싫었어. 도카스 역시 마찬가지였어. 나랑 그애는 그런 점에서 다른 애들과 달랐어. 입이 험한 애들은 '야, 파리. 버터밀크는 어디 있냐?' 혹은 '야, 곱슬머리, 네 동족은 어디 있냐?'라며 놀려댔어. 우리는 손가락을 코에 대고 혀를 쑥 내밀며 그들이 입을 닫치게 만들었지. 그래도 소용없으면 달려들기도 했어. 그런 싸움 때문에 가끔 내 옷이 더러워지기도 했고 도카스의 안경이 망가지도 했지만, 도카스와 함께 여자애들이랑 싸우는 건 무척 신났어. 도카스는 절대 무서워하지 않았고, 우리는 정말 즐거운 시간을 보냈어. 학교에 갈 때마다 매일.

그런데 두세 달 사이에 그 좋던 시절이 끝장났어. 도카스가 그 나이든 남자를 만나기 시작하면서였지. 나는 처음부터 알고 있었는데 도카스는 내가 안다는 걸 눈치채지 못했어. 도카스가 그 남자를 은밀하게 만나고 싶어했기 때문에, 나는 알면서도 모르는 척했지. 처음에는 도카스가 그 사실이나 그 사람을 부끄러워한다고, 단지 선물 때문에 계속 만나는 거라고 생각했어. 하지만 도카스는 비밀스러운 걸 좋아했던 거야. 어떻게 맨프리드 부인을 속일지 계획하고, 음모를 꾸미기도 했지. 밖에서 입고 돌아다닐 야한 속옷을 우리집에서 갈아입기도 하고 물건을 감추기도 했어. 그애는 항상 비밀을 좋아했지. 그 남자를 부끄러워하지도 않았어.

그 남자는 나이가 너무 많았어. 진짜 늙었지. 쉰 살이었거든. 그러나 도카스의 이상형에 딱 들어맞았어. 그 남자를 위해 그것만은 말할 수 있어. 도카스는 좀더 예쁠 수도 있었어. 약간 부족했을 뿐, 미인의 조건은 모두 갖췄으니까. 반쯤은 결이 좋고 반쯤은 좋지 않은 구불거리는 긴 머리카락. 밝은 피부, 미백제를 쓰지도 않는데. 그리고 잘 빠진 몸매. 하지만 뭔가 빠진 게 있었어. 하나하나 뜯어보면 머리카락, 피부, 몸매 모두 감탄할 만큼 아름답지만, 하나로 모아보면 잘 어우러지지 않았어. 우리가 길을 걸을 때, 사내들은 그애를 보고 휘파람을 불거나 예쁘다고 소리쳤어. 학교에서는 모든 남학생이 도카스에게 말을 걸고 싶어 안달이었고. 그렇지만 어느 누구도 다가오진 않았어. 그걸로 끝이었지. 그애의 성격 때문일 리는 없어. 도카스는 말을 잘했으니까. 농담을 좋아하고 놀리기도 잘했어. 딱딱거리는 구석이라곤 전혀 없었지. 이유가 무엇인지는 잘 모르겠어. 도카스가 남자애들에게 강요한 그런 일 때문이 아니라면 말이야. 그러니까 내 말은, 도카스는 언제나 남자애들이 뭔가 두려움이 뒤따르는 일을 해주길 원했던 것 같아. 물건을 훔치거나 상점 뒷문으로 들어가 자기를 상대해주지 않은 백인 여점원의 얼굴을 때리거나 자기에게 모욕을 준 사람에게 욕설을 퍼붓는 일 따위 말이야. 어이가 없지. 모든 일이 도카스에게는 영화처럼 느껴졌나봐. 도카스는 철로 위에 서 있는 사람 같았어. 혹은 불이 난 시크족의 텐트에 갇힌 여자처럼 보이기도 했고.

나는 그게 도카스가 그 늙은 남자를 처음부터 그렇게 좋아하게 된 이유라고 생각해. 도카스는 은밀한 걸 좋아했고, 그에게는 부인이 있었거든. 도카스를 처음 만났을 때, 그 사람은 분명히 위험한 짓을 했을 거야. 그렇지 않았다면, 도카스가 그 남자와 몰래 돌아다니지는 않았을 테니까. 어쨌든 그애는 몰래 다닌다고 생각했어. 하지만 미용사 두 명이 나이트클럽 멕시코에서 그애가 그 남자와 함께 있는 걸 봤지. 나는 두 시간이나 미용사한테 그 남자와 도카스에 대해, 미용실을 드나드는 온갖 사람들에 대해 별별 이야기를 다 들었어. 그들은 그 남자와 도카스 이야기를 신나게 떠들었어. 그 남자의 부인을 좋아하지 않았기 때문에 그렇게 열을 올린 거야. 바이올렛이 자기네 손님을 빼앗았기 때문에 좋은 말은 단 한마디도 없었어. 미친 사람치고 머리는 꽤 잘 만진다든가, 그렇게 미치지만 않았다면 자기네 손님을 빼앗아가는 대신 정당한 면허증을 얻을 수도 있었을 거란 말만 빼고.

미용사들은 바이올렛을 잘못 알고 있어. 내 반지를 찾으러 갔었는데, 그 여자는 전혀 미치지 않았어.

어머니가 그 반지를 훔쳤다는 걸 나도 알아. 어머니는 여자 상사가 주었다고 말했지만, 그날 티파니에서 그 반지를 본 기억이 나거든. 오팔이라는 윤기 나는 검은색 돌이 박힌 은반지였어. 여점원은 어머니가 찾으러 간 꾸러미를 가지러 갔어. 여자 상사가 준 쪽지를 아가씨에게 보여줬지(심지어 문 앞에서도 그 쪽지를 보이고서야 들어갈 수 있었어). 여점원이 자리를 비운 동안 우리는 벨벳이 깔린 진열대에 놓인 반지를 보았어. 몇 개를 집어들고 끼어보려고 했지. 그런데 멋진 제복을 입은 남자가 다가와 고개를 살짝 저었어. 아주 살짝. 어머니가 말했어. '니퀄슨 부인이 부탁한 물건을 기다리고 있어요.'

그 사람은 미소를 지으며 말했어. '물론 그렇겠죠. 그저 가게 방침입니다. 우리는 조심해야 하거든요.' 그곳을 나올 때 어머니가 말했지. '뭐야? 뭘 조심해야 한다는 거야? 자기들이 보라고 반지를 진열해놨으면서. 그런데 뭘 조심해야 한다는 거야?'

집으로 갈 택시를 한참 동안 기다리면서 어머니는 눈살을 찌푸리고 줄곧 떠들어댔어. 그리고 결국 그 일을 아버지에게 말했지. 다음날 아침, 부모님은 턱시도로 가는 열차를 타기 위해 짐을 꾸리고 준비를 했어. 어머니는 나를 부르더니, 여자 상사에게서 받았다며 반지를 내밀었어. 어쩌면 그런 반지는 흔한지도 몰라. 그렇지만 나는 어머니가 벨벳 진열대에서 그 반지를 훔쳤다는 사실을 알고 있었어. 아마 심술이 나서 그랬겠지. 하지만 어머니는 그 반지를 내게 주었고 나는 그 반지를 무척 아꼈어. 오직 도카스에게만 빌려주었지. 도카스가 하도 졸라대기도 했고 은반지가 도카스의 팔찌와도 무척 잘 어울렸거든.

도카스는 어떻게든 액턴의 마음에 들고 싶어했지만, 쉬운 일이 아니었어. 액턴은 매사에 까다로웠거든. 액턴은 한 번도 늙은 남자처럼 도카스에게 선물을 주거나 하지 않았어. 난 도카스가 늙은 남자에게 선물을 받는다는 사실을 알았지. 맨프리드 부인이라면 그애에게 실크스타킹이나 살랑거리는 속옷을 사주느니 차라리 죽어버렸을 테니까. 집에서 입을 수도 없고 교회에 입고 갈 수도 없는 그런 물건들 말이야.

도카스가 액턴의 품에 안긴 후로 우리는 전처럼 자주 만났어. 그러나 그애는 달라졌어. 늙은 남자와 맨프리드 부인에게서 얻어낸 돈으로 작은 선물을 마련해 액턴에게 주곤 했지. 그 늙은 남자가 도카스를 위해 했던 일을 이제 도카스가 액턴을 위해 했던 거야. 아무도 도카스가 일자리를 찾는 줄은 몰랐어. 하지만 그애는 액턴에게 소소한 물건이라도 사줄 돈을 마련하기 위해 무척 열심이었어. 사실 싸구려라 액턴은 좋아하지도 않는 물건이었는데. 그는 색깔이 마음에 들지 않는다며 보기 흉한 넥타이핀이나 실크 손수건 따위를 단 한 번도 사용하지 않았어. 아마 도카스는 늙은 남자에게서 사랑을 베푸는 법을 배웠을 거야. 그런데 그 가르침을 액턴에게 낭비해버린 거지. 그런 일을 당연하게 여기고, 도카스를 당연하게 여기고, 모든 소녀가 자기를 좋아하는 게 당연하다고 받아들이는 남자에게.

도카스가 나이든 남자와 헤어졌는지, 아니면 액턴과 양다리를 걸쳤는지는 잘 모르겠어. 우리 할머니는 도카스가 이런 일을 자초했다고 말씀하셔. 자기가 살아온 대로 받는 법이라면서.

그만 집으로 돌아가야 해. 여기에 너무 오래 앉아 있으면, 남자들이 내가 즐기려고 기다리는 줄 알 거야. 이젠 아니야. 도카스에게 그 일이 일어난 후로 난 오로지 내 반지를 돌려받고 싶을 뿐이야. 아직 내가 그 반지를 잘 간직하고 있다는 걸 어머니에게 보여줘야 해. 이따금 반지에 대해 물어보거든. 어머니는 병이 들어 더는 턱시도에서 일하지 않아. 아버지는 풀먼에서 일자리를 구하셨어. 예전보다 더 행복해 보여. 신문이나 잡지를 읽을 때면 여전히 인쇄된 활자에 대고 투덜거리지만, 말끔하게 잘 접힌 신문을 제일 먼저 받아보고, 예전처럼 그렇게 큰 소리로 언쟁을 하시지도 않아. '이제 나는 세상을 다 봤다.' 아버지는 이렇게 말씀하셔.

그건 턱시도와 펜실베이니아의 기차역과 오하이오, 인디애나, 일리노이를 두고 하는 말이야. '그리고 세상에 사는 모든 부류의

백인도 다 봤다. 딱 두 부류지.' 아버지는 말하셔. '우리 검둥이에
게 미안한 마음을 갖는 부류와 그렇지 않은 부류. 양쪽 모두 결국
에는 똑같아. 그 둘 사이에 존경심이라곤 전혀 찾아볼 수 없다.'

아버지는 예전만큼이나 논쟁을 좋아하지만, 더 행복해지셨어.
기차를 타고 '빌어먹을 진짜 운동장'에서 야구 경기를 하는 흑인
을 보러 가시거든. 백인이 정정당당하게 흑인과 경쟁하길 겁내
는 걸 보면 기쁨을 감추지 못해.

이제 할머니는 행동이 더 둔해지셨고, 어머니는 아프셔. 그래
서 요리는 주로 내가 해. 어머니는 내가 좋은 남자를 만나 결혼
하기를 바라시지만, 나는 일단 좋은 직업을 갖고 싶어. 내 손으
로 돈을 벌고 싶어. 어머니처럼. 트레이스 부인처럼. 그리고 도
카스가 죽기 전에 맨프리드 부인이 그랬던 것처럼.

나는 그 남자가 내 반지를 갖고 있는지 알아보려고 거기 잠깐
들렀어. 어머니가 계속 반지에 대해 물어보셨거든. 장례식 이후
에 맨프리드 부인의 집을 샅샅이 뒤졌지만, 찾을 수 없었어. 하
지만 반지 말고 다른 이유도 있었어. 미용사 말이, 그 늙은 남자
가 완전히 망가져 밤낮으로 울기만 한다는 거야. 일도 그만두고
아무짝에도 쓸모없는 폐인이 되었다고 했어. 도카스를 그리워
하면서 자기가 그애를 죽인 살인자라고 생각하는 모양이야. 하
지만 그 남자는 그애를 잘 몰랐던 게 틀림없어. 도카스가 얼마나

남자를 잘 걷어차는지 말이야. 단 한 사람 액턴을 제외하고. 하지만 그애가 좀더 오래 살았거나 액턴이 계속 그애 곁에 있었다면, 액턴 또한 걷어찼을 거야. 단지 관심을 끌거나 짜릿함을 맛보기 위해서. 나는 그 파티장에 있었어. 그애가 침대에서 마지막으로 이야기를 나눈 사람이 바로 나였지.

세 달 동안 그 일에 대해 생각해봤어. 그리고 그 남자가 여전히 그 일로 울고 있다는 소식을 들었을 때, 아무래도 도카스에 대해 말해줘야겠다고 결심했어. 도카스가 나에게 했던 이야기에 대해. 그래서 시장에서 돌아오는 길에 어머니가 듣고 싶어하는 레코드판을 사려고 펠턴네 가게에 잠깐 들렀다. 도카스가 그 사람을 자주 만났던 레녹스 애비뉴의 그 건물로 갔어. 그런데 도카스의 장례식에서 난리를 치는 바람에 바이올런트란 별명을 얻은 그 여자가 현관 앞에 서 있었어.

나는 장례식에 가지 않았어. 그애가 바보처럼 죽는 꼴을 보고 너무 화가 나서 장례식에 갈 마음이 들지 않았거든. 마지막으로 그애 얼굴을 보는 자리에도 가지 않았어. 그 사건 이후로 그애가 싫어졌기 때문이야. 누구라도 그랬을 거야. 결국 그애가 형편없는 친구라는 게 드러났으니까.

내가 바라는 건 반지뿐이었어. 그리고 늙은 남자에게 그만 울어도 된다고 말해주고 싶었지. 난 남자의 부인이 무섭지 않았어.

맨프리드 부인도 그 여자의 방문을 허락했고, 두 사람이 꽤 잘 지내는 것 같았거든. 맨프리드 부인이 얼마나 엄격한지, 자기집에 절대 발도 들여놓지 못하게 하고, 도카스에게 말도 붙이지 말라고 입버릇처럼 말한 그런 사람들을 다 아니까. 맨프리드 부인이 집에 들일 만한 사람이라면, 나도 바이올런트를 겁낼 필요가 없다고 생각했어.

나는 맨프리드 부인이 왜 그녀의 방문을 허락했는지 알 수 있어. 트레이스 부인은 거짓말을 하지 않아. 그녀의 말에는 나이든 사람들이 하는 식의 거짓이 없어. 트레이스 부인이 도카스에 대해 처음 한 말은 '그애는 못생겼어. 얼굴이나 마음씨 모두!'였어.

도카스는 내 친구였지만, 어떤 면에서 트레이스 부인의 말이 옳아. 미인의 조건은 다 갖추었지만, 왠지 요리법이 잘못되었지. 아마 트레이스 부인은 단순히 질투심에 그렇게 말했을 거야. 그 부인은 피부가 정말 새까맣더라. 여학생들은 구두닦이라고 불렀을 거야. 사실 예쁠 거라고 생각하지는 않았는데, 예뻤어. 아무리 봐도 절대 질리지 않을 얼굴이야. 우리 할머니가 보면 말라깽이라고 불렀을 몸매에 머리카락은 곧게 펴서 남자처럼 뒤로 빗어 넘겼어. 지금은 어디서나 그런 머리 스타일뿐이지만. 귀 위쪽은 잘 다듬어져 있었고, 뒷머리도 마찬가지였어. 아마 남편이 뒷머리를 손질해주었을 거야. 남편 말고 누가 해줬겠어? 미용실에는 발도 들여놓지 않는다던데. 미용사들이 그렇게 얘기하더라고. 나는 아내를 위해 목 뒤쪽 머리를 다듬어주는 남편의 모습을 상상할 수 있었어. 가위나 어쩌면 면도날로 잘라주고는 파우더를 발랐겠지. 그 남자는 그런 사람이었어. 나는 도카스가 파티에서 집주인 여자의 침대에 온통 피를 흘리며 했던 말이 무슨 뜻인지 알 것 같아.

도카스는 어리석었어. 하지만 늙은 남자를 만나보니 이해할 수 있을 것 같았어. 그는 나름대로 그만의 매력이 있어. 그 나이 남자치고는 제법 잘생긴 편이고. 무기력한 구석이라고는 전혀 찾아볼 수 없어. 머리 모양도 근사하고 자기가 대단한 사람인 양 행동해. 마치 우리 아버지가 턱시도 정션*에서 벗어나, 세상 구경도 하고 야구 경기도 관람하는 긍지에 찬 풀먼**의 승무원이 되었을 때처럼. 그렇지만 그의 눈빛은 아버지의 눈빛처럼 차갑지 않아. 트레이스 씨는 가만히 사람을 쳐다보지. 그의 눈동자는 색깔이 각기 달라. 서글퍼 보이는 한쪽 눈동자는 그의 마음을 들여다보게 해주고, 투명한 다른 쪽 눈동자는 상대의 마음속을 들여다봐. 난 그 남자가 나를 쳐다볼 때가 좋아. 잘 모르겠어, 왠지 흥미

---

* 재즈 애호가들이 모이는 장소, 클럽 같은 곳.
** 침대 같은 안락한 설비가 딸린 특별 기차.

롭게 느껴진달까? 그 사람이 나를 쳐다보면, 더 성숙해진 느낌이
들어. 내 감정이나 생각이 무척 중요하고 남다르고…… 흥미로
운 것이라도 되는 것 같아.

　내 생각에 그는 여자를 좋아해. 이런 남자는 처음 봤어. 내 말
은 여자와 시시덕거린다는 뜻이 아니야. 그런 것과 상관없이 여
자를 좋아한다는 말이야. 미용사들이 들으면 화낼지도 모르지
만, 나는 이 남자가 자기 부인을 정말 좋아한다고 믿어.

　내가 처음 거기에 갔을 때, 남자는 아무 말도 없이 창문 옆에
앉아 좁은 골목길을 응시하고 있었어. 잠시 후 트레이스 부인이
노인을 위한 음식이 가득 담긴 접시를 들고 들어왔어. 옥수수빵
을 얹은 쌀밥과 야채 요리였지. 그가 말했어. '고마워, 여보. 절
반은 당신이 먹어요.' 이렇게 말하는 그의 어조는 어딘가 특별했
어. 진심으로 고마워하는 것처럼. 우리 아버지가 고맙다고 말할
때에는 그저 말뿐이거든. 그런데 트레이스 씨는 진심인 것처럼
행동했어. 그리고 방을 나와 부인 곁을 지나갈 때는 부인을 어루
만졌어. 때로는 머리를 쓰다듬기도 하고 어깨를 가볍게 두드리
기도 했어.

　나는 지금까지 그가 두 번 미소 짓는 것과 한 번 큰 소리로 웃
는 걸 봤어. 그럴 때면 그가 얼마나 늙었는지 아무도 모를 거야.
웃을 때는 꼭 아이 같거든. 그들을 세 번인가 네 번 방문하고 나

서야 그의 미소를 보았지. 내가 동물원의 동물은 사냥꾼으로부터 안전하기 때문에 자유로운 동물보다 행복하다고 말했을 때. 그는 아무 말도 하지 않았어. 내 말이 신선하고 정말 재미있다는 듯 그저 미소만 지었어.

그래서 내가 다시 돌아간 거야. 처음에는 남자가 내 반지를 갖고 있는지, 반지의 행방을 아는지 알아보려고, 그리고 도카스는 그럴 가치가 없으니 더는 괴로워하지 말라고 말해주려고 갔어. 두번째는 트레이스 부인이 저녁식사에 초대했을 때였는데, 그가 어떤 사람인지 좀더 지켜보고 트레이스 부인이 어떤 식으로 말하는지 듣기 위해서였어. 그녀의 말버릇이 항상 그녀를 곤경에 빠뜨리곤 했으니까.

'난 내 인생을 엉망으로 망쳐버렸어.' 그녀가 나에게 말했어. '북부로 오기 전에는 나도 분별력이 있었고 세상도 그랬지. 우린 가진 거라곤 쥐뿔도 없었지만 하나도 아쉽지 않았어.'

대체 누가 그런 말을 들어봤을까? 도시에서 사는 것보다 더 좋은 일이 어디 있다고. 시골에서 뭘 할 수 있겠어? 어렸을 때 턱시도에 갔다 온 적이 있는데, 그때도 얼마나 지겨웠는지 몰라. 나무를 몇 그루나 쳐다볼 수 있겠어? 나는 그 여자에게 말했어. '나무를 몇 그루나 쳐다볼 수 있겠어요? 보면 또 얼마나 오래 보겠어요? 그리고 나면 뭘 하죠?'

그런 게 아니라고. 나무를 그냥 쳐다보는 게 아니라고 그녀는 말했어. 그리고 나에게 143번가에 가서 모퉁이에 있는 큰 나무를 보고 그 나무가 남자인지 여자인지 혹은 어린아이인지 맞혀보라고 했어.

나는 웃었어. 역시 이 여자가 미쳤다고 한 미용사의 말이 맞았다고 생각했지. 그 순간, 그녀가 말했어. '원하는 대로 살 수 없다면, 그런 세상이 무슨 소용이지?'

'원하는 대로요?'

'그래, 원하는 대로. 지금 사는 삶보다 더 나은 삶을 원하지 않니?'

'그게 뭐 중요한가요? 어차피 내가 바꿀 수도 없는데.'

'바로 그게 문제란다. 만일 네가 삶을 바꾸지 못하면 삶이 너를 바꿔놓을 거야. 그리고 그건 전부 네 잘못이 되지. 네가 그런 일이 일어나게 내버려둔 거니까. 나는 그냥 내버려두었고, 덕분에 인생을 망쳐버렸어.'

'어떻게 망쳤다는 거예요?'

'인생을 잊어버린 거야.'

'잊어버렸다고요?'

'내 것이란 사실을 잊은 거지. 바로 내 인생이라는 걸. 난 내가 아닌 다른 누군가가 되기를 바라며 거리 여기저기를 뛰어다녔어.'

'누구요? 누가 되고 싶었는데요?'

'누구라기보다 어떤 사람이 되고 싶었어. 백인. 밝음. 새로운 젊음, 뭐 그런 거지.'

'지금은 그렇지 않나요?'

'지금은 우리 어머니가 끝내 보지 못하고 돌아가신 그 여자가 되고 싶어. 그 여자. 어머니가 좋아했을, 그리고 나도 한때 좋아했던 여자…… 우리 할머니는 늘 금발 머리 사내애 이야기를 들려주었어. 남자아이였지만, 나는 그애를 가끔은 여자애로 혹은 오빠로 혹은 남자친구로 생각했어. 그애는 내 마음속에 살았지. 두더지처럼 조용하게. 하지만 나는 여기에 와서야 그 사실을 알았어. 우리 두 사람 모두. 거기서 벗어나야 했는데.'

그 여자는 그런 식으로 말했어. 그렇지만 나는 그 말뜻을 알아들었지. 마음속에 자신과는 다른 또하나의 자기가 있다는 말이었어. 도카스와 나는 사랑을 나누는 장면을 상상해서 서로 묘사하곤 했어. 재밌기도 하고 은근히 야릇하기도 했지. 그렇지만 마음에 걸리는 대목이 있었어. 사랑을 나누는 장면 자체가 아니라 그 짓을 하는 내 모습을 상상할 때였어. 전혀 나 같지 않았지. 나는 영화나 잡지에서 본 누군가의 모습으로 나 자신을 상상했어. 그러면 괜찮았어. 하지만 원래 그대로의 나를 떠올리면, 뭔가 잘못됐다는 느낌이 드는 거야.

'그 여자에게서 어떻게 벗어났죠?'

'죽였어. 그러고 나서 그녀를 죽인 나를 죽였지.'

'그러면 누가 남았나요?'

'나.'

나는 아무 말도 하지 못했어. '나'라고 말할 때 그녀의 눈빛 때문에 또다시 미용사의 말이 맞을지도 모르겠다고 생각하기 시작했어. 마치 그 단어를 생전 처음 들은 사람 같았거든.

그때 트레이스 씨가 집에 돌아왔어. 그는 잠깐 밖에 앉아 있겠다고 말했어. 그러자 그녀가 말했어. '아니, 조. 우리와 함께 있어요. 그녀가 당신을 물지는 않을 테니까.'

그건 나를 두고 하는 말이었어. 그것 말고 다른 말은 알아들을 수 없었어. 그는 고개를 끄덕이더니 '잠시 동안만'이라고 말하며 창가에 앉았어.

트레이스 부인은 그를 쳐다보고 말을 했어. 하지만 나는 나에게 하는 말이라는 걸 알았지. '못생긴 네 친구가 그에게 상처를 줬어. 그런데 널 보고 다시 그애 생각이 난 거야.'

난 할말을 찾을 수 없었어. '난 그애랑 닮지 않았어요!'

그렇게 언성을 높여 말할 생각은 없었어. 두 사람 모두 나를 쳐다봤어. 그래서 계획에도 없던 말을 해버렸지. 반지를 달라고 하기도 전에 이런 말부터 했어. '도카스는 스스로 자기를 죽게 내버려둔 거예요. 총알은 이렇게 어깨에 맞았어요.' 나는 손가락으로 가리켰어. '아무도 자기를 옮기지 못하게 했어요. 그냥 자고 싶다면서 괜찮을 거라고 했죠. 아침이 되면 병원에 가겠다고. "아무도 부르지 마. 구급차도, 경찰도, 어느 누구도." 이렇게 말했어요. 이모인 맨프리드 부인이 아는 걸 원치 않나보다 생각했어요. 도카스가 어디서 뭘 하고 다녔는지 그런 거 전부 다요. 파티를 주선한 여자도 경찰을 부르는 게 무서웠던지 괜찮을 거라고 했어요. 모든 사람이 그랬어요. 그냥 옆에 서서 떠들기만 하며 기다렸어요. 그래도 몇 사람은 그녀를 아래층으로 옮기자고 했어요. 차에 태워 응급실로 가자고요. 하지만 도카스가 괜찮다며 싫다고 했어요. 제발 자길 혼자 쉬게 내버려달라고. 그렇지만 내가 했어요. 구급차를 불렀다고요, 내가. 두 번이나 더 전화를 하고 나서 다음날 아침에야 왔지만. 빙판길 때문에 늦었다고 했지만, 아마도 유색인이 전화했기 때문이었을 거예요. 도카스는 피를 철철 흘렸어요. 주인 여자의 침대 시트가 다 젖고 매트리스까지 다 젖을 정도로. 주인 여자는 몹시 못마땅했던 게 분명해요. 줄곧 그 얘기만 했거든요. 주인 여자와 도카스의 남자친구가 말이에요. 저 피 좀 봐. 피 때문에 엉망진창이 됐어. 그저 그 말밖에 안 했어요.'

나는 그만 말을 멈춰야 했어. 숨이 차고 울음이 터졌거든.

그렇게 엉엉 울어버린 나 자신이 너무 싫었어.

그들은 나를 말리지 않았어. 트레이스 씨가 주머니에서 손수건을 꺼내 건네주었어. 내가 겨우 울음을 그칠 쯤에 그 손수건은 흠뻑 젖었지.

'처음 우는 거니?' 트레이스 씨가 나에게 물었어. '처음으로 그 애를 위해 운 거니?'

그런 생각은 한 번도 해보지 않았지만, 사실이었어.

'아, 저런!' 트레이스 부인이 말했어.

그러고 나서 두 사람은 나를 쳐다보기만 했어. 더는 한마디도 하지 않을 기세였지. 마침내 트레이스 부인이 먼저 입을 열었어. '금요일 저녁에 함께 식사하면 어떨까? 메기 요리 좋아하니?'

나는 좋다고 말했지만, 가지는 않을 생각이었어. 그깟 반지 따위. 하지만 목요일이 되자, 트레이스 씨가 나를 쳐다보던 눈길과 부인이 '나'라고 말하던 말투가 생각났어.

부인의 그 말투. 그녀가 말한 '나'는 어떤 억센 누군가인 것 같지도 않았고, 과시하려고 꾸며낸 사람 같지도 않았어. 그저 자기가 좋아하고 의지할 수 있는 사람 같았지. 불쌍하게 여길 필요도, 지키려고 싸워야 할 필요도 없는 비밀스러운 존재. 백인에게 본때를 보이려고 반지를 훔친 뒤 백인에게서 받은 선물이라고 거짓말할 필요가 없는 사람. 단지 어머니가 반지를 아직 찾지 못했느냐고 자꾸 물어보기 때문에 찾으려는 건 아니야. 반지는 아름다웠어. 내가 가지고 있다 해도, 그 반지는 내 것이 아니야. 나는 반지를 사랑하지만, 거기에는 속임수가 숨어 있어. 반지가 내 것이라고 말하려면 나는 그 속임수에 동조해야 해. 트레이스 부인의 머릿속에 살고 있는 가짜 금발 머리 소년을 연상시키는 속임수. 내가 '괜찮아요, 안 받을래요'라는 말을 할 수도 없을 만큼 어릴 때, 백인들에게 훔쳐서 나에게 주어진 선물.

반지는 도카스와 함께 묻혔어. 메기 요리를 먹으러 찾아갔을 때 그 사실을 알았어. 관에 누운 도카스를 칼로 찌를 때, 그애의 손에서 은반지를 보았다고 트레이스 부인이 말했거든.

뱃속이 메슥거리며 이상한 기분이 들었어. 목이 바싹 말라 더는 음식을 삼킬 수도 없었지. 나는 그녀에게 왜 그런 식으로 장례식을 엉망으로 만들었냐고 물어봤어. 트레이스 씨는 마치 자기가 질문한 것처럼 그녀를 빤히 쳐다봤지.

'숙녀를 잃어버렸거든.' 트레이스 부인이 말했어. '그녀를 어딘가에 내려놓고 어디였는지 잊어버린 거야.'

'어떻게 찾았는데요?'

'봤어.'

우리는 잠시 아무 말 없이 자리에 앉아 있었어. 그때 문을 두드리는 소리가 들렸어. 트레이스 부인이 자리에서 일어났어. 곧

이어 목소리가 들려왔지. '그냥 여기랑 여기만 하면 돼. 이 분밖에 안 걸릴 거야.'

'이 분 안에 해치우는 일은 안 해요.'

'제발, 바이올렛. 정말 급하지 않으면 이렇게 부탁하지도 않는다는 거 잘 알잖아.'

그들이 식사실로 들어왔어. 트레이스 부인과 살짝만 말아달라고 간청한 여자가. '그냥 여기랑 여기만. 혹시 여기도 말아올려줄 수 있을까? 파마 말고 그냥 말아올려줘. 내 말 알겠지?'

'다들 먼저 먹어요. 별로 오래 걸리지 않을 거예요.' 우리가 그 성급한 손님에게 '안녕하세요'라고 인사하자, 트레이스 부인이 트레이스 씨와 나에게 말했어. 하지만 누구도 서로를 소개하지는 않았어.

이번에 트레이스 씨는 창가에 앉지 않고, 내 옆에 있는 소파에 앉았어.

'펠리스라, 행복이란 뜻이지. 넌 행복하니?'

'아뇨.'

'도카스는 외모도 마음씨도 추하지 않았어.'

나는 어깨를 으쓱했어. '그애는 사람들을 이용했어요.'

'그 사람들이 그애에게 이용당하기를 원했을 뿐이야.'

'그럼 아저씨는요? 그애가 아저씨를 이용해주길 원했어요?'

'분명히 그랬을 거다.'

'글쎄요, 나는 그렇지 않아요. 이제 도카스가 더는 그럴 수 없어서 다행이에요.'

나는 스웨터를 벗지 말걸 하고 생각했어. 자세를 어떻게 해도 옷이 자꾸 가슴에 딱 달라붙었거든. 물론 그는 내 몸이 아니라 얼굴을 쳐다봤어. 그런데도 왜 그 남자랑 단둘이 방에 있는 게 불편했는지 이유를 모르겠어.

트레이스 씨가 말했어. '도카스가 죽어서 너도 몹시 화가 났구나. 나도 그래.'

'당신 때문에 그애가 죽었어요.'

'나도 알아. 잘 알아.'

'비록 그애를 직접 죽인 건 아니라 해도, 그애가 스스로 죽음을 택했다 해도 당신이 죽인 거예요.'

'그래, 내가 죽였어. 내가 살아 있는 한 그 사실은 변함없을 거야. 하지만 할말이 있구나. 내 평생 그보다 더 결핍이 심한 사람은 본 적이 없다.'

'도카스가요? 아직도 그애에 대한 집착에서 헤어나지 못했군요.'

'집착이라고? 그래, 네 말이 만약 내가 그애에게 느낀 그 감정을 좋아하느냐는 뜻이라면, 집착이라고 말할 수 있겠지.'

'그럼 트레이스 부인에 대한 감정은 뭐죠? 그녀는 어떻게 하고요?'

'우리는 노력하고 있어. 지금은 좀더 빨리 가까워지고 있단다. 네가 찾아와 네가 한 일을 말해준 이후로.'

'도카스는 냉정했어요.' 내가 말했어. '마지막 순간까지 눈물 한 방울 흘리지 않았죠. 어떤 일이 있든 그애가 우는 모습을 한 번도 보지 못했어요.'

'하지만 나는 봤다. 너는 그애의 강인한 면만을 알고 있지만, 나는 부드러운 면을 봤어. 그런 면을 돌봐줄 수 있었던 난 운이 좋았던 거지.' 그가 말했어.

'도카스가 부드럽다고요?'

'도카스는 부드러웠어. 내가 아는 소녀는 그랬다. 단단한 비늘이 있다고 해서 어린 물고기가 아닌 건 아니야. 나 이외에 어느 누구도 그애의 그런 점을 알지 못했어. 나를 만나기 전에는 아무도 그애를 사랑하려 하지 않았거든.'

'그애를 사랑했으면서 왜 쏜 거예요?'

'겁을 먹었기 때문이야. 사랑하는 방법을 몰랐지.'

'지금은 아니요?'

'아니. 너는 아니, 펠리스?'

'나는 다른 할 일이 많아요.'

그는 내 말에 미소 짓지 않았어. 그래서 내가 말했지. '아저씨에게 전부 말한 건 아니에요.'

'말해줄 게 더 있니?'

'말해야 할 것 같아요. 그애가 마지막으로 한 말이 있어요. 그러니까 그애가…… 잠들기 전에요. 모든 사람이 소리를 질러댔어요. "누가 널 쏜 거니? 누가 그랬어?" 그애가 말했어요. "혼자 있게 해줘요. 내일 말할 테니까." 그애는 자기가 내일도 살아 있을 거라고 생각했던 모양이에요. 그리고 나까지 그렇게 생각하게 만들었죠. 잠시 후 그애가 내 이름을 불렀어요. 내가 바로 옆에 무릎을 꿇고 있었는데도 말이에요. "펠리스, 펠리스, 이리 와. 더 가까이." 나는 얼굴을 바싹 갖다댔어요. 그애의 숨결에서 과일주 냄새가 났죠. 그애는 진땀을 흘리며 혼잣말을 했어요. 눈을 제대로 뜨지도 못했는데, 갑자기 눈을 크게 뜨더니 엄청 큰 소리로 말했어요. "사과는 오직 하나야." 분명히 "사과"라고 했던 것 같아요. "딱 한 개뿐이야. 조에게 말해줘."

알겠어요? 그애의 마음속에 마지막으로 떠오른 사람은 바로 당신이었어요. 내가 바로 거기에, 그 자리에 있었는데도. 그애의 가장 친한 친구라고 생각했는데. 하지만 그애가 응급실에 가서 살아야겠다고 마음먹게 할 만큼 친하지는 않았던 거죠. 그애는 내 반지와 모든 걸 함께 가지고 바로 내 눈앞에서 스스로 죽어가

면서도, 나는 안중에도 없었어요. 그래요. 그게 전부예요. 이제 다 말했어요.'

그의 미소를 두번째로 본 것이 바로 그때였어. 하지만 기쁘기보다는 더 많이 슬퍼 보였지.

'펠리스.' 그가 말했어. 그리고 계속해서 내 이름을 불렀어. '펠리스, 펠리스.' 두 음절을 또박또박 발음했어. 아버지도 그렇고 대부분 한 음절로 얼버무려 발음하는데 말야.

머리를 한 여자가 문을 열고 나가며 수다스럽게 인사했어. 정말 고마워. 조, 만나서 반가웠어요. 방해해서 미안해요. 얘야, 이름은 모르지만 네게 축복이 있기를. 바이올렛에게는 진짜 축복을.

나도 그만 가야겠다고 말했어. 트레이스 부인은 의자에 털썩 주저앉아 머리를 뒤로 젖히고 두 팔을 축 늘어뜨렸어. '사람들은 치사해. 너무나도 치사해.' 그녀가 말했어.

트레이스 씨가 말했지. '아니야. 오히려 우스꽝스럽지.'

그러더니 자기 말을 입증하려는 듯 살짝 웃어 보였어. 트레이스 부인도 따라 웃었지. 나도 역시 웃었지만, 곧장 웃음이 터져 나오지는 않았어. 그 여자가 그렇게 우스꽝스럽지는 않았거든.

그때 길 건너편에 사는 사람이 레코드판을 틀었는지, 열린 창문으로 음악이 흘러들어왔어. 트레이스 씨는 선율에 맞춰 고개를 까딱거렸고, 부인은 손가락을 딱딱 튕겼지. 그녀가 그의 앞에서 살짝 스텝을 밟자, 그가 미소를 지었어. 이윽고 두 사람은 나란히 춤을 추었지. 춤추는 노인들이 다 그렇듯 그 모습이 우스꽝스러워 난 진짜로 깔깔대며 웃었어. 두 사람 모습이 정말 웃기기 때문만은 아니었지만. 왠지 내가 그곳에 더 있으면 안 될 것 같은 기분이 들었어. 그들이 춤추는 모습을 보지 말아야 한다는 생각이 들었지.

트레이스 씨가 손을 내밀며 말했어. '이리 와, 펠리스. 얼마나 잘 추는지 한번 보자.'

트레이스 부인도 말했어. '그래, 이리 와. 어서! 음악이 끝나겠어.'

나는 고개를 저었지만, 사실 춤을 추고 싶었어.

그들의 춤이 끝나자 내 스웨터를 달라고 했어. 트레이스 부인이 말했어. '언제든지 와. 머리를 만져주고 싶구나. 공짜로 해줄게. 머리카락을 좀 잘라야겠어.'

트레이스 씨는 앉아서 기지개를 폈어. '여기에는 새가 필요해.'

'그리고 빅트롤라 축음기도요.'

'입조심하렴, 얘야.'

'만일 축음기를 마련하면, 머리하러 올 때 레코드판을 몇 장 가지고 올게요.'

'조, 들었어요? 레코드판을 몇 장 가지고 온대요.'

'그렇다면 일자리를 하나 더 구해야겠군.' 그는 내가 문으로 걸어갈 때, 내 팔꿈치를 살짝 건드렸어. '펠리스, 네 부모님들이 네 이름을 아주 제대로 지었구나. 기억하렴.'

나는 어머니에게 사실을 말할 거야. 난 알아. 어머니는 오팔 반지를 훔친 일을 아주 자랑스럽게 여긴다는 걸. 어머니는 자기가 뭘 훔친다고 생각한 백인 남자에게 앙갚음하려고 대담하게 그런 짓을 했다는 사실을 대단히 자랑스럽게 생각해. 평소 어머니는 사람들이 어이없어 웃을 만큼 정직했어. 장갑 한 켤레 값을 냈는데 점원이 두 켤레를 주었으면 한 켤레를 되돌려주려고 다시 가게로 돌아갔고, 전차 좌석에서 십오 센트를 주우면 운전사에게 갖다주었지. 도무지 대도시에 사는 사람 같지 않았어. 어머니가 그런 행동을 하면, 아버지는 손으로 이마를 짚었어. 가게 점원이나 운전사는 어머니를 미친 사람처럼 바라보았지. 그래서 나는 그 반지가 어머니에게 얼마나 큰 의미인지 잘 알아. 평생에 단 한 번 자신의 원칙을 깨뜨린 게 얼마나 자랑스러운 일일지도. 어머니에게 말할 거야. 나도 그 사실을 안다고, 내가 정말 사랑하는 건 반지가 아니라 어머니가 한 그 일이라고.

나는 도카스가 반지를 가져서 정말 기뻐. 반지는 도카스의 팔찌와 잘 어울렸고 파티가 열렸던 집과도 잘 어울렸어. 그 집 벽면은 은백색이었고, 창문에는 청록색 커튼이 드리워져 있었어. 가구 역시 청록색이었고. 여주인이 돌돌 말아서 손님용 침실에 놓아둔 융단은 흰색이었어. 오직 식사실만 어두운 색이었고 집 안의 앞쪽처럼 잘 정돈되어 있지 않았지. 그녀는 아마도 자기가 가장 좋아하는 색으로 식사실을 칠할 수 없었던 모양이야. 식사실의 유일한 장식품은 귤 그릇이었어. 집주인이 쓰는 침실은 흰색과 황금색으로 치장했지만, 도카스를 눕혔던, 어두운 식사실에서 조금 떨어진 침실은 아주 밋밋했지.

나는 파티에 남자를 데리고 가지 않았어. 대신 도카스와 액턴과 함께 있었어. 도카스는 알리바이가 필요했고, 내가 바로 그 알리바이였어. 도카스가 트레이스 씨와 헤어지고 '남자 낚시'를 하며 돌아다니면서 우리의 우정은 다시 새로워졌어. 우리보다 나이가 많은 무수한 여자들이 원했고 또 갖기도 했던 누군가를 찾는 거지. 도카스는 특히 그 점을 좋아했어. 다른 여자애들이 질투한다는 점을. 그 남자가 다른 여자애들을 제쳐두고 자기를 선택했다는 사실을. 자신이 승리를 거두었다는 것을. 도카스는 말했어. '내가 그를 차지했어. 내가 이겼어!' 세상에. 그 말만 들으면, 그애가 무슨 싸움이라도 벌인 줄 알았을 거야.

대체 뭘 이겼다는 거지? 그 남자는 도카스에게 못되게 굴었지만, 그애는 그렇게 생각하지 않았어. 그저 어떻게 하면 그 남자의 관심을 잃지 않을까 궁리하며 시간을 보냈지. 혹시 끼어들려는 여자가 있으면 어떻게 할까 계략을 짜면서. 내가 아는 여자애들은 다 그런 식으로 생각하더라. 어떻게 하면 남자를 차지할까, 그리고 나면 어떻게 계속 마음을 붙잡아둘까 고민하지. 그리고 무엇보다 중요한 건 남자를 차지하라고 응원해주는 친구와 훼방 놓는 적이 있어야 한다는 거야. 다들 으레 그런 식으로 생각하기 마련인가봐. 하지만 그러고 싶지 않으면 어떻게 하지?

오늘밤은 참 따뜻해. 봄을 건너뛰고 곧장 여름으로 넘어갈 모양이야. 추위를 싫어하는 우리 어머니는 이런 날씨를 좋아할 거야. 아버지는 '진짜 운동장'으로 흑인 야구선수를 찾아 따라다니며 크게 소리도 지르고, 펄펄 뛰며 친구들에게 경기 내용을 들려주면서 행복해하실 거야. 나무에는 아직 꽃이 피어날 기미가 보이지 않지만 날씨는 따스해졌어. 이제 곧 피어나겠지. 저기 저 나무는 꽃이 피길 간절히 바라고 있어. 수나무는 아니야. 아직 어린 나무인 것 같아. 음, 분명 암나무일 거야.

트레이스 부인의 메기 요리는 아주 훌륭했어. 물론 우리 할머니나 가슴이 닳아 없어지기 전의 우리 어머니가 만든 요리보다는 못했지만. 트레이스 부인은 밀가루 옷에 후추를 지나치게 뿌

렸어. 나는 부인의 기분이 상하지 않도록 물을 많이 마셨어. 그
럼 얼얼한 통증이 좀 가라앉거든."

고통. 나는 고통에 애정, 일종의 중독 같은 것이 있는 듯하다. 번쩍이는 번개, 천둥의 잔물결. 나는 폭풍의 눈이다. 쪼개진 나무와 지붕 위로 도망쳐서 굶고 있는 암탉들을 애처로워하는. 나 없이 스스로 자신을 구할 수 없기에 어떻게 하면 그들을 구할 수 있을까 궁리하는. 이것은 나의 폭풍이다, 그렇지 않은가? 나는 내가 다시 원상 복구할 수 있다는 걸 증명하기 위해 삶을 파괴한다. 고통은 그들의 몫이지만, 나는 그 고통을 함께 나눈다. 그렇지 않은가? 물론 그렇다. 그렇고말고. 나는 다른 식으로는 하고 싶지 않다. 그러나 그건 또다른 방법이다. 나는 지금 불안하다. 약간 거짓이란 느낌이 든다. 나는 뭘까? 곰곰이 생각할 점점이 빛나는 핏자국이 없다면 나는 도대체 뭐란 말인가? 그 자국을 추적하다 놓치는 가슴 아픈 말이 없다면?

나는 이곳에서 벗어나야 한다. 창문을 피해야 한다. 나 자신의 삶을 꾸리는 대신 다른 사람들의 삶을 엿보려고 문에 뚫어놓은 구멍을 떠나야 한다. 내 정신을 빼앗고 내게 영감을 준 것은 이 도시에 대한 사랑이었다. 그 사랑은 나로 하여금 도시의 큰 목소리를 말할 수 있고, 그 소리를 사람의 목소리처럼 들리게 만들 수 있다고 믿게 만들었다. 나는 사람들을 모두 잃었다.

나는 그들을 안다고 생각했고, 그들이 나에 대해 제대로 알지 못하더라도 별로 염려하지 않았다. 이제는 그들이 왜 매사에 나와 부딪쳤는지 알겠다. 그 이유는 그들이 나를 처음부터 알았기 때문이다. 곁눈질하며 나를 지켜봤기 때문이다. 내가 전혀 눈에 띄지 않을 거라고, 입을 꾹 다물고 조용히 있어서 지켜보는 사람이 없을 거라고 생각하고 있을 때, 정작 그들은 나에 대해 서로 수군거렸다. 그들은 내가 얼마나 믿을 수 없는 존재인지 알았다. 모든 걸 다 안다는 나의 자아가 얼마나 어설프고 초라하게 무기력함을 감추고 있었는지를. 내가 그들에 대한 이야기를 지어낼 때—내게는 정말 멋진 일처럼 보였다—나는 완전히 그들의 손바닥 위에 있었고 무자비하게 그들 손에 놀아났다. 창문과 문구멍을 통해 그들을 지켜보고 기회가 날 때마다 그들을 따라다니고 그들에 대해 수다를 떨고 그들의 삶을 채워주며 내 모습을 철저히 숨겼다고 생각했지만, 사실 그들은 줄곧 나를 지켜봤던 것이다. 심지어 때로는 나를 불쌍하게 여기기까지 했다. 그들이 날 동정했다는 생각만 하면, 그만 죽고 싶은 심정이다.

그래서 나는 그 모든 걸 잃었다. 나는 누가 다른 누구를 죽일 거라고 확신했다. 그래서 그걸 묘사하기 위해 기다렸다. 사건이 발생할 거라고 믿어 의심치 않았다. 과거는 아무런 선택의 여지 없이 홈을 따라 끊임없이 돌아야 하는, 이 세상 어떤 힘도 바늘을 붙들고 있는 대를 들어올릴 수 없는, 혹사당하는 레코드와 같다. 나는 그렇게 확신했다. 그래서 그들은 춤을 추며 나를 밟고 지나갔다. 바쁘게. 그들은 독창적이고 복잡하고 변화무쌍한 존재, 바로 인간이 되느라 바빴다. 반면에 나는 너무 뻔하게도 나만의 고독에 빠져 혼란을 일으키고 오만해졌다. 내 공간, 내 견해만이 유일하게 옳고 유일하게 중요하다고 생각했다. 다른 사람들 일에 참견할 때는 너무나 흥분했고, 손가락으로 형체를 그리는 동안에는 명백한 사실들을 앞지르거나 지나쳤다. 나는 돌을 짓누르고 돌에 짓눌린 높은 건물들의 모습에 전율하며 거리를 바라보았다. 세상의 안과 밖을 볼 수 있다는 사실이 너무 즐거운 나머지 바로 내 심장 가까이에서 무슨 일이 일어나는지를 놓쳐버렸다.

나는 펠리스와 조, 바이올렛 세 사람을 보았다. 나에게는 그들이 거울에 비친 도카스와 조와 바이올렛처럼 보였다. 나는 그들이 한 중요한 일을 모두 보았다고 믿었다. 그리고 내가 본 일을 토대로 보지 못한 일도 상상할 수 있었다. 그들이 얼마나 낭만적이었는지, 얼마나 맹목적이었는지를. 그들은 위험한 아이들과도 같았다. 나는 그렇게 믿고 싶었다. 그들이 또다른 생각을 하고 또다른 느낌을 갖고, 내가 꿈도 꾸지 못한 방식으로 살아간다는 건 결코 생각할 수 없었다. 조의 경우처럼. 지금 이 순간까지도 나는 조의 눈물이 진정 무엇을 의미하는지 확신할 수 없다. 그러나 단지 도카스만을 위한 눈물은 아니었다는 건 분명하게 안다. 험악한 날씨에 거리를 뛰어다니며 그가 찾았던 것이 와일드의 황금빛 공간이 아니라 그 아이라고 나는 생각했다. 바위 사이에 있던 그 집. 거의 하루종일 햇살이 비쳐드는 곳. 자랑할 만한 것도, 누구에게 보여줄 만한 것도 전혀 없고, 어느 누구도 들어가 살고 싶어하지 않을 집. 그러나 나는 들어가고 싶다. 나를 위해 오래전에 준비된, 아늑하면서도 입구는 넓은 그곳에 들어가고 싶다. 문을 닫아놓을 필요도 없고, 선명한 색깔의 가을 단풍과 햇빛은 비스듬히 보이지만 비는 들이치지 않는 곳. 하늘이 맑을 때면, 별은 말할 것도 없고 달빛까지 세어볼 수 있는 곳. 그리고 저기 저 아래로 트리즌 강이 유유히 흐르는 곳.

　나는 그곳에 살면서 모든 사람을 두렵게 만든 그 여자가 뒤에 남긴 평화에 파묻히고 싶다. 사람들 눈에 띄는 것보다 더 나은 걸 알았기에 사람들 눈에 띄지 않았던 여자. 어쨌든 바위틈에 살았던 장난기 많은 여자를 누가 보고 싶어하겠는가? 어느 누가 두려움 없이 그녀를 볼 수 있겠는가? 마주 바라보는 그녀의 눈길을? 하지만 나는 신경쓰지 않는다. 왜 그래야 하는가? 그녀는 종종 나를 봤고 나를 두려워하지 않는다. 그녀는 나를 껴안는다. 나를 이해한다. 내게 손을 내민다. 나는 그녀와 접촉하고 은밀히 해방된다.

이제 나는 안다.

앨리스 맨프리드는 가로수가 늘어선 거리에서 떠나 저 멀리 스프링필드로 돌아갔다. 그곳에는 밝은 색상의 드레스를 좋아하는 여자가 있다. 아마 지금쯤 그녀의 가슴은 물개 가죽 지갑같이 부드러울 것이다. 그녀는 몇 가지 필요한 게 있을지 모른다. 커튼이나 겨울을 날 수 있는 질 좋은 외투. 그리고 어쩌면 하룻밤을 즐겁게 보내는 데 필요한 것을 제공해줄 수 있는 유쾌한 동반자도.

펠리스는 여전히 펠턴네 가게에서 오케 레코드판을 산다. 그리고 정육점부터 집까지 아주 천천히 걸어간다. 덕분에 고기는 미처 요리되기도 전에 상해버릴 지경이다. 그애는 그런 식으로 나를 다시 속일 수 있을 거라고 생각한다. 그렇게 천천히 걸어가면 주변에 지나가는 사람들이 달려가는 것처럼 보일 테니. 하지만 나를 속일 수는 없다. 그애가 걷는 속도는 느릴지 모르지만, 그 속도는 이미 내년의 뉴스거리를 향하고 있다. 주변 사람들과 함께 꼭 얼어붙은 주먹을 들어올리든, 악수를 하려고 손을 펼치든, 그애는 더이상 누군가의 알리바이나 망치나 장난감이 아니다.

조는 페이더트에 있는 무허가 술집에서 야간 일자리를 얻었다. 덕분에 오후의 햇빛 속을 바이올렛과 함께 거닐 수도, 도시가 연출하는 믿을 수 없이 아름다운 하늘을 구경할 수도 있다. 동이 틀 무렵 집으로 돌아오는 길에 그는 고가 철교의 계단을 걸어내려올 것이고, 우유 마차가 길가에 세워져 있으면 저녁식사 때 뜨거운 옥수수빵을 식혀 먹기 위해 하루 지난 우유 1파인트를 살지도 모른다. 아파트 건물에 도착하면 현관 계단에서 자는 노숙자들이 밤새 버린 쓰레기를 주워 쓰레기통에 버리고, 아이들의 장난감을 가지런히 모아 계단 아래에 놓는다. 장난감 중에 눈에 익은 인형이 있으면, 장난감 더미에 편하게 기대어놓는다. 계단을 올라가면 문에 도달하기도 전에 햄 냄새가 풍겨온다. 바이올렛은 냄비에서 끓어오르는 옥수수죽에 간을 하기 위해 항상 햄을 그 기름에 튀기곤 한다. 그가 문을 닫으며 큰 소리로 부르고, 그녀가 대답한다. "바이*?" "조?" 마치 다른 사람이 온 것일 수도 있다는 듯, 건방진 이웃이나 피부가 나쁜 소녀의 유령이 대신 그곳에 있을 수도 있다는 듯 서로를 부른다. 그들은 아침식사를 마치면 대개 잠을 잔다. 조의 일과—바이올렛의 일도 마찬가지이지만—다른 일들 때문에 그들은 이제 밤에 자지 않는다. 괜히 시간을 낭비하느니 몸이 나른할 때마다 잠깐 낮잠을 자는 걸로 습관을 바꾸었다. 그리고 얼마나 기분이 좋아졌는지, 그들에겐 별반 놀랄 일도 아니었다. 하지만 나머지 시간은 그들이 원하는 대로 흘러간다. 예를 들어, 그가 이발을 마친 다음 가게에서 바이올렛을 만나 그녀는 바닐라셰이크를, 그는 체리스매시를 마시곤 하는 식으로.

그들은 125번가를 걸어내려가 세븐스 애비뉴를 가로지른다. 그러다 피곤해지면 앉고 싶은 아무 계단에나 앉아 일층 창문 틀에 기댄 여자와 날씨라든지 젊은이들의 나쁜 행실에 대해 이야

---

* Vi. 바이올렛의 애칭.

기를 나눈다. 혹은 길모퉁이를 느릿느릿 돌아 멀리 내다보는 눈을 지닌 남자들의 말에 귀를 기울이고 있는 무리에 끼어들지도 모른다(두 사람은 이 사람들을 좋아한다. 비록 바이올렛은 그들 중 누군가가 밟고 올라선 나무상자나 부서진 의자가 뒤집힐까봐, 누군가 그 남자의 감정을 상하게 하는 말을 할까봐 염려하지만. 조는 그 멀리 내다보는 눈에 애정을 가지고 항상 응원하고 적절한 순간에 맞장구를 쳐준다).

그들은 가끔 조가 사자의 계단이라고 부르는 것을 구경하려고 전차를 타고 42번가까지 간다. 혹은 새 건물을 짓기 위해 땅을 파는 사람들을 보려고 72번가를 따라 천천히 걷기도 한다. 바이올렛은 그 깊은 구멍을 무서워하지만 조는 거기에 매료된다. 두 사람 모두 안타까운 일이라고 생각한다.

그렇지만 대부분의 시간은 상황을 따져보고, 몇 번을 들어도 또 듣고 싶은 은밀한 이야기를 서로에게 들려주거나 혹은 바이올렛이 사온 새를 가지고 법석을 떨며 집에서 보낸다. 병이 들어 아주 싼 값에 산 새인데, 모이조차 쪼아먹을 수 없는 상태였다. 물만 조금 마실 뿐, 일절 먹지 못했다. 바이올렛이 준비한 특별 모이도 아무 도움이 되지 않았다. 작은 새장의 창살 사이로 새소리를 내거나 혀를 쯧쯧 차도, 새는 그저 그녀의 얼굴을 피해 저 멀리를 바라볼 뿐 고개조차 돌리지 않았다. 그러나 이전에 말했

던 것처럼, 바이올렛은 절대 포기하지 않는 여자다. 그녀는 새가
외로워서 그러는 건 아니라고 생각했다. 다른 새들 사이에서 그
새를 살 때부터 몹시 슬퍼 보였기 때문이다. 결국 음식도 친구도
은신처도 아니라면, 새가 사랑하고 필요로 하는 건 오직 음악뿐
이라고 바이올렛은 결론을 내렸다. 조도 그 생각에 동의했다. 그
래서 어느 토요일, 그들은 새장을 지붕에 올려놓았다. 바람도 잘
통하고 셔츠를 입은 악사들이 연주하는 음악 소리가 파도처럼
밀려오는 곳이었다. 그 이후부터 새는 즐거워했고, 그들에게도
즐거움을 안겨주었다.

　조가 밤에 일을 하기 시작한 뒤부터 그들은 저녁식사 이후의
시간을 소중히 여겼다. 지스턴과 스틱, 스틱의 새 부인 페이와
함께 카드놀이를 하지 않을 때면 혹은 누군가의 아이를 돌봐줄
일이 없거나, 신의를 지키는 척하며 두 사람 모두를 배신한 말본
의 마음이 상하지 않게 하려고 그녀를 집에 들여 온 동네 소문을
들을 때가 아니라면, 두 사람은 단둘이 포커를 쳤다. 그러다 잠
잘 시간이 되면 누비이불 속으로 들어갔다. 당장이라도 조각조
각 뜯어내고 새틴으로 단을 두른 고급 담요를 장만하고 싶게 만
드는 이불이었다. 아마도 담청색 담요로. 날아다니는 검댕이나
먼지 따위가 묻을 위험이 있지만, 조가 특히 푸른색을 좋아하니
까. 미끄러지듯 이불 속으로 들어간 조는 바이올렛에게 바싹 붙

어 자길 원한다. 그녀의 손을 잡아 자기 가슴이나 배 위에 올려놓는다. 바이올렛과 함께 어둠 속에 누워, 푸른 담요가 자기들 몸을 따라 어떤 형태를 이룰지 상상해보고 싶어한다. 사실 바이올렛은 이불의 색상 따위에는 관심이 없다. 턱 밑으로 길게 펼쳐진, 품질이 보증된 새틴 대로가 그들의 용암을 영원히 식혀주기만 한다면.

바이올렛 바로 옆에 누워 창문 쪽으로 고개를 돌린 조는 유리창 밖으로 어둠이 실핏줄이 선 어깨 모양을 이루는 것을 바라본다. 서서히, 서서히, 그 모양은 날개 위에 빨간 칼날 모양이 찍힌 새로 변한다. 그러는 동안 바이올렛은 그의 가슴이 양지바른 우물 가장자리라도 되는 듯, 우물 속에서 누군가가 그들 둘에게 나누어줄 선물(연필, 불 더럼 담배, 잽 로즈 비누 등)을 긁어모으고 있다는 듯 그의 가슴 위에 손을 얹고 있다.

1906년 어느 저녁, 조와 바이올렛이 아직 도시로 가기 전이었다. 바이올렛이 쟁기를 내려두고 두 사람만의 작은 산탄총 창고로 걸어들어갈 때, 대낮의 열기는 여전히 기승을 부리고 있었다. 그녀는 머릿수건부터 작업복과 빛바랜 민소매 셔츠까지 천천히 벗었다. 요리용 스토브 가까이 식탁 위에는 에나멜 대야가 놓여 있었다. 흰색과 파란색 얼룩무늬가 있고 가장자리에 이가 다 빠진 대야였다. 벌레가 들어가는 걸 막기 위해 덮어둔 네모난 수건천 아래, 대야에는 잔잔한 물이 가득차 있었다. 바이올렛은 손바닥을 위로 하고 손가락 먼저 물속에 넣어 얼굴을 씻었다. 볼과 이마가 시원해질 때까지 몇 번이고 첨벙거리면서 땀을 씻어냈다. 그러고 나서 수건을 물에 적셔 꼼꼼히 목욕을 했다. 창틀에서 바로 그날 아침에 빨아놓은 하얀 속옷을 걷어 머리와 어깨 위로 뒤집어썼다. 마침내 그녀는 침대에 앉아 머리를 풀었다. 아침에 땋은 매듭 대부분이 머릿수건 밑에서 느슨하게 풀려 손끝을 짜릿짜릿하게 만드는 한 컵 분량의 보드라운 양털 같았다. 그녀는 침대에 앉은 채 머리카락의 금지된 쾌락 속으로 손가락을 깊숙이 밀어넣었다. 그러다 아직 무거운 신발을 벗지 않았다는 걸 깨닫고 오른쪽 발꿈치를 왼쪽 발끝으로 눌러 신발을 벗었다. 그런 동작조차 힘겹게 느껴졌다. 자신이 얼마나 피곤한지 깨닫고 살짝 놀란 순간, 앉아 있는 그 방만큼이나 칙칙하고 낡은, 흐늘흐늘하고 챙이 넓은 모자가 그녀를 덮으며 시야를 가렸다. 바이올렛은 어깨가 매트리스에 닿는 것도 느끼지 못했다. 그전에 안전한 잠 속으로 빠져들었다. 깊고, 믿을 만하고, 알록달록한 깃털이 만발한 꿈속으로. 햇볕이 사정없이 내리쬐었다. "내려가라, 내려가라, 이집트 땅으로 내려가라……"라고 노래 부르는 옆집 여자들의 목소리처럼. 여자들은 이 마당에서 저 마당으로 시나 변주곡을 주고받으며 서로 화답했다.

조는 두 달 동안 크로스랜드에 가 있었다. 그는 집에 돌아와 문 안으로 들어서서, 침대 위에 축 늘어진 바이올렛의 아직 소녀 같은 검은 육체를 보았다. 그녀는 한없이 연약해 보였다. 한쪽 발, 남편의 작업화가 그대로 신겨 있는 왼쪽 발만 제외하고 어디로든 스며들 수 있을 것 같았다. 그는 미소 지으며 밀짚모자를 벗고 침대 발치에 앉았다. 그녀의 한쪽 손은 얼굴을 감싸고, 다른 손은 허벅지에 놓여 있었다. 그는 손바닥의 굳은 살만큼이나 단단한 그녀의 손톱을 보았다. 처음으로 그녀의 손이 얼마나 예쁜지 깨달았다. 하얀 소매 밖으로 곡선을 그리며 뻗은 팔은 밭일을 하느라 근육이 생겼다. 몹시 야위었지만, 어린아이의 팔처럼 매끄러웠다. 그는 신발끈을 풀고 신발을 벗겨주었다. 무슨 좋은 꿈이라도 꾸는지 그녀가 웃었다. 이제까지 한 번도 들어보지 못했지만, 그녀에게 꼭 어울리는 경쾌하고 행복한 웃음이었다.

이제 내가 보는 그들은 미래의 오후 햇살에 윤곽선이 흐릿하게 번진 움직임 없는 묵화가 아니다. 지나간 과거와 미래의 당위 사이에 붙들린 존재가 아니다. 나에게 그들은 실재하는 존재다. 또렷하게 초점을 맞추고 짤깍거리는 소리를 내는. 거리에 줄지어 선 플라타너스 아래에서 손가락을 튕기는 소리가 바로 그들임을 그들은 알까. 궁금하다. 시끄러운 전차가 정류장에 닿아 엔진을 멈추는 순간, 주의깊게 귀를 기울이면 그 소리를 들을 수 있다. 심지어 그들이 그곳에 없을 때에도, 온 도시의 중심가와 새그하버의 넓은 잔디밭이 깔린 구역에서 그들의 모습을 볼 수 없을 때에도, 그 짤깍거리는 소리는 여전히 남아 있다. 처음 사교계에 데뷔하는 롱아일랜드의 소녀들이 신은 T 스트랩 구두, 샴페인보다 더 취하게 만드는 음악에 맞춰 경쾌하게 미끄러지고 찰랑거리는 대담한 미니스커트의 번쩍이는 술 장식. 그런 광경이 이 소녀들을 바라보는 늙은 남자들의 눈동자 속에 있다. 그리고 소녀들을 손에 넣은 젊은 남자들의 눈에도. 턱시도 바지 호주머니에 손을 꽂은 남자들의 우아한 걸음걸이 속에도 있다. 그들의 이는 하얗게 빛난다. 부드러운 머리카락은 가운데 가르마를 탔다. 사내들이 T 스트랩 구두를 신은 소녀들을 품안에 안고 지나치게 밝은 불빛과 사람들에게서 멀어져갈 때, 거실에서 빅트롤라 축음기가 돌아가는 동안 불 꺼진 현관에서 그들을 동요하게 만드는 게 바로 그 짤깍거리는 소리다. 어둠 속의 짤깍 소리와 손가락을 튕기는 소리가 그들을 로즐랜드로, 버니스로, 바닷가의 으슥한 산책로로 몰아낸다. 그들의 아버지가 숱하게 경고

했고, 어머니들은 생각만 해도 몸서리치는 그런 장소로. 경고와 몸서리는 손가락을 팅기는 소리와 짤깍거리는 소리에서 생겨난다. 그리고 드리워진 어둠에서. 주민들이 안도의 한숨을 쉬고 편안하게 잠들 수 있도록 특정 거리로 몰려나 다른 거리들과 격리되어버린 어둠은 바로 거기, 꿈의 가장자리로 손길을 뻗는다. 혹은 낄낄거리는 웃음의 틈새로 미끄러져들어간다. 어둠은 대로에 늘어선 쥐똥나무 울타리 밖에 있다. 마치 이걸 정리하고 저걸 똑바로 펴듯 방안까지 미끄러져들어간다. 그것은 연석에 모여 앉아 두 손목을 교차하고 챙 넓은 모자 밑으로 미소를 숨긴다. 어둠. 보호해주고 언제든 사용할 수 있는 어둠. 때로는 그렇지 않기도 하다. 때로 어둠은 다정하게 떠다니기보다 몰래 숨어 있는 듯 보인다. 어둠이 기지개를 펴는 까닭은 하품 때문이 아니라 점점 더 몽둥이에 맞아 내쫓기기 때문이다. 짤깍 소리를 내거나 탁탁 두드리거나 손가락을 탁 팅기기도 전에.

어떤 이들은 이러한 사실을 안다. 운이 좋은 사람들이다. 어디를 가든 그들은 마술사가 만들어놓은 시계와 같다. 시곗바늘 크기가 다 같아서 몇시인지는 알 수 없지만, 짤깍거리는 소리, 탁탁 두드리는 소리, 똑딱거리는 소리는 들을 수 있는 그런 시계.

나는 인생이란 세상이 스스로에 대해 생각하는 방식대로 이루어진다는 믿음에서 출발했다. 그러나 인간 때문에 어디서부턴가

꼬여버렸다. 불행에 속박된 육체가 쾌락으로 세상에 집착하기 때문이다. 인간은 우물에 집착하고 소년의 황금빛 머리카락에 집착한다. 또는 긍정일 수도 부정일 수도 있는 애매한 손짓 하나에 사로잡히거나, 욕망에 불타는 소녀가 일으킨 달콤한 불길에 금세 휩싸여버리기도 한다. 나는 이제 더는 그런 걸 믿지 않는다. 거기엔 뭔가 빠져 있다. 어떤 속임수 같은 것. 밖에서 결론 짓기 전에 먼저 안에서 이해해야 할 어떤 다른 것.

어른들이 이불 속에서 서로 은밀히 속삭이는 것은 멋진 일이다. 그들의 황홀경은 나귀 울음소리라기보다 나뭇잎의 한숨 소리에 더 가깝다. 육체는 감정을 전달하기 위한 수단일 뿐 핵심이 아니다. 그들, 어른들은 육체 너머, 피부 아래 더 깊숙한 곳에 있는 무언가에 손을 뻗는다. 그들은 경품으로 따낸 사육제 인형과 한 번도 타보지 못한 볼티모어 보트에 대해 속삭이며 추억을 떠올린다. 그들은 배를 따지 않고 나뭇가지에 남겨둔다. 그들이 배를 따버리면 배가 사라져버릴 테니까. 자기들만을 위해 그런 짓을 하면 다른 사람들은 잘 익은 배를 아예 보지 못할 것 아닌가? 그럼 어떻게 사람들이 길을 가다 배를 보고 어떤 맛일까 상상할 수 있겠는가? 두 사람이 함께 빨고 줄에 널어 말린 이불 밑에서 숨을 쉬고 소곤거리며, 그들은 함께 고른 침대, 한쪽 다리를 1916년판 사전으로 받쳐놓은 것 따위는 신경도 쓰지 않고 늘 함께 써온 침대에 누워 있다. 하느님의 이름으로 증언하라고 요구하는 목사의 손바닥처럼 움푹 꺼진 매트리스가 매일 밤 그들을 포근하게 안아주고 그들의 속삼임을, 오랜 사랑을 감싸준다. 그들은 이불을 덮고 있다. 더는 자기 몸을 바라볼 필요가 없기 때문이다. 호색적인 눈길이나 야한 시선 따위는 없다. 그들은 내면의 눈길로 서로를 바라보고, 사육제 인형과 미지의 항구를 향해하는 증기선에 대한 추억으로 묶여 한마음이 된다. 그것이 그들의 이불 밑 속삭임 아래에 놓인 것이다.

그러나 거기에는 또다른 부분이, 그다지 비밀스럽지 않은 부분이 있다. 찻잔과 받침을 건네줄 때 서로의 손이 스치는 것. 전차를 기다리는 동안 그녀의 옷깃을 여며주는 것이나 어두운 영화관에서 밝은 햇빛으로 나올 때 그의 푸른 모직 정장에서 보푸라기를 떨어주는 것 같은 일들이.

나는 그들의 공공연한 사랑이 부럽다. 나로 말하자면 오직 은밀하게 감추어진 사랑만 알아왔다. 은밀하게 사랑을 나누었지만, 오! 얼마나 그 사랑을 보여주고 싶었는지! 그들은 말할 필요조차 느끼지 못하는 것들을 큰 소리로 이야기할 수 있기를 얼마나 바랐는지! 오직 당신만을 사랑해요. 어느 누구도 아닌 바로 당신에게 내 전부를 서슴없이 바쳤어요. 당신이 나를 사랑해주고 내게 그 사랑을 보여주길 원해요. 당신의 포옹을 사랑해요. 얼마나 나를 바싹 안아주는지. 이리저리 어루만지는 당신의 손길을 좋아해요. 아무리 당신의 얼굴을 한없이 바라봐도, 당신이 내 곁을 떠나는 순간이면 당신의 눈동자가 그리웠어요. 당신에게 말을 걸고 당신의 대답을 듣는 건 참으로 짜릿한 기쁨이에요.

그러나 나는 이런 말들을 소리 높여 말할 수 없다. 평생토록 그런 사랑을 기다려왔고, 그저 기다리도록 선택받았기에 그렇게 기다릴 수 있었다고 그 누구에게도 말할 수 없다. 할 수 있었다면, 나는 말했을 것이다. 나를 만들어달라고, 처음부터 다시 만들어달라고 말했을 것이다. 당신은 그렇게 할 자유가 있고, 나는 당신이 그렇게 하도록 내버려둘 자유가 있으니. 왜냐하면 자, 봐. 당신의 손이 어디에 있는지 한번 봐. 지금 바로.

"그녀는 윗입술에 내려앉은 눈송이를 혀로 핥으며 그 자리에 서 있었다. 온몸이 부들부들 떨렸다. 칼을 움켜쥐고 있는 왼손만 제외하고……"

이건 아니었다. 『재즈』의 첫 문장을 이렇게 시작할 수는 없었다. 그럼 자동적으로 나올 말이 뻔했기 때문이었다. "이윽고 그녀는……" 운운하는 문장이 이어질 수밖에 없는 필연성은 이 기획에 맞지 않는 것 같았다. 나는 아프리카계 미국인들의 삶에서 어느 한 시기를 특수한 렌즈―그 시기의 음악의 특징들과 내용(낭만, 선택의 자유, 운명, 유혹, 분노), 그리고 그 시기 표현 방식을 반영할 수 있는 렌즈―를 통해 표현하는 작업에 관심이 있었다. 그리고 이미 오래전에 시대와 줄거리, 배경을 결정했다.

관에 누운 한 예쁜 소녀의 사진을 보고 그녀가 그렇게 된 사연에 대한 사진작가의 회상을 읽은 다음이었다. 『죽은 자들의 할렘 북』이라는 책에서 사진작가인 제임스 반 더 지는 카밀 빌롭스에게 그 소녀의 죽음을 이렇게 회상한다. "제가 알기로, 이 소녀는 파티에서 자신의 애인이 쏜 소음기가 달린 총에 맞았습니다. 소녀는 파티중에 몸이 아프다고 호소했고, 친구들은 '그럼 좀 눕지그래?'라고 말했죠. 그리고 소녀를 방으로 데려가서 눕혔어요. 겉옷을 벗기고 속옷을 푼 다음에야 비로소 친구들은 소녀의 옷에 묻은 피를 보았죠. 어찌된 일이냐고 물으니까 소녀는 '내일 말해줄게, 그래, 내일 말할 거야'라고 말했어요. 그저 애인에게 도망칠 기회를 주려고 애쓰고 있었던 거였죠. 나는 사진을 찍기 위해 그녀의 가슴 위에 꽃을 놓았답니다." 시간을 끌어 위험을 자초한 소녀의 동기, 애인의 보복행위를 정당하다고 인정하는 소녀의 태도는 너무나 철이 없고 어리석었고, 비극적일 만큼 낭만적인 사랑이 요구하는 희생정신으로 똘똘 뭉쳐 있었다. 나는 이 일화가 블루스 음악이 늘 탄식하고 추앙하는, 저항할 수 없는 재즈의 에너지에 의해 불타오르곤 하는, 자부심에 찬 희망 없는 사랑의 향기를 풍기는 것 같았다. 즉각적으로 그리고 강력하게, 이 일화는 플롯과 줄거리의 씨앗이 될 수 있다는 확신을 심어주었다.

『빌러비드』는 노예제 사회가 강요하는 속박과 감정의 훼손 아래에서 인간이 무엇을 어떻게 소중히 여기는지에 대한 수많은 생각들을 풀어헤쳐놓았다. 그중 영원한 애도(뇌리를 떠나지 않고 거듭되는 출몰)로서의 사랑이라는 생각은 나로 하여금 평행하는 또다른 상황을 고려해보게 만들었다. 그렇다면 이후에, 어느 정도 자유로운 상태에서(혹은 자유로운 상태에 의해) 그런 관계는 어떻게 변할까 하는 것이었다. 변화는 음악에서 무척이나 분명했다. 나는 재즈가 예기하고 지향하는 근대성에, 그리고 그 터무니없는 낙관주의에 큰 충격을 받았다. 개인적인 얽힘과 인종적 풍경의 진실 혹은 결과가 무엇일지라도, 또한 아무리 과거가 우리 앞에 거듭 출몰할지라도, 그것이 결코 우리의 발목을 잡지는 않을 거라고 이 음악은 주장하고 있었다. 재즈는 미래를 요구했다. 그리고 과거가 "아무런 선택의 여지 없이 홈을 따라 끊임없이 돌아야 하는, 이 세상 어떤 힘도 바늘을 붙들고 있는 대를 들어올릴 수 없는, 혹사당하는 레코드와 같다"고 여기는 것을 거부했다.

삼 년 동안 인물들은 모습을 갖추어나갔다. 남부 출신의 노부부. 새로운 도시의 자유가 그들에게 미친 영향. 재건 시대 이후 남부의 위협에서부터 1차 세계대전 이후 북부의 희망으로 급진적으로 변화하기까지 나타나는 감정의 통제 불능 상태. 노부부는 그들의 삶에 새로운 종류의―육체적이라기보다는 심리적인―위험을 가져다준 한 소녀에 반응하지 않을 수 없게 된다. 그 시대의 정취를 재현해내기 위해서, 나는 1926년에 발행된 모든 '유색인' 신문을 가능한 한 전부 읽었다. 기사, 광고, 칼럼, 채용 광고. 주일학교 프로그램과 졸업식 프로그램, 여성 클럽 모임의 회의록, 시 잡지, 에세이 등을 읽었다. 또한 오케, 블랙 스완, 체스, 사보이, 킹, 피코크와 같은 레코드사 이름이 붙은, 직직 소리 나는 '흑인 음악' 레코드를 들었다.

그리고 나는 기억했다.

1926년에 내 어머니는 스무 살이었다. 내 아버지는 열아홉 살. 그리고 오 년 후 내가 태어났다. 두 사람 모두 어릴 때 남부를 떠났고 묘한 향수와 짝을 이루는 무서운 이야기들로 머릿속이 꽉 꽉 채워져 있었다. 그들은 레코드를 틀었고 노래를 불렀고 신문을 읽었고, 20세기 옷을 입고 20세기 말을 하며 흑인들의 사회적 지위에 대해 끊임없이 논쟁했다.

나는 현관에 보물 상자처럼 놓여 있던 무쇠 트렁크를 열었던 일을 기억한다. 그 자물쇠, 트렁크에 끼워놓기만 하고 열쇠로 잠가놓지 않은 자물쇠는 그저 보기만 해도 짜릿했다. 둥근 머리와 쇠고리, 모든 것이 꼭 들어맞고 딸깍 소리를 내며 고분고분하게 움직였다. 트렁크 뚜껑은 무거웠지만 경첩에서는 끽 소리조차 나지 않았다. 그야말로 보물로 들어가는 비밀 입구로는 제격이었다. 하지만 나는 절대로, 무슨 일이 있어도, 손대지 말라는 주의를 받고 있었다. 나는 학교를 가기에는 아직 너무 어리고, 언니가 없는 대낮은 영원처럼 길다. 언니는 진지하고 중요한 인물인데 이제는 날마다 맡은 직책(초등학교 일학년이라는)까지 있다. 반면 나는 아무 할 일이 없다. 엄마는 뒷마당에 있다. 집안에는 아무도 없다. 자물쇠가 얼마나 말을 잘 듣는지, 트렁크 뚜껑이 얼마나 조용하게 열리는지 아무도 모를 것이다. 그 안에 감추어져 있는 보물은 날 실망시키지 않는다. 얇은 크레이프 천으로 만든 드레스 바로 위에 흑석과 유리구슬이 달린 술로 장식된, 앙증맞은 야회용 손지갑이 놓여 있다.

엄마는 비명소리를 듣지만 난 듣지 못한다. 다만 트렁크 뚜껑이 내 손을 쾅 내려칠 때 그 고통만 기억할 뿐이다. 그리고 정신을 차려보니 엄마 품안이었다. 내가 말을 듣지 않아 엄마가 몹시 화를 낼 거라고 생각했다. 하지만 엄마는 그러지 않는다. 얼음조각으로 내 손을 문지르고 어루만지면서 간간이 노래를 부르며 나를 달래주고 있다. 나는 그만 기절해버렸다. 얼마나 어른스러운 일이었는지! 내가 언니에게 그 고통에 대해 이야기했을 때 언니는 질투심에 불타 어쩔 줄 몰라했다. 또 나는 얼마나 사랑받고 있다고 느꼈으며 어른스러워진 기분이었는지! 하지만 그 보물, 그 손지갑을 자세히 들여다본 것에 대해서는 언니에게 상세히 말하지 않았다. 나는 진정한 나 자신으로 태어나기 전까지는 계속 그렇게 어머니의 세계를 엿보곤 했다. 그것은 은밀했다. 그것은 반짝였다. 그리고 이제 내 것이기도 했다.

어머니의 사랑에 초점을 맞추었던 『빌러비드』에 이어서, 나는 부부 간의 사랑을 살펴보고자 했다. 그런 관계 내에서 일어나는 '자아'의 재배치, 즉 개성과 다른 사람들과의 관련성 사이에서의 절충을. 내가 보기에 낭만적 사랑은 20세기의 뚜렷한 특징 중 하나이며 재즈는 그 원동력이었다.

작품에 대한 착상, 배경, 전체 줄거리, 등장인물과 자료를 갖고 있었지만, 정보보다는 의미를 펼칠 만한 구조를 세울 수가 없었다. 거기에서 소위 재즈 시대Jazz Age라고 하는 것의 본질, 그 자체의 이상에 최대한 가까이 갈 수 있는 구조가 기획되었다. 아프리카계 미국인들의 예술 형식이 여러 면에서 한 국가의 문화를 규정짓고 영향을 미치고 반영했던 시기. 성적 방종이 급증하고, 정치적, 경제적 그리고 예술적 힘이 분출되던 시기. 신성과 세속 간의 윤리적 갈등. 과거의 힘에 저항하는 현재. 하지만 이런 특징들 중 가장 중요한 것은 새로운 창작이었다. 즉흥성, 독창성, 변화. 이 소설은 그러한 특징을 가지기보다는 오히려 그 특징 자체가 되고자 했다.

그 세계로 들어가려는 나의 노력은 계속해서 좌절당했다. 나는 목소리나 시선의 위치를 정할 수 없었다. 이 이야기는 연적을 죽이기로 작정한, 배신당한 아내로부터 시작했다. "그녀는 윗입술에 내려앉은 눈송이를 혀로 핥으며 그 자리에 서 있었다……" 괜찮은 것 같았다. 아마도. 하지만 소재나 인물들로부터 그 시대의 구성적 드라마, 그 예측 불가능성을 끌어낼 수는 없었다. 나는 이 아내에 대해 모든 걸 알고 있었고 그녀를 보여주기에 적절한 언어를 불러내지 못하는 내 무능력에 화가 치밀었다. 나는 연필을 마루에 집어던지고 혐오감에 혀를 쯧쯧 차며 생각했다. "츳! 대체 이게 뭐람? 난 그 여자를 알아. 그녀의 치마 사이즈며 그녀가 어느 쪽으로 누워 자는지도 알고 있다고. 난 그 여자가 쓰는 머릿기름의 상표며 그 냄새까지 알고 있어……" 결국 나는 그렇게 썼다. 굳이 애쓰지 않고 쉼 없이 연주하듯이, 그저 그 목소리를 따라 연주하듯이. '나'가 누구인지 생각조차 하지 않고. 마침내 그 화자가 창작의, 즉흥연주의, 변화의 과정과 평행을 이루고 그 과정을 시작할 수 있다—시작할 것이라—는 사실이 자연스럽고 필연적인 것처럼 보일 때까지. 논평하고, 판단하고, 위험을 무릅쓰고, 배우고. 나는 구조가 의미를 향상시키도록 설계된 소설들을 써왔다. 하지만 이 소설에서는 구조가 의미와 동등할 것이다. 그 시도는 기교를 노출하거나 감추고 규칙들을 넘어서 실행하는 것이었다. 나는 단순히 음악적 배경이나 혹은 음악에 대한 수사적인 언급을 원한 것이 아니다. 나는 그 음악의 지성, 관능성, 무질서, 다시 말해 그것의 역사, 범위, 그리고 현대성이 현현顯現될 작품을 원했다.

내 어머니, 그녀는 다른 사람들이 묵상을 하는 방식으로 노래를 불렀다. 배경처럼 끊임없이 흐르는 아름다운 노랫소리를 나는 마치 산소처럼 지극히 당연하게 여겼다. "아베 마리아, 충만한 은총을…… 오늘 아침 나는 깨질 듯이 아픈 머리로 잠에서 깨어났지/나의 새 남자는 빈방과 빈 침대만을 남기고 나를 떠났네…… 귀하신 주여, 나를 인도하소서…… 나는 권총을 살 거야. 나만큼이나 긴 총을…… 사랑은 반역하는 새…… 짙은 자줏빛이 안개 낀 정원 벽에 깔릴 때…… 나는 내 의지를 가지고 내 뜻대로 살 거야/내 남자가 발길질을 시작하면, 새집을 찾게 만들겠어…… 오 거룩한 밤……"* 나중에 재즈라고 알려진 음악이 그랬듯, 그녀는 모든 곳에서 음악을 가져왔고 모든 음악—가스펠, 클래식, 블루스, 성가 등등—을 알았고 자신만의 것으로 만들었다.

그 분위기를 되살리고, 색채를 고르고, 그녀의 젊은 시절을 깊

---

* 모두 1920년대에 유행했던 노래들의 가사 일부이다.

이 이해하여 그것 모두를 언어로 바꾸는 것은 얼마나 흥미로운 일이겠는가! 트렁크에 감추어둔 야회용 손지갑만큼이나 반짝거리고 유혹적인 언어로.

『재즈』, 재즈가 그려낸 풍경

"그들의 음악을 들어보면, 그들이 뭔가 다른 것에 대해 이야기하고 있음을 깨닫는다. 그들은 사랑에 대해, 상실에 대해 이야기한다. 하지만 그 노래에는 그토록 굉장한 화려함이, 그토록 대단한 만족감이 깃들어 있다. 누군가는 곁을 떠났고, 그들은 결코 행복하지 않았다. 하지만 그들은 애처롭게 흐느끼지 않는다. (⋯) 왜냐하면 모든 게 그들의 선택이었으니까. 누구를 사랑할지 선택할 수 있는 것, 그것만이 그들에게 중요한, 가장 중요한 일이었다."

― 토니 모리슨, 〈파리 리뷰〉와의 인터뷰 중에서

『재즈』(1992)를 출간하기 이전에도, 토니 모리슨은 이미 『빌러비드』(1987)를 비롯한 다섯 편의 장편소설을 발표하여 퓰리처상 등 각종 주요 문학상들을 수상한 미국문학계의 거장이었다. 하지만 토니 모리슨의 이름을 전 세계에 알리고 그녀가 미국문학에서뿐만 아니라 세계문학에서도 위대한 고전의 반열에 오른 작가임을 확실하게 입증해준 작품은 역시 『재즈』라고 할 수 있다. 토니 모리슨은 『재즈』를 발표하고 그 이듬해인 1993년에 흑인 여성 최초로 노벨문학상을 수상했다. 그것은 단지 세상에서 가장 유명한 문학상을 수상했다는 세속적인 영광만을 뜻하는 것이 아니었다. 아프리카계 미국 여성 작가라는 특수한 정체성을 넘어서서, 그녀의 작품이 지닌 문학적 가치의 보편성을 인정받았다는 의미이기도 했다. 다시 말해 토니 모리슨의 작품들이 흑인의 역사(특히 피해자의 역사로서), 흑인의 서사라는 특수한 소재 안에 머물러 있으면서도, 얼마나 자유롭고 다양하게 보편적인 독자들의 마음을 사로잡는 변주를 해왔는지 입증해 보인 셈이었다. 마치 근본적으로 흑인의 음악이면서도 동시에 온 세계인이 사랑하는 음악이기도 한 '재즈'처럼.

"츳, 나는 그 여자를 안다"라는 자신만만한 단언으로 시작되는 『재즈』는 사실 단박에 줄거리 속으로 빨려들어가며 술술 읽히는 그런 소설은 아니다. 이해하기 힘든 문장을 길게 나열하거나 전체 내용을 파악할 수 없게 플롯을 복잡하게 꼬아놓은 것도 아닌데 그렇다. 오히려 『재즈』는 첫 페이지를 넘기기도 전에, 앞으로 나올 법한 이야기들을 전부 털어놓아 독자를 어리둥절하게 만든다. 바이올렛이라는 여자가 있고 그 여자의 남편은 열여덟 살짜리 소녀와 바람이 났다(자극적이기는 하지만 흔하고 흔한 이야기이다). 그런데 그 남편이란 작자는 그것도 모자라 그 어린 애인을 죽였고, 부인은 소녀의 장례식장에 나타나 죽은 사람의 얼굴에 칼질을 하려고 했다. 이제 더이상 무슨 이야기가 이어질 수 있을까? 모든 관계를 밝히고 가장 격정적이며 충격적인 사건들을 폭로하고 난 이후에? 게다가 마치 레녹스 애비뉴에서 벌어진 모든 일들(심지어 앞으로 일어날 일들까지)을 낱낱이 안다는 듯 자신만만하게 떠들다가 뜬금없이 도시에 대한 찬사를 늘어놓는 '나'는 또 누구란 말인가?

토니 모리슨은 이 책에 실린 작가의 말에서 『재즈』의 첫 대목을 시작하는 데 얼마나 어려움을 겪었는지 토로하고 있다. 제임스 반 더 지라는 사진작가가 찍은, 관에 누운 예쁜 흑인 소녀의 사진을 보고 영감을 얻은 후 삼 년 동안이나 작품의 배경이며 줄거리, 등장인물과 자료까지 모든 걸 준비했지만, 머릿속으로 훤히 다 알고 있는 그 이야기의 세계로 들어갈 수가 없었다. 배신당하고 복수를 꿈꾸는 아내의 모습을 묘사하고 그녀의 행동을 연대기적으로 서술하는 것만으로는 부족했다. 결국 토니 모리슨은 마루에 연필을 내동댕이치며 탄식했고, 즉흥연주처럼 쏟아져 나온 그 탄식은 고스란히 『재즈』의 첫 문장으로 옮겨졌다.

"'츳! 대체 이게 뭐람? 난 그 여자를 알아. 그녀의 치마 사이즈며 그녀가 어느 쪽으로 누워 자는지도 알고 있다고.' (…) 결국 나는 그렇게 썼다. 굳이 애쓰지 않고 쉼 없이 연주하듯이, 그저 그 목소리를 따라 연주하듯이. '나'가 누구인지 생각조차

하지 않고."(작가의 말에서)

계속해서 토니 모리슨은 자신이 이토록 『재즈』를 시작하는데
애를 먹었던 이유는, 서술과 구성의 방식이 사건과 등장인물 묘
사에 적합할 뿐 아니라, 소설의 시간적 배경인 1920년대라는 시
대의 예측 불가능한 분위기를 끌어낼 수 있어야 했기 때문이라
고 밝히고 있다. 시대의 분위기를 전달하고 그 예측 불가능성에
'대해' 이야기하는 데서 그치지 않고 더 나아가 작품의 구조가
곧 의미가 되기를, 다시 말해 작품 자체가 그 시대정신의 현현이
되기를 원했다는 것이다.

마침내 토니 모리슨은 거의 불가능해 보이는 이 기획을 실현
할 수 있는 해답을 '재즈'라는 음악 형식에서 찾아낸다. 그녀의
여섯번째 장편소설의 제목이 『재즈』인 까닭은 주인공들이 재즈
음악가들이거나 재즈에 관한 내용이 있어서가 아니라(사실 소설
전체에서 '재즈'라는 단어는 단 한 번도 나오지 않는다), 이 소설
의 구성 자체가 '재즈', 즉 여러 화자들 혹은 여러 목소리들 간의
즉흥연주improvisation와 자유로운 변주이기 때문이다. 소설의 첫
부분에 등장하는 '나'는 이 즉흥연주의 첫번째 주자인 셈이다.
그리고 그 즉흥연주에 응답하여, 앨리스나 도카스, 바이올렛, 조
같은 등장인물들은 각기 다른 목소리로 즉흥연주의 앙상블을 이

어간다. 그것은 마치 이야기 전체를 일관되게 이끌어가는 화자나 주인공 없이, 여러 인물들이 무작위로 무대에 올라 자기 이야기를 늘어놓고 퇴장하는 연극과도 같아서 독자들에게는 이 소설이 다소 낯설게 느껴질 수도 있다. 하지만 20세기 초반 흑인 음악에 거부감을 갖고 있던 백인들이 곧 '재즈'의 자유롭고 전혀 새로운 음률에 흠뻑 빠져들었듯, 독자들 또한 『재즈』의 낯선 서사 방식을 이해하고 이에 익숙해지면, 화자가 누구든 간에 그 말을 가만히 듣고 있는 것이 아니라 반박하거나, 혹은 그래, 그렇지 하고 호응하는 추임새를 넣으면서, 이 즉흥연주에 참여하게 될 것이다. 그리고 독자 역시 연주자들 중 하나임을 깨닫게 될 것이다.

그렇지만 작품 『재즈』에서 '재즈'라는 음악은 다만 구성 형식에서 그치는 것이 아니다. 재즈는 『재즈』의 공간이자 시간적 배경이기도 하다. 『재즈』에서 현재 시간은 1925~26년으로, 이때는 말 그대로 '재즈 시대Jazz Age'라고 불리는 시기였다. 1차 세계대전 이후부터 1929년 10월 대공황이 찾아오기 전까지 미국의 1920년대를 지칭하는 '재즈 시대'는, 번영과 평화에 대한 낙관 속에 돈, 쾌락, 술과 재즈 등에 탐닉하던 시기였다. 또한 미래에 대한 한없는 낙관과 불안감, 안정과 혼란, 복종과 반항이 동시에 공존하던 시기이기도 했다. 일찍이 백인 작가 스콧 피츠제

럴드가 그 유명한 소설 『위대한 개츠비』에서 생생하게 그려낸 백인 상류층의 모습이 바로 이 '재즈 시대'의 적나라한 풍경이었다. 하지만 이런 특별한 분위기에 휩싸였던 사람들이 부유한 백인들만은 아니었다. 노예제는 폐지되었지만 여전히 차갑고 높은 인종차별의 벽을 실감하고, 그럼에도 불구하고 부모들이 살던 농촌을 떠나 새로운 삶과 자유를 꿈꾸며 희망에 들떴던 흑인들 또한 있었다. 흑인들에게까지 영향을 미쳤던 '재즈 시대'의 분위기를 『재즈』의 화자는 이렇게 묘사하고 있다.

"그래! 이제 새로운 시대가 온 거야. 보라고! 슬픈 일들이 떠나고 있다. 나쁜 일들도, 어느 누구도 도와줄 수 없는 힘든 일들도 떠나간다. 그때 그곳에서는 누구나 다 그렇게 살았다. 하지만 그것도 잊어버려라. 여러분, 역사는 끝났다. 마침내 모든 것이 앞서 있다."(18쪽)

이러한 낙관적 분위기 속에 수많은 흑인들은 희망의 땅인 북부 도시를 향해 대규모 이주를 시작한다. 이 소설의 주인공 바이올렛과 조 역시 이런 이주의 물결을 타고 뉴욕으로 흘러들어온 흑인들이었다. 『재즈』의 공간적 배경인 뉴욕의 할렘에는 자연스럽게 흑인 공동체가 형성되고 '할렘 르네상스'라고 하는 흑인 예술이 활짝 피어났다. 처음으로 진 투머와 제시 포셋 같은 흑인 작가들이 흑인들의 삶을 문학작품으로 표현하기 시작했고, 무엇보다 흑인들의 음악인 '재즈'가 뉴욕의 거리에 넘쳐흘렀다. 피부색과 상관없이, 최신 유행의 옷을 입고 똑같은 머리 모양을 한 젊은이들이 본능의 리듬에 몸을 맡기며 달콤한 자극을 찾아 헤맸다. 엽기적인 스캔들과 살인사건의 뉴스가 곳곳에서 들려왔다. 한마디로 이 시기의 대도시는, 특히 바이올렛과 조가 살던 뉴욕은 '재즈' 그 자체였던 것이다. 그들은 이 '도시'에서 자유롭다고, 적어도 자유로울 수 있다고 믿었다. 토니 모리슨은 〈파리 리뷰〉와의 인터뷰에서 이렇게 말한다.

"도시가 그들에게 특히 매혹적이었던 까닭은 '망각'을 약속해주었기 때문입니다. 그것은 자유, 다시 말해 역사로부터의 자유에 대한 가능성을 제공해주었습니다."

그들이 도시에서 기대했던 자유는 단순히 신체적인 자유와 경제적 안락 정도가 아니었던 것이다. '역사는 끝났다'라고 단언할 수 있을 만큼의 자유, 과거를 온전히 잊고 벗어날 수 있는 자유였다. 하지만 도시는 그들에게 기대한 것만큼의 자유, 역사(과거)로부터 벗어나는 자유까지 주지는 못했다. 과거의 슬픈 일들과 나쁜 일들은 그들 곁을 떠나지 않았다. 역사는 끝나지 않았던 것이다. 도시로 들어온 바이올렛과 조가 몸을 아끼지 않고 쉼 없이 일한 끝에 겨우 이 도시에 정착을 했다고 느끼는 순간, 과거는 갈라진 틈새처럼 그들 앞에서 시커먼 입을 벌린다. 우물에 뛰어든 어머니, 돈을 버느라 아무렇지도 않게 유산해버렸던 아기들의 기억은 바이올렛을 종종 거리에서 주저앉게 만들었으며, 한때 뛰어난 사냥꾼으로서 끈질기게 추적했으나 손가락 하나 보지 못한 생모에 대한 갈망은 점잖은 조를 무너뜨리고 또다시 그 흔적을 찾아 도시를 배회하게 만들었다. 심지어 어린 도카스조차 과거로부터 자유롭지 못했다. 화재가 난 자기집에서 불타 죽은 도카스의 부모에 대한 에피소드는 1917년 7월 2일 일리노이 주 이스트세인트루이스에서 실제로 일어난 사건을 언급한 것이다. 앞서 말한 대로 흑인들은 1870년대부터 일자리를 찾아 북부와 서부로 대이동을 시작했고 그 이주는 1910년과 30년대에 절정을 이루었다. 하지만 흑인들의 이주가 순탄하고 자유로웠던 것은 결코 아니었다. 북부의 백인 노동자들은 물결처럼 밀려드는 흑인들을 침략자로 보았고, 백인 자본가들은 백인 노동자들의 파업을 무력화하는 데 흑인 노동자들을 교묘히 이용했다. 흑인들 때문에 일자리를 빼앗겼다고 생각한 백인들은 흑인 거주지로 몰려가서 불을 지르고 닥치는 대로 폭력을 휘둘렀다. 고아가

된 도카스가 이모의 손을 잡고 뉴욕의 거리에서 듣는 북소리는 바로 이 사건에 대한 항의의 표시로 1917년 7월 28일에 뉴욕시 피프스 애비뉴를 행진하며 벌였던 침묵시위의 북소리였다. 이렇듯 지나간 역사(개인의 역사뿐만 아니라 집단의 역사 또한)는 『재즈』 전체에서 은밀하면서도 끈질기게 출몰한다. 그리고 여전히 현재의 삶을 단단히 움켜쥐고 있는 것처럼 보인다. 마치 "아무런 선택의 여지 없이 홈을 따라 끊임없이 돌아야 하는, 이 세상 어떤 힘도 바늘을 붙들고 있는 대를 들어올릴 수 없는, 혹사당하는 레코드"(337쪽)처럼.

　『재즈』의 화자로 등장하는 '나'가 오케 레코드판을 들고 걸어가는 펠리스를 보자마자, 모든 걸 다 알고 있다는 듯이 앞으로 일어날 일을 자신만만하게 단언했던 것도 바로 이 때문이었을 것이다. "레녹스 애비뉴에서 추문거리가 된 삼각관계는 이렇게 시작되었다. 달라진 것은 단지 누가 누구를 쏘았는가 하는 것뿐이었다." '나'는 바이올렛과 조와 도카스의 삼각관계가 또다시 되풀이될 것이라고 확신한다. 다만 그 상대만 달라질 뿐. 그들은 고장난 레코드처럼 선택의 여지도 없이 정해진 홈을 따라 돌 수밖에 없다고. 용서도 화해도 치유도 없이. 진정한 망각이란 불가능하다고.

　과연 '나'의 확신은 옳았을까? '나'는 흔히 독자들이 믿는 것처럼 전지전능한 '작가'였을까? 등장인물들은 '작가'의 예측대로 그의 펜 끝에서 정해진 플롯을 따라 인형처럼 움직였을까? 독자들은 물론 이 소설의 마지막에서 그 답을 찾게 될 것이다. 아니, 답은 이미 그 제목에서부터 주어졌는지 모른다. 『재즈』는 '재즈' 다. 그리고 다시 한번 작가의 말과 소설 속 한 대목을 빌리자면, 이 음악은 주장한다. "개인적인 얽힘과 인종적 풍경의 진실 혹은 결과가 무엇일지라도, 또한 아무리 과거가 우리 앞에 거듭 출몰할지라도, 그것이 결코 우리의 발목을 잡지는 않을 거라고" 우리는 "지나간 과거와 미래의 당위 사이에 붙들린 존재가 아니" 라고.

다소 부끄럽지만 개인적인 이야기를 덧붙이자면, 『재즈』는 내게 정말 특별한 작품이다. 『재즈』를 번역하는 동안 종종 나 자신이 마치 이 소설에 나오는 등장인물처럼, 정해진 레코드판의 홈을 따라 돌고 있는 바늘처럼 느껴졌다. 왜냐하면 『재즈』는 내가 제일 처음 출판 일에 발을 들여놓았을 때 첫번째로 기획하고 번역했던 작품이기 때문이다. 그때가 『재즈』가 막 출간된 해인 1992년이었다. 아직 인터넷이 뭔지도 잘 몰랐던 시절, 〈뉴욕 타임스〉 종이 신문을 펼쳐들고 베스트셀러 목록의 소설 분야와 비소설 분야 1위에 나란히 올라간 토니 모리슨의 이름을 보았던 기

억이 여전히 생생하다. 아직 노벨상을 받기도 전, 우리나라에서
는 거의 알려지지 않은 흑인 여성 작가의 작품을 덜컥 저작권 계
약까지 한 것은 초보 기획자의 무모함이었으리라. 게다가 역자
를 찾지 못해 결국 번역까지 떠맡은 것은 (그때는 잘 몰랐지만)
정말 무식하고 무모한 짓이었다. 그리고 2014년, 『재즈』를 다시
번역하면서 거짓말처럼 되돌아온 과거가 나를 짓누르는 것을 느
끼지 않을 수 없었다. 과연 이번에는 더 나은 번역을 내어놓을
수 있을까? 새로운 변주가 가능할까? 다행히도 이번에는 훌륭한
편집자들이 함께해주어 적어도 같은 자리를 맴돌지는 않았을 것
이라고 믿는다. 그런 점에서 문학동네 편집부에 깊은 감사를 전
하고 싶다. 이 책을 번역하면서, 혹은 다시 번역하면서 한 가지
깨달은 바가 있다. 과거를 바꾸고 싶다면, 어쨌든 과거를 마주해
야 한다는 사실이다. 설사 항상 과거를 바꿀 수 있는 건 아닐지
라도 말이다.

최인자

지은이 **토니 모리슨**

1970년 첫 작품인 『가장 푸른 눈』을 발표했다. 이어 『술라』 『솔로몬의 노래』 등을 발표하며 대중과 평단을 모두 사로잡았다. 1987년 출간한 대표작 『빌러비드』로 퓰리처상, 미국도서상 등을 수상했고, 1993년 흑인 여성 작가 최초로 노벨문학상을 수상했다. 2019년 8월, 88세를 일기로 세상을 떠났다.

옮긴이 **최인자**

연세대학교 영어영문학과를 졸업했다. 동 대학원에서 영문학 석사학위를 받고 비교문학 박사과정을 수료했다. 1992년 조선일보 신춘문예 평론 부문에 당선되었다. 현재 경희대학교 후마니타스 칼리지 초빙교수로 재직중이다. 옮긴 책으로는 『빌러비드』 『오페라의 유령』 『세계 속의 길』 『수도원의 비망록』 『기쁨의 집』 『마지막 잎새』 『톰 소여의 모험』, '해리포터' 시리즈, '오즈의 마법사' 시리즈 등이 있다.

문학동네 세계문학
재즈

1판 1쇄 2015년 1월 15일 | 1판 5쇄 2023년 11월 27일

지은이 토니 모리슨 | 옮긴이 최인자
책임편집 홍유진 | 편집 이현자 류현영 | 독자모니터 유부만두
디자인 김현우 이원경 | 저작권 박지영 형소진 최은진 서연주 오서영
마케팅 정민호 서지화 한민아 이민경 안남영 왕지경 황승현 김혜원 김하연 김예진
브랜딩 함유지 함근아 고보미 박민재 김희숙 박다솔 조다현 정승민 배진성
제작 강신은 김동욱 이순호 | 제작처 한영문화사(인쇄) 경일제책사(제본)

펴낸곳 (주)문학동네 | 펴낸이 김소영
출판등록 1993년 10월 22일 제2003-000045호
주소 10881 경기도 파주시 회동길 210
전자우편 editor@munhak.com | 대표전화 031) 955-8888 | 팩스 031) 955-8855
문의전화 031) 955-1927(마케팅) 031) 955-2685(편집)
문학동네카페 http://cafe.naver.com/mhdn
인스타그램 @munhakdongne | 트위터 @munhakdongne
북클럽문학동네 http://bookclubmunhak.com

ISBN 978-89-546-3410-6 03840

잘못된 책은 구입하신 서점에서 교환해드립니다.
기타 교환 문의 031) 955-2661, 3580

www.munhak.com